MW01358903

馒头说历史

历史的温度 3

时代扑面而来，转瞬即成历史

张玮 著

中信出版集团·北京

图书在版编目（CIP）数据

历史的温度．3，时代扑面而来，转瞬即成历史 / 张玮著．-- 北京：中信出版社，2018.12（2020.1重印）
ISBN 978-7-5086-9815-1

Ⅰ．①历… Ⅱ．①张… Ⅲ．①随笔－作品集－中国－当代 Ⅳ．① I267.1

中国版本图书馆 CIP 数据核字（2018）第 260233 号

历史的温度 3——时代扑面而来，转瞬即成历史

著　　者：张　玮
出版发行：中信出版集团股份有限公司
（北京市朝阳区惠新东街甲 4 号富盛大厦 2 座　邮编　100029）
承 印 者：北京通州皇家印刷厂

开　　本：880mm×1230mm　1/32　　印　　张：17.75　　字　　数：340 千字
版　　次：2018 年 12 月第 1 版　　印　　次：2020 年 1 月第 7 次印刷
广告经营许可证：京朝工商广字第 8087 号
书　　号：ISBN 978-7-5086-9815-1
定　　价：58.00 元

目　录

自　序　V

上篇　大变局时代

他坚守气节客死他乡，
却为何还是背了“千古骂名”？　003
是非成败丁汝昌　015
末日孤舰“海圻”号：大清帝国的最后荣光　029
提督的抉择：是死，是死，还是死？　044
中国第一个蒙难的新闻记者　055
一个皇帝的“过山车之旅”　064
双面张作霖　075
他当过两任中华民国大总统，你却未必了解他　092
严复的人生，为何最终会拐个弯？　105
“名士”于右任　118
曾拥有诸多“第一”，但她未必被人记得　131

中篇 以国家之名

上海1937：一寸山河一寸血 143
1937，南京城里的纳粹旗 166
猎杀山本五十六 178
丘吉尔的另一面 195
“偷袭珍珠港”之后…… 213
1944，刺杀希特勒 225
纳粹德国其实“投降了两次”，你知道吗？ 239
日本为什么会挨第二颗原子弹？ 250
刺杀汪精卫 258
料得年年断肠处，不敢忆，长津湖 268
一个传奇女间谍的“七重面纱” 288
川岛芳子：从格格到间谍 294

下篇 人性的抉择

达·芬奇真的是从现代穿越回去的吗？ 309
切·格瓦拉：一个符号化偶像背后的真实故事 330
人神之间吴清源 345
梵高之死 362
能称“时尚女王”的人不多，她算一个 377
一位女明星的神秘死亡 391
中国人最熟悉的那个欧洲公主，真的幸福吗？ 398
戴安娜之死 415
俄罗斯方块：一款小游戏背后的隐秘故事 434
到底是谁发明了电话？ 447
你知道当年在报纸上登广告有多难吗？ 456
老祖宗考试作弊的那点儿事 466
哈得孙河上的奇迹 476
人类悲歌：切尔诺贝利核事故背后的阴影 490
巨轮沉没的那一刻…… 510
逃离德黑兰 523

附 录 读者评论 534

自　序

时隔11个月，《历史的温度3》又和大家见面了。

其实按照我的公众号“馒头说”的存稿量，一口气再出个5本大概没有什么问题，但总觉得，还是细水长流比较好。就像现在这样：每年有一到两本书和大家见面，写序的时候，就像给大家写信一样，聊聊家常，唠唠嗑。

首先有一件事要向大家说声抱歉：在顽强抵抗了两本之后，第三本实在是坚持不住了——书涨价了。

其实早在第一本书出版之前，我和出版社就有过争论，最后他们听从了我的意见，把价格牢牢按在了50元以下。我也知道，以这样的装帧和厚度，这个价格确实不算高，但我个人希望，相对于其他方面的回报而言，能有更多的人愿意读这本书，这是我最看重的。在坚持了第二本同样定价之后，这次我的出版社编辑告诉我：“实在顶不住了……这两年纸张成本上涨实在太夸张，同样装帧的书，页数比我们少的，都卖到68元一本了……”

说实话，我对出版社也感到有点歉疚。所以，经过协商，第三本的价格有所上调，最终定在了58元一本，实在是不好意思了。

这次的第三本书，一共收录了 39 篇文章。和前两本一样，分类始终是个难题：因为写公众号的时候，是按照“历史上的今天”写的，而不是按照书的模板规划的，写到哪件事就是哪件事，所以一旦归纳成书，还是有点难度。

好在我的编辑还是有水平的，硬是分成了“时代”“国家”“人性”这三大类，然后“排排坐，分果果”，挑了一批文章进去，基本上还是比较贴切的。当然，熟悉我的读者都知道，题材还是相对集中在中国的近代，当然，本书这次也收录了不少外国的故事。

于是就要说到本书的“上篇”那个名字：“大变局时代”，还是很感慨。

即将过去的 2018 年，确实是一个多变之年——无论从大环境，还是小环境。尤其是临近岁末年终，一批名人相继离世，其中也包括我尊敬且喜欢的作家。如果你今年在搜索引擎输入“一个时代的终结”，估计能搜出好多条完全不一样的新闻。

其实，哪一年又不是这样呢？时代总是在不断前进，有人登台，有人离场。

对于我个人来说，2018 年也是变化很大的一年。在这一年里，我告别了职场，开始尝试一种全新的生活。（其实在第二本的自序里，我已埋了伏笔。）而“馒头说”的公众号也运营到了第三个年头，以 365 天为一年，我已经完成了“二周目”，正在向自己定下的目标前进——一年中的每天都至少写过一篇“历史上的今天”。（目前可能还差 30 多天。）

当我在写这篇自序的时候，手机上的微信群图标正在闪烁。

经过长期考虑，今年我还是创建了属于“馒头说”和“历史的温度”系列图书的读者群，大家在里面聊古谈今，热闹非凡。我在建群时说过一句话：

“缘分真的是一个很奇妙的东西。大家来自天南地北，之前互不相识，却因为一个共同的兴趣爱好走到了一起，然后进了群，感觉就像已经认识多年的朋友。”

是啊，在这个呼啸而来的时代面前，我相信我们每个人难免会感到有些无所适从，甚至有些茫然失措。而除了自己内心的坚强之外，身边有一群志同道合、心意相通的人能一起沟通、分享和相互鼓励，也应该是激励我们勇敢前行的一个重要动力吧。

而我就是这样一个幸运的人：通过在公众号上写文章，得到了一批不断鼓励我写下去的读者，而通过书的出版，又结识了更多志同道合的读者。

今年读过一本小说，是日本作家石田衣良写的《孤独小说家》，书中那位男主人公第一次去做签售，一方面觉得很忐忑，一方面又觉得毫无必要：为什么要去见读者呢？

但等他真的到了书店，看到了那些虽然人数不多，但是专门前来，甚至从外地赶来的书迷，从老人到孩子，从公司白领到家庭主妇，有的还带着礼物，他顿时觉得原本距离遥远的“读者”顿时一个个都鲜活起来，感觉真正和他们产生了联系，所以愿意满足他们每一个要求，并且心怀感激。

这份对读者的感激之情，也正是我的感受。

这两年多来，我自己也经历了不少事，每天下班之后继续写文章更新公众号，往往要凌晨3点才能入睡。有时候我也会问自己：还坚持得下去吗？但还是一路走了下来，我想，那是因为有你们。

在《历史的温度3》问世之际，再一次感慨自己的幸运——能得到各位读者一直以来的宽容、鼓励和支持。

谢谢你们！

2018年11月17日凌晨

于上海

上篇

大变局时代

他坚守气节客死他乡，却为何还是背了“千古骂名”？

这个人，历史教科书里有，不过在提到他为数不多的几笔中，他给人的印象是“封建迷信，迂腐透顶”，然后是一句著名评语：“不战、不和、不守，不死、不降、不走。”但如果仔细去了解一下他的故事，你会发现教科书说得倒也不错，却似乎又缺了些东西。

1

1858 年 12 月 29 日，英法联军终于攻破了广州城。

这是英法联军继 1856 年之后，第二次攻破广州城。而 1856 年由进攻广州开始的那场战争，在我们的历史教科书上有一个官方的称谓——“第二次鸦片战争”。

只是这第二次攻破广州，是真正地破城了。

城破之后，广东巡抚柏贵、广州将军穆克德讷先后向英法联军投降。不过，侵略者们知道，这两人并不是当时广州城的最高领导。

几天之后，英法联军在广州城老城的督抚衙门里，找到了他们要

叶名琛像（版画）

找的人。

那个清朝官员头戴顶戴花翎，身穿正式官服，端坐在朝堂之上，仿佛面对的不是荷枪实弹的英法联军，而是前来击鼓鸣冤的百姓。

英国士兵一拥而上，将那个清朝官员带走了。走的时候，那位官员面不改色，步履从容。

他就是当时的两广总督——叶名琛。

2

说叶名琛年少成名，应该是不错的。

叶名琛出生在1807年，17岁就考取了贡生，获得了进入京师国子监读书的资格。叶名琛长大后并没有“泯然众人矣”，而是呈火箭式蹿升，在不到40岁的时候，就被任命为广东巡抚——相当于现在的省部级干部。

不过话又说回来，在鸦片战争爆发以前，在广东当官是个肥差，但1840年之后，到广东当官，是个尽人皆知的苦差。

为什么？因为1840年鸦片战争之后，作为战败求和的结果，广州位列“五口通商”的城市之一——去了那里，就要和洋人打交道啊。

然而叶名琛在这一个岗位上如鱼得水，左右逢源。在各省巡抚因为与洋人打交道不利而纷纷被降职甚至罢免的年代里，叶名琛却不断立功，不断升迁，堪称那个时代的一个奇迹。

靠什么呢？无非两个手段。

第一个手段，就是对内杀人如麻。别看叶名琛出身书香门第，在教科书上表现得迂腐懦弱，但其实他杀起人来一点都不含糊。

1854 年，佛山“三合会”起义，围攻广州不果后撤退。叶名琛在此后开始大肆逮捕屠杀起义人士。

当时，曾带领第一批中国儿童留洋的容闳刚刚回国到广州，他目睹了这一场大屠杀，表示难以置信：“彼两广总督叶名琛者，于此暴动发生之始，出极残暴之手段镇压之，意在摧残方茁之花，使无萌芽之患也。统计是夏所杀，凡七万五千余人。以予所知，其中强半皆无辜冤死。”

容闳的住所离广州刑场很近，所以他印象深刻：“场中流血成渠，道旁无首之尸纵横遍地。盖以杀戮过众，不及掩埋。且因骤觅一辽旷之地，为大圹以容此众尸，一时颇不易得，故索任其暴露于烈日下也。时方盛夏，寒暑表在九十度或九十度以上，致刑场四围二千码以内，空气恶劣如毒雾。此累累之陈尸，最新者暴露亦已二三日。”按容闳的说法，叶名琛杀人，“不讯口供，捕得即杀，有如牛羊之入屠肆”。

清朝末年，各地起义不断，广东地区尤为突出。在镇压各路起义中，叶名琛就是凭借这样的强硬手段，深得朝廷赏识。

1852 年，在叶名琛 45 岁时，就做到了两广总督——大致相当于现在的广东省委书记、省军区司令员再加上广西壮族自治区党委书记和广西军区司令员。

3

叶名琛深得赏识的另一个手段是对外的，就是对洋人“拖”字为先。

经历第一次鸦片战争的失败，大清帝国被迫向西方世界开通了自己 5 个口岸城市。其中福州、厦门、宁波、上海，都陆续在城内开通了领事馆，但在最早接触的广州，洋人却碰到了大阻碍。

广东人在抵制洋人这件事上，非常团结。自“三元里抗英”事件之后，广东人对英国人入城开领事馆一事一直强烈抵制。

“拖”字诀的首倡者，是当时的两广总督耆英。1847 年，耆英与英国人秘密达成条约：广东人民太剽悍，你们给我点时间，两年之后，必定按照约定让你们进城！

结果英国人眼巴巴地等啊等，等到了 1848 年，耆英通过在京城活动，得以调离广东，拍拍屁股走人了。接着徐广缙担任两广总督。徐广缙也不触怒英国人，照例用了一个“拖”字诀。不仅如此，徐广缙还秘密召集广州各乡的团练，一度人数超过 10 万人，他们经常驾小船攻击英国船只，让英国人不敢惹众怒贸然进城。

拖又拖不起，打又不敢打，当时英国人只能不再提入城之事。

消息传回朝廷，咸丰帝龙颜大悦：“不折一兵，不发一矢，中外绥靖，可以久安，实深嘉悦！”于是封徐广缙为一等子爵，叶名琛为一等男爵。

叶名琛是当时的广东巡抚，也就是地方二把手，在这个“拖”的过程中全程参与，出谋划策，功劳不小。

1852 年，徐广缙被调去镇压太平军，叶名琛接任两广总督。听说换了个总督，英国人的心思又活了。当时的香港总督，英国人包令（Bowring）再次向叶名琛提出了入城请求，被叶名琛再次婉拒。

叶名琛的底气也挺足的：我的两任前任都“拖”下来了，我难道不行？但就像击鼓传花，叶名琛当时不会意识到：自己拿到的是最后一棒。

4

1856 年，一艘叫“亚罗”号三桅帆船，让叶名琛的命运发生转折。

“亚罗”号是一艘商船，在当时的香港英国当局登记过。在这艘船抵达广州时，当时的广东水师千总梁国定接到举报，率人登船捉拿藏在船上的海盗，后来将船上的12名水手扣押。这个举动引起了“亚罗”号船长、英国人肯尼迪的抗议，说中国人侵犯了英国的主权（他要求按《虎门条约》约定，由英国人自己审问犯人），而且还抗议中国官员撕毁了英国的国旗。

当时英国人画的“亚罗号事件”，上面还特地画了清朝官员撕毁英国国旗的场景

但是，这件事中英国人的做法其实是毫无道理的。

第一，“亚罗”号虽然在香港登记过，但其实登记有效期已过了两周了。

第二，就算在香港登记过，但“亚罗”号的船主是中国人，英国人肯尼迪只不过是一个被雇用的船长而已，中国人在自己的港口，是有权登船检查的。

第三，当时要逮捕的海盗梁明太和梁建富，确实就是以水手的身份待在船上。

第四，当时船上根本没悬挂英国国旗，只是挂了一幅信号旗。（其实当时清朝也没有所谓“国旗”的概念，参见“馒头说”中《一场斗殴逼出的国旗》一文。）

但是，当时的英国领事巴夏礼抓住机会，开始向两广总督叶名琛施压：要梁国定出面送还被扣押水手，公开道歉。

经过审讯之后，叶名琛照会英国领馆：那 12 人中，确实有梁明太和梁建富两名海盗，中国官府再留下一个叫吴亚作的人做证人，其他 9 人可以立即送还。至于“亚罗”号，因为是中国人的船，当时船上也没有悬挂英国国旗，所以绝无侮辱国旗这件事。

巴夏礼接到叶名琛回复后表示不满意，要求 24 小时内释放全部水手，并且正式道歉。

叶名琛接到英国的最后通牒后，退了一步，表示可以把吴亚作也放还，只留两名海盗。

巴夏礼还是不同意。

最终，叶名琛派南海县县丞亲自送 12 名水手到英国领事馆，但拒绝道歉。

应该说，在整个处理过程中，叶名琛还是做到了“有理、有利、有节”。马克思曾在 1857 年 1 月 23 日的《纽约每日论坛报》上撰写社论，这样评价：“在整个事件过程中，错误在英国人方面。…… 确实，这个中国人如此令人信服地把全部问题都解决了。”

但是，只想要一个借口的英国人，却拒绝接收水手了。随后，英国军舰开始炮轰广州城。

第二次鸦片战争爆发。

5

在战争的爆发点广州，叶名琛其实并不是不少人以为的那样“消极抵抗”。在当时的广东，精锐部队都被调去镇压太平天国了，叶名琛虽为两广总督，但其实面临的是一个无兵可用的局面。

即便如此，英国军舰一开炮，叶名琛就在城内贴出了告示，号召军民同心，共同抵抗侵略者：“英夷攻扰省城，伤害兵民，罪大恶极……但凡见上岸与在船滋事英匪，痛加剿捕，准其格杀勿论，仍准按名赏三十大元，解首级赴本署呈验，毋稍观望。”

另一方面，叶名琛抓紧修复城墙和炮台，和他的前任一样，招募大量乡勇一起守城。白天，他让乡勇对英军采取袭扰战；晚上，他派装满炸药的沙船冲击在岸边休息的英国军队，还派出火筏对英国军舰进行火攻。

值得一提的是，叶名琛还颇具战略眼光：派人袭击英国军队的战略后勤基地香港，并对香港施行禁运，甚至还派人去香港投毒。这一度让香港陷入极大的恐慌，很多英国人都逃到澳门去避祸。

在叶名琛的各种手段之下，英国军队围攻广州 4 个月不克，香港总督包令甚至因此被英国政府解职。

那么这样看来，叶名琛似乎是一个智勇双全的民族英雄了？

唉，也不尽然。

在英军围攻广州的过程中，叶名琛始终镇定自若，处乱不惊，是他真的有大气魄？不全是，也是因为他迷信。

叶名琛在总督衙门里，为他和自己的老爹建了一个“长春仙馆”，里面祭祀的是吕洞宾、李太白二位大仙。抵抗英军的一切军令和行动，叶名琛都要先扶乩（中国道教的一种占卜方法）一番。他反复宽慰部下说：“十五日过后即无事。”那就是占卜得来的。

另一方面，让叶名琛颇为自得的是，他在这场战争中率先打起了情报战。他一面大力逮捕广州城内给英国人通风报信的“汉奸”，一面又发动自己安插在香港多年的“情报网”，为他送来英国人的各种情报。叶名琛自豪地说：“我合数十处报单互证，然后得其端绪。”

可惜的是，他在香港的那些“情报人员”业务能力都不过关，很多人只不过是传递些在当地公开出版的新闻报刊信息给他而已。最关键的是，还经常传递错误的情报——克里米亚战争中英国人明明打赢了，传递来的情报却是英国人输给了俄国人。

基于这种假情报，叶名琛判断英国人必不能坚持多久，自会撤退。

但事实是，1857 年 10 月，暂时退到香港的英国军队，等来了额尔金爵士率领的援军，以及决定一起入伙的法军。当时英法联军有绕过广州的念头，但通过一艘截获的中国官船上的文件得知，叶名琛已经无钱再支付乡勇的酬劳了，换句话说，广州城其实已经基本无兵可守。

12 月 29 日，英法联军终于攻进了广州城。

叶名琛坐在轿子中被送往“无畏”号军舰

6

抓到叶名琛后，英国人并没有虐待他。

叶名琛与其说是被“抓走”的，倒不如说是被“请走”的——他被允许带着自己的仆人和衣物、粮食，坐着轿子上了英国的战舰“无畏”号。

按照英国人的想法，叶名琛在广东经营了十多年，又素有清廉之名，肯定深受百姓爱戴，部下也会想尽办法营救他。于是，英国人决定将叶名琛带到印度的加尔各答，远离中国，以防民心难服。

但其实，英国人想多了。叶名琛被捕后，咸丰帝压根儿就没想过救他，反而因为怕英国人拿叶名琛当人质来要挟政府，立刻罢免了叶名琛的一切职务。不仅如此，还通知广东当局：“叶名琛办事乖谬，罪无可辞，惟该夷拉赴夷船，意图挟制，必将肆其要求。该将军署督等

《伦敦新闻画报》上刊登的叶名琛被抓获现场的图片

可声言：叶名琛业经革职，无足轻重。使该夷无可要挟，自知留之无益。”

但已经离开中国的叶名琛，并不知道这些。

叶名琛在“无畏”号军舰上被关了 48 天，然后被送往加尔各答。因为晕船，叶名琛在船上呕吐不止。但每次吐完，身高一米八的他都要整理官帽和服装，因为要保持大清官员在“夷人”面前的形象。英国人对他客气，有人上船看到他会脱帽致敬，他也会脱帽还礼。

只是，叶名琛以为在军舰上会见到额尔金爵士，并想当面斥责他。但事实上，额尔金压根儿就没想过见他。

军舰到了加尔各答，叶名琛依旧还是气宇轩昂地上岸，时时刻刻保持自己的形象。

从上岸开始，他就自命为“海上苏武”。

据后来回国的叶名琛仆人回忆，叶名琛原来是有一个美好愿望的：英国人会把他送到英国，然后他就能面见英国女王，并和她当面对质：为何要无故挑起事端？

在加尔各答，叶名琛每天都在打腹稿，做准备，等待与英国女王见面的那一天。同时，他让人每天翻译鸦片战争的战事新闻给他听，听到英法联军获胜，就捶胸顿足，听到清朝军队获胜，就喜笑颜开。

但随着时间的推移，叶名琛自己也渐渐认识到：英国人从来没有想过把他送到英国，只是想让他在加尔各答待着，远离广州而已。而他也不太可能像苏武那样回归大汉了。

在自己带来的粮食吃完之后，悲愤的叶名琛决定效法古人伯夷和叔齐“不食周粟”——不吃外国人的粮食。

1859 年 4 月 9 日，绝食一个多星期的叶名琛，含恨逝世，终年 52 岁。

7

叶名琛死后，英国人将他的尸体收敛入棺，送回了中国。

据他生前的仆人回忆，叶名琛临死前只说了一句话：“辜负皇上天恩，死不瞑目。”

而就在叶名琛被英国人抓去之后，咸丰帝是这样下诏关照清军的：“勿因叶名琛在彼，致存投鼠忌器之心。该督已辱国殃民，生不如死，无足顾惜。”

馒头说

还是说说叶名琛那著名的“六不将军”称谓：“不战、不和、不守，不死、不降、不走。”

拆分出来看，叶名琛确实“不死”“不降”“不走”，但这没什么丢人的。

但他并没有“不战”和“不守”。

至于“不和”，那是皇上不允许他“和”，他就没权力“和”，而皇上需要“和”的时候，他能做的只是“背锅”而已。

也正是因为这六个“不”，让叶名琛成了一个很难下笔的人。

你说他迂腐吧，在“亚罗号事件”的处理上，他做得有理、有利、有节；但你说他有见识吧，被俘后却幻想自己能和英国女王当面对质。

你说他避战吧，他发动乡勇，积极备战，主动迎敌；你说他善战吧，却事事先要占卜，还误信错得离谱的情报。

你说他狠辣吧，对内杀人如麻，对外却一筹莫展；你说他怕死吧，城破之日，巡抚和将军都降了，只有他正襟危坐，不降不走，最终在异乡绝食而死……

令人一言难尽的叶名琛，其实在某种程度上，是晚清一批还算有能力的大臣的缩影。

如果没有洋人，叶名琛可能是晚清的一代名臣（他以清廉闻名，在内政和理财方面也很有天赋，同时又心狠手辣），但把他放到更大的舞台上，身处三千年未遇之大变局时代，他的见识却远远不够，他的能力也捉襟见肘，以至要靠占卜寻求力量，凭气节留住底线。

别说叶名琛，会做官如曾国藩，也在“天津教案”中栽了跟头；能力强如李鸿章，最后还是背了个“卖国贼”的恶名，呕血而亡。

曾有人作一联挽叶名琛：公道在人心，虽然十载深思，难禁流涕；灵魂归海外，想见一腔孤愤，化作洪涛。

“孤愤”估计是有的，但“公道”又如何说起呢？

面对大变局时代，比起“一腔孤愤”，更重要的还是“睁眼看世界”吧。

是非成败丁汝昌

这个人，他的名字总是和一场海战连在一起，因为那场海战是一场耻辱的败局，所以这个人，似乎也总是以一个窝囊的形象，出现在我们的印象中……

1

1895年2月12日，刘公岛，深夜。

丁汝昌面前的桌子上，摆着一杯葡萄酒。在写完给李鸿章的最后一封信后，丁汝昌拿起了酒杯。

“葡萄美酒夜光杯，欲饮琵琶马上催。”只是催的并不是琵琶声，而是刘公岛港口外，数十艘日本军舰的隆隆炮火声。

而眼前的那杯酒，也并非葡萄美酒，因为里面溶着生鸦片。丁汝昌是准备用它来结束自己生命的。

没有人知道，丁汝昌在举起酒杯的那一刹那，心里究竟在想什么。

在酒入口的一刹那，丁汝昌五十九年的人生，终于画上了一个句号。

而他麾下那支曾号称“亚洲第一，世界第八”的北洋舰队，也就此灰飞烟灭。

2

丁汝昌

1836 年，丁汝昌出生在安徽庐江县的石头镇。丁汝昌出身贫苦，父亲丁灿勋务农为生，所以丁汝昌只读了三年私塾，就靠帮人放牛、放鸭、摆渡等，补贴家用。

在 19 世纪 50 年代，很多穷苦人家的孩子都去跟着做一件事，那就是参加太平天国的起义——丁汝昌也没有例外。1854 年，在太平军占领庐江后，父母双亡的丁汝昌就参加了太平军，成为程学启（后来苏州杀降事件的主角之一）的部下，驻扎在安庆。

1861 年，曾国藩的湘军合围安庆，程学启带着丁汝昌等 300 多人在夜里翻越城墙，投降了清朝。

这也是丁汝昌被后世不少人诟病的第一点：变节。

对于前来投降的程学启部，当时在前线统兵的曾国藩的弟弟曾国荃并不信任，之后每逢战斗，都将他们放在最前列，胜则最好，败则炮灰。但程学启和丁汝昌因为熟悉太平军的里里外外，作战又勇敢，所以一路出生入死，屡立战功，而且毫发无伤。

1861 年 8 月，安庆终于被破，立下大功的程学启升任游击，做了湘军“开”字营的营官（相当于营长），而丁汝昌做了哨官（相当于连长）。程学启确实比较会带兵打仗，李鸿章也比较倚重他。

没多久，曾国藩命李鸿章组建“淮军”，并配了湘军几个营作为

“嫁妆”，丁汝昌所在的“开”字营也在其中。他坐着火轮，随着李鸿章浩浩荡荡地开往江南。

自此，丁汝昌的命运开始和李鸿章联系在了一起。

3

丁汝昌到底会不会打仗？当然会。

如果丁汝昌不会打仗，不会在到江南没多久，就被名将刘铭传看中，调入自己的“铭”字营担任哨官。太平天国灭亡后，丁汝昌随刘铭传剿灭捻军，统率骑兵，再度屡立大功。等到东捻军被消灭的时候，丁汝昌已经官拜“总兵”（差不多相当于师长级别），授提督衔。

那一年，丁汝昌也就32岁。应该说，他的顶戴花翎，还是靠自己打出来的。

但所谓“狡兔死，走狗烹”，在太平军和捻军等内乱基本被扑灭后，识时务的曾国藩一声令下，湘军开始裁军。1874年，一轮轮的裁军风潮波及刘铭传时，刘铭传让丁汝昌裁撤他的三队王牌骑兵营，丁汝昌修书抗辩，惹恼了刘铭传，丁汝昌怕引来杀身之祸，索性辞职回家了。

刘铭传也是洋务名臣，后任台湾第一任巡抚，有“台湾近代化之父”之称

在家赋闲了几年后，毕竟还在壮年的丁汝昌想做点事情。1877年秋，丁汝昌奉旨发往甘肃等候差遣。走之前，他拜见了时任直隶总督兼北洋大臣的李鸿章。

丁汝昌的到访，让李鸿章眼前一亮。

丁汝昌向李鸿章说起自己想做点事，李鸿章是这么回答的："刘铭传和你闹矛盾，我若用你，肯定会得罪刘铭传。"["省三（刘铭传）与尔有隙，我若用尔，则与省三龃矣。"]

那怎么办？李鸿章给丁汝昌指了一条路：我正在创办海军，你现在在我的安排下去学习各种海军知识，我会委你大任。那时候，左宗棠还想调丁汝昌一起去收复新疆，但被李鸿章找了个借口推辞了（由此也可见丁汝昌的战功确实比较有名）。

那个时候，李鸿章其实已经在盘算北洋水师提督的人选了。

4

谁来当北洋水师的提督，确实是一个难题。

朝堂上的明眼人都看得出来：这支舰队将来肯定是大清帝国最强大的一支武装力量，这个北洋水师提督的位置，不是谁来当都可以的。

李鸿章心里又何尝不明白？他曾为这件事专门请教过当时的两江总督、福州船政学堂的创始人沈葆桢。当时李鸿章提出，这个提督人选必须"既懂海军，又有资历"。沈葆桢向李鸿章两手一摊：中国之前连海军都没有，难道还有这样的人才？

无奈之下，沈葆桢建议李鸿章先让海军科班出身的年轻人迅速挑大梁，担任骨干军官，加速磨砺，再选一个有资历、打过仗的老将来统领，所谓"一老带群新"，这样搭班子，还是合理的。

沈葆桢是林则徐的女婿，也是中国近代造船、航运和海军的奠基人之一。他当时担任两江总督兼南洋大臣，受命组建南洋水师，但他支持优先组建北洋水师。

"群新"是谁？那就是福州船政学堂培养出来的刘步蟾、林泰曾、林永升、方伯谦、邓世昌这批人。这些人确实后来被大力提拔，成为北洋舰队上各舰的管带和核心骨干。

那么有资历的“老将”呢？

李鸿章有自己的小算盘：这个提督的位置，首先不能放给外人，不然将来不听指挥，等于为他人作嫁衣；但又不能明目张胆地提拔自己的亲信，因为这会引来其他人的反感。

那么，谁合适呢？

丁汝昌啊！淮军旧将出身，对李鸿章有忠心，但在家赋闲多年，并非李鸿章嫡系。曾经叱咤战场，年纪轻轻，官拜总兵，而且愿意去一个新兴军种当差（当时清朝很多将领不愿去海军，所以北洋水师官兵的薪俸是很高的）。

沈葆桢

所以，后人诟病李鸿章任人唯亲，提拔丁汝昌统帅北洋水师，多少也有那么一点不公平：放眼当时全中国，能找出来的合适人选确实不多。

5

1888年，北洋水师正式成立，担任提督的，正是丁汝昌。

“一个带骑兵的去管海军，怎能不败？”这是后来很多人对丁汝昌的评价。

丁汝昌确实是陆军出身，虽然也有人曾说，他最初到刘铭传麾下管的其实就是湘军的水师，但内陆江河的船和海军还是有本质区别的，这点无须洗白。

但是，丁汝昌主观上还是非常努力的。从业务能力上来说，丁汝昌留下的大量亲笔文件和电报可以证明，他其实一直在认真学习现代化海军知识，而且对舰队的日常管理、士兵操练和轮船修理这些细节

北洋水师中的“镇边”舰就是一艘“蚊子船”。“蚊子船”即炮船，每艘造价 15 万两；木质船身外包钢板无装甲，长 127 英尺①，宽 29 英尺，吃水 9.5 英尺；排水量 440 吨。清廷认为这种船性价比高，但其实在海战中用处不大

都非常熟悉。有一次，运到舰队的煤炭少了 10 吨，丁汝昌不仅明察秋毫，还一直盯到补齐为止。

从职位升迁来说，丁汝昌也不是纯粹的“空降干部”。丁汝昌最初只是被李鸿章派到一艘新买的“蚊子船”上随同学习，职位只是“督操”。1881 年，丁汝昌带着北洋水师官兵 200 余人前往英国接收“超勇”号和“扬威”号巡洋舰回国，一路顺风顺水，处理得当，回来后才被授予“统领”职务。

从部属关系来说，虽然也有刘步蟾等一批青年将官一开始看不起不懂业务的丁汝昌的说法，但总的来说，大家还是能接受丁汝昌领导的。而且从后人的材料来看，丁汝昌“为人随和”是得到大家公认的。北洋水师的旗舰是“定远”号，也是丁汝昌的居所，但“定远”号的管带（舰长）是刘步蟾。按理一艘军舰上最好的房间只能是留给舰长的，为了避免刘步蟾有心理负担，丁汝昌自己住到了一艘小船上（后来丁

① 1 英尺 ≈0.3048 米。——编者注

汝昌被革职，刘步蟾带头联名为他请愿，两人的关系可见一斑）。

从军中威信来说，丁汝昌也树立得不错。1882 年，朝鲜爆发“壬午兵变”，日本人借机出兵朝鲜，丁汝昌率“威远”“超勇”“扬威”等军舰开赴朝鲜，当机立断，将幕后操纵者、朝鲜太上皇李昊应押往天津软禁，一举打破日本干涉朝鲜的计划。丁汝昌因此还被授黄马褂。

1885 年，丁汝昌率“定远”和“镇远”两艘当时的超级铁甲舰前往日本长崎港访问（其实是去保养，中国当时没有能容纳这两艘军舰的船坞），其间中国水兵在岸上与日本警察和民众发生大规模械斗，丁汝昌制止了部下要求“开炮开战”的要求，加以斡旋，最终让日本向中国赔款 5.25 万元了结。这次事件被认为是自鸦片战争以来中国的第一次“外交胜利”。

那场械斗被称为“长崎事件”（也有称“镇远骚动”），日方称“长崎清国水兵事件”，其实是因为清朝水兵上岸违纪（因嫖妓发生争执）而引起的一场纠纷，后演变为与日本警察与民众的一场大规模械斗，清朝水兵有 10 人死亡，44 人受伤（日本警察亦有 5 人被杀）。最终受“定远”舰等巨炮威慑，日方赔偿中方 5.25 万元（中方亦赔日方 1.55 万元），宣布到此为止

这件事大大刺激了日本——外国水兵到本国来寻衅滋事，最终却以本国赔款终结。全国上下激发起了赶超清朝海军的雄心，大大促进了日本海军的发展。

不能说丁汝昌在“北洋水师”是受到全军将士的一致拥戴，但至少，作一个合格的领导，还是没什么问题的。

当然，作为一个指挥官，最后是否合格，还是要体现在战场上。

6

1894 年 9 月 17 日上午 11 点半，让中国人刻骨铭心的甲午海战爆发。

这场海战的经过和结果，大家已经很熟悉了（我也不忍心再写一遍），单说说作为中方舰队最高指挥官的丁汝昌在这场海战中的表现。

后世的一大争论，是在两支舰队遭遇时，丁汝昌下令北洋舰队排成“雁行阵”冲向日本联合舰队，而日本联合舰队则采取纵队回应。

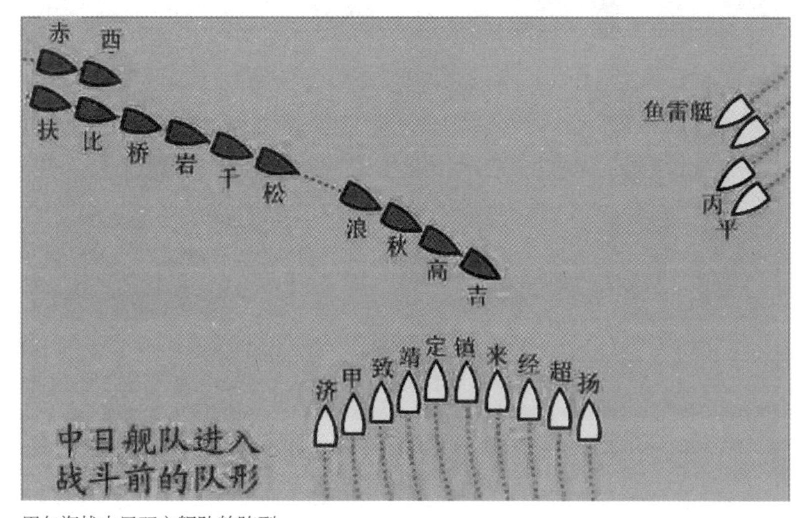

甲午海战中日双方舰队的阵型

由于北洋舰队的阵型只能发挥舰首炮的威力，而日本联合舰队则可以发挥侧舷炮数量多的优势，所以最终北洋舰队落败。

而事实上，丁汝昌下令采取的阵型，也不是拍脑袋想的，而是按照平时训练，根据北洋舰队军舰的特性决定的——“定远”和“镇远”这批主力舰，当初都是以加强舰首方向火力而制造的。比如“定远”舰装备的 4 门口径为 305 毫米的巨炮，如果排成纵队放开侧舷，一侧只有两门炮可以同时开火，而如果舰首对准敌人，4 门巨炮都可以开火。

而日本联合舰队的军舰有不少都是加强侧舷火炮的。换句话说，在一场遭遇战的情况下，大家都只能率先反应：用自己最擅长的阵型投入战斗。

而且，丁汝昌在甲午海战中，至少对得起军人的本分。

这场战斗是以北洋舰队的“定远”号先开炮拉开战幕的。可惜的是，不知道是因为年久失修还是什么缘故（“定远”舰当时已经下水 12 年了），“定远”巨炮一响，舰桥就开裂了，坐镇指挥的丁汝昌跌了下来，信号旗装置也废了。

但后来的事未必所有人都知道：手下要把满脸是血的丁汝昌抬进内室，但丁汝昌坚持不肯，坐在甲板上指挥作战，直到战斗结束。

至于信号旗系统被毁，确实是天数，这在一定程度上导致了北洋舰队失去指挥，各自为战。

但丁汝昌当时在战前发出过三条训令：

1. 舰型同一诸舰，须协同动作，互相援助。

2. 始终以舰艏向敌，即保持位置，而为基本战术。

3. 诸舰务于可能范围之内，随同旗舰运动。

如果丁汝昌不负伤，信号系统不被摧毁，北洋舰队还是会按照这三条训令进行战斗。

事实上，因为是一场遭遇战，事后日本人复盘，自己舰队的各种操作也是漏洞百出。抛开意外因素不谈，丁汝昌在这一场战斗中当然

邓世昌的“致远”号在甲午海战中沉没。图中右侧为日舰“吉野”号，中央倾斜的是“致远”号。绘制此图的是观战的英国远东舰队“利安德”号上的军官，他对“致远”“经远”号的奋战都给予了极高评价

要负指挥失败的责任，但要说他一无是处，也不至于。

问题就在于，5 个多小时的激烈海战之后，日本联合舰队其实也损失惨重，4 艘主力舰基本丧失战斗力，但就是一艘也没沉。

而北洋舰队虽然“定远”“镇远”等主力舰岿然不动，但沉了“超勇”等 5 艘较弱的军舰（“广甲”号逃离战场，几天后触礁沉没）。

日本即便胜，也是惨胜，所以率先退出战场。

而失去 5 艘军舰的丁汝昌，注定要接受悲剧的命运了。

7

困守刘公岛后，丁汝昌其实并没有放弃。

那个时候，丁汝昌已经被革去了尚书衔，待旅顺陷落之后，又被革去全部职位。不过，光绪帝很快又收回了谕旨，改为“暂留本任”——丁汝昌走了，谁来接着保卫大清帝国？

在这样的情况下，丁汝昌还在坚持抵抗。他看到威海陆路上的炮台防守薄弱，怕被日军攻占后调转炮口倒轰北洋舰队，所以建议先自行炸毁，结果又被当成“通敌卖国”的证据禀报朝廷。“清流派”再度怂恿光绪帝要将丁汝昌革职，在李鸿章力保、刘步蟾等将领请愿的情况下，朝廷才决定“秋后算账”。

威海南岸的炮台。后来炮台果然被日军攻占，调转炮口，吊打停在港口里的北洋舰队，丁汝昌只能再组织敢死队去炸掉炮台

即便如此，丁汝昌还是率领舰队击退了日军的多次进攻，并主动用舰炮支援陆地战斗，击毙日军旅团长大寺安纯（为甲午战争中日军被击毙的最高将领）。

丁汝昌在抵抗的过程中，其实已经开始在“但求一死”了。

1895 年 2 月 9 日，丁汝昌登“靖远”舰与日本舰队作战，“靖远”舰被陆地炮台上发来的炮弹击中（也是我们自己的炮台，被日军夺去），丁汝昌准备与船同沉，被部下拼死救上小船。

2 月 12 日，日本联合舰队指挥官伊东祐亨写来了劝降书，丁汝昌

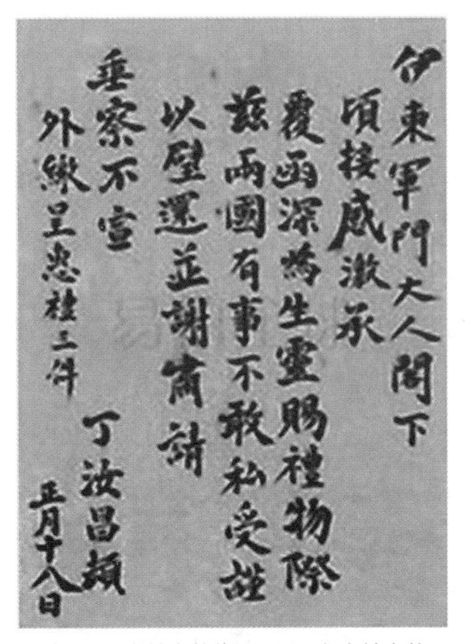

伊東軍門大人閣下
頃接感激承
覆函深為生靈賜禮物際
茲兩國有事不敢私受謹
以璧還並謝厚誼
垂察不宣
外繳呈惠禮三件
丁汝昌頓
正月十八日

丁汝昌给伊东祐亨的信，退回了伊东祐亨的三件礼物

断然拒绝，并把劝降书派人送给李鸿章，以表明心迹。

但他知道，手下人中，很多人已有降意了。

2 月 8 日，北洋舰队的“左队一号”管带王平，率 13 艘鱼雷艇和两艘快艇集体出逃（结果被日军击毁和俘虏 14 艘，只有 1 艘逃到了烟台），丁汝昌自己对李鸿章承认：“自雷艇逃后，水陆兵心散乱。”

而为了避免被日军俘获后利用，丁汝昌下令舰队炸沉自己的军舰。众人因为怕失去投降的本钱，已经没有人肯执行，只有“定远”舰管带刘步蟾一人服从，在“定远”号打光所有炮弹后，炸沉军舰，然后自杀殉国。

丁汝昌知道，战斗已经持续不下去了，部下都在等着投降，而成为阻碍的，无非就是他还活着。

2 月 12 日深夜，本文开头的一幕发生了。

据身边人回忆，丁汝昌服药后并没有立刻丧命，而是非常痛苦地挣扎到了后半夜才断气。他死后没多久，手下军官牛昶昞就盗用他的名义，与日方签订了《威海降约》。

俘获北洋舰队所有残存舰只的日本人，将军舰收编，甚至将“镇远”号开到日本展览（后编入日本联合舰队，参加了日俄战争中的“对马海战”）。

但他们专门用一艘中国商船，郑重地送回了丁汝昌的尸体。

日本人画的丁汝昌

日本海军大尉子爵小笠原长生这样描述丁汝昌："日清和平破裂之后，在许多战斗中没有像威海卫那样的义战。为何称其为'义战'呢？因为敌人极尽忠义。其他无论旅顺还是平壤，皇军所到之处立即陷落。然而据守在威海卫内刘公岛的丁汝昌，对日本海军的进攻则进行了英勇的抵抗。竭尽全力之后，最终自杀以救部下，这实在是战则以义战，降则以义降。"

馒头说

大一刚入学时修了"中国近代史"，第一次被要求写论文。我几乎毫不犹豫地就选择了写"甲午海战"——这一直是我觉得最揪心的一段近代耻辱战史。因为第一次写论文，什么都不懂，还给文章起了个自己觉得很有意境的题目《日落北洋》，没错，像小说一样。

然后就一头扎进了图书馆，开始寻找各种资料。

看了一个星期的资料后，发现很多自己以前以为是正确的东西，全被颠覆了。

什么“慈禧太后为了庆寿挪用海军军费”，什么“李鸿章当缩头乌龟避战求和”等等，在这些我认为是北洋舰队覆灭的“主要原因”背后，我了解到了很多自己原先并不知道的东西。

比如，那时候的我，第一次知道了“速射炮”的概念。当时日本联合舰队的炮筒口径虽然比北洋舰队的小，但北洋舰队的主力舰打一发炮弹，日本联合舰队的军舰能打6发——当时有英国人算过，整个海战过程中，联合舰队的火力其实是北洋舰队的3倍。

又比如，我一直以为北洋舰队的实力当时在亚洲是遥遥领先的，但事实上，日本人经过励精图治，在海战开战前，他们联合舰队参战的军舰，无论是在总排水量、平均航速节、火炮数量、鱼雷发射管数量等各方面，都是领先于北洋舰队的——我们哪有资格说什么“痛失好局”啊！

在这样的背景下，再回过头来看丁汝昌，就很让人唏嘘了。

尽管日本人一直很尊敬丁汝昌，认为他是“义死”，但在当时的中国，他无可避免也要“出把力”，一起将整个甲午战争失败的“锅”背起来。尽管他已经自裁以谢天下，但身后依旧遭受了很多不公正的待遇和评价。1910年溥仪当皇帝时，才恢复他生前的官衔（主要是袁世凯力主，他当年在解决朝鲜危机时和丁汝昌搭档愉快），而在后来的活动中，他的墓还被掘开过。

丁汝昌在自杀前可能还希望，自己能以一死，换一了百了。

甲午一战，马关签下耻辱条约。日本的伊藤博文对前来谈判的李鸿章说过这样一句话：“十年前我在津时，已与中堂谈及，何至今一无变更？本大臣深为抱歉！”背后的意思是，你们的失败，不是你一人的失败，是你们整个政治改革太慢的失败。

你看，这个锅，连李鸿章都背不起，更何况丁汝昌呢？

末日孤舰“海圻”号：大清帝国的最后荣光

对于1911年的大清帝国而言，似乎传来的每一个消息都是坏消息。但唯独有一艘它派出去的军舰，却在一个帝国远去的背影中，留下了一抹亮色。

1

1911年6月20日这一天，英国的朴次茅斯军港响起了21响礼炮声。

朴次茅斯军港是英国皇家海军最古老的军港。而在军港响起礼炮，一般是表示欢迎——因为有别国的军舰要入港了。

事实上，在那些天里，朴次茅斯港需要频繁鸣响礼炮。因为受英国皇室的邀请，全世界有18个国家的200多艘军舰将在这段时间纷纷前来，参加6月22日的英王乔治五世（也就是温莎公爵的父亲）的加冕典礼。

在诸多来访的军舰中，有一艘军舰非常特别。这艘军舰，是英国制造的，却是另一个国家下的订单。而这个国家，在 71 年前被英国人用军舰和大炮强迫打开了国门。

没错，这个国家就是中国。

这是英国第一次迎接来自遥远中国的军舰来访。

这艘军舰，就是“海圻”号。

“海圻”号巡洋舰

2

先来说说“海圻”号这艘军舰。“圻”这个字有点复杂，读“qí”，也可读“ yín”，意思是“地的边长”，也通“京畿”的“畿”字。“海圻”连着“海”字，透露出当时的清廷依旧希望通过海军捍卫大清帝国海上疆土的期望。

清廷在遭遇了甲午战争惨败后依然还有这点认识，颇为不易。

甲午一战，打垮了名动一时的北洋舰队，但也打出了清政府对海军重要性的幡然醒悟——原来有一支舰队来守卫海疆，真的是很重要！

所以，虽然北洋舰队全军覆没，但清政府重建海军的决心倒是上来了。从 1895 年起，清政府筹措银两，重新开始向英国和德国订购军舰，前前后后，大大小小一共订购了 43 艘，而其中吨位最大、装备最好、战斗力最强的，就是“海圻”号和它的姐妹舰“海天”号。

“海圻”号是当时清朝向英国订购的，由英国阿姆斯特朗船厂在 1896 年开工建造，总造价超过 32 万英镑。从船的数据来看，舰长 132 米，宽 14.3 米，吃水深度 6.1 米，最大航速 24 海里 / 小时，马力 1.7 万匹。舰上装备各种口径的舰炮 34 门，鱼雷发射架 7 座

“海圻”号的排水量是 4300 吨，虽然小于当时北洋舰队的旗舰“定远”号和主力舰“镇远”号，但晚造十五年的“海圻”号受益于当时全世界快速发展的军舰技术，所以在不少方面已经实现了对先辈的超越。

“海圻”号和之前北洋水师几艘军舰的对比，它的左边是当年要“撞沉吉野”的“致远”号，管带为邓世昌

“海圻”号1898年竣工下水，1899年自英国返回中国。一回国，“海圻”号就立了一功。

1899年2月，意大利趁清政府甲午新败，准备趁火打劫，向清政府递交照会，称自己是“欧洲六强”之一，要求和其他五强一样享受在华待遇。他们强行要求租借浙江三门湾作为自己的海军基地，并要求浙江全省不能租借给其他国家。

面对如此牛气哄哄的要求，清政府倒也冷静，迅速摸清了意大利在欧洲属于二流国家的底细。在和欧洲列强暗中交换了意见后，清政府对意大利公使庄严地说出了一个字：“滚！”

意大利政府为此大怒，立刻派出3艘军舰在三门湾海面巡游，试图重现“炮舰政策”对清政府的威逼恐吓。没想到清政府这次一硬到底，要求重新组建的北洋水师全部出动，岸上炮台的守军也做好准备。

这件事一拖再拖，最后拖到了1899年夏天——新造好的“海圻”号和姐妹舰“海天”号（两艘舰是同型舰）从英国船厂开回来了。

清政府随即命北洋水师统领叶祖珪率包括“海圻”“海天”在内的舰队全体南下，摆出一副和意大利海军决战的架势。

意大利评估了下大清舰队的实力，自知没有把握取胜，最后只能放弃对中国沿海的全部要求，一时沦为笑柄。

在这场著名的“三门湾事件”中，“海圻”号和其余 4 艘“海”字开头的军舰一战成名（除“海天”号外，其余还有 3 艘排水量在 2950 吨的军舰“海容”“海筹”“海琛”）。

而与这次“海上博弈”相比，“海圻”号之后承担的使命，其实更艰巨，但也更光荣。

1904 年 4 月，“海圻”号的姐妹舰“海天”号在运送军火途中，因为浓雾再加上航速过快，在舟山附近的鼎星岛不幸触礁沉没，成为当时轰动一时的新闻

3

1910 年，清廷接到了英国皇室的一封邀请函：希望派一艘军舰，参加乔治五世的加冕典礼。

决定接受邀请的清政府毫不犹豫地派出了“海圻”号——在“海天”号触礁沉没之后，“海圻”号作为当时大清帝国最拿得出手的一艘军舰，不仅承担着保卫海疆的任务，同时也成了一张“脸面”。

左图为甲午战争时期“致远”舰的全体官兵合影，右图为“海琛”号上全体官兵合影——此时的大清水师已经全部着英式服装，进行英式操练

1911 年 4 月 21 日，“海圻”号从上海杨树浦码头拔锚起航。

这艘当时中国最先进的巡洋舰，在统制（相当于司令）程璧光和管带（相当于舰长）汤廷光的带领下，载着 400 多名当时中国海军的精英，经台湾海峡、南海驶出国门，穿过印度洋、红海、地中海，经直布罗陀海峡进入大西洋，向英国驶去。

但就在“海圻”号刚刚驶离新加坡港的时候，程璧光在甲板上集中全舰官兵，下达了一个当时出乎所有人预料的命令：“我国人留发始于明代，但无辫；自清朝发展为辫，已有 200 余年之历史矣。然长发污衣藏垢，既不卫生，又有碍动作，尤以误害海军军人为甚，故实无保留之价值。为此，本统领下令，自即日起，凡本舰之兵士，一律仿照官生，应予剪短发至颈际为度，以符合世界潮流。”

其实在“海圻”号刚刚要驶出国门，进入公海的时候，程璧光就已经下令让舰上的军官和海校实习生剪去辫子了。不过这也让普通水手感到很不满意——官兵不平等，他们也想剪！所以，程璧光当时下

程璧光，广东香山人，1861 年出生。甲午海战中，程璧光任“广丙”号管带，在激战中“广丙”号曾发炮击伤日舰“西京丸”号。北洋水师困守刘公岛后，提督丁汝昌服毒自杀，代表北洋水师递交降书的正是程璧光。所以在他的回忆和履历中，这个情节往往被淡化处理

令之后，不到两个小时，全舰 400 多名水兵就都剪去了辫子。

“海圻”号刚刚踏上征途就发生了这样的事，预示着它之后的故事，肯定不会平凡。

程璧光在“海圻”号上下令剪辫之前，据记载已上报清廷获批，可见当时清廷的威慑力已大大削弱。不过早在之前，程璧光已秘密加入孙中山的兴中会，可以说是一个秘密的革命党人。

4

经过两个多月的漫长航行，“海圻”号终于在 1911 年 6 月 20 日抵达了英国朴次茅斯军港。

如果说之前“海圻”号的主要任务是“保家卫国”，那么接下来，它的使命就是“扬我国威”了。

当时参加英王乔治五世加冕庆典的海军阅兵舰队

6 月 22 日下午，为了烘托典礼的气氛，英国皇室专门为来访的各国军舰的水手们举办了一场“万国海军田径运动会”。之前完全不知道什么叫“田径”的中国海军，也派出了几十名体格健壮的水兵参加。在数万名伦敦市民的围观下，中国的水手们虽然不熟悉规则，不懂技巧，没有得到一枚奖牌，但没有一人中途退赛，全都坚持到底。

有一个叫孟广吉的信号兵，参加了跨栏的比赛。由于从来没接触过跨栏，他很快就被栏架绊倒，摔得满腿是血，但他坚持完成了比赛，全场观众掌声如雷，他还受到大赛组委会的专门表扬——当时大家肯定不会想到，93 年后，同样是中国人，同样是在欧洲，一个 21 岁的中国小伙子终于在跨栏这个项目上笑傲世界群雄。

6 月 24 日上午，“海圻”号的统领程璧光与专使载振，陪同英王乔治五世、玛丽王后以及海军大臣丘吉尔，专门检阅了“海圻”号——所有中国水军官兵昂首挺胸列阵甲板，让英王印象深刻。

检阅仪式结束后，“海圻”号专门开到了位于纽卡斯尔的阿姆斯特朗造船厂，在“娘家”进行了为期一个月的维修。

“海圻”号水手列队

等到维修完毕，已经是1911年7月。在“海圻”号完成了贺礼使命之后，却没有选择回国，而是拔锚起航，向遥远的美洲大陆驶去。

还有一系列的任务在等待着它。

5

按照预定计划，“海圻”号在离开英国后，就出发前往美洲大陆，拜访包括美国在内的一系列国家——如此远距离的航行和规格，在大清260多年的历史上绝无仅有。

毫无疑问，美国对“海圻”号的来访是非常重视的——他们特地派出了万吨级的巡洋舰“北达科他”号作为陪访舰，与“海圻”号一起并舷停泊在港口内。

程璧光陪同纽约市长检阅“海圻”号上的水兵

在抵达美国的次日，美国国务卿和海军部长就分别会见了程璧光等人，纽约区陆军最高司令官小格兰特将军还派夫人陪同“海圻”号官兵拜谒了他的父亲、已故总统格兰特的陵墓。抵达美国的第四天，程璧光等人就受到了时任美国总统塔夫脱的接见。

“海圻”号水兵列队前往格兰特将军陵墓敬献花圈途中。格兰特和李鸿章私交不错

“海圻”号在美国的风光还不限于此。因为这艘军舰，程璧光被认为是中国未来海军总司令的不二人选，所以准备讨好他的美国人还有很多。

美国铁路公司总干事热情邀请程璧光等人去参观壮观的尼亚加拉大瀑布，但实际目的是将中国客人拉到伯利恒钢厂参观。而纽约造船厂老板罗伊泽更是对程璧光嘘寒问暖，还送给他一只名贵的波斯猫，称这只猫有神奇的力量，在关键时刻能帮程璧光“做出正确的抉择”。这些商人的目的，都是希望能和程璧光建立良好的关系，在他今后执掌中国海军之后，能从他手里拿到更多的造船订单。

过了8月中旬，程璧光等人终于向热情的美国人辞行了。“海圻”号再度拔锚起航，但这一次目的地依旧不是中国，而是古巴。

6

“海圻”号下两站的目的地，一个是古巴，一个是墨西哥。

但就在“海圻”号准备出访这两个国家的时候，却正好碰上了敏感时期。

1911 年 5 月，在拉美地区掀起了一股“排华”风暴。墨西哥在 5 月 13 日爆发了叛乱，反政府武装战胜政府军攻入了墨西哥北部城市托雷翁（在那里华人殷实之户较多，康有为还在那里做过房地产生意），随后开始大肆洗劫城内的华人商区，在 10 个小时内残暴杀死了 300 多名华人，震惊一时。

“排华”风暴随即波及拉美，古巴也受到了比较大的影响。

也正是因此，“海圻”号在抵达古巴首都哈瓦那的时候，受到了古巴华侨的热烈欢迎——在危难时刻，有什么力量能比看到祖国的军舰更鼓舞人心的呢？据当时在“海圻”号上的水手后来回忆，在哈瓦那，只要“海圻”号的官兵一上岸，就会被华侨请入家中款待，并赠送各种纪念品。如果是老乡见老乡，那接待就更加隆重了。（也有学者据当时随船人员的回忆和当时的外交文件分析后认为，当时“海圻”号并没有护侨的目的，只是外交礼仪上的访问——但客观上确实对古巴和墨西哥带来了震慑。）

一艘不远万里而来的装甲巡洋舰停泊在自己首都的港口，也让古巴政府的态度发生了变化。古巴总统在会见程璧光时明确表示：“古巴军民绝不会歧视华侨，因为古巴对西班牙战争期间，华侨曾与古巴军民共同战斗，为古巴的独立解放做出了重大贡献。这一历史事实，将为古巴人民所永志不忘。”

在拜访完古巴之后，“海圻”号还剩下最后一站——墨西哥。当时清政府已经向墨西哥政府提出了严正抗议，而且已有数家墨西哥中文报纸报道了“海圻”号即将来到墨西哥的新闻，并配发了“海圻”号乘风破浪的照片，颇有“王师自远方来”的意味。

但就在“海圻”号准备前往墨西哥访问的时候，墨西哥政府与清政府驻美、古、西特命全权大使张萨棠签订了协议，承诺严惩“排华”事件中的暴民（后斩首数十人），并赔付华人商户的损失。（当时清政府索赔高达3000万墨西哥比索，这个数字相当于墨西哥政府全年收入的1/3，后来降到600万比索，到民国政府谈判时最终为310万比索。但因为墨西哥政局后来发生动荡，这笔赔款最终没有交付。）

之后，因为各种原因，“海圻”号没有向墨西哥进发，最终调转船头原路返回，结束了在美洲的访问。

不过，与他们这次不远万里的不凡航程相比，还有一段更奇特的经历在等待着他们。

7

“海圻”号再次跨过重洋，抵达英国巴罗港的时候，已经是1911年9月末了。

之后的10月初，大家都知道在中国发生了怎样的一件大事。

武昌起义爆发了。

一直在茫茫大海上决定全舰官兵前进方向的程璧光，这回要决定大家的人生方向了：“海圻”号这艘帝国最拿得出手的军舰，究竟是要站在清政府这边，还是站在革命阵营这一边？

之前，虽然全舰官兵在程璧光的要求下都剪去了辫子，但剪辫子，毕竟可以说是为了海军军容以及海上生活方便，而现在大家要做出的抉择，就绝不是剪一条辫子那么简单了。

在经过与当时清廷驻英大使刘玉麟紧急磋商之后，在“海圻”号三副黄仲煊（中华民国首任海军总长兼海军总司令黄钟瑛的胞侄）率领的骨干分子的请愿之下，程璧光又一次召集全舰官兵站上了甲板。

这一次，他的话也不多：“我的命令很简单：你们中的任何人如欲回国参加革命工作，请站到右舷，不赞成的站到左舷。待我数完‘一、二、三’，就请各位按自己的意愿，决定行动。”

说完，程璧光给了大家一些思考的时间，略微停顿后高声喊出“一、二、三”！话音一落，所有的官兵都奔向了右舷。

等众人在右舷站稳，传来了一声猫叫。纽约造船厂老板罗伊泽所赠的那只波斯猫，也悠闲地从左舷踱步到了右舷。

8

1912 年 1 月 1 日，孙中山就任临时大总统，定国号为“中华民国”。

而就在这个一年之始的日子，在万里之外的英国巴罗港，一场易帜仪式在“海圻”号上庄严举行。

由 40 名水兵组成的仪仗队持枪站在全体官兵的最前列，在雄壮的军乐声中，程璧光一声大喊：“换旗！”“海圻”号管带汤廷光将一面新制的中华民国五色旗交给了升旗官，升旗官在两名持枪护旗兵的护卫下，昂首走到舰尾旗杆下。

黄色的大清龙旗缓缓降下，红黄蓝白黑的五色旗冉冉升起。

在又停留了三个月进行维修和调整之后，1912 年 3 月底，“海圻”号正式踏上归途——沿着出访时的轨迹，在 5 月底又开回了上海杨树浦码头。

“海圻”号出航历时 400 多天，到达过 8 个国家、14 个港口，以燃煤蒸汽机提供动力，总航程达到 30850 海里。

起航时，是大清帝国的荣光；回归时，已是中华民国的希望。

馒头说

说两个后续吧，都不是太美妙。

一个是人，就是程璧光。当时南京临时政府成立的时候，确实有意招程璧光回国担任中华民国的海军总长。但等到程璧光回国后，天已变色，担任大总统的袁世凯任命刘冠雄为海军总长（触礁沉没的“海天”号舰长），程璧光遂辞去了一切职务赋闲。

等到袁世凯死后，黎元洪继任大总统。黎元洪在“广丙”号服役时曾是程璧光的部下，所以理所当然，任命程璧光为海军总长。但很快黎元洪与段祺瑞又卷入了“府院之争”，程璧光站在黎元洪这一边，率舰队出走。

此后，程璧光率“海圻”号等舰队宣布支持孙中山的“护法运动”，成立“护法舰队”，但还没等有所施展，就于 1918 年 2 月在广州被人暗杀，时年 57 岁——暗杀究竟由谁指使，至今仍没有定论（主流观点认为是当时桂系军阀为争权而主使）。

当年出访扬威海外的一代名将，最终竟被暗杀而死。

另一个是舰，就是“海圻”号。相比之下，“海圻”号的命运比程璧光个人的命运似乎更要坎坷。“海圻”号回国后归袁世凯的北洋系控制，在袁世凯称帝后被宣布独立的北洋海军总司令李鼎新归入“护国军”，后在“张勋复辟”后重归程璧光管辖，成为“护法舰队”的主力舰。

但在程璧光遇刺之后，“海圻”号群龙无首，由此开始颠沛流离，不断易主：一会儿归属陈炯明的粤军，一会儿归属孙中山的革命军，在 1922 年“直奉战争”中又被张作霖归入东北海军的渤海舰队，最终经过不断辗转，划入了蒋介石的中央军。

18 年之内，“海圻”号换了 6 个东家，直到迎来自己的最终命运——1937年9月25日，在悲壮的“江阴保卫战”中，几乎被日军击溃的中国海军为了阻碍日舰前进，“海圻”号和当初清末最强的三艘“海”字头兄弟舰“海琛”号、“海容”号和“海筹”号，拉响了凄厉的汽笛，在江阴拦江自沉。

一代名舰，最后以这样一种方式终结服役，虽也可称死得其所，但终归让人感叹。

回望这段历史，无论是程壁光还是“海圻”号，在充满曲折的晚清和民国史上都曾是万众瞩目的明星，不过最终还是渐渐消失在了人们的视线中。

但是换个角度看，程壁光当时的抉择、“海圻”号的漫长旅程，以及那400多名中国水手向世界展现的当时中国海军的形象，都留下了难以磨灭的一笔。

历史长河滚滚向前，但是，也会铭记每一个闪光点。

本文主要参考文献：

《史海钩沉：剪掉长辫“海圻”号巡洋舰水兵》（《中国海洋报》，2013年3月6日）

《百年前清廷“海圻”号军舰越洋保护华侨》（《时代周报》，2012年6月12日，作者张子宇）

《敦睦与交际：1911年中国海圻舰远洋访问之研究》（《海洋文化学刊》第4期，2013年6月，作者黄文德）

提督的抉择：是死，是死，还是死？

一部晚清史，我们会记住不少大人物的名字：曾国藩、李鸿章、左宗棠、张之洞……我们也会记住一些奋战在一线的将官名字：关天培、陈化成、邓世昌、刘步蟾……但有一个人，他在我们的教科书上只一闪而过，他是一名提督，但发生在他身上的故事，却足以让我们掩卷长思。

1

1900年7月9日，凌晨5点；天津，八里台。

5000余名清军士兵的双眼，直直盯着前方。

在黎明前的雾气中，渐渐显露出了敌人的影子——6000多名荷枪实弹的八国联军士兵。

空气死一般沉寂。直到一颗炮弹从八国联军的阵地飞来，在清军的阵地炸响。

一场生死决战，终于拉开帷幕。

清军阵营里，走出一位身穿黄马褂的年长高官。这实在是一幅非常诡异的画面——生死大战，作为本方的最高指挥官，是没必要穿得那么正式且醒目的，即便非要穿得如此，那也没必要亲临第一线。

聂士成。看上去像一个肥头大耳的贪官，但看下去，你的印象可能会改观

眼看对方的人数和火力都要超过本方不少，考虑到本方士兵已经多日激战，人困马乏，有部下劝那位黄马褂指挥官请求增援。

但那位指挥官拒绝了："没有增援！打！"

部下低下了头，他们知道：指挥官是不打算活着回去了。

这位指挥官，叫聂士成。他当时的官衔，是直隶提督。

此时此刻，聂士成可能自己也没想到，会被逼到这一步。

2

聂士成，1836年生于合肥北乡岗集三十铺村。

说他出生于一个武术世家，倒也不虚，只是练武的不是他父亲，而是他母亲——这位在家乡有名的烈性女子，据说70岁的时候仍能和年轻后生们一起举石锁。母亲给聂士成留下了两句家训：第一，聂家人不能手心朝上（指不能乞讨）；第二，聂家人没有孬种。

26岁时，聂士成在母亲的鼓励下从军。在他戎马生涯的前半阶段，算是跟对了两个人。

一个是他在最早投效的庐州军营里跟的团练大臣袁甲三。袁甲三是谁？他是项城袁氏家族中第一个以进士身份入仕的人，也是第一个官居一品的朝廷大员。项城袁氏？和袁世凯有什么关系吗？没错，袁甲三就是袁世凯的叔祖。

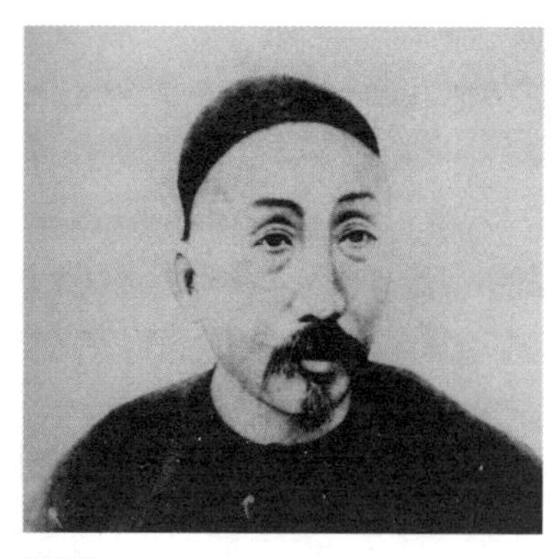
刘铭传

当然，以聂士成当时的资历，和袁甲三是攀不上什么交情的，他所能做的，就是靠自己的本事立军功。

聂士成没有赶上打太平天国，但碰上了镇压捻军。他从军的第一年，就升到了“把总”（相当于现在的营长），但封的是五品顶戴（“把总”一般是七品）。

1863年，袁甲三“退休”，聂士成改跟了另一个人，这个人，是在整个晚清历史上赫赫有名的淮军名将：刘铭传。

跟了刘铭传之后，聂士成一路转战南北，主要打捻军。到1868年他32岁的时候，就已经是记名提督了（清朝的“提督”为从一品，从理论上讲相当于现在的省军区司令。“记名”的意思是你的战功到了，但因为你的年龄、资历不够或暂无位置空缺等原因，先给你个待遇），他立下的战功可见一斑。

一个武将要想不断升迁，靠的只能是立军功。对聂士成来说，真正让他声名鹊起的，是两场战争。

一场是中法战争。1884年，法国海军在孤拔的率领下进犯台湾，台湾巡抚刘铭传一面死守台湾，一面向清廷求援。在当时很多人都不愿去的情况下，聂士成主动请缨，率800人租用英舰“威斯利”号从台南登陆，在关键时刻增援了刘铭传，决战基隆，将孤拔舰队赶出了台湾本岛。

另一场是中日甲午战争。甲午战争期间，聂士成随叶志超率军支援朝鲜。在朝鲜，聂士成在敌众我寡的情况下，率军在摩天岭正面阻击日军。他充分利用地形，设疑兵，搞突袭，杀敌无数，取得甲午战争中清军为数不多的几场胜利。直至甲午战争结束，日军依旧无法攻克摩天岭。

这两场战争之后，聂士成已经名列“后淮军三杰”，官授直隶提督。

1899 年，受痛于甲午之败，清廷决定建立新式军队，命名为“武卫军”（董福祥统领“武卫后军”，宋庆统领“武卫左军”，袁世凯统领“武卫右军”，荣禄坐镇“武卫中军”）。聂士成统领的是“武卫前军”，基本上全都配备了近代陆军的火器装备，在“武卫军”分支中，其战斗力仅次于袁世凯的“武卫右军”。

那一年，聂士成已经 63 岁了。

但等待他的，不是功成身退，而是一场痛苦折磨，乃至屈辱。

3

1899 年，就在聂士成执掌“武卫前军”的这一年，一个由底层贫苦人民发起的社团，在山东开始崛起。

这个社团，就是义和团。义和团的成分比较复杂，既有贫苦农民、手工业者、城市贫民、小商贩和运输工人等下层人民，也有部分官兵、富绅甚至王公贵族，后期也混杂了不少流氓无赖。

聂士成是从心底里反对义和团的。在他看来，这伙“拳匪”成事不足，败事有余，不仅不会帮助抵抗洋人，还会扰乱国家的根基。

不过，当时除了聂士成态度鲜明外，其他手握重兵的权臣对义和团的态度都很暧昧——因为慈禧的态度一直在变。

最典型的，当属袁世凯。袁世凯是最恨义和团的，但他在主政山东期间，却一直在动用各种手段——他曾假模假样地请来义和团的几个“大师兄”，让他们表演“刀枪不入”神功，然后假装不知情，用洋枪将他们全部击毙。最终，他不剿不抚，而是把山东的义和团成员最终都撺掇去了北京城。

但聂士成不愿意。

1899 年 4 月，义和团破坏了保定铁路，聂士成随后奉命保护铁路，被义和团杀伤数十人。性子火暴的他索性率军攻打义和团，杀了义和团的 500 人。他也请义和团的“大师兄”来表演“刀枪不入”的神功，但与袁世凯不同的是，他当场拆穿“大师兄”先放弹丸后塞火药的把戏，直接将“大师兄”枭首示众。

一时之间，聂士成的军队专杀义和团，而义和团的拳民也专等聂士成的部队士兵落单而群起围杀，双方水火不容，势不两立。

“武卫军”的总指挥荣禄曾专门把聂士成叫来痛骂了一顿，说他“糊涂”——荣禄的意思是，“你连老佛爷的心意都看不明白？”但聂士成不吃这一套，给荣禄写信：“拳匪害民，必贻祸国家。某为直隶提督，境内有匪，不能剿，如职任何？若以剿匪受大戮，必不敢辞！”

但是，问题最终还是来了：朝廷最终觉得义和团“民心可用”，而义和团也愿意承诺“扶清灭洋”，但他们提出了一个条件：必须杀掉聂士成。

当时得宠的端郡王载漪不断劝慈禧“顺从民意”以获得义和团的效忠，但慈禧在这件事上却不糊涂，始终不肯答应。

因为慈禧自己心里清楚，真正打起仗来，要靠的还是聂士成和他的“武卫前军”。

所以，慈禧给聂士成摆出的态度是：戴罪立功。

4

为什么是“戴罪立功”？因为八国联军已经打到了天津城下。

对于慈禧向列强宣战，聂士成其实也是很有意见的。聂士成虽然是武将，但在武将中属于比较心细的。在甲午战争之前，他料到中日很可能有一战，所以花了 8 个月时间，游历东三省以及与俄国和朝鲜的交界，行程 1.15 万余公里，写了四卷《东游纪程》（所以甲午战争期间他才对地形那么熟）。他喜欢用客观数据说话，所以也深知诸列强的强大，知道以大清之国力，是万万不能与之同时开战的，否则国家将跌入万劫不复的深渊。

但是，聂士成又是一名军人，他必须服从命令。与当时装傻的袁世凯不同，与立刻签订"东南互保"表态"不掺和"的张之洞、刘坤一也不同，战端一开，聂士成肩负直隶提督之职，守护京畿之责，纵有一万个不愿意，也只能打。

而且，聂士成手里掌握的"武卫前军"，确实堪称当时京畿地区最强的武装力量了：全军 1.3 万人，配后装单发和连发毛瑟枪 1 万支，各类其他长短枪 1.2 万支。此外还拥有 7.9 毫米口径马克沁重机枪 2 挺，各类口径大炮 60 余门。这样一支军队，若论武器装备水平，确实已经不亚于八国联军了。

6 月 11 日，八国联军先遣队逼近天津西面的廊坊，聂士成的"武卫前军"与义和团奉命联合阻击。必须承认，义和团的团民勇敢地冲在了最前面，但因遭遇八国联军机枪的扫射，死伤惨重。聂士成的正规军作为督战队，对逃回来的义和团民众进行了机枪扫射，与义和团的仇怨进一步加深。

随后，聂士成的正规军在义和团死伤殆尽的情况下与八国联军交火，火力配备不亚于对方的清军很快就压制住了对方，最终八国联军只能撤退。

虽然名震一时的廊坊大捷多少有被夸大的成分，但确实是聂士成的清军和义和团成功阻击了八国联军。但是，在论功行赏时，当时的直隶总督裕禄知道慈禧的心思，把功劳全都划到了义和团的身上，而聂士成的"武卫前军"没有得到任何封赏。

到了 6 月下旬，聂士成受命攻打天津租界，强攻近 10 次，战斗力剽悍。有八国联军的随军记者记载："自与中国交兵以来，从未遇此勇悍之军。"

但与此同时，一起配合的义和团由于组成成分复杂，还是暴露出了无组织、无纪律的弱点，在打洋人的同时，也趁机四处劫掠。为此，聂士成一边杀洋人，一边镇压义和团，杀了 1000 多名义和团民众。

所以，在庚子年的天津战场上，出现了一幅奇怪的场景：人数占劣势的八国联军团结一心，拼死要突破防线，去北京保护自己国家的使馆；而人数占优势的清军和义和团却相互倾轧，往往在打洋人之前，自己先要厮杀一番。

很快，清廷发来了电报，称聂士成"旬日以来并无战绩，且闻有该军溃散情形，实属不知振作"。给他的处分是：革职留任。

这应该是当时朝廷上"主战派"载漪操作下的电报。（载漪为何主战，为何支持义和团，可参看"馒头说"《117 年前的今天，中国向全世界"宣战"》）

此时在前线厮杀多日的聂士成，发现自己陷入了一个尴尬的境地：义和团恨他，朝廷怪他，洋人也要杀他。

他到底是在为谁而战？

而更让聂士成倒抽一口冷气的，是战场上的变化：八国联军中的日军从天津南面占领了纪家庄，而英国和俄国的联军冲破了聂士成部队的左翼。作为大清帝国在京畿地区的唯一也是最后一支精华力量，聂士成的部队被压缩进了狭小的八里台地区——他们被包围了。

此时的军机处来了一封上谕，从字面上看，并没有考虑到聂士成的处境，而是对他之前的苦战做了一个定论，并下了新的命令："旬日以来该提督并无战绩……仍著严督所部各营，迅将紫竹林洋人剿办，并速恢复大沽炮台，以赎前愆。如再因循致误戎机，定将该提督按照军法从事，决不宽待。"

接到上谕后的聂士成，反倒平静了下来。

因为他已经做好了自己的打算："上不谅于朝廷，下见逼于拳匪，非一死无以自明。"

5

1900 年 7 月 9 日清晨，聂士成知道，最后的决战时刻来临了。

而他不知道的是，也正是在这一天，慈禧向之前被排斥到广东的 76 岁的李鸿章发出了一封电报："火速北上，办理外交事务。"

在这个时候把外交经验丰富的李中堂大人再叫回来，目的再明显不过了：老佛爷头脑发热过了没多久，就准备和列强议和了。

当整个帝国的最高统治者都在寻找台阶下的时候，为她拱卫大门的提督聂士成，却已经没有退路了。

也就是在这个时候，聂士成还得到了一个糟糕的消息：义和团的一部分拳民跑到聂士成家里，去抓他的母亲、妻子及女儿了。聂士成派兵追赶，而他部下有一个营里的很多士兵和义和团有串通，他们大喊"聂士成要造反"，然后开始袭击聂士成的军队。

而在营帐外，正面的八国联军的炮弹已经打了过来——背面，还有 500 多名日军包抄了上来。

腹背受敌。聂士成骑上自己最心爱的战马，昂首来到了本方阵地最前线旁的一座小桥上，督战。

子弹横飞，炮弹爆炸，但聂士成在小桥上一动不动。

清军看到本方主帅亲临一线督战，顿时血气上涌，无人后退一步，子弹打完了，就与冲上来的洋人肉搏。

但是，人数处于劣势的聂士成部队越打人越少，弹药也所剩不多。此时，如果有援军的话，八国联军的几轮攻势被压下去，战况可能会有所改观。

但是，本应该最不缺人力的大清帝国，此时此刻却不会有任何一支部队来支援聂士成——大家都揣摩出了老佛爷心思有变，所以都在按兵不动地观望。

聂士成完全可以撤退的，但他一动不动。

一个时辰之后，清军阵地出现了崩溃的迹象。

此时的聂士成，转身进了营帐，不久之后又走了出来，骑上马，再次站上了小桥。

再一次走出来的聂士成，换上了全套崭新的武官服。尤其醒目亮眼的，是他穿在身上的明黄色的崭新黄马褂——那是在 1891 年平定热河金丹教叛乱后，皇上亲自赏赐他的。

黎明的雾气已经完全散去，八国联军阵地上德军的指挥官库恩，一眼就认出了对面阵地上的聂士成——他曾在聂士成的“武卫前军”中担任过骑兵教练。

库恩不希望看到聂士成战死，他让一个士兵过去传话，希望他投降。

没有悬念，士兵带回来的，是聂士成断然拒绝的消息。

新一轮的炮击和射击又开始了。聂士成的明黄色黄马褂，毫无疑问成了战场上最显眼的靶子。很快，聂士成的战马就倒下了，他立刻又换上了一匹，再倒，再换，一共换了 4 匹战马。

等换到第四匹战马的时候，聂士成的双腿已经被打断了，他勉强骑在马上，双腿在空中摇晃。

这时候，聂士成所在的那座小桥也已经失守了，他试图带队收复小桥。一发炮弹炸开的弹片划开了他的腹部，肠子流了出来。但他依旧骑在马上指挥冲锋，直到中了三颗子弹——

一颗子弹从他嘴里打了进去，从后脑穿了出来；一颗子弹射穿了他的前胸；还有一颗子弹击中了他的太阳穴。

聂士成终于倒了下来。

主帅阵亡，清军全盘崩溃，八里台失守。

6

故事并没有结束。

德国军队冲上来之后，指挥官库恩第一时间找来了一条红毯子。他用红毯子盖在了聂士成已经惨不忍睹的尸体上，包裹起来，送还给清军。不过，清军在运送聂士成遗体返回的途中，遭遇了义和团的伏击——他们要抢聂士成的尸体，戮尸泄愤。

帮清军赶走义和团的，是洋人的士兵。

直隶总督裕禄上奏朝廷，希望能赐聂士成抚恤，但遭到了载漪等人的强烈反对。

最终，慈禧下的诏书是："误国丧身，实堪痛恨，姑念前功，准予恤典。"

之后调过去补防的清朝守备将领，再也没有一人愿意像聂士成那样拼命。

1900 年 7 月 14 日，天津城在八国联军的围攻下终于沦陷，通往北京的门户洞开。此时，离慈禧向列国"宣战"，也就过去了 21 天。

馒头说

我在各地的读者分享会上，经常会举一个人的例子。那个人叫丁汝昌，北洋水师的提督。

每次我拿他举例，其实也会想到聂士成。两个人都是提督，一个是水师提督，一个是陆军提督。虽然一个在海上，一个在陆地，但归根结底，二人都有很多相似之处。

比如，他们可能都看得清自己的命运，却最终只能眼睁睁地接受。晚清这段历史，我们很多人其实都不愿意去多看，因为太屈辱。而看的时候，又会很生气：当时的这些人，脑子里都是怎么想的？

但是，如果我们能够穿越回去，处在他们所在的位置，能比他们做得更好吗？至少我觉得我不能。

在一百多年前，中国面临着“三千年未遇之大变局”——国门一开，我们从泱泱大国，忽然就变成了落后的“蛮夷”，这确实是很多人都不能接受甚至无法想象的。哪怕是当时最顶尖的政治家和智者们，都难免陷入迷惘。

所以，曾国藩有曾国藩的谋划，林则徐有林则徐的想法，李鸿章有李鸿章的主张，左宗棠有左宗棠的决断。

而再往下一个级别，很多亲临一线的指挥官，他们腾挪的空间小了很多，有时候就两条路：要么贪生怕死，要么以死殉国。

丁汝昌选择了服毒自杀，而聂士成虽然战死沙场，但他的那种方式，其实也是自杀。

有时候，在历史洪流的裹挟之下，一个微小的个体，真的很难改变潮水前进的方向。他所能做的，可能也只是献出自己的生命。

1905年，在当时已当上北洋大臣的袁世凯的力主之下，清廷决定为聂士成“平反”，追赠“太子少保”，赐谥号“忠节”，并为他立了一块碑，两边有对联：勇烈贯长虹，想当年马革裹尸，一片丹心忍作怒涛飞海上；精诚留碧血，看今日虫沙历劫，三军白骨悲歌乐府战城南。

如今的天津，还有一处“聂公桥”，终于算是有了一个交代。

本文主要参考文献：

《1901》（王树增著，人民文学出版社）

《子孙谨守聂公训，至今无人敢出国》（《新安晚报》，2014年7月24日）

《义和团档案史料》，故宫博物院明清档案部编，中华书局1979年版。

中国第一个蒙难的新闻记者

关于谁是中国历史上第一个记者，已不可考。但对于第一个殉职的记者，基本有个共识。这个共识，未必建立在详细的时间节点考证上，而是建立在这个记者所做的事，以及留下的影响上。

1

1903年7月31日这一天，慈禧太后下令杀了一个人。

慈禧一生中，经她手谕被砍下的人头，不计其数。但这一天她下令杀的这个人，让她后来有点后悔。

这个人的名字叫沈荩，他当时的身份是一家报社的记者。

所以从某种意义上，他被称为“中国历史上第一个殉职的记者”。

2

沈荩，生于1872年，原名沈克诚，湖南长沙人。

中国甲午一战惨败后，沈荩和当时许多热血青年一样，迫切地希望这个国家发生彻底的改变。

身处湖南的沈荩和两个同乡的关系开始密切起来。他的那两个同乡，在中国近代史上都留下了自己的名字：谭嗣同和唐才常。

1898 年，百日维新失败，谭嗣同作为“戊戌六君子”之一，血洒菜市口。一时之间，沈荩觉得国家前途又黑暗一片，于是和唐才常一起远走日本留学。1900 年，两人从日本返回上海，成立了革命组织“正气会”（后改名“自立会”），正式由改良派转为革命派。

1900 年，唐才常谋划的自立军大起义因为走漏了消息，被当时的湖广总督张之洞提前派人绞杀，唐才常被捕后被枭首示众，首级被挂在武昌汉阳门城门上。

唐才常死后，沈荩以“中国国会自立军右军统领”的名义，在 1900 年 8 月末单独发动起义，史称“新堤起义”。但因为寡不敌众，起义也很快失败了。

失败后的沈荩，因为身份没有暴露，索性就潜入了北京城。由于沈荩在日本留过学，会日语，所以他找了一家日本人的报社《天津日日新报》，拿到了记者的身份，然后以此为掩护，开始出入北京的社交圈。

当时的北京，正处于八国联军的控制之下。沈荩会外语，又有记者的身份，所以在北京的洋人圈里很快建立了一个小圈子。而清朝的那些贵族，看到沈荩和各路洋大人的关系处理得不错，也开始和他结交。没多久，沈荩成了北京城里的一个社交小达人，得到的各路消息也远比普通人多很多。

沈荩原本可以在这样的一个社交圈里一直舒服地混下去，但那不是他想要的生活。尤其是有一次他偶然听到一位清朝贵族透露出的一个消息之后，他觉得要不惜一切代价，把这个消息公布出来：

中国和俄国要签订《中俄密约》。

3

严格意义上说,《中俄密约》其实在1896年就签订了。

1896年，趁中国在甲午战争中惨败，俄国以“共同防御日本”为借口，诱迫清政府签订了《御敌互相援助条约》，一般就被称为《中俄密约》。

《中俄密约》虽然以“共同防御”为出发点，但规定只要中日开战，中国所有港口均允许俄国兵船驶入，而且中国的黑龙江、吉林允许俄国建造铁路，无论战时还是和平时期，俄国都可以通过该铁路运送军队或军需品。

这个条约，其实就是俄国趁火打劫，谋取中国的东北。

到了1903年，俄国不但拒不履行1902年《交收东三省条约》中分期撤兵的约定，反而又提出了新的要求：俄国在东三省及内蒙古一带享有路政税权及其他领土主权。这等于是不费一枪一弹，就要掠走中国的东三省和内蒙古。

迫于俄国强大的压力，清政府准备签字。而签字之前，这个消息让沈荩知道了。

沈荩决定用一切代价阻止这件事发生。凭借自己的人脉圈，沈荩最终通过贿赂，从政务处大臣王文韶之子那里搞到了最新的《中俄密约》的草稿原文，然后立刻把草稿寄给了天津英文版的《新闻西报》。收到草稿后,《新闻西报》随即全文刊登。然后，国内的媒体纷纷转载。日本新闻界还专门出了一期“号外”(日本揭露此事的动机自然一想便知)。

全国哗然。

在巨大的舆论压力下，清政府最终拒绝在条约上签字。

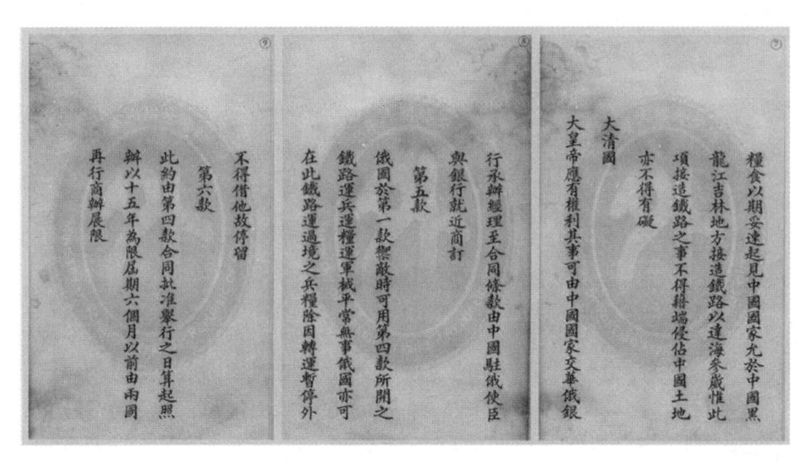

糧食以期妥速起見中國國家允於中國黑
龍江吉林地方接造鐵路以達海參崴惟此
項接造鐵路之事不得藉端侵佔中國土地
亦不得有礙
大清國
大皇帝應有權利其事可由中國國家交華俄銀
行承辦經理至合同條款由中國駐俄使臣
與銀行就近商訂
第五款
俄國於第一款禦敵時可用第四款所開之
鐵路運兵運糧運軍械平常無事俄國亦可
在此鐵路運過境之兵糧除因轉運暫停外
不得借他故停留
第六款
此約由第四款合同批准舉行之日算起照
辦以十五年為限屆期六個月以前由兩國
再行商辦展限

《中俄密约》部分内容

一个丧权辱国的条约，最终成功被阻止了，但事情并没有到此结束。

1903年7月19日晚，沈荩在北京寓所里被捕。

4

出卖沈荩的，是一个叫吴士钊的人。

吴士钊举人出身，从翰林院被弹劾下来，当时和沈荩一起寄居在刘鹗府中（就是写《老残游记》的那一位）。沈荩把吴士钊引为知己，把自己做过的事情，包括带领起义的过去，都说给吴士钊听了。但吴士钊并没把沈荩当知己，而是把他当作了自己官复原职的筹码。

被逮捕后，沈荩自知难逃一死，没有任何掩饰，把自己做过的事一一都说了，并留下了四首绝命诗。

慈禧确实是准备杀沈荩的。但沈荩被捕的那一个月，恰逢农历六月。按清代惯例，一般夏月不执行死刑，要放到秋天。另一方面，那个月正好也是光绪皇帝的生日，皇帝生日的“万寿月”也是要停刑的。

但慈禧认为沈荩“罪大恶极”，必须立即正法。那怎么办？索性就“杖毙”。所谓“杖毙”，就是用棍子打死。

沈荩被行刑的那一天，其实是很血腥的：为了讨好慈禧，刑部专门制作了一块大木板用于“杖毙”。但据《大公报》报道，“打至二百余下，血肉飞裂”，“骨已如粉”，沈荩一声不吭，却仍没有咽气。

最后，是沈荩自己开了口：“怎么还不打死我？勒死我吧！”

最后，沈荩是被人用绳子勒死的，死时只有 31 岁。

后来有个叫王照的人，也被关进了监狱，待的就是一年前沈荩待过的牢房。他后来这样回忆：“粉墙有黑紫晕迹，高至四五尺，沈血所溅也。”

处死沈荩，慈禧认为只不过是小菜一碟。但出乎她意料的是，一场轩然大波由此而来。

5

《大公报》先是详细报道了沈荩受苦刑而死的新闻，随后一石激起千层浪。

《字林西报》随后跟进，发表《北京政府之暴行》，批评：“北京政府今出现一残酷不可言之政……其狠心残忍，为历来刑法正义中所稀有。”

《国民日日报》发表《沈荩死刑之暗昧》，哀叹：“生命之至贱者未有如中国人者也。”

《万国公报》则评论：“凡国不自重其国，而虐待本国人民，以快其一朝之意，此乃野蛮种类之所为，文明之国必羞为之伍者。且其人既安心而行之，则已无可劝戒，惟永远不与之平等而已。”

《大公报》随后还报道了外国公使们对此事的看法：“杖毙沈荩一案，驻京西人皆极着意。某国公使近向人云，视中政府近日所为，颇有将兴大狱之景象。又云，中政府既重提旧案，拿办新党，吾西人亦可再将庚子未办之祸首再行严办数名云云。”

《法国新闻报》附和：“沈荩之死，西人闻之皆胆寒。”

香港《中国日报》总结：“沈君之死，鬼神为之号泣，志士为之饮血，各国公使为之震动，中西报纸为之传扬。是君虽死之日，犹生之年。”

杀一个小小记者，居然引来“友邦惊诧”，这是慈禧万万没有料到的。所以她后来在接见各国公使夫人的时候，也表示自己挺后悔的，还面谕群臣，要求不能“株连良善，致离人心”。

可惜已经晚了。沈荩被杖毙一案，革命党人在他们自己的媒体上发出了最强烈的怒吼。

章太炎在《浙江潮》上发表诗作《狱中沈禹希见杀》：“不见沈生久，江湖知隐沦。萧萧悲壮士，今在易京门。魑魅羞争焰，文章总断魂。中阴当待我，南北几新坟。”

慈禧原本准备“杀鸡儆猴”，却引起了全国人民对统治者的又一波反弹浪潮，这是她始料未及的。

6

沈荩之死所产生的影响，远不止在国内。一个叫莫理循的英国人，被沈荩之死深深地震动了。莫理循不是一般人，是英国《泰晤士报》驻中国的记者。

彼时的《泰晤士报》，在全球都拥有巨大的影响力。他们派驻在一些国家的记者，甚至享有“第二大使”的称号。

莫理循比沈荩大 10 岁，算是同行。在得知沈荩的死讯后，愤怒异常，称慈禧为“那个凶狠恶毒的老妇人”。他在《泰晤士报》上撰写了大幅的报道，揭露了“一个中国记者之死”，并呼吁英国不能漠视俄国

在其他照片背面，莫理循留下的注释和记录都是龙飞凤舞的，唯独沈荩这张照片背后，莫理循的手写体异常工整、有力："沈荩，杖毙，1903 年 7 月 31 日，星期五。"

在中国土地上无节制地扩张，而且，他还通过各种办法，鼓动日本和俄国决战。

1904 年，为了中国东北的权益归属，日俄战争终于爆发。当时有国际舆论把这场战争称为"莫理循的战争"。不过，日俄战争结束后，作为战胜方的日本在中国东北犯下了种种暴行，这又让莫理循非常不满，于是他转而在媒体上抨击日本。

1912 年，莫理循被聘为袁世凯政府的"政治顾问"。但相比这个"顾问"头衔，莫理循此前在中国 16 年的《泰晤士报》记者生涯所产生的影响，要大得多。

莫理循在中国期间拍摄的大量照片，后来被整理成《莫理循眼里的近代中国》的大型图册，其中就收录了一张他拍的沈荩的清晰照片，正是这张照片才使现在的我们得以知道沈荩长什么样子。

馒头说

其实关于沈荩是不是"因言获罪"，历来还是有争议的。

种种资料显示，慈禧之所以要对沈荩痛下杀手，还是因为他以前组织革命“谋反”（甚至有说法称他准备找李莲英行刺慈禧）。而且，据说沈荩能顺利公布《中俄密约》“新七条”的内容，有日本人在背后的推动作用（日本当然不希望俄国独享中国东北）。更有一种推测，是清政府也有意让媒体曝光（1901 年，正是莫理循从李鸿章处拿到了《奉天交地暂且章程》的情报，公布在《泰晤士报》上引起国际舆论关注，才阻止了俄国的野心）。

不过，沈荩的勇敢和爱国之心，是没有任何争议的。而且，沈荩之死所彰显出的新闻媒体的力量，也是没有争议的。

我一直觉得，“记者”这个职业，依旧是神圣的。尽管这些年来，这个称号的光环大大减弱（有外部因素，但必须承认，也有部分同行自己糟蹋的原因），但我还是坚信，任何一个时代，都需要有责任感和正义感的记者。

有人说，现在是自媒体时代了。没错，在美食、娱乐、时尚、旅游这些凸显个人品位和观点的领域，在传播渠道垄断被打破的背景下，自媒体确实有着无可比拟的优势。但涉及社会公共领域和时政的报道以及各种舆论监督，机构媒体的记者还是有不可超越的优势，也有不可推卸的责任。

这种优势和责任，是任何自媒体，乃至机器人写作都取代不了的。而且我也坚信，总有一批记者，会坚守“铁肩担道义”的初心，成为“时代风云的记录者、社会进步的推动者、公平正义的守望者”。

忽然想起了 2014 年的一则新闻。说是江苏省理科状元吴呈杰的最初志愿是报考北京大学新闻系，理想是“成为一名记者”，后来被很多“有良心”的记者劝退了，他最终选择了北京大学金融系。我看了关于他的一些后续报道，他现在应该读大四了，他并没有放弃他的新闻写作梦想，而且成了校媒的主编。

我不知道他毕业后是否还会选择做记者这个行当——读不读新闻

系其实和做不做记者没有那么大关系——但我很欣赏他曾在微博上转发过的一段话："新闻是一条注定要长跑的路，一朝一夕不足以改变这个世界；要相信新闻依然有助于让这个世界变得更好一点，你会是千万推动者中的一员。"

在中国新闻的历史中，有千千万万名记者奔跑在这条没有终点的路上。

一个皇帝的“过山车之旅”

这个故事，和一位皇帝有关。这位皇帝在中国历史上非常有名，但他既不是秦皇汉武，也不是唐宗宋祖，而是一位末代皇帝。他不仅是一个朝代的末代皇帝，还是整个中国帝制王朝的最后一位皇帝。当然，我们之所以要说他的故事，还因为他是一个经历了命运“过山车”的皇帝。

1

对大清王朝来说，1908 年的冬天，可能比往年要更冷一些。

11 月 14 日，郁郁寡欢且不得志的光绪皇帝，终于告别了这个让他又爱又恨的国家，驾崩了。

一直与光绪皇帝缠斗，也已经步入风烛残年的慈禧太后，推出了她早就物色好的继位人选，然后只晚了一天，也步光绪后尘，撒手西去。

慈禧推出的人选，就是醇亲王载沣的儿子——爱新觉罗·溥仪。

这一年，溥仪还没满 3 岁。懵懂无知中，就经历了人生中的第一

“起”——成了偌大的中国的皇帝。

只是这个皇帝，他只做了三年。

童年时的溥仪

1911 年，武昌起义一声炮响，整个大清王朝顿时风雨飘摇。

6 岁小皇帝溥仪手中的最后筹码，是 52 岁的袁世凯。为此，朝廷被迫给了袁世凯“内阁总理大臣”的头衔，希望他能调动他的北洋军，剿灭革命党，拯救大清朝于危难之中。

可是，当时拥有中国最强资源和实力的袁世凯，选择的合作对象是 45 岁的孙中山——他们两家手里都有筹码，谁会去理会一个已经完全失去控制力的小皇帝呢?

后来的事情，正是如同袁世凯与孙中山约定的那样发展的：袁世凯逼清朝皇帝退位，换取孙中山支持自己当中华民国大总统。

1912 年 2 月 12 日，以隆裕太后名义颁布的《退位诏书》昭告天下，宣布皇帝退位：“人心所向，天命可知。”

于是，刚满 6 岁的溥仪小皇帝，遭遇了人生中的第一次

“落”——一夜之间，他就不是皇帝了。

从此以后，他的头上多了一项不怎么好听的头衔：末代皇帝。

2

平心而论，中华民国的政府，一开始对以溥仪为代表的皇族，还是不错的。

当时开出的条件是：溥仪可以继续居住在紫禁城中，保留“皇帝”的尊号。政府以外国君主的礼仪相待，紫禁城内皇室的财产分毫不动——并且，每年还提供给皇室400万两白银的费用。

如果按照这个势头发展下去，中国的辛亥革命完全有可能像英国的光荣革命一样，成为一场不流血的和平革命。而中国可能也有那样的机会，像英国那样，成为一个君主立宪制国家。

如果真是那样，说不定现在的我们的媒体，还会铺天盖地八卦皇室爱新觉罗王子，和一个上海幼儿园老师的恋情。

可惜历史当然不会这样拐弯。

首先，是聪明一世，最后老来糊涂的袁世凯想过一把当皇帝的瘾，然后，又出了一个脑子进水的小军阀张勋。

而这个张勋，促成了溥仪人生中的第二次“起”。

1917年7月1日，在张勋的支持下，溥仪重新登上“帝位”，恢复年号“宣统”，然后开始大封群臣，公侯王爵全部封好之后，一共过了11天。

11天后，在全国的反对声中，在段祺瑞的出兵讨伐下，只有4000名“辫子军”的张勋逃入荷兰大使馆避难。

第12天，溥仪再次宣布“退位”。

这一年，溥仪还不满12岁。第二次“落”就这样来临了。

3

严格意义上讲，被张勋“顶”上王位12天后退位，也不算什么“落”。因为溥仪本来就已适应了紫禁城“逊清小朝廷”的生活。

真正的第二“落”，是“落”在1924年。

张勋的复辟，与其说是让溥仪的清廷皇室得到了一个上位的机会，倒不如说是给了各大军阀一个借口：哦！原来你们还不老实，那么就别怪我们不客气！

1924年10月22日，第二次直奉战争中的直军第三军总司令冯玉祥，突然率军杀回北京，软禁了我们历史书上著名的“贿选总统”曹锟。

这事情，本来和溥仪也没什么关系。但冯大将军不知道怎么就忽然决定，去他的《皇室优待协定》，老子要进紫禁城！

1924年11月5日，冯玉祥派兵进入紫禁城，直接对溥仪下了“逐客令”。

这个事件，史称“北京政变”。

这一年，溥仪18岁。他真正体会到了流离失所的感觉。11月29日，溥仪逃进了日本公使馆。这一次逃离，对溥仪一生都产生了重要影响。

4

从1925年2月开始，溥仪先后住在天津租界的张园和静园。这时候的溥仪，就有点像金庸《天龙八部》里的慕容复了，整天满脑子的念头，无非“复国”二字。

为此，溥仪花了大价钱开始打扮自己，从头到尾，全盘西化，开始带着自己的一妻一妾——1922年，溥仪立了婉容为“后”，立了文

溥仪和婉容

绣为“妃”——开始频频出入各种社交场所。

从中国国内的军阀吴佩孚、段祺瑞，到各国的公使，对溥仪都很客气，都尊称他为“皇帝”。但过了一段时间，溥仪就渐渐发现有些不对：大家都对我很客气，但都只是表面的寒暄而已！他们都有自己的目的！客气能当饭吃吗？客气能复国吗？

这时候，溥仪想起了一个国家。这个国家，从他被赶出紫禁城开始，就不断在自己国内刊发各种报道他的文章，不断表示对他的遭遇的同情。

这个国家，名字叫日本。

5

日本人其实早就盯上溥仪了。为此，他们特地派出了最得力的特务“王牌”——土肥原贤二。（关于他的故事可见《历史的温度2》中《“土肥圆”和“土肥原”》一文）

土肥原贤二找到溥仪，游说他的理由只有一个，但非常有力：你不是想复国吗？我给你一个帝国，你来当皇帝！

对那个时候的溥仪来说，很难再找出比这更有诱惑力的条件了。对于身处租界的他，无权，无势，无兵，也就有点从紫禁城带出的珍

1935 年，溥仪以“满洲国”皇帝身份访问日本，与日本天皇同乘阅兵

宝，凭什么对得起列祖列宗，把丢失的江山再拿回来呢？

1931 年，“九一八事变”爆发，中国东北沦陷在日本的铁蹄之下，时机终于成熟。

1931 年 11 月，溥仪在土肥原贤二的帮助下，一路潜行至东北。

1932 年，“满洲国”建立。两年后的 1934 年 2 月 28 日，溥仪成为“满洲国”的执政。

自左上顺时针方向依次为：日本裕仁天皇、溥仪、蒋介石、斯大林。这四个人，被《时代》周刊评为当时“最能影响亚洲格局”的四个人

3 月 6 日，溥仪与日

本签订了《汤岗子温泉密约》:“满洲国”的治安和国防靠日本，铁路、港湾、水路、航空路靠日本,“满洲国”中央和地方的官署任用日本人。“满洲国”就是一个赤裸裸的傀儡国。

但溥仪不管这些。1934年，“满洲国”改称“满洲帝国”，溥仪成为“满洲帝国”的皇帝，兼任陆海空军大元帅。

这一年，溥仪登上了美国《时代》周刊的封面，迎来了人生的第三次“起”。

6

这个“起”维持了11年，又该轮到“落”了。

转眼就到了1945年，日本已经到了崩溃的边缘。

1945年8月10日，离日本无条件投降还有5天，溥仪被通知：赶紧从长春紧急转移至中朝边境城市通化。

溥仪开始亲自监督“打包”——那些从紫禁城带出来的珍贵文物，一共装了57只大木箱。

8月17日，溥仪乘飞机抵达沈阳机场，准备飞往日本，但一直耽搁到了8月19日——所以后来有一个说法，说其实是日本人把溥仪“出卖”给了苏联人。

但不管怎么说，8月19日凌晨，苏联的空军“神兵天降”沈阳机场。

在候机厅，苏联士兵发现有20多人坐在那里。候机厅的桌子上，有果汁、啤酒，甚至还有威士忌。看到苏联士兵出现，所有人都紧张地站了起来，除了一个人。

那个人，就是溥仪。

他是“满洲国”的皇帝嘛。

但最终，溥仪还是站了起来。在苏联士兵的缴械要求下，他从沙

溥仪被苏军带走时的情景

发垫下摸出了一把手枪——当时在场的人以为他要自杀，但事实上他并没有。

在确保自己不会被当场枪毙之后，溥仪明显镇定了很多。他向苏联军官介绍了他的“内阁”成员，以及说出了“满洲国”政府文件藏匿的地方。

然后，他人生的第三次“落”又开始了。

7

8 月 20 日，在苏军的押送下，溥仪等 9 人前往苏联，先后被关押在赤塔的莫罗科夫卡收容所、伯力红河子看守所、第 45 特别战俘收容所等处。这一关押，就是五年。

其实，在苏联的“囚禁”生活并不差。莫罗科夫卡收容所甚至专门为溥仪举行了一个小型宴会。

在吃的方面，溥仪这些人每天有四餐，早餐有面包和各种点心，配咖啡和茶；午餐至少两菜一汤；下午三四点钟有“下午茶”；晚餐常吃西餐，内容更为丰富，有牛舌、牛尾、果酒、点心等。

当苏联人知道溥仪会弹钢琴后，还特地给他搬来了一架钢琴。

当然，能得到这样的待遇，溥仪不是没付出过代价。溥仪有一块白金外壳的长方形手表。刚到苏联时，一位苏军军官伸出了自己的手腕——上面空空如也——朝溥仪笑了笑。溥仪立刻心领神会，把表摘下，送给了这名军官。

在伯力红河子看守所，必须让苏方代管物品。登记时，看守所所长看到溥仪的一条项链非常漂亮，他说了一句：我如果能送给我妻子这样一条项链，那该多好啊！

溥仪二话没说，就把这条项链送上了。

当然，溥仪也有自己的诉求："共产党和国民党谁战胜了谁，都对我没有什么好处。我只能留在苏联。"所以，他一直申请留在苏联。

可是，苏联拒绝了他。理由是："如果中国内战国民党战胜了，我们还有理由把你留在这儿。现在共产党赢了，我们没有任何理由了。"

1950年8月1日，溥仪被遣送回国。

8

被遣送回国后，溥仪最担心的，是被直接处决。让他心中石头落地的，是1956年毛泽东在中共八届二中全会上的讲话："溥仪这些人，在处理方式上，只能逐步地改造，而不能简单地处决。"

这句话，让溥仪一下子放心了。随后在抚顺战犯管理所，他安心度过了三年。在这三年里，他写了自己前半生的自传《我的前半生》。

1959年9月，刘少奇发布《中华人民共和国特赦令》。这是新中国的首批特赦。对于这次的特赦，溥仪根本没抱任何希望，因为他觉得，只有"官小的，罪恶小的，才有可能被首批特赦"。而他认为自己属于"罪大恶极"。

因为他是皇帝嘛！

然而，溥仪怎么也不会想到，在1959年12月4日公布的首批特赦名单上，“爱新觉罗·溥仪”居然是特赦的001号。

不仅如此，1964年，溥仪担任了第四届全国政协委员。原以为人生已经跌到谷底的溥仪，居然迎来了第四次“起”。

哪怕是1966年开始的十年浩劫，因为周恩来特地把他列为保护对象之一，所以溥仪没有遭受到任何冲击。否则，以他的身份，没有人敢想象会遭遇怎样的下场。

因为他是皇帝嘛！

只是，溥仪随即遭受了人生第四次“落”，不是因为任何人为因素，而是来自病魔。

1967年，溥仪被诊断患有尿毒症。周恩来亲自打电话指示，一定要把溥仪的病治好！

然而，天命如此。

1967年10月17日，经历了反复和挣扎，61岁的溥仪，以中国的最后一位皇帝的身份，告别人世。

馒头说

1988年，由贝托鲁奇导演，尊龙、陈冲、邬君梅、彼得·奥图出演的电影《末代皇帝》，成了第60届美国奥斯卡金像奖的最大赢家——囊括了包括最佳影片、最佳导演、最佳改编剧本等在内的9项大奖。

溥仪的一生之所以能拍成电影，电影能囊括那么多奖项，绝不仅仅是因为他“末代皇帝”的特殊身份，更在于他跌宕起伏的一生。世界各国，各朝各代，那么多末代皇帝，为什么溥仪那么受关注？因为他恰恰经历了亚洲乃至整个世界最风云多变的年代。

说他无辜吗？确实无辜。不到3岁即位，从来就没有过实权，怎么可能掌控偌大的大清帝国？

说他真无辜吗？其实也未必。当成年后有了判断能力，为何又甘心当个“儿皇帝”？

或许，还是用周恩来那句总结比较合适：“你当皇帝的时候才两三岁，那时的事不能让你负责。但在伪满时代，你是要负责的。”

双面张作霖

在中国近代史上，张学良获得的关注度远远超过张作霖，但谁都认可一件事：没有这个老子，就不会有那个儿子，这绝不仅仅是指生理遗传上。张作霖这个人物，从小小土匪做起，最终成为中国实际的最高掌权者，仅仅用一个“军阀”来形容他，肯定是不够的。

1

按照张学良的说法，他们张家的祖籍是河北大城。

据《大城县志》记载，张作霖祖籍河北省大城县南赵扶镇冯庄。直奉大战期间，张作霖曾返乡认祖，但族中老人反对。

一个说法是，因为张作霖年轻时当过“胡子”（土匪），有辱门风。另一个说法是，当时正值直奉大战，族中老人担心万一直系失败，吴佩孚会迁怒族人。总而言之，张作霖未能归宗，他一直对此耿耿于怀。

其实，张作霖的生活，和河北并无关系。因为生活困苦，张作霖的先祖张永贵从河北跑到了东北，从事农业开垦。到了祖父张发时，

张作霖与第五个儿子张学森（左）、第六个儿子张学浚（右）合影

已经比较富裕了。但传到张作霖的父亲张有财一辈，张有财好赌、吸毒，最终因欠赌债，被债主害死。

1875年出生的张作霖，那一年13岁，家境破落。

此后的张作霖，流浪过，当过兽医，后来从了军，参加过中日甲午战争。再后来做过土匪，被招安后开始从副营长做到营长、旅长、师长、奉天督军、东三省巡阅使等。

在第二次直奉战争胜利后，张作霖作为“奉系军阀”首领打进北京，任陆海军大元帅，代表中华民国行使统治权，成为实际上的国家最高统治者。

对张作霖这个人，其实存在不少争议。

之所以有争议，是因为这个人身上，确实表现出了两个不同的侧面。

2

我们首先来看看张作霖的匪气——作为土匪的张作霖，以及剿匪的张作霖。

按照张家老一辈的人说法，张学良上一辈的张家人，没有一个是

“正经死在床上”的。

这当然也和东北的彪悍民风有关。

张作霖从小就显示出了彪悍的本性。上私塾的时候，一次老师在学堂的一个门后面发现了一杆小扎枪（类似红缨枪），就问是谁的，张作霖说是他的。老师问干什么用，张作霖回答：我昨天看见你拿板子打别人的屁股，今天如果你打我，我就给你两下子。吓得老师去找张作霖的母亲：你这个孩子我不敢教。

甲午战争结束后，原本当兵的张作霖没事干，做起了兽医，经常给马贩子医治他们的马。按照张学良的回忆，当时的东北，凡是有马的人，“大多数都是有问题的”（指他们是土匪或偷马贼）。经常跟这些人接触，一来二往，张作霖也结交了不少“绿林朋友”。

1900 年前后，正赶上闹“义和团”，沙俄趁机染指东北，清朝的盛京将军逃走，东北成了一个没有人管的地方，无奈之下，很多村庄只能选择自保。

那时的张作霖，凭借自己的岳父、地主赵占元的帮助（赵占元的次女赵春桂是张作霖的发妻，也是张学良的生母），组成了一个 20 多人的“大团”，也就是武装组织，来保障村庄的安全。

保障安全，是要收费的，也就是所谓的“保护费”。而保障安全，也难免要和其他来侵扰的土匪交火，乃至互相争抢地盘，张作霖当“胡子”的经历，就是从这里开始的。

必须承认的是，无论如何，张作霖把自己的“辖区”保护得相当不错，手下人也很守规矩。在那个乱世，反而有很多村庄主动要求张作霖去“保护”，所以到后来，张作霖负责保卫 20 多个村庄的安全。

后来张作霖的老奉系一派，张作相（后来当到吉林省主席）、张景惠（后来做到奉军副司令，后降日，出任伪满洲国总理）这些人，都是当时加入队伍的。

1902 年，社会秩序逐渐稳定下来，张作霖机敏地看到，所谓的

张作霖当官后的第一张照片

带“民团”是没有出路的，所以，他经八角台商团会长张紫云引荐，拜新民府（今辽宁省西北部）知府增韫为师，接受了招安，成了一名帮办（副营长），之后又升到了管带（营长）。

这是张作霖一生转折的开始。

政府招安你，一是怕你的“民团”散了彻底成为土匪，二是“以夷制夷”，要你去打土匪。

原来就是土匪的张作霖，摇身一变，立刻成了“剿匪专家”。虽然原来也被叫作“土匪”，但应该说，张作霖对扰乱地方治安的土匪还是深恶痛绝的。所以成了“官军”的张作霖，在剿匪的过程中不遗余力，再加上他本身就熟悉土匪的套路，所以收获颇丰。尤其是诱杀大土匪杜立三一役，堪称心狠手辣。

1908 年，时任东三省总督的徐世昌把剿匪得力的张作霖调到辽宁西北部的通辽、洮南一带，让他去剿灭被俄国收买的蒙古叛匪。

这可能是张作霖剿匪生涯中最艰难的任务。因为蒙古草原极为干燥，经常有狼出没，而熟悉地形的“蒙匪”又相当彪悍，马术精湛。

但就是这个张作霖，总结经验教训，先是派人去卧底，然后智取强攻结合，他本人也身先士卒，经过一年多的努力，收拾了“蒙匪”里几股比较大的势力：白音大赉被击毙，牙仟被生擒，陶克陶胡被张作霖追击400公里，逃入外蒙。从这一点看，张作霖解决了危害东北边疆多年的匪患，功不可没。

而打击土匪那么得力，可能也只有土匪出身的彪悍张作霖能做到。

3

应该说，剿匪帮助张作霖完成了人生积累的第一步，但要再进一步，他需要另一个更大的机会。

这时，辛亥革命到来了。

在这场革命中，我们将看到的是一个反革命的张作霖和一个“革命”的张作霖。

1911年10月10日，武昌起义爆发（参见《历史的温度1》中《一根香烟点燃的革命》）。

在各省纷纷响应、准备脱离清政府宣布独立的时候，奉天省（1929年张学良将其改为“辽宁省”）的新军也在秘密酝酿。当时新军第二混成旅协同（旅长）是蓝天蔚，他本身就是革命党人，而第二混成旅又是唯一驻扎在奉天省城奉天（沈阳）的一支部队，可谓时机大好。

时任东三省总督的赵尔巽知道情况可能不妙，连夜商量对策，甚至做好了跑路的准备。

这时候，远在奉天省西北洮南的张作霖，通过安插在奉天省城的手下，得知了这个消息。当时的张作霖因为剿匪有功，手下的5个营被扩编到了7个营，共拥有3500人，在当时的东北，已经算是一支不可小视的力量。

听到这个消息，张作霖尽起7个营所有兵力，马不停蹄，日夜兼程赶向奉天——他知道，自己人生一个大好机会来了。

张作霖赶到奉天的目的是革命吗？不！是去勤王！

风尘仆仆赶到奉天后，张作霖立刻晋见赵尔巽，说："因局势紧张，唯恐总督陷于危境，迫不及待，率兵勤王。如总督认为未奉命令，擅自行动，甘愿接受惩处。"

赵尔巽这时候哪里还会怪他？表扬还来不及！张作霖随即又说："请恩师听我部署，只要我张作霖还喘着一口气，我是愿以生命保护恩师，至死不渝。"

赵尔巽一听，立刻封张作霖为中路巡防营统领（团长），这下，张作霖手下有了 15 个营的兵力。

1911 年 11 月 12 日，奉天召开了保安大会，绅商各界到会的有 200 多人。赵尔巽带着张作霖参会，在会前，张作霖已经在会场外布置好了自己的人马。

赵尔巽。此人最大的人生成就，恐怕不是提拔了张作霖，而是主编了《清史稿》

会上，革命党人力主脱离清廷，宣布独立。赵尔巽坚决反对，但革命党人群起而攻之，要求他立刻宣布独立。

这时候，一旁的张作霖发话了。

他首先把自己的手枪拍在了桌子上，然后喊道："我张某身为军人，只知听命保护大帅。倘有不平，我张某虽好交朋友，但我这支手枪是不交朋友的！"

随着他这个信号，会场四周他布置好的人马全

任东三省巡阅使时的张作霖

部掏出了枪。

革命党人偃旗息鼓。最终，会议的成果是，东三省成立了实际上就是保皇性质的“奉天国民保安公会”，赵尔巽担任会长，而张作霖当上了军政部副部长，取得了军事实权。之后，又因镇压革命党人有功，被小皇帝溥仪赐封“关外练兵大臣”，赏顶戴花翎。

但是，随着时局的发展，张作霖很快也就随风向变了。

袁世凯就任大总统后，张作霖就任第二十七师中将师长。袁世凯殒命后，他更是做到了奉天督军兼省长。

以张作霖当时的资历，虽然雄霸东北，但做到督军，还是有人不买账的，比如同在奉天且身为张作霖前辈的冯德麟。

这时候，恰恰又冒出个浑人，叫张勋，他要为清王朝复辟。张勋人称“辫帅”，因为辛亥革命后，张勋为表示对清王朝忠心，始终不肯割辫。他手下的军队也都按规定留辫，号称“辫子军”。

1917 年 6 月 7 日，张勋以“十三省军事同盟盟主”身份，在一帮各怀鬼胎的“好兄弟”的注视下，率“辫子军”北上，在 7 月 1 日重新拥立溥仪为帝，上演了清王朝复辟的闹剧。

举国大哗，群起而攻之。之前一直举双手赞成复辟，并让冯德麟入京协助的张作霖，此时忽然变成了“骑墙派”，面对张勋发来“速来救驾”的召唤，他选择按兵不动。（当时张勋复辟后，仅封张作霖为奉天巡抚，这也惹恼了“东北王”。）

与此同时，张作霖暗中命令在天津“观望风色”的代表赵锡嘏，去晋见反对复辟的领袖段祺瑞，表示随时“听候总统吩咐”。段祺瑞听了大喜：“不料张雨亭（张作霖的字）还赞成民国！”

因为反对张勋复辟，张作霖摇身一变，又成了“进步人士”，顺手还让冯德麟背了锅。

这其中有一个小插曲。

在得知张作霖赞成张勋复辟之后，曾有三个革命党人带着炸弹去暗杀张作霖，结果炸弹没炸准，两个革命党人自己被炸死了，剩下的一个被张作霖的手下逮捕。

张作霖问：“你们为什么要来暗杀我？”

袁世凯称帝后，身着朝服的张作霖

革命党人说：“因为你支持复辟！”

张作霖说：“那这样，我现在放你走。如果到时候我张某人真的支持复辟，你就再来炸我。你看看我是不是支持复辟！”

然而呢？1925年，被冯玉祥赶出紫禁城的溥仪，在天津遇到了张作霖。其时，张作霖的奉系已经达到鼎盛时期，成了名副其实的“东北王”乃至威慑全国。

溥仪正发愁应该怎样与张作霖这个大军阀打招呼，

身前的张作霖却忽然双膝一弯，直接跪倒在溥仪面前，磕了一个响头，并恭恭敬敬地喊了一声："皇上好！"

4

评价一个统治者的一大标准，就是是否爱民。

发达后的张作霖，展现出了两个相反的侧面——爱民与扰民。

张作霖的三夫人戴宪玉有个胞弟，在张作霖的奉天大帅府当警卫。这位老兄实在无聊，晚上外出游荡，用手枪射路灯做游戏，结果一条马路的路灯全被击灭。电灯公司发现后，向大帅府禀报，希望张作霖能管一管。结果张作霖管的方式就是——命令卫队长将他的这个小舅子戴某枪毙。

卫队长想，这人是你小舅子，你一时冲动，我可不敢，于是就悄悄把戴某关了起来。等到几天后，戴夫人趁张作霖高兴的时候，为弟弟求情。张作霖知道戴某居然还活着，大为震怒，叫来卫队长说："你不枪毙他，我马上枪毙你！"最终还是把戴某枪毙了。

事后，张作霖对夫人赔罪说："我实在是迫不得已，我不能私亲戚以辜负家乡父老，那还有什么脸面治理政务呢？"

但戴夫人从此与张作霖决裂，削发为尼，离家遁入佛门。

张作霖连自己的儿子也不放过。张作霖有 8 个儿子，张学良是长子。

当时张学良是奉军第三旅的旅长，第三旅是独立旅，是张作霖的王牌军。张作霖有一次身着便服在城里转悠，听见百姓说第三旅的人横行霸道，巧取豪夺。张作霖火冒三丈，回家就把张学良叫来破口大骂，骂了足足半个小时，整个大帅府都听得见张作霖的怒骂声。张学良低着头一句话也不敢说。

最后，张作霖把张学良关了三天禁闭，规定不许任何人探望，且也不许任何人说情，否则一起处罚。

这件事传出去后，整个奉军震动，老百姓拍手称快。

还有一次过年，黑龙江省督军吴俊升给了来拜年的张学良兄弟每人5000元的压岁钱，在一旁的张作霖看了后厉声喝问：“给小孩子那么多钱干什么？！”

吴俊升回答：“我的钱，还不都是大帅给的。”

张作霖立刻有了脾气：“这是你说的？你说的？”

吴俊升一看苗头不对，立刻跪在地上磕头告罪。张作霖这才缓和口气：“钱你留着，给我在黑龙江好好干！别让老百姓骂我张作霖的祖宗！”

张学良后来回忆，说东三省的老百姓还是挺拥戴张家的。它倒也不是完全胡说八道。

但是，张作霖是否真的“爱民”？

张作霖支持“武力统一”，自1917年至1926年，先后5次用兵关内，规模一次比一次大，时间一次比一次长。在5次战争里，关内关外，生灵涂炭，民不聊生。

在满足自己政治野心的过程中，张作霖可是从来没有想过“爱民”两个字。

5

一个军阀，如果能成长为大军阀，用人方面必有过人之处。

张作霖被后人称道的最大用人之术，就是识人有方，用人不疑——但他最后的失败，也与此有关。

比如王永江。张作霖发迹之初，王永江一直不理他，惹得张作霖大为不快，曾发誓一定要“搞死”王永江。但后来听人说王永江能力过人，立刻对其非常谦恭，再三请他出山帮助自己。结果，王永江从奉天警察厅厅长一路做到了奉天省长。

王永江就任省长时曾提出：省内大小官员，都由自己任命，不许张作霖干涉。这种当时看起来是“昏头”的要求，张作霖一口答应。

结果，王永江治下的奉天省，经济迅速复苏，对张作霖走出困境、雄踞关外、问鼎天下起到了重要作用。

奉天集团的人员成分极其复杂，有各路土匪、小军阀，还有各路降将、叛军，对此张作霖一律一视同仁，不混编军队，让他们全部继续独立编制，与奉军完全平等。郭松龄反叛后，他与东北军各个将领的来往书信，张作霖一把火全部烧掉，表示既往不咎。此举在当时确实感动了无数将领，纷纷表示以后都愿意为张作霖效死命。

用张作霖的话说是：“用人不疑！疑人不用！妈了个巴子（他的口头禅），好好给我干，我绝不亏待人！如果吃里爬外，我马上枪毙他！”

但也别以为张作霖真的就是糊涂蛋，或者是个老好人。

张作霖有过一任秘书长，摸透了大帅的脾气，把他伺候得服服帖

张作霖创办东北讲武堂，培养了大批东北军军官，包括张学良

帖，但最终还是被张作霖撤了职。众将领为这个秘书长求情，张作霖的回答是："我和他没仇，就是因为他做了我那么多年秘书长，从来没和我抬过一次杠！我可能那么多年没犯过一个错吗？这种秘书长要来何用？"

张宗昌人称"三不知将军"：不知道自己有多少条枪，不知道自己有多少钱，不知道自己有多少姨太太。曾做名诗："大炮开兮轰他娘，威加海内兮回家乡。数英雄兮张宗昌，安得巨鲸兮吞扶桑。"1932年被韩复榘派人暗杀于济南火车站

同为土匪出身的"狗肉将军"张宗昌落魄时投靠张作霖，张作霖用人不疑，照用不误。凭借战功，张宗昌一跃成为奉系骁将。

有一次，张宗昌从黑龙江驻地前往沈阳谒见张作霖，他大大咧咧地往大帅办公室走，边走边高声喊道："老爷子，效坤（张宗昌的字）到了……"

话音未落，张作霖拍案而起："出去！重进！你是军人吗？妈了个巴子的，当在家里呢！"

高出张作霖一整头的张宗昌顿时目瞪口呆，然后马上原地顿足、立定、向后转，迈步而出，然后在门口回身举手敬礼："报告！张宗昌到！"

虽然张作霖会用人，但还是在郭松龄身上看走了眼。

郭松龄外号"郭鬼子"，意思是他打仗鬼点子特别多。郭松龄是张学良的老师，堪称奉军里最能打也最会打的将领。张学良对郭松龄佩服得五体投地，张作霖曾说："我儿子除了不肯给媳妇，其他什么都肯

给郭松龄。”

在郭松龄的辅佐下，张学良打了很多大胜仗，也树立了在奉军里的威望。张作霖对这对组合是很满意的。

第二次直奉战争中，张学良在郭松龄的指导下获得了山海关大捷。郭松龄居功至伟，战后想要个“安徽督军”头衔，但张作霖最终把这个头衔给了姜登选。郭松龄立了大功，却最终什么也没得到。

张作霖觉得自己没做错什么。在他看来，东三省早晚是张学良的，而张学良和郭松龄那么好，“穿一条裤子都嫌肥”，所以早晚东三省什么都是他们俩的，还给什么给？

但他没想到郭松龄什么都不错，就是心胸狭隘，对这一次的分配，他怀恨在心。祸根就此埋下了。后来，郭松龄率 7 万奉军精锐起兵倒奉，大大挫伤了奉军的实力，也间接造成了后来的张作霖皇姑屯殒命。

6

说到皇姑屯，就要说到日本人。

关于张作霖究竟是“亲日派”还是“抗日派”，一直是一个争论不休的话题。

其实从做营长开始，张作霖就一直在刀尖上跳舞——逼着他跳舞的，不仅仅有日本人，还有俄国人。

1904 年日俄战争开始，张作霖先是帮俄国人打仗，然后被日军俘虏，遂发誓要帮助日本人。所以日俄战争结束后，张作霖原来 3 个营的部队，在日本人的帮助下，扩充到了 5 个营。

但从此，张作霖也被日本人这块甩不掉的狗皮膏药黏上了。

当时日本人对张作霖的态度，分为两派。

一派认为，张作霖是日本策划“满蒙独立”的最大障碍，一定要除掉他。这一派的代表是日本参谋本部（二部）、日本关东都督和日本浪人川岛浪速等。

另一派认为，实现“满蒙独立”，应该利用张作霖，张作霖是日本最好的帮手，应该鼓动张作霖独立，日本便可兵不血刃地占领东北。这一派的代表是日本参谋本部次长田中义一、日本外务省和日本驻奉总领事等。

两派互不联系，各自活动。但能让日本人分为这样截然相反的两个派别，可见张作霖的手腕。

张作霖对日本的态度就是：表面答应，实则抗拒。事前承诺，事后反悔。实在不行，就去找俄国人说日本人要扩张势力，请求干预（受俄国压迫时也会去找日本人）。

一方面，张作霖非常希望得到日本的军火和军队协助，所以他确实也出让了不少东三省内的利益。但另一方面，他又不断教育子女：“成则王侯败做贼，都没关系，混出名堂就好。但就是有一点：坚决不能做汉奸！那是要死后留骂名的！”

东北老百姓一直流传着一个传说：张作霖有一次出席日本人的酒会，酒过三巡，一位日本的名流力请大帅题字——他知道张作霖出身

张作霖发妻赵氏带着张学良，与日本领事夫人们合影

绿林，识字有限，想当众让他出丑。

但张作霖抓过笔就写了个“虎”字，然后题了落款，在叫好声中，掷笔回席。

那个日本名流一看落款——“张作霖手黑”，顿时笑出声来。张作霖的随从也很尴尬，忙小声提醒他：“大帅，是‘手墨’，不是“手黑”，下面少了个‘土’……”

张作霖瞪眼睛就骂：“妈了个巴子的！我还不知道‘墨’字怎样写？对付日本人，手不黑行吗？这叫‘寸土不让’！”

北伐战争时期，张学良曾劝张作霖不要和南方打仗，因为日本人会抄奉军的后路。

当时张作霖大怒，拍桌子叫道：“妈了个巴子的！我有30万东北军，我才不怕日本鬼子！他撑死了在南满有13000人，要想收拾他，我把辽宁各县的县长、公安局长召集起来开个会，三天就把他的铁路扒了。东北军先打重镇大连、旅顺，他13000人怎么跟我打？我怕什么日本鬼子？”

对这段话，当时不少在现场的奉军军官都有印象。这段话显示出张作霖无论是对日本人的军力判断还是应对措施，都明显有心理准备。

但1925年的郭松龄倒奉事变中，张作霖真的被逼到了山穷水尽的地步。

郭松龄虽然早就对张作霖心存不满，但直接的导火索，就是他在日本得知了张作霖准备答应日本人一系列出卖国家主权的条款（其实以张作霖的脾气，多半又是骗日本人），换取日本人军备去进攻冯玉祥的国民军。

郭松龄起兵倒奉之后，一方面是因为“郭鬼子”确实会打仗，另一方面又是因为他统率的都是奉军精锐，所以一路势如破竹，直逼奉天。

日本人当时觉得找到了机会。他们先是去找当时占据优势的郭松龄，承诺关东军出兵相助，但事成后要郭松龄听命日本。郭松龄断然拒绝。

但当时已经准备下野的张作霖，最终接受了日本人的一系列要求，签订了《反郭密约》。

结果，日本关东军一方面严格限制郭松龄部队，给张作霖以喘息之机，集结部队，到最后巨流河大决战的时候，日本人更是直接以炮兵部队介入。郭松龄最后兵败被杀。

郭松龄叛乱被平息，日本人拿着《反郭密约》来找张作霖兑现诺言，张大帅倒也毫不含糊——全部反悔，概不执行！

那一次，是真正惹恼了日本人。

三年后的 1928 年，军事失利的张作霖退回关外，日本人终于等来了暗杀的机会，旧仇新恨一起算。

皇姑屯一声巨响，张作霖身负重伤，送回官邸 4 小时后身亡。

年仅 53 岁的“东北王”，就此殒命。

馒头说

民国时期的大军阀，其实个个都很难一言以蔽之，无论段祺瑞、吴佩孚，还是冯玉祥。当然，里面比较突出的一个，是张作霖。

从土匪做起，到最后问鼎中原，张作霖的一生绝大部分是辉煌的。但是，依我个人来看，却也觉得他很可怜。

为什么可怜？因为他的一生，是充满矛盾的一生。虽然贵为“东北王”，却身处俄国和日本两个穷凶极恶的邻居夹击之下；不想做汉奸，但又不能不做出妥协让步，时时刻刻在刀尖上跳舞。

英籍澳大利亚人加文·麦柯马克（西方研究东北亚问题的专家），在他的著作《张作霖在东北》一书中说：“就与日本帝国主义的关系而言，张作霖比一个纯粹的傀儡还多些什么；但又比一个民族主义者少些什么。”

这正是张作霖尴尬的地方。

但有一点必须承认的是，在张作霖的治下，东三省拥有当时全国罕见的兵工厂、空军部队，并且在俄日两强的夹击下，没有使东北的一寸土地沦丧。

也正是因此，更凸显了他的可怜之处：在他一命归西后才三年，他苦心经营大半辈子的东三省的 80 万平方千米国土和所有财富，在不到半年之内，就全部落入日本人之手。

唉。

他当过两任中华民国大总统，你却未必了解他

这个人，我相信每个人对他的名字都挺熟悉的，但同时，又对他挺陌生的。在整个民国的前半段历史上，他可谓是个知名人物。但他到底做了些什么？他后来怎么样了？甚至，他是个好人还是坏人？从某种意义上说，他是民国时期，我们最熟悉的陌生人。

1

1914年5月26日这一天，袁世凯决定成立一个叫“参政院”的机构。

为什么要成立这个机构呢？因为袁世凯在此之前，为了进一步集中自己作为总统的权力，已经解散了国会，在5月1日公布了《中华民国约法》。其中规定，国家的立法机关以后叫作“立法院”。立法院还没成立之前，由参政院代行职权。

这个参政院听上去挺厉害，其实没什么大用——直到袁世凯去世，

立法院都没成立，在袁去世后，这个机构就被裁撤了。

但是，袁世凯任命的第一任参政院院长，却是大有来头。

他的名字叫黎元洪。

对于这个名字，读过中学历史教科书的人都很熟悉——武昌起义成功后，革命党从床底下找出了当时的新军协统（旅长）黎元洪，拿枪顶着他做了湖北军政府的都督。

黎元洪

在整个武昌起义乃至辛亥革命中，黎元洪就给人留下了这样一种印象：窝囊、骑墙、唯唯诺诺、一事无成。

但是，从一开始，这个逻辑链似乎就有点卡：革命党人抛头颅洒热血打下了武汉三镇，为什么要拿枪顶着一个窝囊废去做都督？他们不能推选自己人吗？

这个黎元洪，到底何德何能？

2

黎元洪出生于1864年10月19日，老家是湖北汉阳府黄陂县木兰乡。

按照后人的记载，说黎元洪“素怀大志，富有革命思想”，但这个恐怕也只是黎元洪成名之后的一种说法而已。

唯一可以确定的是，黎元洪幼年贫苦，饿肚子的时候，甚至要到别人家地里偷萝卜吃。不过吃完后，细心的黎元洪和别人不一样——他会把萝卜叶子重新插在地上，做成伪装。

在那个考科举还是唯一成功道路的时代，黎元洪对“考功名”却没什么兴趣。1883 年，19 岁的黎元洪凭借读过几年私塾的底子，考上了天津水师学堂。

天津水师学堂是李鸿章创办的一所新式学校，目的就是给北洋舰队培养人才。1888 年，24 岁的黎元洪毕业，到北洋舰队的“来远”舰上实习。

也正是在那个时候，当时的两广总督张之洞觉得，广东作为中国的门户，也应该有一支自己的舰队。于是他就向福州船政局订制了 4 艘军舰，第一艘下水的军舰叫“广甲”舰。有了船，没人开可不行，张之洞和李鸿章一商量，从天津水师学堂要来一批学员，其中就有黎元洪。

“广甲”舰虽然也号称巡洋舰，却是木头壳子的

1890 年，26 岁的黎元洪因为学的是轮机管理，于是成了“广甲”舰上的“三管轮”。“广甲”舰原来的任务挺轻松的：负责在天津到广东一带沿海巡逻。1894 年，“广甲”舰受命往北方运送一批物资，到了

北方，立刻就被李鸿章以“战事吃紧”而征用。

黎元洪和他的“广甲”舰，就这样莫名其妙地参加了悲壮的甲午海战。

3

“广甲”舰和黎元洪的命运，在甲午海战中甚是离奇。

甲午海战是一场中日铁甲舰之间的较量，作为以木壳为主的“广甲”舰，本来参战就是不合适的，战端一开，“广甲”舰管带吴敬荣就未战先怯了。

当和“广甲”舰一起编组行动的“济远”号率先掉头逃跑的时候，“广甲”舰也决定掉头就跑，结果因为太匆忙，居然在大连口那里触礁搁浅了。等日舰追上来的时候，管带吴敬荣决定炸掉舰船后分头逃命，船上的人只能纷纷跳海，各自逃生。

“广甲”舰触礁的地方，离岸边还有相当长一段距离，一般人哪怕是水手，也挺难游过去的。当时和黎元洪一起跳下水的，一共有 12 个人，结果淹死了 8 个，黎元洪是 4 个幸存者之一。

倒不是黎元洪的泳技高超或体力惊人，而是他在此之前就和别人想得不一样——他自费买了一件救生衣。

上岸之后的黎元洪从大连跑回了天津，结果立刻被相关部门关押，隔离审查。

审查了三个月，实在查不出什么，因为不是黎元洪带头逃跑的，他也没做错什么事，而且“广甲”舰本来就是被“拉壮丁”来帮忙的。最终，黎元洪被无罪释放。

但是，北洋舰队已经全军覆没，水师学堂出身的黎元洪再也没有了用武之地，从此就告别了海军。

4

甲午一败，惊醒诸多梦中人。

“自强练兵”的观念，终于开始成为晚清政府各个阶层力量的共识。当时的张之洞决定在南京编练“自强军”，发文招纳水师学堂的人才，当时 31 岁的黎元洪在天津听到这个消息，赶到南京去应聘。

黎元洪从水师学堂毕业，又有实战经验，做事稳妥，很快得到了张之洞的赏识。张之洞一开始让黎元洪监工炮台的建设（也算是从海军过渡到陆军），黎元洪完成得非常出色，随后张之洞又任命他为炮台的总教习官。

等到张之洞要回任湖广总督的时候（他当时是接替刘坤一代任两广总督），已经练成了 2000 名完全按照新式方法训练的新军。张之洞向刘坤一表示，自己要带 500 名“种子”回到湖北继续编练新军，而作为其中一枚重要的“种子”，黎元洪随着张之洞回到了湖北。

位列晚清名臣之一的张之洞

张之洞确实堪称黎元洪的领路人。他欣赏黎元洪，也一直在着力培养他，表现之一就是从 1898 年开始，派黎元洪去日本学习、考察。从 1898 年到 1901 年，黎元洪曾三次考察日本，其中有一次是专门去日本学习军事。

在考察日本之外的时间里，黎元洪就在不断地编练湖北新军。当时张之洞编练新军其实就靠手下的两个人，一个是张彪，另一个就是黎元洪。

张彪的业务能力不强，级别虽然比黎元洪高，但整个湖北新军的编练，靠的就是黎元洪。

那么，黎元洪编练出来的湖北新军，水平究竟如何？

1906 年，清政府在河南彰德举行了一次秋操，派了袁世凯和铁良（当时的兵部侍郎）前来校阅。演习的双方，一方是由河南和湖北新军组成的“南军”，由张彪和黎元洪统领；另一方，是赫赫有名的“北洋军”组成的“北军”，由段祺瑞和张怀芝统领。

这场操练的规模非常大，各省和各国来参观的人员接近 500 人。演习结束，袁世凯被南军表现出的战斗力折服，向清廷汇报时说，湖北的新军是东南第一支训练有素的队伍。1908 年还举行过第二次秋操，由黎元洪指挥的南军和由两江地区新军组成的北军演习，三次演习，北军“三战皆北”。

不过黎元洪这人比较低调。1906 年，清政府统一全国军队的编制，要求湖北只能保留一个“镇”（相当于一个师），而湖北原来有两“镇”，分别由张彪和黎元洪统领。由于张彪是张之洞家女仆的丈夫，所以担任了第八镇的统制（相当于师长），而黎元洪当了第二十一混成协的协统（相当于旅长）。

但其实，黎元洪当时还负责统帅“六楚”舰队（楚材、楚同、楚豫、楚有、楚观、楚谦六舰）和“四湖”雷艇（湖鹏、湖鹊、湖鹰、湖集四艇），实际上等于掌握了长江舰队，把持了湖北陆军和水师两支重要的军事力量。

更何况，张彪基本上是目不识丁，当时训练新军官兵的一些教材都是由黎元洪校定的。新兵的每一本教科书上，都印有黎元洪的名字，这使得他在湖北新军中的名气非常大。

所以说，与张彪相比，黎元洪其实是当时湖北军界的真正实力派。

5

协统黎元洪，就这样来到了 1911 年的 10 月 10 日。

那一天晚上，第八工程营打响了武昌起义的第一枪。第八工程营是张彪第八镇的部队，黎元洪听到枪声后，知道事情要糟，但他立刻做了一件事：他把自己麾下的部队将官都召集在一起，唯一的命令就是——谁也不许离开。

黎元洪的意思很明确：我们按兵不动——既不参与起义，也不镇压起义。

这是黎元洪人生中最矛盾的时刻。

黎元洪对士兵一直很好，和公开贪污受贿的张彪形成鲜明对比。而且在武昌起义爆发之前，黎元洪的部队里不止一次被发现有革命党人，但黎元洪最后都从轻发落。

但是，就在当天晚上，黎元洪亲手杀了两个士兵。一个叫邹玉溪，他听到革命党起义，想从营队中溜出去参加革命；另一个叫周荣棠，他是革命党派来联络的共进会会员，想翻墙到黎元洪的部队报信。

远处炮声隆隆，但哪怕就在黎元洪身边的亲近将官，都不知道黎元洪的内心究竟在想什么。

很有可能，黎元洪自己也不知道。

直到最后一刻，黎元洪必须要做出决定了——武昌起义的部队在蛇山上架起大炮，炮弹打到了黎元洪的司令部。黎元洪慌了，下令“带兵出外避炮”。他手下的全体官兵一哄而散。到了晚上 12 点，失去管束的士兵，也开始投身革命。

黎元洪当晚做出的反应是：逃到自己的参谋刘文吉家里躲避。

10 月 11 日清晨，革命军找到了刘文吉的家。根据当年参加武昌起义的“辛亥老人”喻育之（1993 年去世，享年 104 岁）回忆，黎元洪当时没有躲在床底下，而是躲在帐子后面，被人找到后拉了出来。

拉出来干吗呢？革命军把他拉到了当时起义军控制的楚望台军械库，全体革命士兵列队欢迎——大家要请他出来指挥作战。

毫无疑问，当时军阶最高、声望最高，在新军士兵中留下较佳印象的黎元洪，确实是站到前台的最佳人选。

但黎元洪不肯，他只说了三个字：“勿害我！”

当时黎元洪以绝食进行抗争，但同时，他也在进行激烈的思想斗争：革命，是大势所趋，其实一开始他从心底里也没有特别反对，不然不会按兵不动；但是武昌革命成功，并不代表全国革命成功，万一失败了，百分之百是件掉脑袋的事情。

到了最后，发生了这样一件事。

在绝食了两天之后，革命党人甘绩熙对黎元洪说：“黎宋卿先生，我们汉人同志，流血不少，以无数头颅，换得今日成绩，抬举你为都督。你数日以来，太对我们同志不起。我对你说，事不成，你可做个拿破仑；事若成，你可做个华盛顿，你很讨便宜的。你再不决心，我们就以手枪对待。”

黎元洪回答：“你年轻人不要说激烈话。我已在此两日，并未有什么事对你们不起。”

另一个革命党人陈磊云说：“黎都督很对得我们起的，但是你辫子尚未去，你既为都督，该做一个模范，先去辫子，以表示决心……现在是民国了，你若尽忠民国，你就是开国元勋；你若尽忠清廷，你就该早天尽节。二者必居其一，何以如此装模作样，我们实在不解。进而言之，你不过在满清做个协统，现在得此机会，你非才智胜人，即你不干，以中国之大，汉人之多，岂无做都督之人耶？望你三思。不然，恐同志等不汝容也。”

黎元洪回答："你们再不要如此激烈，我决心与你们帮忙就是。你们说要去辫子，我早就赞成。我前在营内并下过传知，谓愿剪发者，则听其便。你们明日叫个理发匠来将我的辫子剃去就是。"

黎元洪理发后，其实已经等于表态了。革命党特地买来一挂鞭炮，以示庆贺。接着，士兵们请黎元洪训话。黎元洪说："元洪不德，受各位抬举，众意难辞，自应受命。我前天未下决心，昨天也未下决心，今天上午也未下决心，现在已下决心！无论如何，我总算军政府的人了。成败利钝，生死以之。"

话音刚落，掌声和欢呼声雷动。

1911 年 10 月 17 日，47 岁的黎元洪正式就任军政府都督。

6

事实证明，革命党还真没选错人。

黎元洪懂海军，也懂陆军，在军事上可以服人；他虽然是协统，但其实地位不亚于当统制的张彪一级，声望也可以服人；他作为一省督军，号召其他各省响应起义，也有说服力。

还有很重要的一点是，黎元洪不属于革命党中的任何一个党派——既不是共进会成员，也不是文学社成员，更不是同盟会会员，所以他实际上是革命的各路势力的一个平衡点。

但到了南北议和，中华民国临时政府成立之后，一切矛盾就又都显露了出来。在革命火种源头的武昌，革命党人内部也开始出现了明显分化：拉帮结派，争权夺利，内讧频频爆发。

在这样的背景下，当时已是民国副总统的黎元洪，又需要做出一个选择了：在袁世凯和孙中山之间，他必须要站一个队。

各种史料证明，黎元洪一直很尊重孙中山，但他最终选择站在袁世凯一边。

其实何止黎元洪，当时中国但凡能分析双方实力对比的人都清楚：袁世凯在各方面的实力均强于孙中山（参看《历史的温度1》收录的《两个大总统，你选哪个？》）。更何况，当时武昌的革命党人已经将黎元洪视为了“眼中钉”。

于是，不可避免地，革命党人与自己推选的“傀儡督军”黎元洪彻底决裂了。在那场争斗中，黎元洪也没有心慈手软，他杀了很多革命党人，获得了“黎剃头”的称号。而革命党与黎元洪的决裂，也彻底将他送到了袁世凯的那一边。

在后来的“二次革命”期间，黎元洪明确表态支持袁世凯——但还是那句话：那场所谓的“革命”在很多人看来，无异于以卵击石。

黎元洪不会犯那样的错误。

7

那么，黎元洪是不是真的就此和袁世凯成为铁板一块？

并不是。

1915年末，袁世凯踌躇满志地准备登基，向来对他言听计从的黎元洪却一直消极抵抗，比如一直请辞本文开头交代的那个“参政院院长”，但袁世凯就是不准。

袁世凯称帝后，册封黎元洪的头衔是“武义亲王”，当时全国就这么一个“亲王”头衔，但黎元洪坚决不接受。各省的督军、巡按使、镇守使、都统、巡阅使等纷纷以“东厂胡同黎亲王”“武义亲王”“黎亲王”等不同的电头致电向黎元洪表示祝贺，但黎元洪就是不接受。最后被逼急了，只能说：“再逼我，我就一头撞死。”

尽管他选择了和袁世凯分道扬镳，但在袁世凯的临终遗命里，黎元洪仍是继任中华民国大总统的第一顺位人选。

1916年6月7日（袁世凯死后的第二天），52岁的黎元洪就任中华民国大总统。

但当上大总统之后，黎元洪就没那么顺利了——全国的兵权都握在段祺瑞等一批北洋军阀的手里，他这个总统，处处受制，其实是有名无实的。

但即便如此，黎元洪在任内还是做了一些事情，比如顶住段祺瑞的压力，在国务院各个部门中引进一批南方革命党的部长，比如坚决抵制通过借外债来解决国内经济问题，在外交方面一直努力取缔一系列不平等条约，等等。

但是，彼时的中国，已经绝非辛亥革命时那样万众一心只为做成一件事了，各种势力暗流涌动，互相较劲。手无兵权的黎元洪虽然还站在舞台中央，但聚光灯早已不打在他的身上了。

1917年，被黎元洪罢免国务院总理之位的段祺瑞，挑唆徐州督军张勋率五千“辫子军”进京复辟，然后又“马厂誓师”，击溃张勋，成为“三造共和”的功臣。黎元洪在京再无立足之地，遁入天津，做起了实业生意。

1922年，因为直皖军阀之间的矛盾不可调和，黎元洪在“歇业”五年后，又被请出来做了中华民国的大总统。彼时的黎元洪已经58岁，虽然他也清楚自己再一次成了一个“调和矛盾”的需要，但他依旧幻想着能借总统之位，再做点事情。

当然，这一次，黎元洪是真的天真了。

仅仅一年，黎元洪就失去了利用价值，“贿选总统”曹锟上台，黎元洪再度被逼入死角。这一次，他是彻底死心了。

1928年6月3日，64岁的黎元洪因为脑溢血在天津去世，临死前，他口述遗嘱，通电全国，其中包括：从速召集国民大会，解决时局纠纷；实行垦殖政策，化兵为农工，勿使流离失所；振兴实业，以法律保障人民权利；革命为迫不得已之事，但愿一劳永逸，俾国民得以早日休养生息，恢复元气；早定政治方针与教育宗旨；民元以来，凡无抵触国体之创制，均应一律保持，请勿轻议纷更；和平统一，利国富民。

黎元洪的葬礼是国葬，场面极为盛大，当时葬在武汉的土公山（现华中师范大学东南门附近）。1935 年 11 月 24 日，国民政府再度为黎元洪举行国葬，遗体归葬于武昌的卓刀泉。

武昌，成了黎元洪踏上历史舞台的起点，也成了终点。

黎元洪的葬礼

馒头说

回过头看看黎元洪这个人的生平，不简单。

当过海军，也当过陆军；做过协统，也做过都督；做过三次中国民国副总统，也做过两次中华民国大总统，最后还成了一名实业家。

孙中山曾评价黎元洪：中华民国第一伟人！

孙中山说这话，应该有他自己的目的，“第一伟人”这个称号，我个人认为还是有些夸张了。

但黎元洪真的是一个很难盖棺定论的人。

你说他反革命，他是武昌首义的都督，不管怎样，当时肯做那个都督，还是要有点魄力的；但你说他革命，他又帮袁世凯杀过不少革命党，最终支持的也是袁世凯。

你说他英明果断，他是被人逼着做了都督的；但你若说他优柔寡断，他一旦决定当了都督，还是为辛亥革命做了很多实质性的事。

你说他敢作敢为，但他其实每次都会做出对自己最有利的选择；你说他明哲保身，但他在任上又是真心真意想做些事，也做了不少事。

你说他共和，他一直紧跟袁世凯；你说他保皇，他又为了共和，不惜和袁世凯翻脸。

所以，与其说黎元洪是一个伟人，倒不如说是一个真实的人。

在那场中国从未遭遇过的千年大变局中，黎元洪和很多人一样，还没做好思想准备，就被裹挟进去了。在诸多抉择和变化之中，他做出了一个个最真实的，但同时又是有是非观念的人的抉择：有勇敢，有胆怯；有坚强，有退缩；有得意，有消沉；有欲望，有底线……

严复的人生，为何最终会拐个弯？

在清末，中国涌现出了第一批“睁眼看世界的人”，他们痛定思痛，最先看到别人先进的地方，检讨自己的不足，提出改革的方案。但是，在那个三千年未遇之大变局的舞台上，即便是最先睁眼看世界的人，始终都能把握得住方向吗？

1

1921 年 10 月 27 日这一天，在福州的郎官巷，一位 69 岁的老人离世了。

这个老人，生前曾享有盛名。康有为说他是“精通西学第一人”，梁启超说他是“于中学西学皆为我国第一流人物”，胡适评价他为“介绍近世思想的第一人”。

严复

但在晚年，他的一个行为却又

让不少人不解，乃至非议。

他叫严复，我们知道他，是因为历史教科书告诉我们，他翻译了《天演论》。

但其实，他值得我们了解更多。

2

严复本应该成为一名海军军官的。

严复出生于 1854 年 1 月 8 日，福建人。他的父亲是一名医生，但在严复 13 岁那年，父亲因为在抢救一名霍乱病人时被传染，结果不治身亡。父亲是家里的顶梁柱，严复家顿时就陷入了困顿。

就在这一年，当时的船政大臣沈葆桢（林则徐的女婿）在福州马尾创办福州船政学堂，对外招生。按严复家里的期望和他自己的意愿，他应该走上一条参加科举考取功名的道路，但和母亲商量了之后，严复毅然选择了这个当时传统家庭都不愿意报考的新式学堂。

有什么理由吗？最大的理由其实就是沈葆桢贴出的招生章程："凡考取者，饭食及医药费全部由学堂供给；每月给银四两，还有奖学金；五年毕业后可进入水师领工资。"

福州船政学堂当年的建筑

每月四两银子，已足以养活全家，诱惑实在太大了。

严复是以笔试第一名的成绩考进福建船政学堂的。他的同学都有谁呢？报出名字，大家都耳熟能详：邓世昌、林泰曾、刘步蟾、方伯谦——没错，严复的同学们，后来撑起了大半支北洋舰队。

在船政学堂的五年里，严复系统学习了英文、数学、电磁学、光学、热学、化学、天文学和航海术等课程。1872 年，严复以最优等的成绩从航行理论科毕业，然后上舰实习。

也就是在这一年，他将自己的名字改为严复，字几道。

当然，福建船政学堂的这五年对严复的改变，绝不是一个名字那么简单。可以说，这是严复人生的第一次重大转变——

从一个一心想学好八股文考科举的学子，转成了一个迫切想了解近代西方科学的青年。

3

1877 年，23 岁的严复出国了。

他是作为中国海军选拔出的 12 名最出类拔萃的人员，公费派往英国皇家海军学院学习航海术的。

到了英国后，刘步蟾、林泰曾、蒋超英三人直接上舰实习，剩下的 9 名学生参加了皇家海军学院的考试，其中严复、方伯谦、林永升、萨镇冰（此人后来做到清朝海军总司令、民国海军总长）等 6 人通过了入学考试，成了这所皇家海军学院创建以来的第一批外国留学生。

英国皇家海军学院

严复在英国前后待了两年，在这两年里，严复提升的绝不仅仅是在航海术方面的知识，而是对整个西方社会的认识。

在清朝驻法国公使郭嵩焘的提携下，严复和同学们一起去法国巴黎参观了“世界博览会”，大受震动。严复还利用休息日去旁听英国法庭的开庭，看到原告和被告坐在一间房间里，有专门的律师为双方辩护，这种闻所未闻的景象，让严复“归邸数日，若有所失”。

严复开始渐渐思考一个问题：西方比我们强，真的只是靠“船坚炮利”？

带着这个问题，他和年长他35岁的驻法公使郭嵩焘成了“忘年交”，因为两个人的观点在这一点上完全一致：中国如果只是学习西方列强的海军、陆军，只是买船、造炮、练兵，那只是学了皮毛，是不可能富强起来的。

1878年，一年前考进英国皇家海军学院的6名中国学生都以优异的成绩修完了学业，在郭嵩焘的提议下，严复被点名再留下学习一年。

在多出来的这一年里，严复读了大量当时在欧洲非常流行的书，这些书的作者，是达尔文、赫胥黎、亚当·斯密、斯宾塞、卢梭、孟德斯鸠……

1879年7月，严复再次以“头等”的成绩从皇家海军学院毕业。按照原来的计划，他应该再到英国的军舰“纽卡斯尔”号上去实习一年。但是，国内来电，召他尽快回国。

郭嵩焘也是一位奇人。早年是曾国藩幕僚，之后担任驻英公使和驻法公使，也是中国第一批“睁眼看世界”的人之一。他主张中国要借鉴和学习西方的文化和制度，而不是军舰和大炮，可惜当时在国内应者寥寥

原来，福州船政学堂急需人才，需要

他回去当老师，传授自己的所学。

于是，严复收拾行囊，启程回国。

这时候的他，已经经历了第二次转变——

从一个渴望学习西方先进知识的青年，到一个已经对西方社会乃至政治制度有所了解，并慢慢建立了自己的思想体系的人。

4

严复回国后没多久，就被调到了天津北洋水师学堂任教。

北洋水师学堂是一所新式海军学校，严复在校任教期间，培养了一批大牛的人物，比如后来当上中华民国大总统的黎元洪、后来成为南开大学校长的张伯苓、著名翻译家伍光建等。

不过，一场颠覆整个中国命运的战争，打破了严复安心教书育人，让中国富强起来的幻想。

这场战争，就是 1894 年的中日甲午战争。

甲午战争对严复而言，有着远超普通人的刺激和伤害：在北洋舰队里有无数他的同学、学生、朋友。尤其是他当年的那批同学，在舰队里都已经担任高级指挥官，但在甲午海战中，殉国的殉国（邓世昌、刘步蟾），自杀的自杀（林泰曾），被处斩的处斩（方伯谦），几乎全军覆没。

严复从福州船政学堂毕业后不久，还曾随清朝自主设计的第一艘近代巡洋舰“扬威”号访问过日本的长崎和横滨。当时日本还在建设海军，在港口，无数日本民众闻讯赶来，用羡慕和崇拜的目光仰视清朝的军舰——才 20 年，乾坤已经逆转。

当时，严复称自己经常“夜起而大哭”，在给朋友的信中，他曾写道：“心惊手颤，书不成字。”

但又能怎么办？这场战争让无数的中国人从睡梦中惊醒，但新的出路，又在哪里？

而严复所能提供的，只有自己的思想和手里的那支笔。

他开始了第三次转变——从一个安于育人的教书匠，转变为一个开始不断用文字去唤醒世人的文人。

5

1895 年，中国的农历新年刚过，严复就开始出手了。

在天津的《直报》上，严复连续发表了《论世变之亟》《原强》《辟韩》《救亡决论》四篇文章，这四篇文章的主旨都只有一个：呼吁改革。

和李鸿章提出的中国遭遇“三千年未有之大变局”一样，严复也指出：“今日之世变，盖自秦以来，未有若斯之亟也”，而中国人当初蔑视的“夷狄”，早就不是以前概念中的那种没开化的蛮夷了（“今之夷狄，非犹古之夷狄也”）！

在这些文章里，严复鲜明地亮出了自己的态度：“今日中国，不变法则必亡！”

后来维新派的很多理论基础，其实多来自严复的理论和文章。而严复本人，也是“维新变法派”的忠实拥趸。

1897 年，43 岁的严复在与人合办的天津《国闻报》上，开始连载他翻译的最为后人所熟知的一本著作——英国博物学家赫胥黎的《天演论》。

以《天演论》为代表，严复从 1896 年到 1909 年一共翻译了 8 部西方的哲学和社科类名著，他的观点是：一个国家的真正强大，不在于武备，而在于人们的心态和国家的制度。

在翻译的过程中，严复还提出了自己的翻译理论，那就是后人所熟知的“信、达、雅”。“信”（faithfulness）是指忠实、准确地传达原文的内容；“达”（expressiveness）指译文通顺、流畅；“雅”（elegance）

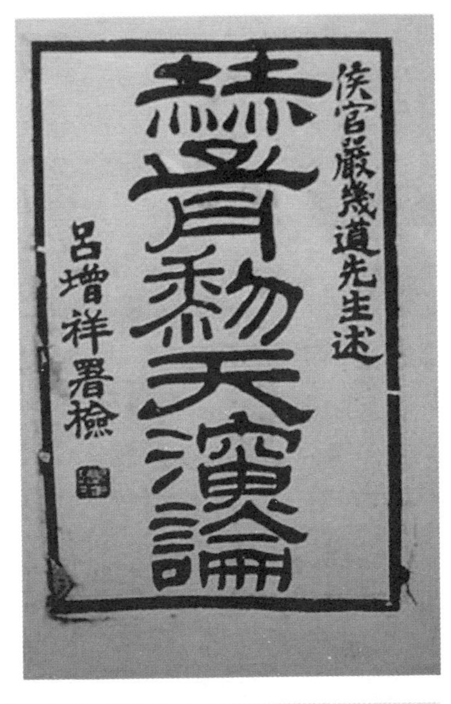

《天演论》封面。这本书扉页上的那句“物竞天择，适者生存”，虽然只是赫胥黎用来阐述达尔文的“生物进化论”的，却被严复有意无意影射成人类文明发展的规律，所以这句话震撼了大江南北无数沉浸在痛苦中的中国人。就连胡适改名为“适”，字“适之”，也是来源于此。（胡适曾说，他的同学里，有取名叫“杨天择”的，还有取名叫“孙竞存”的，可见这本书对当时人的影响之大。）

赫胥黎治功天演論序
西洋名學家穆勒約翰有言欲考一國之
文字語言而能見其理極非諳曉數國之文
字語言者必不能也

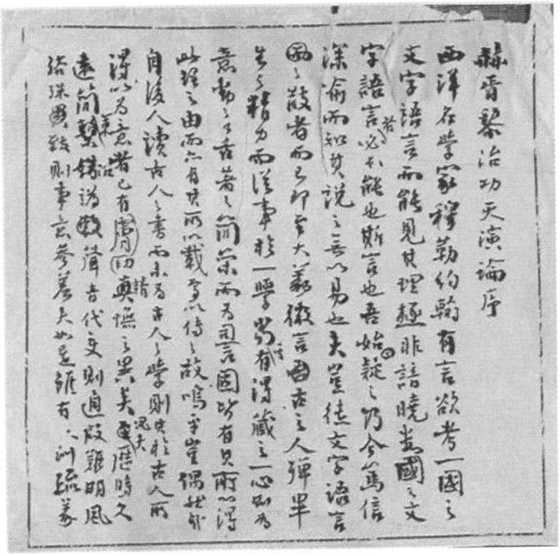

《天演论》手稿

the support against Yuan
through thick and thin then
there is nothing to be dreaded.
If His Excellency be not
certain in this. It would be
much better, he thinks,
to let Yuan have the thing
which he craved, provided
that he will take the
whole responsibility and
consequences. Let His
Excellency employ Yung
tsungtang as a bridge to
shove this burden over to
Yuan peacefully. It
will be better for China at
least.
Whether the above be a good
advice to His Excellency or
not I shall say nothing.
But it is better to let His
Excellency know how the
matter stands & provide
for all contingencies.
I will be in the Capital
on 21st or 22nd this month &
will come & see you and
His Excellency as soon as
possible
With kind regards
Yours sincerely
Y. Fuh

严复用英文写给伍光建的信

可解为译文有文采，文字典雅。“信、达、雅”这三字标准，对中国翻译文学的影响持续到今天。

不光是写作和翻译，严复更是亲身投入了教育事业。1905年，严复协同马相伯先生创立复旦公学，严复是复旦公学的第二任校长。

1911年辛亥革命后，京师大学堂改为北京大学，受当时的教育总长蔡元培推荐，严复又成了北京大学的首任校长。当时的北京大学百废待兴，经费奇缺，严复殚精竭虑，利用个人关系向外国银行贷款7万元，终于让北京大学顺利开学授课。

经历了三次转变和提升后，严复的人生走到这里，可以说是相当圆满了。年近60的严复当时的社会地位非常高，人们对他的评价也都非常好——关键是，严复配得上那样的赞誉。

然而，没多久之后，严复的人生却出现了一个离奇的拐弯。

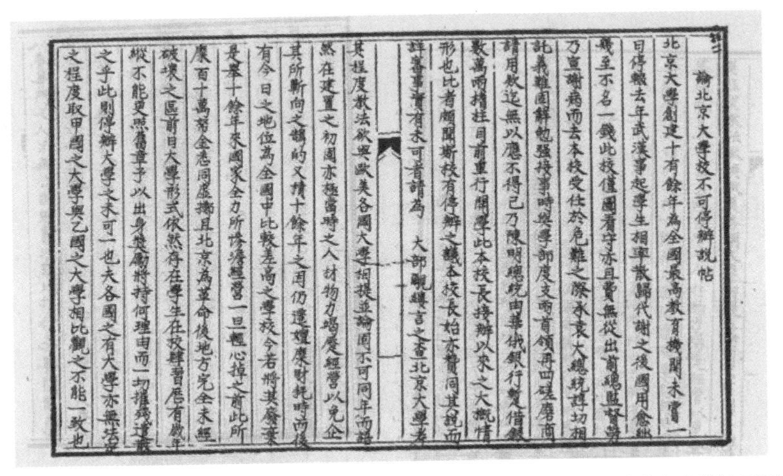

論北京大學校不可停辦說帖

北京大學創建十有餘年為全國最高教育機關未嘗一日停輟去年武漢事起學生相率散歸代謝之後國用愈絀幾至不名一錢此校僅圖看守亦且費無從出前總監督勞乃宣辭職而去本校受任於危難之際承袁大總統諄切相託義難固辭勉强接事時與學部度支兩首領再四磋商請用款迄無以應不得已乃陳明總統由華俄銀行暫借銀數萬兩撐拄目前重行開學此本校長接辦以來之大概情形也比者頗聞斯校有停辦之議本校長始亦贊同其說而詳審事實有未可者請為 大部覼縷言之　北京大學者

其程度教法欲與歐美各國大學相提並論固不可同年而語然在建置之初固亦極當時之人材物力竭蹶經營以免企其所斯向之鵠的又積十餘年之周仍遭艱糜財耗時而後有今日之地位為全國中比較差高之學校今若將其廢棄是舉十餘年來國家全力所締造經營一旦輕心掉之前此所糜百十萬帑金悉同虛擲且北京為革命後地方完全未經破壞之區前日大學形式依然存在學生在校肄習居有歲年縱不能更照舊章予以出身獎勵將持何理由而一切摒棄遣散之乎此則停辦大學之未可一也夫各國之有大學亦無法定之程度取甲國之大學與乙國之大學相比觀之不能一致也

后民国当局曾一度下令停办北京大学，严复四处奔走，并亲笔上书《论北京大学校不可停办说帖》，自己又跑到比利时银行借贷 20 万元，才使得北京大学得以继续办学

6

1915 年 8 月 14 日，一个新的政治团体成立了，这个团体，叫作“筹安会”。

这个筹安会成立的目的只有一个：帮袁世凯称帝宣传造势。

“筹安会”的理事长，是袁世凯的亲信杨度，这并不出人意料。副理事长孙毓筠，理事刘师培、李燮和、胡瑛，这四个人当初全都是革命党成员，被杨度笼络过来，一起支持袁世凯称帝，倒是有些意外。

但最出人意料的，是这个由六人发起的“筹安会”名单上，最后一个人的名字，是严复。

严复名列所谓的“筹安六君子”，在当时引起了轩然大波。长期以来，这似乎也成为严复人生的一个“污点”。

首倡“物竞天择”，点醒国人的严复，为什么会开历史的倒车，去支持袁世凯恢复帝制？

原因，可能有三点。

第一点，严复和袁世凯是旧识，且关系非同一般。

其实袁世凯在做直隶总督的时候，就试图拉拢严复，但严复那个时候是看不上袁世凯的，袁世凯屡次拉拢，严复屡次拒绝。但后来随着袁世凯渐渐登上政治舞台的中心，严复重新审视了袁世凯，认为以袁的能力，当时中国确实无人能出其右。

所以，当溥仪登基，摄政王载沣罢黜袁世凯，满朝文武没人敢为袁世凯说话的时候，严复却是倒过来同情袁世凯且为袁世凯说话的。所以当袁世凯借辛亥革命东山再起的时候，自然非常器重严复，任命严复为京师大学堂监督、总统府顾问，这个时候，严复也就没再推辞。

第二点，严复对辛亥革命后的中国局势，是有点失望的。

其实失望的不仅仅是严复，还包括王国维等一批知识分子。在他们看来，辛亥革命建立的共和国，“有共和之名而无共和之实”。严复不反对共和是大势所趋，但他觉得，西方的共和有自己的历史渊源，是建立在民众的民主和平等思想已经完备的基础上的，而当时的中国，他认为时机远未到。

第三点，在英国的留学背景，对严复影响很大。

那么如果不走共和之路，中国的出路在哪里？严复认为最好的模式，就是效仿英国，实行“君主立宪”。在严复看来，中国暂时还不能给老百姓太多的民主，依旧要有君主，但需要像英国那样，用宪法限制君主的权力。

君主选谁？有“强人情结”的严复认为，只有袁世凯是最好的人选。虽然严复对袁世凯其实也有清醒的认识，认为他“无科学知识，无世界眼光，又过欲以人从己，不欲以己从人；一切用人行政，未能任法而不任情也”，但在当时的中国，严复选不出别人了。

所以即便袁世凯后来称帝失败当回总统，各省纷纷要求袁世凯退位的时候，严复依然站出来力挺袁世凯："项城此时去，天下必乱。"

按严复的孙女严停云后来的说法，严复是受到了杨度的蛊惑和袁世凯的胁迫，最终被迫在筹安会发起人名单上列名的。这个说法有一定道理，严复并不热情参与筹安会的活动，这是真的，只列名不做事，也是真的。但至少筹安会要做的"君主立宪"这件事，和严复的观点是不矛盾的。

所以，虽然严复没有为"筹安会"做什么事，但他名列"筹安六君子"之列后，自己并没有提出退出。

至于袁世凯称帝，是不是严复想要的"君主立宪"，这就是另一回事了。

7

其实当时有很多人劝过严复。

请严复一起创立复旦公学的马相伯，当时就曾劝严复，大意是，杨度、孙毓筠这些人都还年轻，他们想往上爬是可以理解的，你年纪那么大了，干吗还要这样？

严复的老乡，著名的文学家和翻译家林纾也曾劝他，无论今后袁世凯称帝成功还是失败，对严复而言都不是好事情。

但严复都没有听。

袁世凯称帝失败后，林纾劝他离京避祸，但严复的回答是："是祸躲不过，我老了，已不惜什么了，是非终将大白。"

严复当时还是认为，自己的观点经得起时间的考验。

所以，虽然严复最终在家人劝说下避居天津，最终又回福州老家终老，但他哪怕到离世前，时而摇摆。

对当年名列"筹安会"拥护袁世凯，他曾对人说："当断不决，虚与委蛇，名登黑榜，有愧古贤。"可见，他是有悔意的。

不过，他最后留给自己的遗嘱也鲜明地表明了自己的态度：“中国必不亡，旧法可损益，必不可叛。”

馒头说

今天之所以写严复，是因为这个人非常符合“馒头说”一直想和大家分享的两个观点。

一个观点就是：任何人，不管是伟人还是小人，都是人，都是有血有肉的人。

比如严复。严复以“睁眼看世界”和传播西方先进思想闻名，他提倡革除旧弊，自己却吸食鸦片，始终无法戒除；他呼吁自由平等，但自己却有妻有妾，自己还要调和妻妾矛盾；他传播科学文明，自己却精通周易占卜，且深信此道，对自己墓地的风水严格把关；他呼吁变法革新，最终自己的墓碑却用的是自己生前手书“清侯官严几道先生之寿域”，而当时大清早已亡了……

所以，他矛盾的性格在一定程度上也影响了他的政治主张：既想革新破除专制，又希望不要太暴力，打破传统。

而另一个观点就是：我们品评一个历史人物，不能完全跳出他当时所处的时代，用一个“上帝视角”来评价。

严复当时所处的是一个什么时代呢？就是一个“三千年未遇”的大变局时代，当时无数的中国人，都在用自己的学识、经验和想法，不断摸索让中国重新富强的方法，从康有为到梁启超，从严复到蔡元培，时代滚滚向前，每个人的观念都在不断地变化，不断地适应时代的发展——没有一个人是穿越回去的，所以谁又能拍胸脯担保，自己已看清一百年后的世界究竟是怎样的？

包括那位杨度，虽然他拥护君主立宪，但后来张勋复辟请他出山，他不屑一顾，因为他知道那不是他所希望看到的制度。杨度最后秘密加入了中国共产党，而且是在“白色恐怖”时期，共产党最危在旦夕的时候加入的，所以他绝不是投机，而是真心想找一种让中国富强的方法。

所以，严复加入“筹安会”的行为现在看来有些荒唐，但他还是遵从自己内心的：他认为“君主立宪”适合当时的中国。后人可以认为他的眼光有问题，但他确实没有私心，他也是希望中国好。

1905 年，严复曾在伦敦与孙中山见过一次面，两人最后并没有达成一致的观点。

因为严复认为，以中国国民目前的素质，首要任务是搞好教育，走一条循序渐进的道路，不然就算革命了，依旧还是换汤不换药。

而孙中山认为，如果要按严复的路子走，“人寿几何”？所以，他称严复是思想家，而自己是实干家。

孙中山是伟人，但我觉得，严复也是伟人。他对当时西方与中国的理解，以及他的思想，在他所处的那个时代，是非常独到且难能可贵的。

正如 2015 年 4 月，李克强总理参观严复故居时曾这样评价，每个中国人都应该记住严复，严复学贯中西，是第一批“放眼看世界”的中国人。

而更可贵的是，“他向国人翻译介绍西学，启蒙了几代中国人，同时又葆有一颗纯正的‘中国心’”。

“名士”于右任

在民国史上，总有一批人的名字，似乎随处可见，如雷贯耳，但似乎又总不在舞台的最中央。于右任，就属于这一类人。

1

1964年11月10日，于右任的保险箱，被人打开了。因为这一天他逝世后，大家都没找到他的遗嘱。

考虑到他可能会把遗嘱放在保险箱里，于右任的长子于望德便和“监察院副院长”李嗣璁、“秘书长”螘硕、“立法委员”程沧波等人一起，打开了父亲的保险箱。

保险箱一开，众人都傻眼了：没有钱财宝物，没有股票证券，大部分都是于右任生前的重要日记和信件。剩下的，就是一堆账单——为三儿子于中令出国留学借的学费的账单，借副官宋子才的数万元账单等。还有，就是夫人高仲林早年为他缝制的布鞋。

于右任是谁？堂堂国民党元老，自1930年至1964年，足足做了34年的国民党“监察院长”。

而作为“中华民国中央政府”最高监察机关的一把手，他在保险箱里留下的，就是一堆账单而已。

2

于右任，1879年出生，陕西三原人。

于右任原来的名字叫于伯循，字诱人。为何这个字起得如此“诱人”？并非想走歪门邪道，而是典出《论语·子罕》的“夫子循循然善诱人”。后来于右任在26岁的时候，在《新民丛报》上发了一篇文章，署名是“于右任”。“右任”与“诱人”谐音，且中国古代少数民族的服装前襟向左掩，称为“左衽”（区别于中原汉族的“右衽”），后来借指异族统治，所以他就开始用“于右任”作为自己名字。

于右任两岁丧母，父亲在外打工，委托于右任的伯母将他抚养成人。不过于右任自幼爱读书，且天赋极佳，17岁中秀才，20岁中举人，到了21岁——差点儿被砍头。

那一年，八国联军攻入北京，慈禧太后拉着光绪出逃西安，血气方刚的于右任给当时准备恭迎圣驾的陕西巡抚岑春煊写了一封信，表达了自己对地方父母官的殷切希望：手刃西太后！

结果这封信被他的同学苦苦拦住，没能发出去。一时无处宣泄的于右任把自己剃了个光头，光着膀子，提了把大刀，以一副对联为背景照了张相，那副对联写的是“换太平以颈血，爱自由如发妻”。

结果，这张半裸照落到了三原县令的手里，再加上后来于右任又印刷发行了自己的诗集《半哭半笑楼诗草》，里面有一句：“女权滥用千秋戒，香粉不应再误人”。——虽然当时慈禧已经快70岁了，但大家也都知道“香粉”指的是她。于是，于右任被定性为“革命党”，遭到通缉，通缉文上写的是：“无论行抵何处，拿获即行正法。”

当时的于右任正在开封参加会试，据说出了一个大巧合：西安电报局和路驿同时发生故障，缉捕公文没到，自己朋友劝他快逃的信先到了。

得知消息后，暂时还没打算“换太平以颈血”的于右任，赶紧逃亡上海，化名刘学裕，进入当时马相伯创办的震旦学院读书。

当时的震旦学院是法国人赞助的学校，因为法籍神父试图将学校彻底改为教会学校，马相伯愤然离校，诸多学子跟随退学。于右任四处奔走，出钱出关系，和邵力子等人协助马相伯，在 1905 年一起创办了复旦公学，即复旦大学的前身。

“复旦”这个名字，就是于右任建议的，典出《卿云歌》：“日月光华，旦复旦兮。”

复旦大学原校门

3

1906 年，于右任在日本认识了一个很重要的人，名叫孙中山。

然后，他加入了一个很重要的组织，叫同盟会——于右任后来被称为"国民党元老"，即由此而来。

不过，成为真正的革命党之后，于右任还是没准备"换太平以颈血"，因为对他这样的人来说，有比枪和炸弹更拿手也更有效的东西：笔。

1907 年，于右任在上海创办了平生第一份报纸《神州日报》，"报人于右任"由此名闻天下。

《神州日报》上来就"骨骼清奇"：报纸上的纪年方式与别家报纸不同，不用清朝皇帝的年号，而是统一使用公元纪年。这让人耳目一新。而报纸的内容，也多为针砭时弊、立场鲜明的稿件。一时之间，洛阳纸贵。

不过，《神州日报》才创刊 37 天，就遭遇了一起离奇火灾，报社从内到外被烧得干干净净。虽然报社上了火险，马上就恢复了生产，但凝聚力受挫，内讧不断，最终，于右任选择拍拍屁股走人——他在《神州日报》前后一共待了 80 天。

不过，尝到"办报启民智"甜头的于右任，在 1909 年又创办了《民呼日报》，宣称宗旨是："以民请愿为宗旨，大声疾呼，故曰民呼，辟淫邪而振民气。"

《民呼日报》延续了于右任在《神州日报》针砭时弊的勇气和态度，文笔尤其辛辣。比如那一年甘肃大旱，陕甘总督升允却三年瞒报灾情，结果造成甘肃省内竟然人人相食。当时《民呼日报》立刻刊登了一篇文章《如是我闻》："一饥饿老妪，让女儿到野外寻草根回来充饥。女儿抠得手指出血，只得一把草根回来，而母亲已无踪影，唯见地上一摊血。原来被人吃了。该女悲得昏死过去，第二天未出门，乡邻推门探看，只见地上一堆骨节，她又被人吃了。"

《民呼日报》随后还刊发点评："升允之肉较妪肥百倍，甘民竟不剖食之，意者甘民虽饿，犹择人而食呼？"

这种报道，这种文笔，读者当然要看，《民呼日报》销量急剧上升，不过，当然也得罪了当局，尤其是升允。

《民呼日报》曾组织过一次赈灾活动，升允随后与上海道台蔡乃煌等勾结，诬陷于右任侵吞赈灾款，将于右任逮捕下狱，一个月审讯7次。为营救老大于右任，《民呼日报》只能在当局的暗示下“自行停刊”——这张报纸一共生存了92天。

于右任虽然没有“颈血换太平”，但确实是把硬骨头。出狱没几天，他又创办了《民吁日报》，名称的来由是：“民不能言（呼 ）则唯有吁耳！”而且，细心的人不难发现，“吁”，就是“于”右任的“口”在说话。

和《民呼日报》一样，《民吁日报》依旧揭露黑暗，而且敢把锋芒直接指向日本——当时的日本，已经开始蚕食中国。

1909年10月26日，日本名相伊藤博文被朝鲜志士安重根在哈尔滨刺杀，上海数十家报纸大多默不作声，《民吁日报》在显著位置刊登消息，并称伊藤博文为“大浑蛋”，是“死有余辜”。

结果日本当局暴跳如雷，指令上海当局立刻查封《民吁日报》——这家报纸只生存了48天。

“过一过二偏偏还要过三”的于右任，于1910年10月11日在上海再创立了《民立报》，请宋教仁做主笔，在报纸上开出《民贼小传》，专写清朝贪官污吏，为辛亥革命的发动起了不小的推动作用。

值得一提的是，于右任专门教导当时自己报社的新闻记者要有新闻道德，提出：“为维护新闻自由，必须要恪守新闻道德。新闻道德与新闻自由是相辅相成的，没有新闻道德的记者，比贪官污吏还可恶。”

1913年，宋教仁被暗杀，《民立报》率先发文是袁世凯幕后指使，于右任于是被通缉，逃亡日本，报纸遂停刊——这张报纸活得最长，活了三年。

于右任一手创办的《民呼日报》《民吁日报》《民立报》，就是中国报史上赫赫有名的“竖三民”。

当时的著名书画家对于右任有过这样一句评价：“先生一支笔，胜过十万毛瑟枪！”

4

于右任善写诗做赋，但更有名的，是他的字。

于右任最擅长草书，有“当代草圣”的称号。1932年，于右任发起成立草书研究社，创办《草书月刊》，将篆、隶、草与行楷融会，打通魏碑，自成一家，每一个字都自有意境。

于右任也爱写字。年轻的时候，他常背着一个褡裢袋子，里面既不装衣物，也不装钱财，就装两个印章。有人来求字，提笔就写，写完盖章，分文不取。

于右任写字不看人，也不分贫富，更不会“惜字如金”，以确保自己字的价格。贩夫走卒来讨字，只要于右任喜欢，来者不拒。但如果

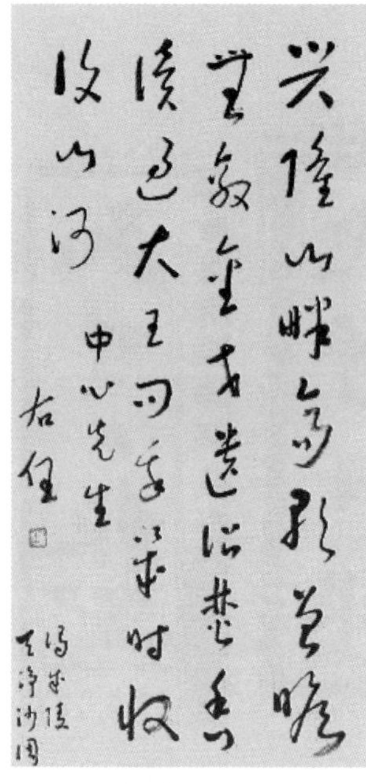
于右任书法作品

碰到他不喜欢的人，怎么讨也不给。比如他不喜欢宋子文，宋子文曾专门准备了一个精致的扇面托人请他题字，他就是不肯写。但他在饭馆吃到一道好吃的菜，提笔就给店家写一块匾额，甚至给女服务员也题字。

于右任到了台湾后，很多人都假冒他的名卖字，他的下属知道后表示要“严惩”，但于右任特地关照“不要为难”他们。一次，他在马路上看到一家商店的牌匾是假冒他名题的字，就走入店内，让店家摘下牌匾，重新写了一幅，且分文未取。

于右任给人题字比较随意，但题的内容却不随意。

他给张大千题的字是“富可敌国，贫无立锥”；

为蒋经国（当时在台湾，于右任已看出蒋介石欲让他接班）题的字是“计利当计天下利，求名应求万世名”；

他的复旦校友黄季陆赴台后主管教育，于右任给他题的字是“将中国道德文化从根救起，把西洋科学文明迎头赶上”；

他还为南洋当地的一座关帝庙题过楹联，特地用白话文写了“忠义二字团结了中华儿女，春秋一书代表着民族精神”。

5

办报，写诗，题字，于右任完全就是一副知识分子的样子，但之所以他有名，因为他还是个政治家，甚至还当过总司令。

于右任一直追随孙中山，在南京临时政府成立后，他被孙中山任命为交通部次长——中国的铁路开始夜晚发车，就是在他任上决定的。

孙中山辞去临时大总统职务后，于右任也随即辞职（回去办《民立报》了），后因反对北洋军阀，于右任担任过陕西靖国军的总司令，也算是书生掌兵了。

从1930年开始，于右任被蒋介石任命为中央政府的监察院长，从此在这个位置上，一坐就是34年。

监察院是国民政府最高监察机关，依法行使弹劾、审计职权，是一个非常重要但又非常敏感的部门。也正是因此，"监察院长"这个职位，一直迟迟没有归属，直到最终以正直清廉闻名的于右任出任，大家才都没意见。

但在民国的大官场，于右任自己正直清廉是没有用的。于右任上任之初，也曾踌躇满志，放言"苍蝇老虎一起打"，但真打起来，就发现除了能动几个小小的科长或处长，再往上的就动不了了。于右任曾想法办贪污的铁道部长顾孟余和财务部常务次长顾翊群，但这个级别的"小老虎"，就已经有上层人物，乃至蒋介石或汪精卫来打招呼了。

以蒋经国的身份，以国民党当时的决心，在上海"打虎"依旧落得个无疾而终，于右任又能做些什么呢？所以这个"监察院长"，于右任做得很是胸闷，被人讥笑为"监而不查，查而不明"。他也曾提出过辞职，但蒋介石坚决不准。

于右任在官场中表现得最书生气的一次，就是1948年的民国副总统选举。

1948年5月，国民党在南京召开国民大会，选举总统、副总统。于右任站了出来，参选副总统。他的竞争对手，是孙科、程潜，以及最有实力的李宗仁。

各个竞选人为了拉票，对各路投票代表使出了各种手段：

李宗仁给每个投票代表都提供了一辆汽车，配司机服务；包下几

于右任（中）

个大旅社和酒店，只要是代表，免费入住，免费吃喝。

孙科当时是行政院院长，程潜是武汉行辕主任，他们也是天天设宴款待各路代表，给吃给喝还给礼物。

于右任呢？啥也没给，在自己屋内摆开文房四宝，只要代表来，就送一幅字，上书他最爱写的一句话：“为万世开太平”。每天上门讨字的代表络绎不绝，最多时每小时有近200人，排起长队。

在投票日前一天，于右任终于给各路代表送去一张请柬，在一家饭店里请大家吃饭。在开席前，于右任说：“我家中没有一个钱，因此，很难对代表厚待。今天，是老友冯自由等二十位筹资，才略备薄酒相待，我只是借酒敬客。”

到了投票日，结果不出意外，于右任得493票，第一轮就被淘汰。

冯自由替于右任感慨：“你的纸弹怎么敌得过人家的银弹？”

但投票第二天，于右任依旧准时出现在会议现场，风度依旧。全场起立鼓掌。

6

和政治走得近，就难免会为政治所累。

1949年4月，国民党在大陆已经一溃千里，国共和谈在北京举行。

当时的代总统李宗仁原本想派一直主和的于右任一起去北京参与和谈，但国民党的和谈首席代表张治中认为：于右任留在南京，更有利于促成南京政府批准和谈。

周恩来当时很希望于右任也到北京，得知他不能来后非常失望，只能托于右任的女婿转告于右任：如果国民党拒绝和平协定，请先生在南京不要动，到时候我们攻破长江，派飞机接先生来北平。

于右任得到口信后，曾说过一句话：“文白先生害了我！他不应该阻止我去北平！”因为他知道，当时他身边已经被安排了监视人员，他不太可能留在大陆了。

于右任没有料错。

1949 年 4 月 20 日，解放军发动渡江战役，国民党苦心经营的千里江防，一触即溃。4 月 21 日，于右任被人从南京转移到上海，随后辗转到重庆，最终在 11 月 29 日离开大陆，飞往台湾。

关于于右任是否是自愿去的台湾，一直有争论。但有一个细节：当时的国民党高层如果已经决定去台湾，是会事先安排家属赴台的，而且这也是规定。但于右任直到去台湾的时候，他的夫人高仲林、长女于芝秀等亲属依旧留在大陆。

一家人，从此再也无缘相见。

7

1962 年，83 岁的于右任知道自己时日无多了。

他在台湾的日子，一直都过得很清贫。很多人会奇怪，于右任作为国民党元老，再不济，钱财也不至于太窘迫。但事实上，于右任基本上把自己的钱财都捐了。

在大陆时，他捐建学校，捐建农场，赈灾，扶贫，钱如流水一般出去，他眉头都不皱一下。到台湾后，大家一开始的日子都不好过，很多人也会来找于右任借钱。于右任一般能借都借，也不催账。

于右任曾有一箱欠条，在他的再三催促下，最后终于由家人一把火烧为灰烬。他的理由是："防止我走了之后，子孙们再去讨债。"

但他欠别人的账单，却是被小心翼翼地锁在保险柜里的。

于右任向来视钱财为身外之物，清贫倒也罢了，关键是过得不开心。政治上，他继续成为"监察院"的一个摆设，感情上，他和妻女隔海相望，不能团聚。

1962 年的元旦，于右任在台湾"监察院"参加完一次活动后，感到身体不适，便在日记中写下这样一句话："我百年后，愿葬于玉山或阿里山树木多的高处，可以时时望大陆。我之故乡，是中国大陆。"

两年之后的 1964 年，于右任终于病倒，住进了荣民医院（一开始住不起，是蒋经国来探视后，才安排住进去的）。9 月的一天，于右任的老部下杨亮功去医院看望他，于右任因为喉咙发炎，无法发声，只是向杨亮功伸出了三个手指。

杨亮功不解其意，一连说了几个猜测，于右任都摇头否定。杨亮功于是又拿来了纸和笔，但彼时的一代草圣，此时却连一支笔都握不住了。

1964 年 11 月 10 日晚上 8 点零 8 分，86 岁的于右任与世长辞——因为没有留下任何遗言，所以发生了本文开头的那一幕。

关于于右任当初伸出的三个手指，大家又做出了诸多猜测。有人猜是有"三件后事"，有人猜是他放心不下外出留学的三公子，也有人猜是"三民主义"，但结合于右任生前的夙愿，最后一个猜测让大家觉得是最有可能的——

三个手指，是他希望归葬大陆陕西省的故乡三原县。

按照于右任 1962 年写下的那篇日记的期望，他被安葬在台北最高的大屯山上，人们还在海拔 3997 米的玉山顶峰，为他竖立起一座面向大陆的半身铜像（塑铜像的材料，都是台湾登山协会志愿用人力背上去的）。

由于没有遗嘱，于右任在1962年元旦后没几天写的一首诗，就被当作了他的遗嘱。

那首诗，就是著名的《望大陆》：

葬我于高山之上兮，望我大陆；
大陆不可见兮，只有痛哭！
葬我于高山之上兮，望我故乡；
故乡不可见兮，永不能忘！
天苍苍，野茫茫；
山之上，国有殇！

馒头说

严格来说，于右任应该不能算“名士”。

因为中国传统认知中的“名士”，是出名但不出仕的——于右任做了34年的“监察院长”。

但我又实在找不出适合形容于右任的词：书法家？教育家？政治家？报人？这些都只能形容出他的一面。对了，于右任喜欢美食，还是著名的美食家。

鉴于他那个“监察院长”基本上也当得有名无实，所以我觉得还是用广义上的“名士”来形容他，似乎更妥帖些。

说起名士，大家自然会想起魏晋风骨。魏晋名士有的，其实于右任都有：诗情、文才、书画、生活趣味、高雅格调、纯洁品性。但和魏晋名士的尚空谈不同，于右任是脚踏实地的，他是“入世”的。

无论是办报还是办学，无论是做官还是做人，于右任都是尽心尽力，且竭尽所能。归隐山林，纵酒高歌固然惬意且显风度，但更让人尊敬的，是怀一颗悲天悯人之心，尽己之力，为苍生增一份福祉。

这也可能就是于右任的人格魅力所在吧。

曾拥有诸多“第一”，但她未必被人记得

在我印象里，这篇文中的这位女性，教科书里应该没提到过。有人提到她时，会冠以“民国第一女杀手”的称号。但在我看来，这个称号有点夸张了。与这个称号相比，她有不少其他值得一写的称号：中国第一位法学女博士、中国第一位站上法庭的女律师、中国第一位省级女性政务官、中国第一位地方法院的女性院长和审验两厅厅长。所以，说她是一位传奇女子，应该是不为过的。

1

应该是从三四年前开始吧，“90后”成了我们这个时代最具活力的一个群体的代名词。

他们年轻，他们有激情，他们有想法，当然，也有人说他们有些叛逆。

是不是处于世纪之交那十年的那一代人，都会被赋予一种跨世纪的时代使命？至少倒退一个世纪，回到19世纪的中国，是这样的。

郑毓秀

那是大清帝国进入统治倒计时的年代，在那个世纪的最后十年里出生的一批人，最终改变了这个国家。1891年3月20日，郑毓秀同样作为那个世纪的一名“90后”，出生在了广东的一个官宦之家。

没有什么证据表明，那个传统的官宦之家为何会给一个女孩带来叛逆的遗传基因，但事实就是，郑毓秀从小就注定不是一个平凡的女孩。

在郑毓秀长到五六岁的时候，作为当时传统中国妇女的一项必经的痛苦修行，一团长长的裹脚布被拿到了她的面前。但是无论家人如何软硬兼施，郑毓秀就是不肯裹脚，最终家人只能放弃。

“大脚女人嫁不出去！”这是当时长辈对郑毓秀的谆谆教导，但郑毓秀连裹脚都不肯，在婚嫁这件事上，怎么可能没有自己的主意？

郑毓秀长到13岁，到了出嫁的年龄。她的祖母早就为她约定了一门亲事。

但13岁的郑毓秀说：“我不！”不仅如此，她还写了封信给人家的儿子，顺利解除了婚约。

这无疑让自己家人陷入极度的难堪之中。为此，郑毓秀选择了自己的处理方式：离家，去天津求学。

2

1905年，14岁的郑毓秀选择接受西式教育，进入了天津“崇实女塾”教会学校。

两年之后，跟随着当时的留学大潮，16 岁的郑毓秀和姐姐一起东渡扶桑。那是一次对郑毓秀人生命运产生重大影响的留学。到日本的第二年，郑毓秀在廖仲恺的介绍下，加入了孙中山的同盟会。

那时候的同盟会，正在低谷中徘徊——孙中山已经领导了数次革命暴动，却没有一次成功，甚至连成功的迹象都看不到。

在这样的背景下，外界舆论开始对同盟会的存在以及暴力革命的方式进行冷嘲热讽，而同盟会内部也开始出现了质疑孙中山的声音。这个时候，一个 25 岁的小伙子站了出来，他说他愿意舍命去刺杀一名清朝大官，以提振大家的士气。

这个人叫汪精卫。

1909 年，汪精卫和黄复生（此人负责研制炸弹）乘船抵达天津，准备潜入北京刺杀摄政王载沣。在天津，已经在京津一带建立了一定社交圈子的郑毓秀负责接待，她已经得到了上级指示：全力配合。

汪精卫当时面临的问题是：怎么把炸弹带进北京？

由于北京火车站对男性盘查得非常严格，所以汪精卫提出，是否可以请郑毓秀帮忙把炸弹带进去。不过汪精卫还是表达了担心：“这是一件非常危险的事，一不小心，炸弹在路上就有可能爆炸。”当时的炸弹是水银炸弹，靠水银杆触发，很容易误爆。

郑毓秀就回了一句话：“如果不会爆炸，还叫什么炸弹？这事就交给我了。”

于是，那枚炸弹随后被郑毓秀动用多方面关系，安全送进了北京城。

正如大家所知道的，刺杀载沣的行动，除了留下汪精卫一句“引刀成一快，不负少年头”的名言外，并没有留下什么成果。不过，通过那次运送炸弹，郑毓秀开始慢慢介入了“刺杀”的行动中，而且渐渐升级，最终在 1912 年的元月，她参与了刺杀袁世凯的行动。

在那次行刺中，郑毓秀被分在第四组，和另两个组员乘坐一辆马车在东华门和王府井之间巡游，伺机向袁世凯扔炸弹。在准备动手的前一刻，郑毓秀接到了上级的指令——袁世凯不是阻挠南北和议的元凶，真正的阻力来自清朝宗社党的中坚力量良弼。

彭家珍最终和良弼同归于尽。因为良弼是清廷保皇党的最后力量，所以有后人评价，彭家珍才是压垮清廷的最后一根稻草

于是，那次行动被紧急叫停（还是牺牲了一些同志），目标转向良弼。

准备刺杀良弼时，郑毓秀和其他“同盟会”成员决定改变做法——由刺客在刺杀对象面前引爆炸弹，提高成功率。

24岁的同盟会会员彭家珍决定做这个牺牲者。当时彭家珍的另一个身份，是郑毓秀姐姐的热恋男友。毫无疑问，郑毓秀的心里也不好过，但还是通过周密的安排，帮助彭家珍最终行刺成功。

越来越多的刺杀行动，使得郑毓秀的身份逐渐暴露——新一轮的刺杀开始了，只是主使人和被刺者颠倒了过来：袁世凯下令消灭她。

1914年，郑毓秀只能前往法国避难。

3

在巴黎，郑毓秀改名“苏梅”，进入索邦大学（巴黎大学前身）攻读法学专业。

虽然放下了“刺客”身份，但郑毓秀的社交能力一点儿都没搁下。

求学期间，郑毓秀加入了法国法律协会，成为这个协会的第一位中国人。凭着流利的法语和翩翩的风度，郑毓秀在法国重新建立了一个社交圈，成了中国留法学生中的佼佼者，也成了不少中国留法学生的“大姐”——帮助他们在法国立足，甚至帮他们申请各种生活补助。在向警予（中国共产党第一批党员之一）的书信里曾多次提到，郑毓秀在巴黎为帮助她们解决困难而四处活动。

1918 年，郑毓秀受南方军政府吴玉章（后担任中国人民大学第一任校长）的委托，在法国协助中华民国的外交工作。1919 年，广州军政府外交部正式任命郑毓秀为外交调查名誉会员——不要小看这个头衔，这是中国女性参政的一个先例。在那个时候，中国的女性参政，被认为是一件“招外人之讪笑”的事，所以郑毓秀的这个“第一”有特别的意义。

也就是在 1919 年，巴黎和会召开了。

在那场瓜分第一次世界大战胜利果实的大会上，中国作为战胜国之一，却受到了极大的侮辱。面对需要签字的和约，北洋政府把皮球踢给了当时的外交总长、中国代表团团长陆徵祥。陆外长请求辞职不被批准，签字又不敢，只能躲进巴黎近郊的圣克鲁德医院。

1919 年 6 月 27 日，中国代表团必须要决定是否签字的前一夜，300 多名留法学生和华工包围了陆徵祥下榻的地方，要求他不能签字。众人推举能言善辩的郑毓秀进去和陆徵祥谈判。

郑毓秀在屋外经过花园时，折了一枝玫瑰藏在衣袖里。进房间后，她用玫瑰枝隔着衣服顶住陆徵祥：“你如果敢签字，我这支枪不会放过你！”

陆徵祥无从得知眼前的这个女学生何以散发出杀手的气场，他又哪里知道，这个女学生当初可是连袁世凯都敢杀。

但据顾维钧回忆录，当时被郑毓秀恐吓的是代表团秘书长岳昭燏，并非陆徵祥。

4

1924年，郑毓秀终于通过了自己的博士论文答辩。

尽管胡适在后来的日记中对郑毓秀通过博士论文答辩一事颇有不屑和质疑（他对郑毓秀似乎一直有意见），但不管怎样，郑毓秀是有案可查的第一位中国女博士。

不仅仅是学业，郑毓秀也收获了自己的爱情。

有一种说法，说郑毓秀曾对汪精卫示爱被拒绝（若为真也正常，当时的汪精卫英俊潇洒，又敢于舍生取义，应该是众多少女的梦中情人），也曾和王宠惠（法学大家，担任过民国外交部长、国务院总理，参与起草《联合国宪章》，有传闻说郑毓秀的博士论文是王宠惠代笔，胡适采信的就是这个说法）有过一段渊源，但她最终找到的爱人，叫魏道明。

熟悉民国史的人应该都知道魏道明这个人，他做过国民政府行政院秘书长、南京市市长，后来还担任过驻美大使和首任台湾省主席。

但和郑毓秀认识的时候，魏道明还只是一个留学生，而且比郑毓秀小10岁。

两人互相欣赏彼此的才华，在法国就关系不错。1926年，双双回国的郑毓秀和魏道明在上海一起开了一家“魏郑联合律师事务所”。

魏道明

这在当时是件很牛的事情。因为当时的中国律师界，对女性一直排斥。根据1915年民国司法部颁布的章程，律师应为“中华民国之满二十岁以上之男子”。郑毓秀在仔细研究了中国的司法制度后发现，作为一名取得法国律师牌照的中国人，她可以在法国租界的法庭出现。

于是，郑毓秀成了有案可查的中国第一位女律师。

当时的上海，洋人享有领事裁判权，华人和洋人打官司，十打九输，而郑毓秀和魏道明的律师事务所就专门帮助华人，与洋人死磕——魏道明负责刑事诉讼，郑毓秀专攻女性维权。

几个官司一打，两人在上海法律界的名气就起来了，他们的律师事务所甚至还代理过梅兰芳和孟小冬的离婚案。当时，郑毓秀担任孟小冬的辩护律师，最终让梅大师赔了孟小冬 4 万元——要知道，在那个时候，女性离婚还能得到赔偿费，且有 4 万元之巨，简直是闻所未闻。（溥仪当时与文绣离婚，也就给了 5.5 万元赔偿。按大米购买力，4 万元大概相当于现在的百万元以上。）

魏郑联合律师事务所一时间门庭若市。当时郑毓秀的诉讼费动辄上万元，连杜月笙都赞叹不已。当时的说法是，“郑毓秀一个案子的收入，就抵得上上海跑马厅一场赛马的头等大奖”。

这个律师事务所为郑毓秀和魏道明带来的不仅是财富，还有感情的升华——1927 年，两人在杭州结婚。

5

其实，回国后郑毓秀所做的，并不止开律师事务所那么简单。

1925 年，郑毓秀就担任了北京女子师范大学的校长。她出版了《国际联盟概况》和《中国比较宪法论》等书籍，前者最早向国内介绍了国际联盟的情况，后者就是她的博士毕业论文。

从 1927 年开始，郑毓秀历任上海审判厅厅长、国民党上海市党部委员、江苏政治委员会委员、江苏地方检察厅厅长、上海临时法院院长兼上海发行院院长。1928 年，郑毓秀在南京国民政府中出任国民党立法委员、建设委员会委员。1929 年，郑毓秀作为“五人小组”之一，专门负责起草中华民国的《民法》——在这部新《民法》里，出现了很多对女性权利的保护与提升：

> 未婚单身女性有权签订或废止婚约；以个人名义持有或让渡其个人资产或地产；可担任其他人的代理人；可以继承人或遗产受赠人的身份享有继承权；已婚女性可与丈夫取得共识，具有保留原本姓氏，不需要冠夫姓的权利……

郑毓秀能够担任这些职务并获得这些成就，以当时中国女性的地位而言，可以说是相当难得。

1942 年，魏道明接替胡适出任驻美大使，郑毓秀成了大使夫人，便渐渐从台前走到了幕后，为丈夫在美国的工作出谋划策，做些幕后安排。魏道明晚年在回忆录中对妻子在美国期间对他的帮助深怀感激，称“我是非常幸运的”。

1943 年，宋美龄访美。在蒋夫人那次赢得无数赞誉的访美之行背后，郑毓秀穿针引线，接来送往，起了不小的作用。当时美国总统罗斯福夫人安娜曾称赞她“具有政治头脑，不同于历任中国大使夫人”。

但郑毓秀的风光之路，在 1948 年走到了尽头。

1947 年，台湾爆发“二二八事件”，蒋介石任命魏道明接替原来的行政长官陈仪，担任台湾省第一任省主席，夫妇两人随即返回国内。

魏道明上任后，对陈仪留下的烂摊子，还是做了不少积极的工作。但这对夫妇那时还没意识到，彼时的台湾，已经不是一个一般的省份。随着国民党军队在大陆的节节败退，蒋介石已经渐渐开始把台湾谋划成一个最终退守的“终极基地”——对于这样一个至关重要的老巢，一向只信任自己人的蒋介石，怎么会用外人？

1948 年，魏道明从外面结束公务回到家中，就听到了郑毓秀转达：“你知道吗？你已经被调职了。”原来，蒋介石在没有正式通知魏道明的情况下，就把自己的亲信陈诚派到了台湾，接替魏道明主持工作。

这一个举动让夫妇俩顿时感到非常心寒，而郑毓秀更是点出了其中的关键：“蒋介石不信任我们，因为我们不是他的人。”

随后，郑毓秀夫妇选择辞职，前往香港，观察时局。进入 1949 年，夫妇俩越发对国民党感到失望。当时局大幕落定的时候，他们没有选择去台湾，也没有选择返回大陆，而是做了一个让不少人意外的决定：去巴西经商。

他们决定远离政治，开始一段全新的生活。

6

但是，事情并没有他们想象的那么顺利。

在巴西，一方面人生地不熟，另一方面也没有经商的天赋，郑毓秀夫妇没几次折腾就亏了大本。最终，他们选择去美国洛杉矶居住。在他们抵达美国后，当时已经卸任的美国总统杜鲁门的夫人，还专门为郑毓秀送去了鲜花表示欢迎，可见郑毓秀当年在美国的人缘。

郑毓秀和魏道明

但居住在美国，郑毓秀夫妇却也未必感到开心，百无聊赖之余，当年顶着各种“部长”头衔的夫妇俩，只能靠打麻将消遣时间。

1954 年，郑毓秀又受到

了一次严重打击。

她的左臂被发现癌细胞，经过诊断，只能做切除处理。可想而知，一个当年叱咤风云的豪气女侠，失去了自己的一只手，这打击该有多大。

经此病变，郑毓秀一蹶不振，最终于 1959 年 12 月 16 日病逝于美国洛杉矶，终年 68 岁。

魏道明后来还是回到了台湾，担任“外交部长”，其间，还娶了荣毅仁的妹妹荣辑芙。但 1978 年，80 岁的魏道明在巴西逝世后，后人还是遵从他的遗愿，将他的遗体运回美国，和郑毓秀合葬。

馒头说

一路看下来，看到郑毓秀的人生收尾，是不是有些唏嘘？

但我们又在期盼什么呢？希望她最终像秋瑾那样，悲壮就义？希望她像林徽因那样，才情逼人？或者像阮玲玉那样，香消玉殒，遗恨人间？

这或许也是她不像那些人那样为人所熟知的原因之一吧。

但一位民国女子，在当时的环境下能把自己的一生过成这样，也是很不容易了。

并不是每个曾经当过主角的人的人生剧本，都能以大高潮或大圆满收尾，很多人就是这样曾经辉煌，然后慢慢就走向失意，走向平庸，最终慢慢被人遗忘。

在这一点上，郑毓秀已经做得很不错了。她一生花了很大的精力在维护女权，而且应该说是做出了很大的贡献。所以，她肯定也明白一个道理：

自古美人如名将，不许人间见白头。

中篇

以国家之名

上海1937：一寸山河一寸血

“中国人那么多，一人一口唾沫都够淹死小日本了。”这是我们从祖辈口中经常听到的一句话。在相当长一段时间里，我们都觉得，要不是当初的不抵抗政策，我们是能轻松战胜日本的。但是，真的是这样吗？

1

1937年8月9日傍晚，大山勇夫有点烦躁。

身为日本海军特别陆战队海军中尉，大山勇夫认为眼前阻挡他的中国士兵很无理——他们拦住了他和他手下的一等兵斋藤与藏，不准他们进入上海虹桥机场。

对方说，这是中国的军事重地，不能进入。

以大山勇夫的观点来看，中国的军队在上海——这座属于中国的城市——做得已经有点过分了。

按照1932年“一·二八事变”之后的《淞沪停战协定》，中国军队是无权在上海驻扎正规军的，只能部署“保安团”。但这几个月来的

大山勇夫

种种迹象表明，蒋介石政府正在运用各种手段增强在上海的军事力量，包括在各个重要建筑和街口修筑工事。据可靠情报，他们甚至已经让中央军的正规部队换上驻上海保安部队的服装，分批渗透进来。

这也是大山勇夫带着手下来到虹桥机场的目的：和之前的多起侦查一样，他们需要知道中国军队到底打算干什么。尽管日本方面利用《淞沪停战协定》获得的谈判优势不停在上海增强军事力量，也有在上海打一场的准备，但是，中国政府如果也想这么做，无疑是不被允许的！

想到中国人居然还敢暗暗打大日本帝国的算盘，大山勇夫的斗志不禁燃烧了起来。他让斋藤踩下汽车的油门，准备硬闯进去，探个究竟。在这次硬闯中，双方起了冲突，最终二人被中国士兵击毙。

打死他们的，确实不是保安团的普通中国警察，而是隶属于中国正规军第二师独立旅的士兵。他们早就受够了日本人在上海横冲直撞、嚣张跋扈的气焰，今天终于等到了机会。

大山勇夫没有猜错：中国军队的正规军已经进驻了上海。

一场中日双方其实都有预谋的战争，正在酝酿之中。据后来披露的大山勇夫的日记，其实他去虹桥机场前已经抱了必死的决心，知道这是一次挑衅，而目的是为日军增加借口。

2

1937 年 8 月 12 日清晨，张治中一脸凝重地抵达上海南翔。

作为京沪警备司令，他在这样敏感的时刻抵达上海，并不是来处理日本海军大尉（8 月 9 日当天，大山勇夫死后，日本内阁就追他为大尉）大山勇夫被中国守军击毙一事的——尽管这件事立刻就引起了轩然大波。

日本总领事冈本季正在第一时间就会见上海市长俞鸿钧，向中国表达了日本“举国震惊”的态度，并要求中国军队立刻拆除在上海的一切军事工事，撤出一切军队。而让日本人震惊的是，之前一直打太极但至少态度谦逊的中国人，这次却非常强硬——俞鸿钧表示是日本人擅闯中国军事禁区，并打死中国军人在先，所以拒绝日本一切要求。

上海政府态度的强硬，与张治中抵达上海大有关系。

因为就在抵达上海的这一天，张治中得到了一个新的任命头衔：第九集团军总司令。

而第九集团军的使命，就是围攻在上海的日军。

蒋介石对张治中说的原话就是：“把在上海的日军，赶到黄浦江里去！”

这让张治中感到非常兴奋——在上海与日本人大打一仗，一直是他主张的。

与张治中主张一致的，还有当时的副参谋总长白崇禧、军令部作战组组长刘斐、武昌委员长行营陆军整理处处长陈诚等一批在蒋介石身边颇有影响力的人物，他们的观点概括起来就是：

第一，从战略上讲，由于日军无论装备还是军官士兵素质，均远胜中国，如果放到华北平原进行大决战，中国军队的主力肯定会被具有机械化优势的日军辗轧，届时再败退到东南沿海，大势已去；

第二，从外交上讲，上海是当时远东第一大城市，欧美列强在上

张治中，字文白。1932年“一·二八”淞沪抗战时曾出任第五军军长与日军作战，一直反对内战，希望共同抗日。一直为蒋介石信任，直到 1949 年作为国民党谈判首席代表与中共谈判失败后，接受周恩来劝告留在了北平。电影《开国大典》中蒋介石那句著名的台词——“文白无能，丧权辱国”，说的就是他

海的利益盘根错节，如果在上海开辟一个“第二战场”，日军肯定投鼠忌器，且列强很可能干预战争；

第三，从战术上讲，上海高楼众多，在钢筋水泥的丛林中和日军打巷战，对方的重武器优势就很难发挥。就算我方撤退，日军面临的也是江南的水网地形，机械部队很难长驱直入；

第四，从地形上讲，一旦上海开战，将把日本“从北向南”的攻击引入“从东向西”的“仰攻”路线中（中国地形西高东低），这样就算中国一路退守，西南还有大后方。

让这批人感到宽慰的是，蒋介石最终也认同了这种观点。

为此，张治中其实一直在抽调自己能指挥的正规军，填充到上海的“保安团”中——在虹桥机场击毙大山勇夫的正规军，就是张治中调动的。

不过，日本人在大山勇夫被击毙之后，很快也嗅到了战争即将爆发的味道，立刻命令在上海的海军陆战队进入特别戒备状态。日本

海军则调动“龙骧”号和“凤翔”号两艘航母，外加原本对苏联实施警戒任务的“加贺”号，逼近离上海 130 多公里处的马鞍群岛。在上海的原有日军，再加上第三舰队机动部队 2400 人，一共达到了 4000 多人。

按照张治中的估计，如果要全歼在上海的日军，那么只凭他能指挥的几个师是远远不够的。

这一切，就取决于蒋介石到底有多想打这一仗。

3

1937 年 8 月 13 日中午，孙元良下令，先头部队汇报抵达位置。

孙元良，黄埔一期毕业，中央军第八十八师师长，在 8 月 12 日率全师搭乘火车抵达上海。他心里知道，如果哪场战争蒋介石一上来就要调用他这支部队，那说明校长一定是下了大决心了。

孙元良。后来他的儿子当了演员，叫秦汉

因为他的部队不是一般的部队，也不是一般的中央军，而是中央军王牌中的王牌。

在日军全面侵华之前，蒋介石的算盘是借助德国军事顾问，帮助中国训练 60 支德式步兵师。但时间紧迫，到卢沟桥枪声响起时，只训练出了 20 个师。而在这 20 个师中，由原中央警卫第一师改建的第八十七师、中央警卫第二师改建的第八十八师，以及在这两个师补充旅基础上建立的第三十六师，德国化最彻底。

以孙元良的第八十八师为例，师以下辖两个旅，旅下辖两个团，团以下的营、连、排、班均为三建制。团一级有自己的一个迫击炮连，一个通信连，一个特务连，一个机炮连（6 挺重机枪和两门迫击炮），而师一级更是拥有炮兵营、工兵营、通信营、辎重营、特务营、卫生队。全师配德式钢盔，绝大多数配纯德式毛瑟步枪，轻机枪用的是捷克造，重机枪是二四式仿马克沁水冷机枪。这些配置和装备，在当时的中国军队中已是顶配。

中央军的德械师

如今，为了在上海大干一场，蒋介石上手就甩出了自己手中的王牌——一方面是体现对这场战争的重视，另一方面，也向全国的各路军阀显示了自己的诚意：你们看，我把自己的家底都拿出来了，诸君看着办。

就这样，在 8 月 12 日前后，从苏州、无锡到上海的公路上，全都是载满士兵的卡车，所有通往上海的火车也停止了客运，被辟为运兵的专列。

8 月 12 日那天的清晨，上海市民从睡梦中醒来，忽然发现窗外的马路上，全都是全副武装的中国士兵——从 1932 年之后，上海市民就再也没有在自己的城市看到过自己的正规军了。

一时之间，街头巷尾的老百姓都怀着兴奋的心情在传播这样一条信息：终于要打小鬼子了！

自从 1931 年“九一八事变”以来，中国人等待这一天已经很久了！

而等待变成现实的那一根导火索，在 1937 年 8 月 13 日下午 3 点终于被点燃。

孙元良在 8 月 13 日得到的汇报是：五二三团一营营长易瑾，率全营进驻了 1932 年《淞沪停战协定》规定的中日停火线：八字桥。

随后，易瑾就发现了迎面扑来的日本海军陆战队第三大队。

双方军队迎面撞了个正着，几乎都没有犹豫，同时开火。

按照张治中原定的计划，全面总攻其实应该是在 8 月 14 日，但因为这次遭遇战，历史就被定格在了 1937 年 8 月 13 日。

张治中在这一天写下了这样一句话：“此日吾民族已临最后关头，此日吾人亦陷于生死线上。”

4

1937 年 8 月 14 日下午，高志航听到笕桥机场拉响了防空警报。

高志航，中国空军第四大队大队长。防空警报拉响的时候，第四大队第二十一中队的 9 架飞机刚刚降落，而第二十二中队和第二十三中队正准备降落（关于中国抗战期间空军的故事，参看《历史的温度 1》中收录的《抗战期间的中国空中经营》）。

防空警报拉响的原因，是笕桥机场上空出现了 9 架日本“九六式轰炸机”——它们是来报复的。

8月13日，国民党军八十八师五二三团一营在八字桥的遭遇战中与日军交上了火，但陆上战斗还没全面打响。

所以，淞沪会战先正式开打的，其实是中日两国的空军。

8月14日凌晨到上午，中国空军出动飞机76架次，轰炸了日军在上海的司令部、码头、仓库和舰船。这都是完全按照张治中的部署来的。因为在蒋介石问他上海攻略时，他的回答就是：首先出动空军，拔掉对方的重要据点。

尽管日军对中国军队发动进攻有一定的思想准备，但对于首先进攻的是中国空军，他们却很意外——在他们眼里，孱弱的中国空军，居然敢主动向大日本帝国的空军挑战？

在1937年，中日两国的空军实力对比是这样的：日本拥有91个飞行中队，各类作战飞机2100架左右，而中国一共只有300架左右的作战飞机，相差7倍。

所以，日本对于中国敢先出动空军感到恼羞成怒。在8月14日下午，日军先后出动两批轰炸机，准备炸平笕桥机场，将中国空军的有生力量摧毁。

在防空警报中，高志航命令第二十一中队重新起飞，正准备降落的第二十二中队和第二十三中队也放弃降落，进入战斗队形。

随后，他跳上了自己的“霍克–3”攻击机，带着两架僚机升空，直扑日机编队。

嚣张的日本攻击编队连战斗机护航也没有配备，顿时陷入中国战斗机的围剿之中。高志航作为大队长，率先击落日方一架敌机，成为中日全面抗战爆发后第一个击落日军飞机的中国飞行员。

8月15日，不甘心失败的日军从马鞍群岛附近的“加贺”号航母上起飞了16架轰炸机和29架战斗机，再次奔袭杭州。高志航率第四大队起飞迎敌，又打下日机3架（高志航本人击落两架）。那一天，中国空军第四、第五大队一共打下17架日本飞机。8月16日，又击落日机 8 架。

淞沪战役开战才几天，日本人引以为豪的木更津和鹿屋两个航空队，竟然在他们本以为“不存在”的中国空军面前，损失了一半最新式的“九六式”轰炸机，且对战略目标的打击根本不能完成。

在“巨大的耻辱”面前，木更津航空队联队长石井义大佐剖腹自杀。

但是，淞沪会战记录的也是中国空军短暂的辉煌。

除了在飞机数量上存在劣势，中国最吃亏的还是工业制造能力——我们根本造不出飞机。在日本不断研发和制造更新式的飞机背景下，中国所有的飞机包括零件都来自国外采购，自身没有任何制造能力。换句话说，打一架就少一架。在最初的交手之后，中国空军飞行员每一次驾机升空，往往要单挑对方 10 架甚至 20 架飞机。

由日本三菱重工自主研发，1940 年开始服役的“零”式飞机是“二战”中日本著名的战斗机，曾以优越的性能成为中国空军心中的阴影，也给美国空军制造了很多麻烦

在这样的情况下，每一名中国飞行员可能都知道自己的必然结局——殉国。

1937 年 11 月 28 日，日军空袭河南周口机场，高志航冒着轰炸奔向自己的座机想升空迎敌，最终被炸死在机舱内。

不仅仅是高志航。以他为代表的中国空军“四大天王”，在开战一年内，全部殉国。而中国空军第一批精英，几乎没有一个人活过 1938 年。

而在淞沪会战中，至少还有一名中国飞行员的名字值得铭记。

他的名字，叫阎海文。

1937 年 8 月 16 日，淞沪会战开战的第四天，隶属中国空军第五飞行大队的阎海文奉命轰炸日军驻上海司令部。在完成轰炸任务后返航过程中，阎海文的 5210 号座机被日军地面高炮击中，他被迫跳伞，却因为风向变化，落入了日军阵地。

大批的日军围了上来，他们希望能活捉一名“支那飞行士”，看看他们到底有什么能耐，居然能击落大日本帝国的飞机。

阎海文身边只有一把手枪，他在日本士兵的“投降”喊话中，举枪击毙了 5 名日本士兵，然后给自己留下了最后一颗子弹。

21 岁的阎海文在自尽前，喊了一句：“中国没有做俘虏的空军！”

日本大阪《每日新闻》的随军记者木村毅吃惊地目睹了这一幕，并写成了报道发回国内。在报道的最后，他写了这样一句话：“中国已非昔日支那！”

5

1937 年 8 月 18 日，松井石根稍微松了一口气。

松井石根此时的身份，是日本“上海派遣军”的总司令。他之所以能松一口气，是因为接到了消息：日本第三师团已经从热田港搭乘军舰前来上海支援。

“中国已非昔日支那”这个观点，是松井石根一直想让日本军部大本营明白，却觉得非常困难的一件事。

松井石根曾长期担任驻上海武官，在日本军中又游离于“皇道派”

和“统制派”之外，所以高层认为他非常适合担任需要协调多个师团的“上海派遣军”司令。但是，松井石根在临行前问上司杉山元讨兵，杉山却只肯给他两个师团。

松井一开始是想拿 5 个师团的，但军部大本营认为，“打支那，两个师团已经宽裕了”。

直到 8 月 13 日之后，在收到上海方面不断发来的求援电报时，日本军部大本营才意识到问题的严重性。而更让大本营震惊的，是那些从前方发回的电报和随军记者报道，无一不提到中国士兵前仆后继、完全不顾性命地拼死冲锋的各种细节。

日方终于明白过来：对中国人而言，这不是一次普通的冲突，而是一次被压制多年的巨大岩浆的总喷发。

于是，从东京到仙台，从熊本到金泽，从京都到名古屋，日本各地开始出现了狂热的出征场面——日本开始全面增援在上海的守军。

松井石根，“南京大屠杀”主犯之一，战后被远东国际军事法庭定为甲级战犯，1948 年被处以绞刑

那些怀着一颗为天皇尽忠之心的日本士兵，在各个主要城市的港口开始登船，前往一个陌生的国度。短暂的迷茫和紧张情绪很快被两旁疯狂挥舞旗帜的日本民众驱散。

那些平日里温和敦厚的日本老百姓，高呼着“万岁！万岁！”，目送自己的丈夫或儿子、父亲和兄弟踏上战场。在他们看来，他们是光荣地去为天皇开疆拓土，弘扬大日本帝国的威风。但他们不知道，他们中不少现在看上去还彬彬有礼的亲人，一踏上邻国领土，很快就会变成他们自己也不认识的人间恶魔。并且，他们中的绝大多数人，都不会再回来了。

很快，松井石根就庆幸来自后方的增援是如此及时了。

因为他得到的可靠情报是，蒋介石政府也正在把手中所有能动用的力量都在向上海集结。

蒋介石也把家底全拼上了。

在中国援军的序列里，有最精锐的中央军：罗卓英的十八军、胡宗南的第一军一师、夏楚中的九十八师、王耀武的五十一师、俞济时的五十八师、李玉堂的第三师……也有原先和蒋介石同床异梦的地方军阀：从四川日夜兼程甚至步行的川军杨森的第二十军；从关外退回来，憋着口气想要为自己正名的东北军主力；一向与中央军闹别扭的桂军全部精锐……此外，蒋介石把最不舍得打的两张精锐王牌也派向了上海：桂永清的中央军校教导总队和黄杰的税警总团。

一时之间，中华大地的铁道线上，跑的全是运兵的专列，它们都有一个共同的目的地：上海。

每当列车停靠在站台的时候，自发前往站台的中国老百姓就往车窗扔香烟，扔水果，扔糖果，很多老百姓边扔边流泪："好好打啊！一定要把鬼子赶出去啊！"

这是中华民族自辛亥革命之后，第一次如此团结。很多老百姓都信心满满："我们中国人都这样团结了，还打不跑小鬼子？"

但是，从上海的战况进展来看，一切并不如他们所愿。

6

1937 年 8 月 21 日凌晨，胡家骥的眼睛都快喷出火来了。

胡家骥是第三十六师二一六团的团长，黄埔五期毕业生。他率领的这个团，是攻打上海汇山码头的主力团。汇山码头处于日军防线的关键位置，将是他们增援部队上岸的一个重要据点。

但总攻发动一个多小时后，二一六团连汇山码头前的唐山路日军防线都冲不过去。

盛怒之下的胡家骥把二营做预备队，三营做侧翼，自己挥着手枪，亲自率一营冲了上去，最终一鼓作气冲过了火力交织的唐山路，来到了汇山码头的大铁门前。然而，在那里又被码头里面布置的日军火力压制住了。

“此时不报国，还等什么时候 ?!”胡家骥大吼一声，第一个带头爬上了铁门，后面的士兵一看团长如此拼命，也争先恐后地踏着战友们的尸体，拼死往里攻击。

然而，身中 5 枪不下火线的胡家骥在率团冲进大铁门后，却遭到了来自港口的日本军舰的炮轰，在付出了 500 多名兄弟的生命之后，只能退了出来。

胡家骥最终捡回了一条命。他知道他还算幸运的，多少和他一样甚至比他军衔还高的兄弟，连同千千万万的士兵，已经在总攻开始后的近 10 天里失去了生命。

但他不知道的是，他所遭遇的挫折，其实折射出了中国军队在淞沪会战中暴露出的普遍问题，总结来说，还是四个字：技不如人。

“技不如人”首先体现在装备上。

中国军队除了那几支德械师之外，绝大多数部队武器配备和火力输出都远逊于日军，面对据守在钢筋水泥碉堡里的日军，除了人肉冲锋之外，基本拿不出其他办法。

在 8 月 14 日战端初开时，张治中就制订过一个“铁拳计划”——按照德军作战样式，组织一个 500 人的突击敢死队，直扑日军指挥部。但在实际攻击过程中，抱着必死决心的中国士兵却因为没有重武器，始终无法突破日军的碉堡火力封锁，每前进一步都要用战友的尸体铺路。最终，突击队全军覆没，带队的刘宏深营长殉国，阵亡时年仅28岁，结婚还没满百天。

原保安总团的刘仁义这样回忆当初中国士兵是怎么对付日军战车的：“他们的战车我们怎么对付？自告奋勇捆起了炸药，他的战车来了轧我们的单兵，辗轧之下我们的人牺牲一个，他们的战车也牺牲一架，就是那么干。我们又没有炮什么的，我们都是陆军，可怜哪，我们那时候的武器差呀。”

日军用军舰运送来增援的坦克。日军坦克其实铁皮不厚，但在火力孱弱的中国士兵面前，已经算得上一头头怪兽

但是，比武器装备落后更让人印象深刻的，是中国士兵在战斗素质、训练水平和现代化战争的配合演练上的巨大差距。

比如和胡家蘔二一六团一起进攻汇山码头的，还有杜聿明的南京装甲团——这是当时中国军队仅有的一支坦克部队。结果参加战斗的坦克战车全部被击毁。

在整个淞沪会战中，中国的步兵基本上不知道怎么和坦克战车进行协同作战。坦克战车手们认为步兵老是躲在自己后面而不懂得火力掩护，而步兵们则认为，你坦克自己有装甲，为什么不让我们躲，还要我们配合掩护?

同样成问题的还有“步炮协同”。为了打上海，蒋介石也派出了自己最好的炮兵团。但是在攻击时，炮兵和步兵却缺乏实战协同演练，最终往往是步兵在没有炮兵支援的情况下，以血肉之躯向敌方阵营发起冲锋。

还有就是从指挥官到士兵暴露出的现代化战争经验不足的问题。

桂军是当时地方军中公认的最能打的部队，白崇禧也憋足了劲想让桂军在淞沪会战树一面旗帜，所以，在一次南翔和真如反击战中，他一下子投进去了桂军6个精锐师。

不料，由于事先没有进行火力侦察和压制，冲锋前的烟雾弹又因为风向原因被吹反了方向，步兵在没有炮兵掩护的情况下就勇敢地冲向日军阵地，成了对方交叉火力的活靶子——桂军士兵虽然抱着必死的信念拼命向前冲锋，但绝大多数好男儿都倒在了日军的重机枪火力之下。

只打了一天，桂军6个精锐师就全垮了，光旅长就阵亡了两个。

在这样的情况下，尽管中国军队的斗志毋庸置疑，却不可避免地出现了巨大的伤亡。按照第九集团军司令部作战科科长史说的回忆：“一个团整整齐齐地上去，两天之后，就留下了几副伙食担子。”

其实何止是一个团。当时中央军的一个师上去，能顶一个星期；

杂牌军的一个师上去，可能三天就被打残了。连见多识广的第三战区司令长官冯玉祥也忍不住感叹：“淞沪战场真是一个血与肉的大熔炉。”

淞沪会战开战 10 天，作为一线总指挥的张治中又急又愧：在上海的中国军队一开始的数量是日军的十倍之多，虽然猛攻猛打，却始终无法实现突破，最终让日军固守待援的战略意图实现。

为此，蒋介石把自己着力培养的亲信陈诚也调了过来，担任第十五集团军总司令，实际上就是负责指挥淞沪会战。

但是，战况依旧没有改观。

随着登陆增援的日军大幅度增加，中国军队的处境越发艰难。

7

1937 年 9 月 7 日凌晨，姚子青最后望了一眼上海宝山县城。

姚子青是九十八师五八三团三营的营长，他得到的任务，是一个只有开始没有结束的任务：死守宝山。

当淞沪会战快打到一个月的时候，中国军队在初期建立起的优势已经荡然无存。随着拥有巨大优势的日军大部队源源不断地增援，中国军队的多处防守阵地被突破，日军的登陆地点很快就要连成一线。

而宝山，就是登陆地点中的一个关键枢纽。

自 9 月 5 日凌晨开始，日军在舰炮和飞机的协助下，调集大量坦克猛攻宝山城门。姚子青率全营 500 多人死守不退。久攻不下的日军开始发射大量燃烧弹，宝山县城顿时陷入一片火海。

姚子青告诉残存的全营士兵：“人从生下来就注定要死，但好汉死要死出个样子。今天，三营谁也不许后退一步，谁也不许苟且偷生，让日本人看看咱中国人的骨气！”

每一个士兵都遵从营长的教导，即便在日军攻进县城后，依旧依靠每一个屋顶、每一条街巷、每一堵断墙，与日军展开巷战。子弹打完了，就用砖头、用木棒，甚至用牙齿咬。

最终，除了一个奉命出城报告战况的士兵外，自姚子青以下，三营全体殉国，无一人生还。

宝山的失守，导致上海北部的罗店防线失去了坚守意义——之前这块阵地已经几经易手，中日双方在这块弹丸之地都投入了超乎想象的重兵。

为了守住罗店，蒋介石把自己手里残存的好牌都投了进去，包括在之后让日军最心存忌惮的王耀武的五十一师（后扩编为七十四军），以及他自己的得意门生胡宗南率领的第一军第一师。

丢了再抢，抢了再丢，在阵地狭小的罗店，每一天都是地狱般的惨烈景象。在日军密集的炮火攻击之下，中国士兵连自己战友的尸体都运不下去，最终尸体堆得比战壕还要高，只能把战友的尸体当作沙袋做掩护，子弹打在上面"噗噗"作响。有的士兵打着打着就哭了，因为对方子弹打的，是之前还生龙活虎的战友。

而他们心里也明白，自己死后，也将成为战友的屏障。所以他们在重新挖战壕的时候都一声不吭——每个挖的士兵都知道，他们就是在为自己挖坟墓。

在罗店，中国士兵最渴望的其实是拼刺刀，因为那会将双方在火力上的差距缩到最小。所以在罗店阵地上，曾出现过上千人规模的肉搏战——浑身负伤但双眼血红的中国士兵们一听到号声，依旧如同猛虎一般冲出战壕，扑向日军。排长牺牲，连长带头冲，连长牺牲，营长带头冲，营长牺牲，团长装上刺刀冲出战壕。

小小的罗店，中国军队伤亡数万人，而日军也伤亡万人，被公认为淞沪会战中的"血肉磨坊"。

而像在宝山、罗店上演的如此惨烈的战斗景象，在淞沪会战的中期，每天都同样上演在大场、杨行、刘行、吴淞、川沙、蕴藻浜等各个中国军队的战场。当拥有巨大装备和战斗素质优势的日军扑上来的时候，支撑中国军人用血肉之躯死守不退的，就是一颗保家卫国的决心。

10 月 27 日，在八十八师撤退的情况下，谢晋元奉命率 400 孤军死守四行仓库，向全世界展现了中国军人的形象。（参看《历史的温度 1》收录的《一座被死守的仓库》）

但是，当这场会战打到 11 月初的时候，已经从全面进攻转为全面防守的中国军队，还是迎来了一个最坏的消息：由日军第十八师团、第一一四师团为主组建的第十军，在杭州湾强行登陆成功。

中国军队的后路被抄了。

忽略日军在杭州湾登陆，是中国军队指挥层的严重失误，但这时候，也没空追责了，因为大家都在考虑一个问题：在上海激战近三个月的数十万中国军队，很有可能被日军合围全歼。

8

1937 年 11 月 10 日上午，彭孟缉面对着布满地雷的大桥，痛哭失声。

彭孟缉，陆军独立炮兵第十团团长。他统率的，是中国历史上第一支机械化重炮兵团，配备全中国仅有的德制150毫米口径榴弹炮。而接到撤退命令的他，却在上海以西的一条大河边无法前进——先前过去的兄弟部队的工兵部队，为防止日军追击，已经在桥上布满了地雷。

和彭孟辑一起困在河边的，还有大批从上海市中心撤下来的兄弟部队。没有事先通知，没有统一调控，也没有人管后续部队的死活。

最终，彭孟缉只能下令：将中国当时最先进的那批重炮推入河中。

望着滔滔河水，彭团长和手下的将士泪水止不住地流。而耳边传来了爆炸声和惨叫声——有兄弟部队的士兵冒险试探过桥，被自己人埋的地雷炸死。

彭孟缉部所呈现的，只是数十万中国军队撤退时混乱画面中的冰山一角。在撤退这件事上，蒋介石难辞其咎。

在手下将官纷纷劝他下达总撤退命令时，蒋介石却总是寄望于国联的调停和干涉。包括在11月6日明明已经听取陈诚建议决定撤退，

中国军队当时拥有的150毫米口径榴弹炮，最终只能在撤退途中推入河中

却因为布鲁塞尔召开国联大会，想看看国联会不会干预，于是又下令全线再坚守三天，直到11月9日才明确下令实施总撤退——三天的宝贵时间，被白白浪费。

而比浪费时间更可怕的，是撤退时完全没有秩序和协调。

在上海浴血奋战了三个月的中国官兵，陷入了巨大的混乱：有的部队接到了撤退命令，却不知道往哪里撤；有的部队接到了撤退方向，却不知道撤退时间和撤退序列；还有的部队根本就没有接到撤退命令，但看到负责掩护的友军部队撤了，也只能跟着撤。

一时之间，数十万中国军队在没有掩护、没有断后的情况下，开始往上海周边方向大溃退，到处都出现几万部队拥挤在一条狭窄公路上，成为日军飞机扫射和轰炸活靶子的景象。有的大桥奉命要被炸毁，却因为后续友军部队还没有过桥而发生争执，甚至出现了多起自己部队拔枪相向的场面。

不少满腔热血从全国各地赶到上海杀敌的子弟兵，最终却死在了溃退的路上。

9

1937年11月11日，俞鸿钧脸色凝重。

俞鸿钧，上海市长。他做市长的时候，40岁都不到，可见能力确实非同一般。但在战争时期，他对一切都无能为力。

这一天，俞鸿钧奉命告诉上海市民一个不幸的消息——中国军队已经全部撤离上海市区。

历尽三个月的淞沪会战结束了。

上海陷落了。

但是，俞鸿钧的使命，是宣读一份《告上海市民书》：“……以酷爱和平之民族，被迫与黩武之强敌抗战，所持者唯此坚忍不拔之志愿，称意敏果之行为，但使尺寸土地之进出，胥有代价可言，则目前之小胜小负，胥无与于最后得失之衡量，此长期抗战之精神意义，所以必须洞彻了解，无所用其彷徨顾瞻也……”

俞鸿钧

其实，11 月 12 日，国民政府军委会发表的《告上海同胞书》的开头，说得更直白一些：“亲爱的上海同胞们：我军这次撤退，是战略上有计划的撤退，绝不是战争的失败，而且真正的抗日战争，实际上是从这时候才开始！”

当然，在日本军部大本营看来，这只不过是失败者一种“体面”的说辞而已。

他们的注意力，已经放到了离上海只有 300 多公里的南京——松井石根的“上海派遣军”和柳川平助的第十军，都摩拳擦掌虎视眈眈，不断发出“请战”的诉求。

南京，是国民政府的首都。

日本人未必不知道中国人想借淞沪会战，将他们引入“由东向西”的攻击线路中，而是他们不在乎：

上海一战，虽然日本军队也付出了惨重的代价，“三个月灭亡中国”的言论变成了“三个月打进上海”，但毕竟也歼灭了蒋介石的大量精英部队。等到再打下南京，坐着等中国人来投降就可以了。

然而，一个星期后的 11 月 20 日，中国国民政府发布的一条声明，彻底震惊了日本人。

在这一天，中国国民政府宣布：把首都从南京迁往重庆。

南京战役还没打响，中国人已经宣布迁都了。

这背后透露出的只有一个信息：在历经三个月炼狱般的淞沪会战之后，日本人只得到了中国人斩钉截铁的三个字答复：

“不投降！”

如果一定要扩充一下，那就是五个字：

“坚决不投降！”

馒头说

无论从哪个角度看，淞沪会战都堪称抗日战争中规模最大以及最惨烈的会战之一。

在短短的三个月时间内，中日双方在上海先后投入了总计100万兵力。蒋介石确实拿出了他能拿出的所有底牌，先后投入100多个师共70万精锐，最后自报伤亡30万（其中10万伤亡于撤退途中）。而日军也被迫前后投入8个师团、两个旅团以及多个联队，接近30万兵力，最终自报伤亡4万（有统计数据最终为7万）。

在淞沪战场这座血与肉的大熔炉里，日本人不得不认识了一个完全有别于他们之前认知的“支那”——在他们的印象中，中国依旧是那个只要有几艘炮舰在大沽口露一下面就会投降谈判的国家。

而在世界各国眼中，中国人也因为在淞沪战场上的表现，改变了他们原先的认知。

美国著名军事评论家卡尔逊曾说过，淞沪战役足以证明两点：“第一，中国已下决心为她的独立而战，而且中国军队确有作战的能力；第二，日本的军队在日俄战争中，被世人视为可怕的军队，经中国一打，降到了第三等的地位。”

当然，日本和列强可能忽略的一点是，淞沪会战其实真正促成了中华民族的抗日统一战线。

国民党政府一改“七七事变”之后的犹豫和彷徨，正式认定将和日本全面开战。这场战争不仅仅促成了地方军阀和国民党中央政府军站在一条战壕，更加快了当时中国两个政党的一致对外：淞沪会战开战后9天，蒋介石就宣布改编红军为国民革命军第八路军，10月2日，南方的红军游击队被改编为国民革命军新编陆军第四军。

但是，淞沪会战同时也是一面镜子，让当时的我们，更清楚地审视了自己。

我们的祖辈一直口口相传的一句话是：“小日本如果敢来侵略中国，我们中国人一人一口唾沫就淹死他们了！”

但事实上，通过淞沪会战我们看到，当时日本作为一个工业化国家，对依旧处于农业社会的中国发起的侵略，从某种意义上说就是一种“降维打击”——别说是“一人一口唾沫”，千千万万子弟兵抱着必死之心，拼上血肉之躯依旧无法阻挡侵略者的进攻。

在淞沪会战之前，我们总是觉得我们退让是因为我们不想打，不愿打，不敢打，不然小日本怎能如此嚣张？但这场会战打完之后，很多人终于意识到——战场上的事，确实要意志力，但有些时候，真的不是仅靠意志力就能够解决的。

所以，这场发生在80多年前，历经三个月的惨烈会战，从今天回望，依旧有太多的教训和意义。

落后就要挨打，这个道理从来就不会变。

但当真的挨打乃至处于危亡之际，中华民族从来不会妥协或屈服，哪怕付出巨大的代价，也会挺起胸膛，坚决抵抗。

哪怕战斗到最后一刻，用身躯，用鲜血。

一寸山河一寸血。

1937，南京城里的纳粹旗

谨以此文，献给那些在抗日战争期间帮助过我们的外国友人。

1

1937年，12月的某一天，南京。

一对中国的母女，惶恐地低着头赶路，在路过小粉桥路的时候，她们最担心的事还是发生了——一队日本兵从对面走了过来。

彼时的南京，城已陷，人已乱，禽兽横行，如同炼狱。

一名日军士兵很快发现了那对中国母女，他加速走了过来，直接拉着女儿的手，往旁边的一幢小房子里拖。母亲一边哭着哀求，一边拉着日本士兵的手不肯放。然后她被一脚踹倒在地上，旁边的日本士兵端起枪，周围的人都不敢作声了。

就在那个女儿快被日本兵拖入小屋的时候，一个德国人突然冲了过来，用英语大声喊："停止！"

所有日本兵都愣住了，拿在手里的枪，也不敢动。

因为那个德国人，身穿德国军装，头戴德式钢盔，腰里别着一把手枪，最关键的，是他的手臂上佩戴着“卐”字的袖章。

僵持了一会儿，日军士兵吃不准对面这个“盟友”到底是何来路，最终决定放弃，掉头离开。

这一幕，来自“南京大屠杀”幸存者汤英的回忆。

那个半路杀出来的德国人，叫约翰·拉贝。

约翰·拉贝

2

1882年11月23日，约翰·拉贝出生在德国汉堡。

拉贝早年丧父，所以只念到初中，就出去做了学徒。因为老板的推荐，他去了一家在非洲莫桑比克的英国公司，在那里，他学会了一口流利的英语。

1908年，拉贝踏上了前往中国的旅途——作为德国西门子公司的一名雇员，他被派往中国工作。1911年，拉贝在中国建立了第一个电讯台，后来又在上海另建一个新电讯台（一直到拉贝1938

1935年，拉贝与同事在南京办公室前的合影

年回国，西门子一直享有中国海军使用西门子电讯台装备的垄断权）。在中国，拉贝去过沈阳、北京、天津、上海等地，因为长期在中国经商的关系，他可以说是一个“中国通”了。

1931 年，拉贝在中国南京定居下来。他的身份之一，是西门子的南京代表处负责人，负责经销通信器材、防空报警系统、电话系统、交通材料等，兼任商人协会会长、校长等职。

同时，他还有了一个新的身份——德国纳粹党驻中国南京分部的副部长。

没错，拉贝是一名纳粹党员。

拉贝在南京的家，位于广州路小粉桥 1 号。那是一幢带院子的独立小楼，也是德国纳粹党驻中国南京分部的办公地。

拉贝当时可能自己都没有想到，“小粉桥 1 号”这栋小楼连同院子，会在六年后成为中国难民心目中最安全的天堂。

3

1937 年 12 月 13 日，中华民国的首都南京陷落。

在之后的一个多月时间里，整个人类文明史上都罕见的兽行，在南京这座古都的各个角落里每时每刻发生着。那个以文明和自律而自豪、尊崇所谓“武士道”精神的军队，上至军官，下到士兵，如同地狱里爬出的万千恶鬼，用突破人类想象力和耻辱度的残暴行为，不断冲破人类文明的底线。

当然也震惊了约翰·拉贝。

在小粉桥 1 号那栋小楼里，愤怒的拉贝开始将自己在南京城的所见所闻，写成日记：

1937 年 12 月 14 日

开车经过市区，我们才晓得破坏的巨大程度。车子每经一二百米就会轧过尸首，那些都是平民的尸首。我检查过，子弹是从背后射进去的，很可能是老百姓在逃跑时从后面被打死的。

1937 年 12 月 16 日

我开车到下关去勘查电厂，中山北路上都是尸首……城门前面，尸首堆得像小山一样……到处都在杀人，有些就在国防部面前的军营里进行。机枪声响个不停。

1937 年 12 月 22 日

在清理安全区时，我们发现有许多平民被射杀于水塘中，其中一个池塘里就有 30 具尸体，大多数双手被绑，有些人的颈上还绑着石块。

1937 年 12 月 24 日

我到放尸首的地下室……一个老百姓眼珠都烧出来了……整个头给烧焦了……日本兵把汽油倒在他头上。

1938 年 1 月 1 日

一个漂亮女子的母亲向我奔过来，双膝跪下，不断哭泣着，哀求我帮她一个忙。当我走进一所房内，我看见一个日军全身赤裸裸地趴在一个哭得声嘶力竭的少女身上。我立即喝住那个下流无耻的日军，并用任何能够让人明白的语言向他呼喝。他丢下一句“新年快乐”就逃走了。他逃走时，仍然是全身赤裸，手中只拿着一条裤子。

翻开南京大屠杀期间拉贝的日记，有很多是写给日军指挥官和日本大使馆的抗议信，信中详细记录了日军在南京的暴行，“枪毙”“砍头”“强奸”这些名词几乎充斥了每一页。

但是，日本人又怎会听得进拉贝的意见？表示一声“非常遗憾”，已经是最礼貌的回应了。

拉贝明白，不能只是写日记。

4

首先，拉贝把自己那栋小楼，变成了一个难民收容所。

一开始，只是拉贝家附近的邻居躲了进来，再后来，“躲进拉贝家就没事了”这一消息开始迅速传开，四周的难民开始向拉贝家聚集——只要能有一丁点地方空余，拉贝来者不拒。

最终，拉贝家那不大的院子里，一共收纳了 600 多名中国难民。那时正值寒冬，拉贝在院子里给他们搭了芦苇棚，铺了稻草。据当年住在拉贝家院子里的丁永庆老人回忆，天冷后地上潮湿，拉贝给难民们每人都发萝卜根，让他们煮着吃祛湿。在当时困难的条件下，拉贝努力给院子里所有的难民每天一人发一小杯米，一个星期发一次萝卜根和蚕豆。

“我知道很少，但我已经尽力了。”拉贝对他们说。

每一个在拉贝家院子里出生的中国新生儿，都会得到拉贝的礼物——男孩 10 美元，女孩 9.5 美元。不少中国父母就把男孩取名叫“拉贝”，女孩取名叫“朵拉”（拉贝的妻子的名字）。

1938 年的新年，拉贝在他的日记中这样写道：“我得到了一份预料不到的再好不过的圣诞礼物，那就是 600 多个人的性命。”

而对于难民们来说，能住进拉贝家的院子，不仅仅代表着可以满足温饱，保全家庭，更重要的是能够保住性命和免遭羞辱。

幸存者汤英至今都忘不了那个惊心动魄的夜晚。那天晚上，拉贝正好外出，有三个日本士兵从拉贝家院子的围墙外翻了进来，寻找“花姑娘”。当日本兵用刺刀顶着一个中国女子要推出围墙的时候，拉贝正好回家。“喇叭先生回来了！”所有的难民齐声大喊——他们一直把“拉贝”喊成“喇叭”。拉贝像一头怒不可遏的狮子一样冲了进来，对着日本士兵用英语大吼，叫他们滚出去。日本士兵看着拉贝手臂上的纳粹标志，尴尬地想从大门走出去。但拉贝坚决不允许——他要求日本兵从什么地方爬进来，就从什么地方爬出去。日本士兵并不想在中国人面前丢脸，坚持要从大门走出去，于是拉贝大声吼叫着，拔出了手枪。三名日本士兵只能乖乖地从围墙上爬了出去。

日本兵翻围墙的事其实几乎每天都在发生，拉贝让难民门组成巡逻队，一发现有日本人翻墙进来就吹哨子，然后他就奔过来驱赶。每一次，拉贝都不允许日本兵从大门走出去，必须翻墙回去。

随着投奔拉贝的难民越来越多，他也越发意识到自己这栋小楼对保护难民的重要意义。

在拉贝家的院子里，有一面很大的旗帜，那是他和家人一起用床单做的。当初放这面旗帜是为了让日本飞机看到不要投下炸弹，后来是希望所有的日本人看到后能够“绕道而行”，放过里面的难民。

那是一面纳粹的党旗。

5

但拉贝知道，自己的使命不只是要保护院子里的 600 多名中国难民。

早在南京保卫战开打之前，拉贝就和南京城内 20 多名外国人，谋划成立“中立区”，保护战争爆发后出现的大批难民。

在日军攻城前，拉贝的公司、同事包括日本大使馆的官员，都劝拉贝快点离开南京，但拉贝不肯。

“我一生中最美好的青年时代都在这个国家愉快度过，我的儿孙都出生在这里，我的事业在这里得到了成功，我始终得到了中国人的厚待。”

而他拒绝离开的原因，还因为他又多了一个头衔：南京安全区国际委员会主席。

一开始，拉贝和他的外国同事担心的，其实是中国溃败的军队会

南京国际安全区和国际红十字会南京委员会部分成员，左三站立者为拉贝

带来很多麻烦，在他们看来，“一旦日军接管南京，一切就将变得安全有序”。

12月15日，拉贝还在自己的日记中记下了这样一件事：“我们在宁海路的米铺于12月15日遭到了日本士兵的搜查，他们买走3袋米（3.75担），只支付了5元钱。米市的现行价是每担9元，这样，日本军队共欠国际委员会28.75元。”

在经历了这个日子之后的6周，拉贝如果回看自己当初写的这篇日记，估计也会对自己当初对日本人的期待而感到幼稚可笑。虽然成立了安全区，但在已经失去人性的日本军队面前，拉贝深深感到了自己的无力。

位于安全区内的金陵女子大学，三天两头被开着卡车前来的日本士兵侵入，他们抓女老师，抓女学生，抓一切女性，有时甚至在现场就对她们实施强奸。哪怕是在安全区内的民宅和商店，日军士兵也是说进就进，说抢就抢，有人反抗，说杀就杀。

有一次，拉贝答应1000多名已经放下武器的中国士兵进入安全区，他以为《国际法》会有效，就通报了日方，说中国有一部分士兵已经放下了武器，应该得到“战俘”的待遇。结果日军表面答应，随后冲进安全区，当着拉贝的面绑走了这1000多名中国士兵，随后拖出去全部枪杀。

无奈之下，拉贝一度只能穿上德国军装，戴上纳粹袖章，然后凭借个人的力量在安全区的街头游走，帮助一切可以帮助的中国人。

据幸存者李世珍回忆：“有一个家族里的37个人，被日本兵抓住了，全被绑好了跪在地上。(日本兵)准备砍头的时候，拉贝刚好经过，他就和日本兵交涉，最后把这37个人都带走了。后来这个家族的人都说，如果没有拉贝，他们整个家族就灭亡了。”

无论如何，安全区的设立，毕竟给当时人间地狱一般的南京保留了更多生存的可能。拉贝四处奔走，利用纳粹党的身份和多重政治力量向日本方面施压，最终迫使日军打开封锁，允许安全区能运进粮食等生活必需品。

在拉贝后来写给希特勒的报告中，他这样说：“日本人有手枪和刺刀，而我……只有纳粹党标志和我的袖章。”

6

1938年2月，应西门子公司的要求，拉贝还是要回国了。拉贝回国的时候，还将一个中国飞行员乔装成佣人，转道上海送到香港。

而拉贝回国有自己更重要的目的：他想拯救更多的中国人。

回到柏林后没多久，拉贝就开始给希特勒写信，提交关于南京大屠杀的报告，并在德国放映他拍摄的反映南京大屠杀真相的一些电影胶片和展出照片。

拉贝很快等到了结果——盖世太保登门找到了他，没收了他的纪录片胶卷。

在盖世太保的“教育”下，拉贝只能写信给希特勒做出保证：“我将谨遵此项规定（指不得做报告、出书、放映有关日军南京暴行的影片），因为我并无意和德国的政策以及德国当局唱反调……坚定地追随和忠实于您！”

原本期待希特勒能对日本做出干预的拉贝，开始被迫陷入了沉默。

但等待他的厄运还没有结束。

1945年，德国战败，因为纳粹党员的身份，拉贝先后被苏联和英国逮捕，甚至被投入了监狱。

1946年，在证实拉贝完全没有参与纳粹的作恶后，同盟国法庭宣布他无罪释放。但是，那个时候西门子公司已经同拉贝解约了（应该和拉贝的纳粹党员身份有关），64岁的拉贝开始衣食无着，生活拮据。

拉贝开始当一个拆卸搬运工，每天工作12个小时，生活艰辛。因为缺钱，他甚至开始典卖从中国带回来的瓷器。

7

中国人没有忘记拉贝。曾经被拉贝庇护过的中国难民都站出来为拉贝说话。一位叫伍正禧的人说的话代表了大家的观点：“不管拉贝是不是一个纳粹党员，都改变不了我们对他的看法，因为他是我们的救星。”

1948年，当时的南京国民政府和一些南京市民，开始每月给拉贝寄钱和食物，南京国民政府甚至承诺：只要拉贝肯来南京，政府将终身为他提供住房和养老金。拉贝曾回过两封信，表示南京人民的友好支援使他得以重新树立起对生活的信心。

但没多久，1950年1月的一个晚上，因为中风，拉贝与世长辞。

拉贝的身后事，也让人感到有些凄凉。拉贝的墓地位于柏林威廉皇帝纪念堂墓地。1985 年，由于墓地租用到期，无人续租，管理部门便拆除了拉贝的墓碑。中国方面曾与柏林市政府多次沟通，希望柏林能将拉贝墓地列为历史名人墓地予以免费长期保留，但被婉言拒绝。

南京的拉贝故居

2005 年，一群中国留学生自发捐赠，为拉贝塑了一座雕像。后来，拉贝的长孙托马斯·拉贝与中国驻德大使馆联系，希望能在拉贝墓地的原址重修墓碑。为此，南京市政府特批 105 万元作为专项资金，用于 40 年墓地租赁和墓碑的制作及运输费用。

2013 年 12 月 11 日，在柏林西郊，拉贝墓地的落成典礼举行。中国驻德大使史明德在典礼上表示："我们今天站在这里，是为了共同缅怀中国人民的朋友和恩人，是为了共同回忆那场战争给世界各国人民造成的空前劫难，是为了共同纪念全世界爱好和平的人民为捍卫人类尊严和赢得世界和平团结奋战的历史壮举。"

在 1937 年的南京，拉贝家院子里的中国难民，称他们的恩人为"活菩萨"。而拉贝可能更喜欢后人给他的另一个称号：中国的辛德勒。

馒头说

毫无疑问，拉贝是伟大的。

但同时，他也是矛盾的。矛盾的根源，在于他的纳粹身份。

按照埃尔温·维克特所著的《约翰·拉贝——南京的德国好人》一书中的说法，拉贝在 1934 年为了在南京给西门子员工的孩子建一所德语学校，为争取经费才加入了德国工人党（即纳粹的前身），但事后的各种信件表明，他对希特勒还是忠心耿耿的——当然，当时德国像拉贝那样被蛊惑的人成千上万。

但同时，他在 1937 年南京城中的所作所为，却一点都不像我们想象中的纳粹。和拉贝一起在安全区工作的美国医生威尔逊甚至感慨："因为拉贝，我居然开始对纳粹有点好感了！"

但也正是因为纳粹的身份，拉贝饱受折磨：一方面，他必须忠于自己的党员身份，将对南京大屠杀的愤怒压抑进心底；而另一方面，在战后清算时，他又因为曾经的纳粹身份而受到牵连。

1946 年，宋美龄邀请拉贝出席远东军事法庭，以证人的身份为南京大屠杀作证，考虑再三，拉贝还是拒绝了。

那一刻，拉贝应该是痛苦的：自己希望世人得知的丑恶行径终于得到曝光，但因为党员的身份和对所谓"元首"的承诺，他却不能甚至不愿成为证人。

好在，《拉贝日记》还是完好无损地被他保存了下来。经后人公布，那些翔实客观的记录，成为控诉日本人在南京暴行的最有力证据之一。

这个关于拉贝的故事，感人却又耐人寻味——原本象征邪恶的纳粹党旗，却一度成了无数中国人的庇护，而拉贝一边行着纳粹礼，喊着"嗨！希特勒"，一边救下一个又一个即将遭受屠杀的中国人。

但事实上，也不用如此纠结。无论拉贝是不是纳粹党，无论他内心是否真的认同纳粹的理念，但在1937年，在南京，在那一个个真实的时刻，拉贝放下的是头衔和身份，遵从的是自己的内心——一个善良人的内心。

在南京那段让人不忍回忆的日子里，拉贝和很多留在南京的外国人士一样，展现的是普通却又伟大的情怀，展现的是人类面对残忍和血腥而被激起的善良和抵抗之心——在拉贝的身后，还有魏特林、辛德贝格、鲍恩典……还有后来悔过的，当时日本第十六师团二十联队上等兵东史郎。这些人用文字、口述、回忆录的形式，记录了当时禽兽军团的那些恶行，铁证如山，不容篡改！

感恩，与身份无关。

铭记，与宽恕无关。

猎杀山本五十六

不少人都认为，当“二战”中日本自不量力地去招惹美国的时候，军部中其实是有一批清醒的人的，他们认为日本这么做是自取灭亡。但是，这批人是真的热爱和平吗？是真的希望结束战争吗？

1

1943年4月18日上午，9点35分。

西南太平洋所罗门群岛的上空，忽然出现了两架“一”式陆攻机，以及呈拱卫态势的6架“零”式战斗机。看这群飞机的态势，是在寻找机场准备降落。

而就在此时，云层中忽然出现了8架美式的P–38“闪电”式战斗机。

在这个空域，美军飞机几乎从来没有出现过。

一瞬间，6架“零”式战斗机迅速爬升，勇猛地冲向了8架美军战机。

而这时候，下面的云层中忽然又钻出了 4 架 P–38“闪电”式战斗机——它们并没有向“零”式战机扑去，而是开始向那两架“一”式陆攻机俯冲。

这 4 架“埋伏”的美军战斗机，显然就是冲着那两架陆攻机去的。

6 架“零”式战斗机发现另外 4 架美机后，顿时队形散乱，其中有 3 架完全不顾会被美机击落的危险，不要命般地掉转机头，向那 4 架 P–38“闪电”式战斗机扑去。

电光石火之间，已经晚了。

虽然其中一架舷号为“T1–323”的日本陆攻机迅速拉低飞行高度，贴着岛上的树林飞行，但还是被紧紧咬住它的 P–38“闪电”式战斗机机关炮轻易击中，起火，随后坠落在丛林深处。

从日本“零”式战斗机拼死保护的架势来看，陆攻机上面，肯定坐着大人物。

只是除了美日双方的一些特定人员外，当时绝大多数人都不知道，当时坐在飞机上的，居然是日本联合舰队司令长官山本五十六。

没错，就是那个一手策划偷袭珍珠港的山本五十六。

2

山本五十六出生于 1884 年 4 月 4 日，是新潟县长冈市一个武士家庭的第六个儿子。他的父亲高野贞吉在得到这个儿子的时候，已经 56 岁了，所以就任性地给他取名为“高野五十六”——“山本”是这个儿子父母双亡后，因为母亲家没有子嗣，在 29 岁时继任的娘家的姓。

山本出身的家庭是一个典型的武士家庭，他父亲的一言一行，对他的性格养成产生了极大的影响。比如山本五十六 10 岁那年的“元服”仪式（日本男子的成人礼），父亲用武士刀划伤他的双腿 12 次。

1893年,9岁的高野五十六（中）与五哥高野季八（左）和大他18岁的姐姐高野（高桥）嘉寿子（右）合影

武士家庭出身的山本五十六，“从军”肯定是第一志愿，只是他没有进陆军学校，进的是海军学校。

1901年,17岁的山本五十六以第二名的成绩考入江田岛海军学校。三年后毕业，以少尉军衔上了“日进”号装甲巡洋舰，参与了1904年爆发的日俄战争。

在那场奠定日本海军所谓“荣光”的日俄“对马海战”中，山本五十六左手的食指和中指被炸飞，从此留下了一个“八毛钱”的绰号——日本的艺伎会给客人剪指甲，一个指头收费1毛钱。一般人需要付1元，而山本只需要付8毛。没错，就是因为山本五十六经常出没于烟花柳巷，才会让这个绰号在日本海军中传开。

事实上，如果不是因为山本五十六后来有过好几段重要的留洋经历，他很可能就走上了和很多其他日本海军军官差不多的轨迹：平时严格训练，闲时狎妓取乐，以身为大日本帝国的海军为荣，但同时也未必知道海军未来的发展方向究竟是什么……

1901 年 11 月至 1904 年 11 月，山本五十六（二排左六）在江田岛海军学校学习，这是与同学和教官的合影

山本五十六与别人不同的第一个特点，是他开过眼界。

1919 年，35 岁的山本五十六被公派到美国哈佛大学学习。这段留美的经历，包括后来他在美国做日本驻美大使馆海军武官的三年，都给山本五十六留下了难以磨灭的印象：社会地位方面，美国女性居然也可以读大学；富足程度方面，美国的白砂糖居然不是配给制，可以随便买；工业化程度方面——这是给山本印象最深刻的——从汽车工厂到炼钢厂，从矿山到油田，他深刻领教了美国强大的工业能力。

从某种意义上说，没有这段留美的经历，就没有后来的偷袭珍珠港。因为一般人被震撼，也就震撼了，但山本肯动脑子。

3

肯动脑子，是山本五十六的第二个特点。

当时野心勃勃的日本海军，正受到《华盛顿海军条约》的束缚。当时的海军依旧是战列舰称霸大洋的时代，各国战列舰的主炮口径和船的吨位都越造越大，使得建造和维护成本到了大家都难以承受的地步。

为此，1922年在美国华盛顿会议上，当时的世界海军五强——英国、美国、日本、法国、意大利共同约定：大家造的主炮口径都不能超过16英寸（约合40.64厘米），战列舰吨位不能超过35000吨，而且英、美、日、法、意五国舰队的主力舰（战列舰和战列巡洋舰）的建造数量比例为10 ∶ 10 ∶ 6 ∶ 3.5 ∶ 3.5。

就像现在核强国约好大家等比例削减战略核武器一样，当时日本的海军被牢牢框死在“6”上。

别人被框死也就框死了，但当时已经官至海军大校的山本五十六，把眼睛瞄上了海军航空兵——你们没有限制我们发展空军啊。

虽然山本五十六一直是强硬的“舰队派”，但这并不妨碍他成为当时全世界第一批注意到飞机在现代海战中作用的人。为此，他还把自己的炮术专业改成了航空兵专业，并在日本的霞浦航空队做教官兼副队长——当时已经40岁的他以身作则，自己每天都做飞行训练，而且水平很高，整个霞浦航空队的战术水平一下子就被提了上来。

1929年，45岁的山本五十六已经升到了少将军衔，并且以海军第一航空队司令官的身份参加了在伦敦召开的第一次伦敦海军军备会议。在那次会议上，英国和美国再一次对包括日本在内的海军五强的战列舰吨位做出限制。

当意大利还在抱怨英国和美国不想让自己发展战列舰的时候，山本五十六已经暗地里向德国购买制造俯冲轰炸机的技术，并且给当时的海军次长末次信正提出明确建议："被迫接受劣势比例的帝国海军，在同优势的美国海军作战一开始，就只能以空袭的方式给敌人一记痛击。"

到了 1934 年，第二次伦敦海军军备会议召开预备会议的时候，50 岁的山本五十六已经成为海军中将，并成了日方的全权代表。在那场预备会议上，山本态度强硬地宣布日本退出《华盛顿海军条约》和《伦敦海军条约》。

日本可以放手造战列舰了，但山本五十六把重点放在打造航母和海军航空兵上。

这个时候，通过"九一八事变"侵略中国，整个日本已经被军国主义绑上了正在越开越快的战车，但身为军国主义中坚力量的山本五十六，却被安上了一个"卖国贼"的称号。

为什么？因为山本五十六是当时日本国内少数几个反对向英美开战，并且反对加入轴心国联盟（因为会激怒英美）的高级军官。所以，国内少壮派军人对山本五十六非常不满，甚至扬言要刺杀他——以"二二六兵变"的经验来看，这倒绝非不可能。

为此，当时支持山本的海相米内光政在卸任前，任命山本五十六为日本海军联合舰队兼第一舰队司令官。这个任命的好处，就是可以让山本五十六到舰上去办公——如果他留在陆地上，很有可能真的就被人刺杀了。

那么，真的是山本五十六爱好和平，才不愿意和英美开战吗？

当然不是。从理念上说，山本五十六和那些希望捍卫天皇，建立不朽帝国的军国主义分子没有任何区别，有区别的是山本更会用点脑子，而不是无谓的狂热——他去过美国，而且了解美国。他知道以美国的工业制造能力，日本和它开战无疑是以卵击石。

那么他真的就会放弃吗？当然也不是。

1940 年 3 月，日本联合舰队进行春季演习。当时由小泽治三郎少将（后来成为最后一任联合舰队司令官）率领的两艘航母，以大规模飞机突袭的方式，一举摧毁了山本五十六指挥的两艘战列舰和一艘重型航母组成的舰队。

当同僚都在指责小泽少将不按规矩打仗时，山本五十六却立刻转身问身边的参谋长福留繁少将："能不能出动飞机，去轰炸夏威夷？"

4

于是就要说到山本五十六的第三个特点了：好赌。

山本五十六赌性之大，在日本军界可谓少有。从桥牌到扑克，从麻将到骰子，只要能赌的东西，哪怕是赌明天下不下雨，他都乐此不疲。而且他和谁都赌，和同事、幕僚、下属，连艺伎他也不放过。

不仅好赌，山本还赌得认真。1910 年的时候，他曾和同事因为一件非常小的事情而下了一个非常大的赌注，结果他输了，同事笑笑说不要了，但他坚持要"愿赌服输"，每月从自己的薪金中扣下赌资付给同事，坚持了十几年。

那山本的赌技如何？不仅不差，还非常好。

他曾有一段时间出使欧洲，在那里他每天必去摩纳哥的赌场。因为一直赢钱，以至赌场老板挂出"免战牌"——禁止山本五十六入内。据说他自己也曾放言："如果天皇陛下给我一年时间专心去赌博，我能为帝国赢来一艘航空母舰！"

所以，1941 年 1 月 7 日，当山本五十六正式提出"偷袭珍珠港"的设想时，应该是不出人意料的——论刺激，还有什么能比把两个国家的国运放到广袤的太平洋上去豪赌一把更刺激？

但当时，日本军界从上到下，还是被山本五十六这个惊人的计划给吓傻了：一支庞大的舰队，跨越 3500 海里去偷袭强大的美国的海军基地，成功不成功且不说，怎么能保证中途不被人发现？

但山本五十六用自己的理论说服了大家："我军在日美战争中首先应该采取的策略是：一开战就猛击敌主力舰队，置美国海军及美国国民于无可挽救之地，使其士气沮丧。从而才能占据东亚之要障，确保不败之地步，以此来建设东亚共荣圈……一旦击破美主力舰队，菲律宾以南的闲杂兵力必然士气沮丧，很难继续勇敢战斗。"

简单来说就是：我们是肯定打不过美国的，既然你们一定要打，那只能上来就偷袭。先打闷人家，趁机拿到我们想要的最大利益，再逼人家坐下来谈判，最终确保我们的利益。

对于当时已经被美国的"禁运"紧紧掐住咽喉痛苦万分的日本而言，如果要"南进"，那么除了山本五十六的办法之外，似乎也没有太多的选择。

那么万一失败怎么办？

山本五十六的回答是："如果日本有天佑，夏威夷作战肯定成功，如果中途失败，也就是说没有了天佑这一条，那么放弃整个作战就行了。"

一副标准的赌徒相。

为了能实现"偷袭珍珠港"计划，山本五十六不惜以辞职要挟。最终，当时的军令部总长山永野修身大将拍了板："如果山本有这样的自信，就照他说的去做吧！"

1941年12月7日清晨，以6艘航母领衔的日本特混舰队，跨越3500海里，如

1941年9月，山本五十六开始制订偷袭珍珠港的作战计划

幽灵一般出现在了美国珍珠港附近的海域。

作为一个赌徒，山本五十六一生中最大的“荣光时刻”到来了。

5

众所周知，山本五十六因“偷袭珍珠港”一战成名。但恐怕山本自己也很清楚，经此一役，日本被彻底拉进了太平洋战争的泥沼。

在以几乎可以忽略不计的代价成功偷袭珍珠港之后，山本五十六麾下的海军配合陆军，横扫东南亚，美英军队望风而溃。就好比一个坐在牌桌前的赌徒，山本五十六现在面临一个赌徒必须面对的问题：筹码已经赢了一大把了，接下来该怎么办？

当时春风得意的日本军部开始有几种不同的声音：进攻印度，进攻澳大利亚，进攻夏威夷甚至进攻美国。

但所有的意见其实都忽视了一个重要的问题：日本的陆军主力都

偷袭珍珠港成功后，山本五十六与同僚在“赤城”号航母的飞行甲板上合影

被拖在中国战场，哪还有什么余力去进攻这里进攻那里？

山本五十六的想法和其他人都不一样，他的意见是哪里都不进攻，而是进攻残存的美国太平洋舰队主力，一举歼灭。

但是，山本真的当美国太平洋舰队是泥捏的吗？

1942 年 5 月 4 日，为了增援莫尔兹比港的日军，日本联合舰队的航母编队在珊瑚海遭遇美国太平洋舰队的航母编队，双方爆发了一场遭遇战，史称“珊瑚海海战”。

“珊瑚海海战”是人类历史上第一次航母编队之间的战争——双方的舰队基本都没有看到对方，全是靠大批舰载机对敌方进行攻击。从这一点上看，确实是印证了山本五十六当初对现代海战的预判。

这场海战的战果，可以说是平分秋色：

美国重型航母“列克星敦”号被击沉，“约克城”号被重创，一艘驱逐舰沉没，一艘油船沉没，66 架飞机被击毁，543 人阵亡。但美军阻止了日军增援莫尔兹比港的行动。

日本轻型航母“祥凤”号被击沉，重型航母“翔鹤”号受损，一艘驱逐舰沉没，77 架飞机被击毁，1074 人阵亡。增援莫尔兹比港的行动被迫中止。

珊瑚海海战中被击沉的美国航母“列克星敦”号

经此一役，山本五十六内心的忧虑更加重了：美国太平洋舰队的实力依然在。这也让他更急迫地寻找机会想和美国海军的主力进行一场“一了百了”的大决战。

1942年6月4日，在太平洋上的中途岛，山本五十六盼来了他渴望已久的与美国太平洋舰队决战的机会——但决战的结果，绝不是他想要的。

在这场被称为“太平洋战争的逆转点”的战役中，美国只损失了一艘本来就已经受损的“约克城”号航母，另有147架飞机被击毁，307人死亡。而日本联合舰队4艘主力航母被击沉，还赔上了一艘重巡洋舰和332架作战飞机（其中近300架被击毁在航母甲板上）、3500条精英作战人员的生命。

中途岛海战的失利，让作为总指挥的山本五十六身上的光环开始消退（虽然后来也有很多人把责任归结到在一线指挥的南云忠一中将身上）。有人已经开始评论，说山本五十六其实只是一个海军技术官僚，作为海军舰队司令的经验未必有人们想象中的那么丰富。但对外，由于日本国内的宣传机器充分开动，将中途岛之战渲染成了大日本帝国海军的一次大获全胜，所以对于日本国内民众而言，山本五十六依然是光芒耀眼的“海军之花”。

对日本人不利的消息开始慢慢多了起来，尤其是到了1943年2月，经过半年惨烈血腥的拉锯，日军终于无奈地向美军交出了战略要冲瓜岛瓜达尔卡纳尔岛，这显然标志着美军在太平洋战场上已经转守为攻了。

作为一个赌徒，只要手里还有哪怕一枚筹码，就绝对不可能认输。

更何况，山本五十六手里的联合舰队虽然实力大损，但毕竟还保持着一定的战斗力。山本五十六认为，只要及时调整日本在太平洋上的防御线，还是能和美国周旋上一段时间的。

但首先，他觉得要鼓舞大日本帝国官兵的士气。

1943 年 4 月 7 日清晨，在斯麦群岛新不列颠岛上的拉包尔机场，正准备出击去轰炸驻瓜岛美军的日本海军航空兵们，忽然惊喜地看到了自己的最高长官山本五十六。

山本五十六穿着干净笔挺的白色海军服，向他的士兵们挥手示意，为他们加油打气。

而这只是山本五十六“鼓舞计划”中的一步，接下来，他还打算去布干维尔岛、布因和肯特兰群岛，为驻守在那里的日军打气。

山本五十六肯定不会知道，这是他为自己规划的一条“死亡之路”。

1943 年 4 月 11 日，山本五十六在拉包尔基地指挥台目送日军轰炸机起飞，此时离他殒命还有一个星期

6

山本五十六亲自拟定的出行计划一出台，他的下属就认为自己的

长官发疯了。

按照山本的计划，他将从拉包尔出发，飞行一个半小时左右，到达布干维尔岛，然后再飞行15分钟左右，到达布因。之后从布因出发飞行5分钟左右，到达肖特兰群岛。

部下们劝阻山本千万别这么走，因为肖特兰岛离瓜岛非常近，驻扎在瓜岛的美国战斗机转眼间就能飞过来实施袭击。但山本五十六坚持自己的意见——司令长官越是到危险的地方去，就越是能激励下属们的士气。

山本的副官渡边负责把山本的出行计划告诉即将被视察的部队。按照渡边的本意，是派人亲自送过去，但负责通信的军官认为没必要，发送电报就可以了。渡边认为发送电报很可能被美军截获，但通信官向他拍了胸脯：这套新版的ZN25密码4月1日才刚刚启用，美国人怎么可能破译？

于是，山本的出行计划通过电文很快传到了驻守肖特兰岛的日军司令官城岛高次手中。城岛拿到电文后大惊失色，立刻亲自飞到拉包尔去劝阻山本五十六："您的行程用那么长的电文那么详细地发出来，太危险了！"

而山本五十六依旧坚持，他让城岛回去，准备第二天和他一起用晚餐。

城岛高次无奈地踏上返程，而就在他回去后不久，正如他担心的那样——美军已经破译了日军的电报。

事实上，美军破译山本出行的电报，前后没有超过5个小时。因为就在之前不久，美军俘获了日军的一艘潜艇，查到了日本的JN25密码本——根据这套密码本，很容易推断出ZN25密码的规律。

电报的译文很快就传到了美国太平洋舰队总司令尼米兹上将的手里。

对于美军而言，这是一个千载难逢的劫杀机会，但当时尼米兹还是有一点犹豫的。因为涉及政治、外交等多方面因素，一般而言，西方世界里有“不能暗杀敌国君主或统帅”的惯例。

但是，美国人对山本五十六又有一种特殊的仇恨：如果不是他，就不会有珍珠港那几千名美军士兵的冤魂。为此，尼米兹把情况上报给了美国总统罗斯福。

罗斯福为此还专门召开了一个小型的秘密会议，会议的结果很快就通报给了尼米兹：

不惜一切代价，击毙山本五十六。

接到命令后的尼米兹上将，果然将猎杀山本五十六的任务交给了驻扎在瓜岛的美国航空部队。

瓜岛方面连夜拟订了计划，决定用续航里程在3700公里，且战斗性能绝不输日本“零”式战机的P-38“闪电”式战斗机来完成这个任务。经过测算，美国人将猎杀区域锁定在山本座机降落在布干维尔岛机场前10分钟左右的空域，时间大概是4月18日上午9点35分。

P-38“闪电”式战斗机

但是，有一点却难住了美国人：空中猎杀对空域的把握、飞机的速度、抵达的时间都有严格的要求，不然很可能在电光石火之间就错过了机会。

不过，美国人还是决定实施这个猎杀计划，因为他们非常了解山本五十六的一个特点：

这个人性格虽然不羁，但非常守时。

7

果然，4 月 18 日上午 9 点 35 分，山本的座机编队如约而至。

当时的美军战斗机分为两组，一组是掩护组，埋伏在 6000 米高空，负责引诱护航的 6 架日本“零”式飞机离开山本的座机，另一组为猎杀组，埋伏在 3500 米高空，专门负责袭击山本五十六的座机。

于是，就出现了本文开头的那一幕。

美军并不知道山本五十六坐在哪架“一”式陆攻机中，但他们看到一架被打得坠入布干维尔岛的丛林，一架被打得坠海，认为任务肯定已经完成，于是就撤离了战场。

从山本五十六的座机编队出现到被击落，全程一共只有 3 分钟。

而山本五十六的座机，正是坠入丛林的那一架。

飞机坠毁后，驻守在布干维尔岛上的日军立刻派出了搜索队。在丛林中寻找了很久之后，一个日军士兵忽然闻到了汽油味。于是，他们在一片烧焦的丛林深处，发现了一架摔得粉碎的“一”式陆攻机。

几具尸体四处散落，但只有一具依旧在座位上保持着笔挺的坐姿，头发花白，头微微前倾，仿佛在思考。他手上戴着白手套，左手拄着军刀，胸前佩有绶带，肩章嵌着三枚金质樱花——他就是山本五十六。

据搜救队的日军中尉宾砂回忆：山本五十六被发现时，身上有两处枪伤：一发子弹自身后穿透他的左肩，另一发子弹从他的下颌左后方射入，从右眼上方穿出。

换句话说，山本在坠机之前，其实已经死了。

而山本五十六临终前的坐姿，是日本士兵摆放的，因为他们要维持自己心目中“军神”最后的尊严。

山本五十六被美军埋伏击毙的消息，让日本当局大为震惊，立刻严密封锁了消息。美国人通过电报破译，知道山本五十六已经死了，但他们为了不让日本人发现自己已经破译电报，所以也一直装傻。

1943 年 5 月 21 日，日本的新闻媒体终于公布了山本五十六的死讯，举国震惊。

日本当局追授了山本五十六海军元帅的勋位，并为他在东京日比谷公园举行了百万人参加的国葬，举国哀悼。

但对于山本五十六本人而言，没活到最后亲眼看见“联合舰队”的覆灭，未尝不是一种幸运。

馒头说

1937 年 7 月 7 日，卢沟桥事变爆发，日本开始全面侵华。

据说当时的山本五十六得到消息后，对自己的知心朋友武井大助说：“陆军中的这些浑蛋，果然挑起了战火，简直把人气疯了。我从此戒烟，直到这次事件结束为止！”

山本五十六喜欢抽烟是在日本海军中有名的，他是认真的吗？

看上去似乎是真的。

山本的另一位好友，驻英国大使松平恒雄回国后，给山本带来了一些名牌的雪茄，山本当时就拒绝了：“请你替我保管吧，等这次事件过后，我一定抽。这帮浑蛋根本不懂得战争，他们只是想过过战争瘾而已。”

那么，山本五十六真的是对中国人民满怀感情吗？

当然不是！他是觉得陆军中的那些蠢蛋先进攻中国，破坏了他优先对付英美的大计而已。

就像他当初反对与英美开战，不是爱好和平，而是觉得还没有把握一样，他不是不想侵略中国，而是怕中国战场拖住日本的后腿。

直到日军在中国战场的进展超乎想象，山本五十六才变得积极起来。在淞沪会战中，他指挥日本的海军频频出动舰载轰炸机轰炸中国的军事设施和平民目标。可以说，后来日本海军航空兵偷袭珍珠港的实战经验，很多都是建立在中国人民的血肉之上的。

进攻上海的时候，曾经立誓的山本五十六，早就开始恢复吸烟了。

所以，千万不要被“二战”中日本那些“不扩大派”蒙蔽了双眼。他们不是爱好和平，而是在等待时机，让大日本帝国的利益一举最大化——通过侵占别人的国土，掠夺别人的财富。他们和那些最狂热、最极端的军国主义分子，在本质上是没有任何区别的。

当太平洋战争趋向对日本不利的时候，山本五十六曾不无担忧地对人说：“战争结束后，我不是被送上断头台，就是被送往圣赫勒拿岛。”

圣赫勒拿岛，是拿破仑被流放的地方。

对不起啊，山本君，你还是想得太美了。

丘吉尔的另一面

关于丘吉尔的各种传记和评价汗牛充栋，用一篇文章肯定不可能说尽。

1

每年的12月10日，是诺贝尔奖颁奖的日子。

1953年颁出的诺贝尔文学奖引起了一场巨大的轰动——获得这个全世界作家都梦寐以求的奖项的人，居然是温斯顿·丘吉尔——大英帝国的在任首相。

这个奖，让颁奖机构瑞典文学院打破了很多“约定俗成”的规矩。

比如，诺贝尔文学奖之前从没有颁发给过一个国家在任的政治领导人，但这次破例了。

又比如，诺贝尔奖在揭晓之前，一切都是保密的。但瑞典文学院事先通过渠道咨询了丘吉尔，问他是否愿意接受这个奖项——他们得到了肯定的答复。

丘吉尔获奖的作品是《不需要的战争》（又译《第二次世界大战回

在 1953 年获奖之前，丘吉尔其实已经多次获得诺贝尔文学奖提名

忆录》)。

不过，当初许诺一定会来现场领奖并表达感谢的丘吉尔，因为在百慕大参加一次国际会议而没有到场，代他领奖的是他的女儿。

即便如此，瑞典文学院在颁奖词中还是给予了丘吉尔超出规格的评语："他是具有西塞罗文采的恺撒大帝。"

丘吉尔是唯一一个获得过诺贝尔文学奖的政治领袖。不过，以一个政治家的身份去领一个文学家的奖项，只是他"多面"特征中的表现之一。

2

我们先从一些展现丘吉尔"多面"的小细节入手。

在《至暗时刻》这部电影中，丘吉尔的表现有时显得有些粗鲁，比如对新来的女秘书大吼大骂，光着身子就从浴室里走出来（他是唯一一个在美国白宫曾裸体面对美国总统的人——丘吉尔辩称他当时从浴室出来见到罗斯福时裹了一条浴巾）。

但事实上，丘吉尔出身贵族家庭，受的是非常完善的教育。

丘吉尔的祖上是公爵，父亲伦道夫·丘吉尔是勋爵，曾担任过内阁中仅次于首相的财政大臣。他的母亲珍妮·杰罗姆是一位富家女，因为丘吉尔的外公是纳德·杰罗姆，美国著名的大富翁，他是纽约音乐学院的创建者，同时也是《纽约时报》的股东。

所以，丘吉尔青少年时期就读的学校是英国的哈罗公学——不亚于伊顿公学的英国著名私立学校。

当然，丘吉尔并没有在这所著名的私立学校中表现出一位贵族子弟的应有水准，比如他的数学，每次只考十几分，甚至只有几分。后来丘吉尔去考桑赫斯特皇家军事学院（该校与西点军校等并称为“世界四大军事名校”），考了三次才考进，让他父亲感觉颜面尽失——丢了家族的脸。

丘吉尔体现出的“多面性”还包括颜值。

在《至暗时刻》中，丘吉尔肥胖、臃肿、口齿不清，有时讲话甚至嘴角边会泛白沫，但那时他毕竟已经66岁了，谁又能想到，年轻时候的丘吉尔，其实是这样的——

那么，为什么进入中老年后，丘吉尔的颜值出现了断崖式下滑呢？这和他的生活方式有点关系。

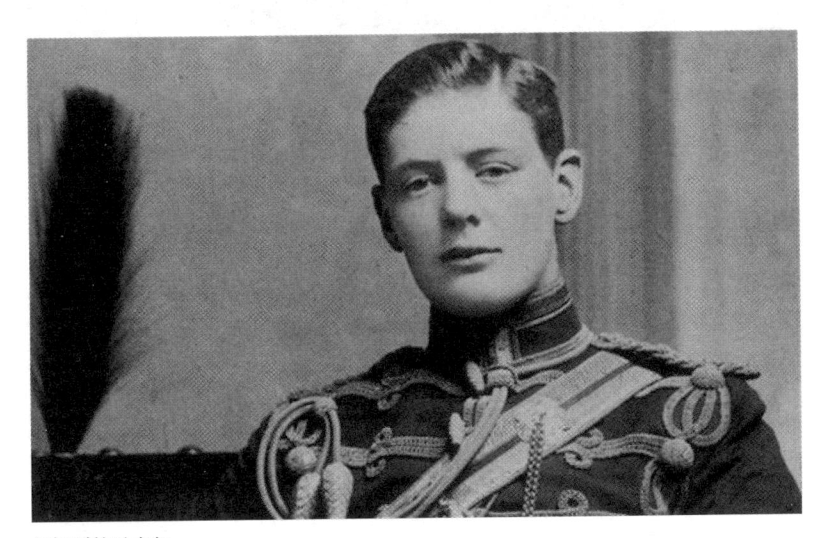

年轻时的丘吉尔

丘吉尔有晚起的习惯，尤其是在“二战”期间，他一般要到中午才起床——因为他喜欢在床上办公。

他嗜酒如命，每天要饮用包括威士忌、白兰地、香槟在内的各种酒精饮料。1931年，丘吉尔在美国遭遇了一次严重车祸（他当时忘了美国和英国不一样，车是靠右行驶的），住院期间，他想尽办法让医生把报告写成：“丘吉尔因为有严重脑震荡，需要饮用烈性酒，尤其是在用餐时。”

他酷爱抽雪茄，烟不离手。有一个没有得到过证实的说法是，他一生抽掉了大约3000公斤的雪茄烟。丘吉尔曾命人专门为他制作了一种特制氧气面罩，前面开了一个洞，方便他在坐飞机时的高空非增压状态下，依旧可以抽雪茄。

但是，作为这些生活方式的一个“对立面”——丘吉尔活了91岁。

丘吉尔和他著名的“V”字形手势

3

丘吉尔的“多面”，当然不仅限于这些生活的小细节。

说说丘吉尔的“坚持”。

丘吉尔以“二战”初期坚决反对前任首相张伯伦的绥靖政策而闻名，可以说，他对胜利的渴望和坚持，是英国在整个“二战”期间坚持不屈的最重要动力。

但是，为何当时以张伯伦为代表的“议和派”在英国拥有如此广泛的市场和支持？因为英国在第一次世界大战中确实被打怕了，惨重的伤亡让很多英国人都不愿意再一次卷入战争。

而在第一次世界大战英军伤亡惨重的战役中，丘吉尔也要认领属于他的那一份责任——加里波利之战。

加里波利之战是“一战”中规模最大的两栖登陆作战

1914年末，在西欧战场陷入僵持的时候，时任海军大臣的丘吉尔提出了一个大胆的作战计划：凭借英国海军的强大实力，强行通过达达尼尔海峡（位于土耳其西北部），然后在加里波利登陆，直取奥斯曼帝国首都君士坦丁堡（今伊斯坦布尔），迫使土耳其退出战争。

应该说，这个战略虽然大胆，但不失可行性。可惜的是，这个作战计划从一开始执行，就是一团乱麻。

英国赖以为豪的皇家海军一开始就出战不利，一上来先被土耳其人埋的水雷干掉了 6 艘战列舰。在这样的背景下，丘吉尔却毫不退缩，强硬地继续驱动陆军强行登陆，结果遭到了土耳其优势兵力和优势火力的强力阻击。

加里波利之战让土耳其指挥官凯末尔崭露头角，当时他只是一名上校，后来因为缔造了土耳其共和国，被称为“土耳其国父”。

这是一场“一战”中英国少有的屈辱战役：协约国最终败退，伤亡高达 25 万人，其中主要是英军，伤亡超过 20 万人。

因为这一战，负主要责任的丘吉尔在国内受到了猛烈抨击，随后丘吉尔主动辞职，以 42 岁的年纪，去皇家苏格兰毛瑟枪团担任第六营营长，上前线亲自参战。

他也确实是硬气。

4

于是就要说到丘吉尔的军事才能。

丘吉尔到底是不是一个出色的军事家？很遗憾，并没有什么证据能表明他在这一方面有什么过人的才华。

在丘吉尔自己写的有关欧战的作品中，他反复强调自己的军事观点：应该躲在战壕中消灭敌人，不要将宝贵的兵力耗费在西线的进攻战之中。

这一观点在“二战”开战之初，就被希特勒的闪电战狠狠抽了一记耳光——当法国人自以为固若金汤的马奇诺防线被德国军队迅速甩到身后的时候，丘吉尔只能抛开自己“军事家”的执念，以一个政治家的身份，为法国政府不断加油鼓劲。

事实上，在整个“二战”中，最适合丘吉尔的角色无疑就是“政治家”——对不少战役，丘吉尔只是简单地下令“不准投降”和“主动出击”。如果英国没有一个敢独立思考的蒙哥马利，以及一个“超级大腿”美国，很难想象就算有了敦刻尔克大撤退的幸运，英国军队后来的命运会怎样。

丘吉尔对蒙哥马利还是非常信任的。蒙哥马利曾对丘吉尔说：“我不喝酒，不抽烟，睡眠充足。这就是我保持百分之百的状态且捷报频传的原因。”丘吉尔回答说：“我视酒如命，很少睡觉，酷爱雪茄。这就是我保持百分之二百的状态指挥你获胜的原因。”

丘吉尔在“二战”中的另一大争议事件，是在法国投降德国后，法国海军已经宣布保持中立且德国承诺不会使用法国军舰的前提下，派英国海军封锁奥兰港，炮轰一直以来的盟友法国舰队。这次海战造成港内的法国舰队几乎全军覆没，法军死亡 1200 多名士兵，伤 300 多名。不少落入海中的法国士兵宁可被淹死，也不愿意接受英军的救援。

除了军事才能，还有其他。

从小数学成绩糟糕，长大后投资美国股市几乎血本无归的丘吉尔，在 1925 年至 1929 年期间，担任了英国的财政大臣。

丘吉尔非常珍惜这个当“二把手”（首相之下最重要的职位）的机会，但在他任内恢复的英镑“金本位制”，却为后人诟病至今——虽然大幅度增加了英国的财政收入，但造成了英镑升值，使得英国商品在国际市场上的竞争力大大下降，进一步加剧了国内的经济大萧条和工人失业。

不过，对于自己不了解的事物，丘吉尔却也并非全都表现得一塌糊涂。

1917 年，43 岁的丘吉尔重返政坛，出任内阁军需大臣。正如之前所言，丘吉尔是一个固执的人，在读书时并没有对科学创造展现出什么兴趣，但他在担任军需大臣期间，却敏锐地认识到坦克和飞机在未来的现代战争中将起到至关重要的作用，并提议迅速扩大生产规模。

当时刚刚在索姆河战役中崭露头角的坦克，据说名字就是丘吉尔起的——很多人也相信，只有担任过海军大臣的丘吉尔，才会把这种东西叫作“Tank”（大水柜）。

“一战”索姆河战役中出现的“怪兽”——坦克。丘吉尔曾不惜动用海军经费扩大坦克生产规模

5

丘吉尔是著名的“反共”人士。

1918 年，俄国刚刚爆发“十月革命”后不久，国内陷入内战。在英国内阁兼任陆军大臣和空军大臣的丘吉尔坚决主张英国干预俄国内战，将苏维埃消灭在萌芽之中。

在丘吉尔担任内政大臣期间，最反对的就是社会主义，最痛恨的就是工人罢工和游行。他处理这类事件的方法有时非常简单：对着群众架起机枪，甚至大炮——结果他直接酿成了 1911 年伦敦的“塞德奈街杀戮事件”。

在私下乃至各种公开场合，丘吉尔不止一次表达出对苏联以及对斯大林个人的厌恶。但是，到了 1941 年 6 月 22 日这天，他的态度发生了 180 度的大转弯。

1941 年 6 月 22 日，德国单方面撕毁了《苏德互不侵犯条约》，出动 190 个师约 550 万兵力，大举入侵苏联——丘吉尔立刻意识到：英国不用再孤身面对德国纳粹了。

就在当天晚上，丘吉尔发表全国广播讲话："在过去二十五年中，没有一个人像我这样始终一贯地反对共产主义。我并不想收回我说过的话。但是，这一切，在正在我们眼前展现的情景的对照之下，都已黯然失色了。……俄国的危险就是我国的危险，就是美国的危险；俄国人民为保卫家园而战的事业就是世界各地自由人民和自由民族的事业。我们将尽力给俄国和俄国人民提供一切援助。我们将呼吁世界各地的朋友和盟友采取同样的方针，并且同我们一样，忠诚不渝地推行到底。"

丘吉尔是西方国家领导人中第一个站出来坚决声援苏联的人，并

丘吉尔和斯大林

且没有把承诺只停留在口头上。

第二天，英国皇家空军开始对法国北部的德国军事目标实施轰炸，希望能减轻苏联的压力；一批又一批由英国情报人员破译的德军进攻苏联的情报，开始源源不断出现在斯大林的桌上；英国海军开始冒着极大风险，在北极圈航线为苏联输送物资。

在整个“二战”期间，美、苏、英三国可谓同一个战壕里的坚定战友。

但是就在“二战”结束后不久，丘吉尔似乎连和苏联稍微延续一下“蜜月期”的想法都没有。

1946 年 3 月 5 日，访美的丘吉尔在美国总统杜鲁门的母校威斯敏斯特学院发表了题为《和平砥柱》的演说。

这是一场震惊全世界的演说，因为丘吉尔在演说中明确指出：“不久前刚被盟国的胜利照亮的大地，已经罩上了阴影。没有人知道，苏俄和它的共产主义国际组织打算在最近的将来干些什么，以及它们扩张和传教倾向的止境在哪里，如果还有止境的话。……从波罗的海边的什切青到亚得里亚海边的里雅斯特，已经拉下了横贯欧洲大陆的铁幕。这张铁幕后面坐落着所有中欧、东欧古老国家的首都——华沙、柏林、布拉格、维也纳、布达佩斯、贝尔格莱德、布加勒斯特和索菲亚。这些著名的都市和周围的人口全都位于苏联势力范围之内，全都以这种或那种方式，不仅落入苏联的影响之下，而且越来越强烈地为莫斯科所控制。”

这是“二战”后，西方世界第一次有重要人物公开站出来指责战时的盟友苏联，所以对于丘吉尔的这场演讲，几乎没人记得它的题目叫作《和平砥柱》，大家都习惯用另外一个名词：“铁幕演说”。

不少史家都认为，是丘吉尔的“铁幕演说”，揭开了苏联和西方世界长达数十年的“冷战”序幕。

也有人曾感兴趣：丘吉尔为何能翻脸比翻书还快？那还是因为，

丘吉尔正在发表“铁幕演说”

丘吉尔从内心里其实从来没有改变过自己的立场——对于当初和苏联结盟，丘吉尔自己是这样说的：“如果希特勒入侵地狱，我也会在下院为恶魔说几句好话。”

6

当然，丘吉尔的很多行为和观点，都源于他心中一直有的一个梦想。

那就是延续“日不落帝国”永远荣光的理想。

发表“铁幕演说”固然有丘吉尔一直以来反共立场的影响，但在另一方面，由于“二战”结束，共同的敌人消失，丘吉尔知道昔日盟友之间无可避免地会发生各种摩擦。为了能让英国在战后得以迅速重建乃至恢复昔日荣光，就必须拉拢当时的世界首强美国，共同树立一个叫“苏联”的靶子。

事实上，从青年时期开始，丘吉尔就一直对“大英帝国”有着强烈的感情，为了维护“日不落帝国”的荣光，丘吉尔愿意付出任何代价，甚至牺牲盟友的利益。

比如中国。尽管丘吉尔在欧洲是“绥靖主义”最坚定的反对者，但在亚洲，为了维护英国殖民地的利益，面对咄咄逼人的日本，丘吉尔的态度却一直是以牺牲中国的利益为代价的“息事宁人”。

从1931年开始，面对中国政府向国联申诉的种种日本侵略行径，英国总是牵头呼吁“双方保持克制”，从不给出公正的评判。1940年，日本要求英国关闭滇缅公路，断绝对中国的援助。因为害怕影响自己在南亚的殖民地利益，英国没有反对，立刻决定关闭滇缅公路3个月——签字的正是新任首相丘吉尔。

太平洋战争爆发后，日本染指东南亚的目的昭然若揭，而英国远东部队在日军攻击下的表现完全可以用“一溃千里”来形容，英国皇家海军的远东舰队更是全军覆没。

在缅甸甚至印度都朝不保夕的背景下，丘吉尔只能向中国求援。

在这件事上，蒋介石确实没有含糊，一声令下，10万中国远征军进入缅甸，历经数场炼狱般的战役，血洒怒江。但在整个过程中，英国表演的角色绝对称不上光彩：

在战略上，英国从来就没有信任过中国，反而处处防着中国势力进入他们认为应该属于自己的“殖民地”；

在战术上，英军没有任何配合和掩护，甚至一直把中国远征军当“炮灰”使用。英军的主要任务，就是在中国军队的掩护下撤退，并且完全不顾及中国军队的死活。

如果说，要把英军在缅甸战场上的窝囊和背信弃义都归责于英国驻印司令韦维尔或缅甸战役指挥官哈罗德·亚历山大的话，那么真正站在背后的丘吉尔，当然难辞其咎。

不仅如此，丘吉尔在面向全世界的广播中，一直大力赞扬美国和苏联在各个战场上所起的作用，但对中国在抗日战场上的作用，甚至对中国军队在缅甸战场上对英军起到的帮助，只字不提。

1942 年至 1945 年，先后有 40 万中国远征军两次赴缅抗日，艰苦卓绝

蒋介石曾对此怒斥："英人对我缅甸军队一切不顾，至丘吉尔的态度对我等于唾弃，以怨报德，徒有势利，而无信义！"

也正是因此，宋美龄在"二战"期间访问美国后，拒绝了英国发出的访问邀请。在华盛顿时，宋美龄也几次以"身体不适"为由，婉拒与当时也在那里的丘吉尔会面。蒋介石对丘吉尔也一直没有好感，丘吉尔当然更藐视蒋介石，英国甚至有过暗杀计划准备将蒋介石干掉。

丘吉尔之所以这样对中国，其实还是出于他对历史上"大英帝国荣光"的执念——在他眼里，很多国家是不配与英国一起领导世界的。

面对"二战"后国际秩序的重建，丘吉尔是极度反感将中国列为"四大战胜国"的，他曾就此质问罗斯福"是不是脑子烧坏了"，并明确表示：“把中国作为‘世界四强’之一是场绝对的滑稽剧。”

种种证据显示，丘吉尔有种族歧视的倾向。

因为甘地领导印度独立，丘吉尔非常憎恨他，把他称为“半裸的骗子”，并在甘地狱中绝食时表示：“不应该因为绝食这个小小的威胁就把甘地放出去，如果他真饿死了，那么就少了一个坏蛋，我们的帝国也就少了一个敌人。”

1919 年，他曾建议使用化学武器对付库尔德人和阿富汗人：“我不知道为什么大家那么受不了毒气，对待那些野蛮的部落，我强烈推荐使用毒气。”（后来有人解释他指的毒气是类似于催泪弹所用的毒气。）

1937 年，丘吉尔曾写道：“我不觉得有什么对不住美国印第安人和澳大利亚土著人的地方，我之所以这么觉得，因为事实上，就是一个更强的、更高一等的、更聪明、更智慧的种族，来到这些地方，取代了这些人。”

同年他还写过一篇题为《犹太人如何避免被迫害》的文章，此文在他生前没有发表。文中说：“可能在不知不觉中，他们受的迫害都是自找的，他们经历了许多折磨，可能他们自己也有一部分责任。”

罗斯福曾委婉地建议丘吉尔要从旧的殖民帝国思维中跳出来，而丘吉尔的回应是：“我出任英国首相不是为了主持大英帝国的葬礼。”

但可惜的是，恰恰是在丘吉尔的任内，他目睹了“日不落帝国”彻底分崩离析的全过程（美国在背后也起了不小的作用）。

他再怎样努力或挣扎都是无用的，这不是他一个人能决定的事。

7

“二战”临近尾声时，丘吉尔还经历过他政治生涯的“至暗时刻”。

由于领导英国人民英勇不屈地对抗纳粹德国，丘吉尔不仅在英国，在全世界范围内都拥有了极高的声誉——没有人会怀疑他将在战后连任英国首相。

英国1945年的大选，正值著名的波茨坦会议举行期间。这场会议除公布了《波茨坦公告》，还留下了令人哭笑不得的一幕：在会议前半阶段，代表英国来和斯大林与杜鲁门讨论战后世界秩序的，是丘吉尔。会开到一半，丘吉尔满怀信心地回国参加大选去了。

那本来是一个就像孙大圣说一句“俺去去就来”的场景。

但丘吉尔没有回来。因为在那场选举中，觉得自己稳操胜券的丘吉尔被英国人民选了下去，工党候选人艾德礼取代了他的位置。

在那场竞选中，丘吉尔在他引以为豪的演讲中犯了一个致命的错误：他把竞争对手工党形容为“可能会寻求像盖世太保那样的统治方式”——这种比喻让英国民众听了非常不舒服，他们认为丘吉尔还活在“二战”中。

于是，波茨坦会议的后半段，是艾德礼代表英国来开的。

波茨坦会议前期的丘吉尔、杜鲁门和斯大林

波茨坦会议后期的艾德礼、杜鲁门和斯大林

英国人民觉得，论强硬和勇气，非丘吉尔莫属，但论战后的重建与和平时期的治国理政，他们对丘吉尔缺乏信心。

对这样的结果，丘吉尔固然失落，倒也表现得很大度，他引用了希腊作家普鲁塔克那句著名的话："对他们的伟大人物忘恩负义，是伟大民族的标志。"

当然，在 1951 年，丘吉尔卷土重来，重新夺回了首相之位——没有人能让丘吉尔屈服或放弃。

但是，丘吉尔那时候已经 77 岁了，很多人都认为他应该颐养天年，但丘吉尔不这么认为。有一次，他问一名年轻人："知道我为什么会从政吗？"年轻人诚惶诚恐地摇头。"虚荣！一切都是为了该死的虚荣心！"丘吉尔直言不讳地说。

在 1955 年遭遇了第二次中风之后，丘吉尔被迫让出首相之位。事实上，在他这次中风之后，英国政府就已经开始安排他的葬礼了。按照英国女王的旨意，丘吉尔的葬礼一定要风风光光。

但谁也没想到，当时已经 81 岁的丘吉尔又顽强地活了十年，以至有人开玩笑："丘吉尔一直活着，指定好给他抬棺的人却一个个死

1965 年 1 月 30 日，英国为丘吉尔举行国葬

去了。”

1965 年 1 月 24 日，丘吉尔在又一次中风中溘然长逝，享年 91 岁——他的父亲也是死于中风，且死于 70 年前的 1 月 24 日。

法国总统戴高乐得知丘吉尔的死讯之后说了一句话：“英国将不再是一个伟大的帝国。”

或许，首相丘吉尔就是大英帝国的最后一个目击证人。

馒头说

这并不是一篇“黑”丘吉尔的文章。只是因为大家对丘吉尔的各种英雄事迹都比较熟悉了，所以我就说说他的一些侧面。

其实，那么多的“侧面”结合起来，展现的还是丘吉尔心境最底层的性格：固执，执念，永不服输，理想主义。

这种性格，有些通过他的所言所行展现在了台前——尤其是通过“二战”这个巨大的舞台，他鲜明的性格为世人所熟知，乃至被欣赏和崇拜。

而这种性格的另一些侧面却隐藏在了台后，有些未必为人所知，就像他其实一直在努力克服自己的抑郁躁狂症一样——“心中的抑郁就像条黑狗，一咬住我，就不会放松”。

丘吉尔无疑是值得被尊敬和纪念的，如果没有他的坚持和勇气、感染和鼓舞，1940 年的西欧可能早就全部笼罩在纳粹旗帜之下了。在这一点上，怎样褒扬丘吉尔都不过分。

只是，以“永远，永远，永远都不要投降”为信念的丘吉尔，一生并不仅仅是在抗争希特勒，或者他所痛恨的苏联，其实也是一直在抗争现实的社会与自己心中英雄主义、理想主义的冲突。

在历史进入 20 世纪以后，“日不落帝国”的世界版图无可避免地分崩离析，但他依旧渴望（哪怕凭借一己之力）再维持帝国的千年荣光——就像一次又一次向风车发起冲锋的唐·吉诃德。

所以，在影片《至暗时刻》中，加里·奥德曼刻画的那个丘吉尔还是挺真实的：既能慷慨激昂地演说，也会自言自语地喃喃；既会歇斯底里地怒斥，也会礼貌绅士地道谢；既会一往无前地挥拳，也会充满纠结地彷徨……

2002 年，BBC（英国广播公司）发起了评选“历史上最伟大的 100 位英国人”的活动，结果丘吉尔超越莎士比亚、牛顿这些人，排在了第一位。

如果丘吉尔参评“世界历史上的伟人”落选，我不意外；入选，我也觉得没什么不妥。

伟人从来就不是完人，但依旧是伟人。

“偷袭珍珠港”之后……

1941年，美国夏威夷时间12月7日上午7点55分，东京时间12月8日凌晨2点55分，整个“二战”期间最著名的一场偷袭战拉开了帷幕——偷袭珍珠港。这个事件的过程，大家已经了解得很清楚了，今天，我们来聊聊之后发生的一些事。

1

当“袭击成功”的消息传到山本五十六的耳中时，他的心情是复杂的。

作为日本海军联合舰队的司令长官，山本五十六很清楚，这场震惊世界的偷袭战果足以让每一个日本人都惊喜若狂：

停泊在珍珠港内的美国太平洋舰队，8艘主力战列舰中有4艘被炸沉，4艘被重创，另有18艘大型舰艇被炸沉或炸伤，260多架飞机被摧毁，美军伤亡超过4000人——整个太平洋舰队完全瘫痪。

而日本付出的代价是：29架飞机、55名飞行员，以及几艘袖珍潜艇。

无论从哪个角度看，都是一场十足的完胜。

作为这场惊天偷袭的全程策划人，在日本本土吴港的“长门”舰上远程指挥的山本五十六却笑不出来。

首先，按照山本五十六的原定计划，日本远征的海军航空兵，应该要炸沉美国太平洋舰队的三艘航母，但是，美国的3艘航母却恰好都不在港内。

美国3艘航母不在港，被后人认为是“美国提前知道日本要偷袭珍珠港”的一大证据。但事实上，那3艘航母中，一艘本来就在大修，一艘按照原计划去运送飞机了，一艘在返港途中遭遇风暴延误，并没有“刻意躲避”的明显证据。

更何况在“二战”初期，按当时人的理解，海军的主力应该还是战列舰，所以如果美国事先知道，应该把战列舰转移走才是——最早一批认识到航母在现代海战中作用要超过战列舰的人中，就有山本五十六。

其次，日军的轰炸机既没有炸毁珍珠港的船坞，也没有炸毁就在不远处的珍珠港油料库。

如果炸毁船坞的话，将进一步严重影响美国太平洋舰队的恢复能力，而如果当时哪怕有一架飞机往美军的油库投下一枚炸弹，太平洋舰队很可能将会因为燃料不足而退回美国本土港口——那个油库存有450万吨燃油。

但这些都不是最重要的，最重要的是，山本五十六知道美国可怕的工业生产能力将被彻底唤醒。

最初，山本五十六是坚决反对向美国开战的。

理由很简单：他在美国哈佛大学读过书，并在1925年至1928年间，在美国担任过日本驻美使馆的海军武官。

相对于日本军部很多只是单纯头脑发热的日本军官而言，山本五十六在美国期间，深入了解过美国的生活，以及参观过大量的美国工厂。

所以他深深知道：日本要和美国开战，其实就是找死。

因为反对向英美开战，山本五十六有一段时间只能去军舰上居住办公——很多日本少壮派军人准备刺杀这个“卖国贼”。

但是，当美国紧紧扼住日本“石油输送”这个软肋之后，日本几乎已经没有什么其他选择了。恰在此时，东条英机内阁上台，头也不回地把整个日本都绑上了疯狂战车，山本五十六知道，对英美开战已经不可避免。

既然要打，上来就必须打一把大的——当山本五十六制订出不远万里奔袭美国珍珠港的计划时，日军大本营里最胆大妄为的军官都被惊呆了：派一支特混舰队，横渡太平洋，去美国的家门口把人家的太平洋舰队给炸了?!

但山本五十六就是一名标准的赌徒。在出使欧洲时，山本畅游过欧洲多个赌场，且胜多负少——摩纳哥的赌场甚至禁止他入内。

在这一把上来就“all in”（全部投入）的赌局中，山本五十六赌

被轰炸的珍珠港

赢了。

但这一把牌，也把美国逼上了牌桌——那可是一个背后不知道堆了多少筹码的对手。

按当时山本五十六的估计，偷袭珍珠港的成功，只是可以让日本获得一年到一年半的时间。

所以，在指挥室幕僚纷纷对山本五十六表示祝贺的时候，他只说了一句话："我们只是唤醒了一个巨人而已。"

2

同一天的大洋彼岸，"巨人"神经中枢最重要的一个细胞——美国总统罗斯福——在第一时间就准备好了他的国会演讲。

虽然已有各种证据证明：美国在日本偷袭珍珠港之前，已经从各个渠道得到了各种"日本准备动手"的消息（包括中国的情报人员也多次截获电报提醒）。但是，至今没有确凿证据能证明——罗斯福是在确切掌握日军偷袭珍珠港的具体情报之后，有意瞒报，故意上演一出苦肉计。

不过，罗斯福此前一直支持美国参战，这是毋庸置疑的。

所以，在1941年的12月8日，罗斯福在国会的那段演讲，终于可以说得理直气壮：

昨天，1941年12月7日——必须永远记住这个耻辱的日子——美利坚合众国受到了日本帝国海空军突然的蓄意的攻击。

……

我们现在预言，我们不仅要做出最大的努力来保卫我们自己，我们还将确保这种背信弃义的形式永远不会再次危及我们。我这样说，相信是表达了国会和人民的意志。

Honolulu Star-Bulletin 1st EXTRA

WAR!

SAN FRANCISCO, Dec. 7.—President Roosevelt announced this morning that Japanese planes had attacked Manila and Pearl Harbor.

OAHU BOMBED BY JAPANESE PLANES

SIX KNOWN DEAD, 21 INJURED, AT EMERGENCY HOSPITAL

Attack Made On Island's Defense Areas

Hundreds See City Bombed

美国媒体针对珍珠港被偷袭事件的报道

敌对行动已经存在。毋庸讳言，我国人民、我国领土和我国利益都处于严重危险之中。

相信我们的武装部队，依靠我国人民的坚定决心，我们将取得必然的胜利！愿上帝帮助我们！

我要求国会宣布：自 1941 年 12 月 7 日星期日，日本发动无端的、卑鄙的进攻时起，美国和日本帝国之间已处于战争状态。

没错，从 1940 年开始，罗斯福就在使用各种方法和途径，希望国会能够批准美国参加“二战”——他所需要的，确实就是一个批准而已。

如今，他拿到了。

可以说，“战争机器”开始高速运转后的美国，确实没有辜负山本五十六当初的“信任”。

在国会演讲的罗斯福

先看钢铁产量。在宣布参加“二战”前，美国年钢铁产量是3000万吨左右；到1941年末，产量暴涨到7500万吨；到1944年，达到8132万吨——这一年，苏联、德国、英国、法国、日本这5个国家的钢铁产量加在一起，是5600万吨。

再看石油。1940年，美国石油年产就达到了2亿吨，1945年突破2.3亿吨——当时全球石油总产量为3.6亿吨，美国占到了60%以上。

然后来看武器装备。开战第一年，美国的作战飞机年产量就达到了4.7万架，坦克年产量达到了3万辆。整个“二战”期间，日本前后一共造了不到7万架作战飞机，1944年，美国一年就造了近10万架。

在太平洋战场上，日本海军的联合舰队苦心经营，勒紧裤腰带造航母，到了1945年无条件投降时，一共造了29艘航母（含4艘已下水未完工）。

而美国呢？从珍珠港遇袭到战争结束，它一口气造了147艘航母（其中113艘是轻型航母）。

不仅仅是生产能力，还有修复能力。太平洋战争中的珊瑚海海战中，美国“约克城”号航空母舰被日机重创，按日本人的估计，“约克城”号至少要修两个月——事实是，美国人只花了36个小时就让这艘航空母舰重返战场了。

还有后勤能力。在太平洋战争后期的“跳岛战”中，最艰苦的时候，日军士兵三天可以分到几条小鱼干作为口粮，而每个美国士兵在战地上可以吃到刚做好的冰激凌——为了能现场制作，美国专门改造

在“二战”期间，美军有数万架飞机生产出来还没来得及服役，战争就结束了。美国不愿意自己的技术被泄露，最终集中销毁了数万架全新的作战飞机

运输机用来制作冰激凌（美军的后勤能力后来在朝鲜战场上也给志愿军留下了深刻印象）。

以生产能力论，太平洋战场只是美国输出的一小部分而已，事实上，美国当时已经成了全世界整个反法西斯战场的主要生产制造商和军火提供商。

1944 年 6 月的诺曼底登陆，盟军准备的 13700 架作战飞机，基本都是美国人造的。面对如乌云蔽日一般的盟军飞机，德军可以起飞的作战飞机只有 400 架左右。

不知道那个时候，希特勒有没有恨日本把美国拖下水？

3

第二天得知日本成功偷袭珍珠港的消息后，希特勒的内心也是矛盾的。

曾有一种说法，说希特勒知道日本偷袭珍珠港后“暴跳如雷”，但从一些传记作品和资料中，并没有证据支持这一说法。事实上，希特勒没有理由发怒。

首先，希特勒知道，美国是迟早要参战的。

尽管德国之前一直在努力避免激怒美国，但希特勒完全清楚，美国参战其实是早晚的事。即使没有参战，美国向英国源源不断地输送军火和物资，为英国商船护航，其实已经等同于参战了——大家只是不想正式宣战，心照不宣而已。

其次，德国当时的处境开始变得不妙了。

1941年底，在寒冷的苏联，已经看见莫斯科城墙的德军却久攻不下，而站稳脚跟的苏联红军已经开始了局部反击——12月6日，希特勒刚刚下令进攻莫斯科的德军开始转入战略防御。

而就在11月底，德国的外交部长里宾特洛甫刚刚代表希特勒向日本驻德大使大岛浩重申："一旦日本向美国开战，德国立即向美国宣战。"之所以是"重申"，是因为就在年初，德国刚刚向日本外相松冈洋右表达过同样的意思。

根据墨索里尼的女婿皮亚诺后来的日记显示，日本偷袭珍珠港前，是和意大利以及德国通过气的。偷袭珍珠港成功后的12月8日，"里宾特洛甫夜间来电话，他为日本进攻美国高兴不已"——作为希特勒的亲信，里宾特洛甫的"高兴"应该不只是他本人的态度。

但同时，希特勒也明白，日本向美国开战是一把双刃剑。

一方面，日本的行为，尤其是一举打残美国太平洋舰队，在很大程度上能把美国拖在太平洋战场，进而给德国在欧洲战场留下更多的时间。

但另一方面，日本对美国宣战，也等同于宣布了一件事：他们不会和德国一起夹击苏联了。

这对德国而言是一件非常让人头痛的事，因为原本已经几乎被摧毁的苏联红军，在西伯利亚超强冷空气的帮助下，似乎有站稳脚跟的趋势。

当然，希特勒也担心美国强大的工业生产能力。但从希特勒身边人后来的回忆录来看，希特勒还是相对倾向于乐观的，他认为自己有把握在美国涉足欧洲战场前解决所有问题。

这也是后来德国在军队内部出现一个“刺杀希特勒”小集团的原因——因为他们认为元首已经渐渐失去了对局势的基本判断，显得盲目自信，近乎疯狂。

作为证据之一，在日本偷袭珍珠港之后，希特勒在1942年还试图谋划与一个亚洲大国达成一项密约——共同突袭印度。

这个国家，就是中国。

4

1941年12月8日的深夜1点，蒋介石在自己的官邸里，得知日本偷袭了珍珠港。

与希特勒没有“暴跳如雷”一样，当时蒋介石也并没有“欣喜若狂”。

当时的中国，在抗日战场上相当吃力。

但从蒋介石当时的日记来看，他对“珍珠港事变”的第一个反应，居然是“后悔”——后悔自己不应该过度敦促美国对日本采取强硬态度，导致日本丧失耐心，对美国展开攻击。

蒋介石为什么会这么想？

首先一个原因是，罗斯福早就通过当时的中国驻美大使胡适转告蒋介石：万一美日战争真的爆发，无论是中国领袖还是中国人民，一定要保持克制的态度，要避免公开的庆祝。

其次，即便从自身情况考虑，蒋介石当时对抗战的结局的判断，更多倾向于日本在以美国为首的西方国家的压力下“停止进攻”，进而谈判。可以说，蒋介石对中国以一己之力将日本人全部驱逐出境，并没有什么信心。

所以蒋介石也根本就没想到，日本真的会吃了熊心豹子胆，主动去开撩美国——与美日开战相比，蒋介石其实更希望日苏开战。他认为只有苏联与日本开战，才会真正减轻中国战场的压力。

但是，那时候苏联整个国家在纳粹铁蹄下已经命悬一线，日本不夹击已经谢天谢地，它哪来的力量再主动对日开战？

最后，也是最关键的，那就是蒋介石在短短的时间里，也需要做出一个判断：是不是要立刻对日本宣战？如果宣战，是只对日本宣战，还是对轴心国所有国家宣战？

日本偷袭珍珠港的目的大家都了然于胸——不是日本真要去攻打美国，而是日本要夺取英美在东南亚的所有资源和利益。

而自从抗日战争全面爆发以来，作为一个已经单独默默抵抗日本长达五年的国家，中国在1941年已经陷入了最艰苦阶段。在丢失了大陆的东南沿海之后，很多战略物资都需要从东南亚的缅甸等地输送进来。以日本偷袭珍珠港后全面进攻东南亚的速度，万一英美在东南亚全面崩溃，中国就将彻底陷入四面楚歌、弹尽粮绝的困境——到时候，去找谁？

因为苏联和日本缔结了《日苏中立条约》，在苏联没有表态的前提下，12月8日那一夜，蒋介石其实也在苦苦思索。

当然，最终他还是做出了抉择。

5

1941年12月7日之后的那一个星期，全世界报纸的头版，基本都被“宣战”的新闻挤满了：

12月7日，日本对美国和英国同时宣战；

12 月 8 日，美国和英国向日本宣战；

12 月 9 日，中国自 1931 年以来，经过十年的“战而不宣”，终于在这一天，对日本、德国、意大利三国同时宣战；

12 月 11 日，德国和意大利对美国宣战；

同日，美国同时对德国和意大利宣战。

值得一提的是，整个“二战”期间，没有一个国家对中国宣战——因为当时中国存在两个政府：重庆的蒋介石政府和南京的汪精卫伪政府。

同盟国只承认蒋介石，所以不会对中国宣战；轴心国只承认汪精卫，所以同样不会对中国宣战。

不过无可避免地，1941 年，一场真正意义上的世界大战还是全面爆发了。

在整个过程中，唯一没有丝毫犹豫的，恐怕只有英国了。

当时手里几乎已经打不出牌的丘吉尔，在听到日本偷袭珍珠港的消息后，激动地流下了泪水，然后说了一句：“好了，这下我们赢了。”

馒头说

说一个 1941 年 12 月 8 日，发生在美国国会的小插曲。当罗斯福发表完演说后，国会审议对日宣战唱名表决。投票结果是：联邦参议院 82 票对 0 票通过，众议院 388 票对 1 票通过。

没错，众议院居然出现了 1 票反对票。

投出这票反对票的，是女议员珍妮特·兰金。兰金也参加了美国国会决定是否参加“一战”的投票，她当时投的也是反对票。

因为兰金是一个和平主义者，她在决定美国是否参加“二战”时的发言是：“作为一个女人，我不能去参加战争，也反对把其他任何一个人送上战场，这不是必需的。我投票反对。”

国会现场对她响起了一片嘘声，当她走出众议院时，民众纷纷向她投掷杂物，以至她之后只能在警察的保护下上下班——当然，没多久，她的政治生涯也画上了句号。

现在回过头看，在国家遭受侵略的时候，反击是理所应当的选择，对已经急红了眼的日本宣战，绝不是兰金所认为的“这不是必须的”行为。

不过，虽然可以给兰金安上“圣母典范”的头衔，但我们也不得不承认：无论观点对错，我们还是要捍卫一个人说话的权利。

1973 年，美国国会大厦竖起了兰金的铜像——并不只是为了纪念她当年在“二战”中投出的这一反对票，而是她终身对和平运动的贡献。兰金后来还以 86 岁的高龄积极参加反越战的游行，并留下一笔遗产用作低收入妇女获得教育的基金。

无论如何，兰金对于和平的渴望，还是应该被承认的。

因为战争的最终目的不是为了屠杀，而是为了和平。

1944，刺杀希特勒

在诸多刺杀希特勒的行动中，1944 年的这一次，应该是最著名的。关于这次刺杀行动，有各种版本的描述。这一次，我们从一个人的视角来感受一下——他就是克劳斯·冯·施陶芬伯格。

1

源于德国南部的施陶芬伯格家族，可以追溯到 13 世纪。

1907 年 11 月 15 日，施陶芬伯格家族又添了一个男丁，他被取名为克劳斯·冯·施陶芬伯格。没错，他的名字中有一个“冯”字，那是德国贵族的标识——施陶芬伯格的父亲是一名将军，母亲是伯爵。

和所有的贵族孩子一样，施陶芬伯格到了读书的年纪，就被送入私立学校，接受精英教育。

在施陶芬伯格 11 岁的时候，德国在第一次世界大战中尝到了失败的滋味，德皇威廉二世被迫退位，德国成立了共和国，帝制时代结束了。

这个变故，对贵族出身的施陶芬伯格打击颇大，直接改变了他的

施陶芬伯格

人生选择——1926 年，19 岁的施陶芬伯格决定参军，他希望以自己的实际行动，重新振兴家族和国家。

施陶芬伯格加入的是德国拥有悠久历史传统的第十七骑士兵团。三年后，他以优异的成绩毕业，并在一年后升任少尉。

在施陶芬伯格的人生进入上升通道的时候，他所热爱的祖国，却境况不佳：

一方面，德国作为“一战”的战败国，在《凡尔赛和约》的约束下，承受着各种束缚乃至屈辱。但在英法两强同样也只是惨胜的背景下，德国民众认为这不是一种公平的生存状态，民族主义情绪开始慢慢滋生。

另一方面，1929 年的世界经济危机开始横扫全球，德国的中产阶级开始大幅度萎缩，大量的工人失业，人们都开始感到迷茫：我们的未来究竟在哪里？

在这样的一种背景下，施陶芬伯格和他身边的很多同胞一样，开始热切地期盼有一位带领德国人民走出泥潭困境的领袖出现——他们真的找到了这样一个人。

1933 年，施陶芬伯格和无数热情乃至近乎疯狂的德国民众，用民主的选票，把他们认为的那位“救世主”选上了德国总理的宝座。

那个人，就是阿道夫 · 希特勒。

2

施陶芬伯格对希特勒的情感，一开始就有点复杂。

一方面，他非常认同希特勒宣扬的“国家社会主义”，以及高度赞扬希特勒在废除《凡尔赛和约》对德国不合理条款上做的努力。但另一方面，他很反感希特勒在公开场合宣扬的对犹太人的镇压乃至清洗，同时也对希特勒几乎疯狂的作战计划感到无比担忧。

为此，当时的施陶芬伯格虽然加入了冲锋队，但没有加入纳粹党。不过，作为一名军人，他在1939年被从第六装甲旅调到了德军总参谋部，更进一步接近了整个纳粹军队的神经中枢。

也正是在1939年，希特勒一声令下，德国百万大军闪击波兰，揭开了第二次世界大战欧洲战场的序幕。在德国和苏联的两面夹击下，波兰在一个月后沦陷。

施陶芬伯格对希特勒的这一举动是感到吃惊的，尤其是之后德国直接和英法开战，更让施陶芬伯格感到心慌——他认为自己的祖国并没有做好这样的战争准备。

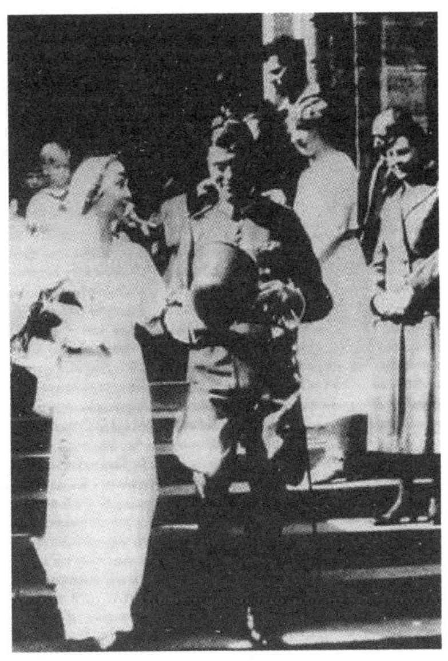

1933年，施陶芬伯格结婚。他坚持在婚礼上穿军装，因为他坚信军人在任何时候都要穿军装

但和当时很多德国民众及军人一样，德军初期超乎想象的巨大“胜利成果”，让很多人都暂时闭住了嘴巴，施陶芬伯格也把质疑埋在了心里。

虽然德国军队胜利的消息一个接一个地传来，但1941年6月22日的那个消息，还是彻底击碎了施陶芬伯格对希特勒的所有幻想：德国撕毁《苏德互不侵犯条约》，出动500万大军，全面入侵苏联。

在西线还没安定的情况下，德国又在东线开辟了一个全新的炼狱战场，施陶芬伯格终于清楚地认识到：疯子希特勒，正在把德国拖向毁灭的深渊。

也正是在这个时候，施陶芬伯格彻底参与了德军秘密反希特勒的地下组织——这个密谋集团其实从希特勒下令吞并捷克斯洛伐克时就已存在，只是施陶芬伯格一直不是核心成员。

在一次德军伤亡惨重的战役之后，施陶芬伯格终于忍不住向自己的一位密友发出了哀叹："希特勒的大本营里，难道没有一位军官能够用枪杀了那头野兽吗？"

3

事实上，想杀希特勒的人不是没有，而是一直在失败。

从1938年开始，密谋暗杀希特勒的德国军官团体进行了不下10次暗杀行动，但每一次不是发生了意外，就是因希特勒的生性警惕而躲过——希特勒身边不仅戒备森严，而且他经常临时改变自己的行程。

1943年，渴望有人能取希特勒性命的施陶芬伯格，自己差点儿丢了性命。

那是在1943年春天的北非突尼斯战场，几架美国战斗机扫射了一条海岸公路上的一列德军卡车编队，而施陶芬伯格正好就在其中一辆卡车上。

施陶芬伯格从战友的尸体堆中爬了出来，被当时德军的北非军团总指挥隆美尔派人紧急送往医院抢救。他幸运地保住了性命，但失去了自己的左眼、右手，以及左手的两个手指，并且双腿落下了残疾。

这次的死里逃生彻底改变了施陶芬伯格。

在整个治疗过程中，施陶芬伯格拒绝使用任何镇痛剂，他学会了自己穿衣服、洗澡，以及用左手的三个手指写字。1944 年春天，他提出要求，希望能返回部队。

施陶芬伯格如此坚毅的表现，在德军后方传开了，也传到了希特勒的耳朵里。希特勒随后就把施陶芬伯格调到了本土兵团担任参谋长——在德军东西两线明显已转到下风的情况下，希特勒需要这样的军人表率。

而施陶芬伯格如此急着返回部队，并不是要继续效忠希特勒，而是通过一次生死关口的考验后，他已经下定了决心：他不想再等别人去终结这个德国的“瘟疫”了，他要亲自动手。

4

调任本土兵团，确实给了施陶芬伯格一次机会。

本土兵团的士兵全部驻扎在德国国内，除了负责警戒工作外，还负责德军的征兵和训练。更重要的是，为了防止国内出现叛乱——可见当时已经出现了这样的苗头——本土军团制订了一个以北欧神话中奥丁战神婢女名字命名的“瓦尔基里行动”计划。这个计划具体来说，就是一旦国内发生叛乱，本土兵团有权控制政府的各个部门，以及包括电台在内的通信设施、包括火车站在内的交通设施。

从表面上看，这是一个帮助本土兵团制止发生叛乱的计划，但关键是，如果叛乱就是本土兵团发起的呢?

施陶芬伯格开始物色同谋者。

本土兵团的副司令奥尔布里希特将军表示愿意一起铲除希特勒，但总司令弗洛姆将军不置可否——他不是支持希特勒，而是担心叛乱失败后，遭到希特勒的报复。而那些一直对希特勒心存不满的德国军官也分成了两个阵营：一方毫不犹豫地加入了施陶芬伯格的谋杀集团，而另一方害怕遭到报复，表示拒绝。

为此，施陶芬伯格甚至还去找过在北非共过事的隆美尔。隆美尔和施陶芬伯格是同一天生日，两人算是有缘。但隆美尔并没有明确表明自己的态度。

不管怎样，德军的内部早已不是铁板一块。

就在筹划酝酿的时候，1944 年的夏天来到了，战局对德国而言越来越糟糕：在东线，苏联红军已经攻入了波兰，逼近德国本土；在西线，盟军通过诺曼底登陆，已经在德国人的后院站稳了脚跟。

斯大林格勒战役是整个“二战”欧洲战场的转折点，德军与其仆从国折损 150 万兵力，苏军由此开始转入攻势

施陶芬伯格知道，不能再等了。

1944 年 7 月 11 日，施陶芬伯格第一次决定实施暗杀。

当时，他得到了一个和希特勒待在一起的机会，他的身上带了一个炸弹，和希特勒与戈林一起待了半个小时。但是，施陶芬伯格没有拉响炸弹，因为当时党卫军头子希姆莱不在场——施陶芬伯格希望一次性将这三个人一起炸死。

从左至右依次是：希姆莱、希特勒、戈林

7月15日，施陶芬伯格决定实施第二次暗杀。

在那场会议中，戈林和希姆莱都不在。施陶芬伯格离开房间打电话通知伙伴，说不管另外两人是否在场，他都决定要炸死希特勒。但是，当他返回会议室时，希特勒已经离开了。

两次失败后，施陶芬伯格有点心急了。

但好在，他毕竟是暗杀集团中唯一可以近距离接触希特勒的人，机会还是有很多的。

7月19日，施陶芬伯格接到了通知：7月20日下午1点，到希特勒当时藏身的地穴“狼堡”，汇报编组新的“人民步兵师”的进展情况。

这张照片摄于 1944 年 7 月 15 日，地点就在希特勒总部“狼穴”。由左至右分别为施陶芬伯格、希特勒和威廉·凯特尔，与希特勒握手者为卡尔·博登沙茨。此时施陶芬伯格的公事包里便放有炸弹，但这次他并未引爆

这一次，施陶芬伯格决定，无论如何都要下手了。

5

1944 年 7 月 20 日，施陶芬伯格期待改变历史的一天，终于来到了。

这一天的上午 10 点 15 分，施陶芬伯格和副官哈夫登抵达“狼穴”附近的机场，他和副官的公文包里，各藏了一枚定时炸弹。

这是一种英国制造的定时炸弹，大概两磅重，通过溶液腐蚀金属线释放撞针的方式引爆——施陶芬伯格设定的引爆时间，是 12 分钟。

“狼穴”是希特勒的老巢，重兵把守，戒备森严。但由于施陶芬伯格已经是希特勒的亲信军官，所以进入没有什么困难。只是一位接待的副官发现施陶芬伯格的皮包很重，对此他的回答是：“我有很多事要向领袖汇报。”

12 点过后，施陶芬伯格首先进入最高统帅部长官凯特尔的办公室，然后他得知了一个变故：因为墨索里尼要在下午两点半来访，希特勒将会议时间从 1 点提前到了 12 点半。

“狼穴”是希特勒指挥所的称号，位于当时德国东普鲁士的腊斯登堡，即现在波兰的肯琴约东 15 公里处的密林中，为 1941 年的巴巴罗萨计划而修造，由一系列地堡和碉堡组成，四周有铁丝网围绕

时间紧急，施陶芬伯格马上提出需要借用一下凯特尔的卫生间。在卫生间里，施陶芬伯格弄碎了定时炸弹里装有酸溶液的玻璃管——定时炸弹开始倒计时。

但因为凯特尔在门外不断催促开会，只有三个手指的施陶芬伯格没有时间再启动第二枚定时炸弹，所以他决定只带一枚炸弹前往会议室。

在进入会议室前，施陶芬伯格对前厅管理电话总机的一位上士说，他在等候柏林办公室打来的紧急电话，有最新材料要补充进他对希特勒的报告，所以电话一来，就立刻叫他出去——“哪怕我和领袖在一起”。

12 点 35 分，施陶芬伯格进入了会议室，当时会议已经开始了。希特勒站在一张大会议桌前，听取陆军副参谋总长的汇报，围在他身边的，大概有 20 多名军官。

施陶芬伯格向希特勒问好，然后平静地走到桌子前，把公文包自然地塞到橡木底座的桌子底下——大概离希特勒的腿有 2 米左右远。

这时候的时间，是 12 点 37 分，距离计算中的爆炸，还有 5 分钟时间。

所有人都聚精会神地趴在桌子上看地图，施陶芬伯格知道自己该离开了。他借口柏林的电话要来了，起身离开了会议室。但他离开后，会议室里发生了关键的一件事——

一位叫勃兰特的上校俯身上前，想进一步看清楚地图，结果脚碰到了施陶芬伯格放在桌子下那个鼓鼓囊囊的公文包。

勃兰特并没有打开这个公文包——他当然不会这么做，因为谁也不会质疑这个核心的会议室里会出现背叛者——而是将这个公文包拿起来，放到了桌子底座的另一侧。

这样的话，公文包和希特勒之间，就隔了一层厚厚的橡木板。

这时候，该轮到施陶芬伯格汇报了，但凯特尔发现会议室里并没有他的踪影——他想起来开会前施陶芬伯格等电话的那句话。于是，凯特尔匆匆跑出会议室，希望找到施陶芬伯格，告诉他轮到他向领袖汇报了。

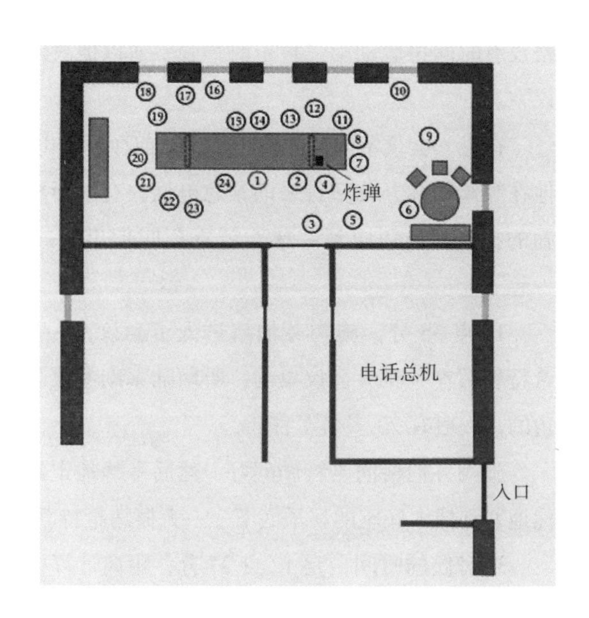

当时会议室的平面图。①的位置是希特勒的位置，黑色小方块为炸弹位置，当中隔了一层木板

但是，管电话总机的上士告诉凯特尔：“施陶芬伯格上校不知道去哪里了。”无奈之下，凯特尔只能回到会议室。

这个时候，时间到了 12 点 42 分。

会议室里的炸弹准时爆炸了。

站在远处的施陶芬伯格看到会议室冒出浓烟和火光，立刻通知了同谋、最高统帅部通讯处长菲尔基贝尔将军：

“暗杀成功了！”

6

但是，施陶芬伯格错了。

炸弹确实成功引爆，威力也非常大，甚至整个会议室的房顶都被炸塌了。但由于之前那个叫勃兰特的上校挪动了公文包，所以，希特勒并没有被炸死。

当时在会议室的有 24 个人，有 4 人当场死亡，3 人重伤，但最关键的暗杀对象希特勒，只是烧伤了大腿，烧焦了头发，震坏了耳膜。

被炸后的“狼穴”会议厅

一名士兵展示阿道夫·希特勒在炸弹行刺中被烧坏的裤子

这个时候，施陶芬伯格的密谋集团又犯了关键的错误：位于柏林的内应团伙反应迟缓，他们甚至等施陶芬伯格连闯三道关卡，花了3个小时抵达柏林后才开始全面执行“瓦尔基里行动”——其间，他们甚至连电台都没有占领。

时间不等人。

与之相反，希特勒迅速做出了反应。在爆炸发生一个小时后，希特勒就开始部署镇压行动，希姆莱麾下的盖世太保全面出动，开始抓捕各种怀疑对象。

晚上6点，希特勒通过全国广播发表讲话，表示一场针对他的政变已经失败——等到这个时候，密谋集团确实没有任何翻盘的机会了。

在这场未遂的政变发生后，希特勒一共下令逮捕了大约7000人，其中5000人在受尽各种折磨之后，被残忍地处决。

甚至连对暗杀不置可否的帝国元帅隆美尔，最终也被希特勒勒令服毒自杀——在一份被搜出的名单中，隆美尔被密谋集团内定为未来帝国的领导人之一（但很可能施陶芬伯格并没有征求隆美尔的意见）。

当然，没有悬念，施陶芬伯格最后也被捕了。

施陶芬伯格被宣判死刑，并立即执行枪决。在临死前，施陶芬伯格仍在试图让审判者相信：这件事和其他人没关系，只是他自己一个人的行为。

在被枪决前，37 岁的施陶芬伯格说的最后一句话是："神圣的德意志帝国万岁！"

德国抵抗力量纪念中心的一面纪念墙，上面贴满了参与刺杀希特勒行动的德国官员照片，他们都在行动失败后被处决

馒头说

历史没有如果，但肯定还是会有人忍不住问：如果希特勒被刺杀了，结果会如何？

依我看，真的未必会像施陶芬伯格他们想的那样：战争立即结束。

一项统计数据显示，甚至到了 1952 年，也只有 20% 的德国民众赞同反抗纳粹统治。哪怕是在"二战"后，作为忠诚乃至刻板的德国人，仍有不少人认为施陶芬伯格是"叛国者"，认为他破坏了德国人"忠于职守"的传统。

即便到了 1994 年，德国联邦参议院议长约翰内斯·劳（后成为德国总统）仍说："不要把 1944 年 7 月 20 日的那些人视为英雄，而应把他们作为在矛盾中的人去理解。重要的是，对于他们的错误和疏忽不要视而不见。"

这正是德国人在"二战"前后举国陷入纳粹狂潮的细思极恐之处：它和意大利的墨索里尼集团不一样，它不是一个小集团的专政，而是一个国家几千万人的真心信仰。希特勒如果被刺，还会有大批的后来者顶上，因为整个国家机器都已经被卷入了疯狂的纳粹车轮。

那么，施陶芬伯格的刺杀究竟有意义吗？

当然有。

1944 年 7 月，施陶芬伯格执行刺杀任务前，也曾询问他的好友，同样反对希特勒的原中央集团军群作战处处长特雷斯科夫："战局已经至此，刺杀还有意义吗？"

特雷斯科夫的回答是："当然有意义！无论刺杀成败，都能向世人证明：德国是有那么一群人，是曾经起来反抗的。"

所以，2004 年 6 月纪念诺曼底登陆 60 周年的仪式上，时任德国总理的施罗德说："施陶芬伯格等人的行动证明，早在德国战败前一年，一些德国人已在试图结束纳粹统治。"

回顾历史，很多民族都经历过自己的疯狂时期，尤其是整个国家都陷入疯狂的时代，让人心有余悸。而在此期间保持头脑清醒，乃至敢挺身而出，甚至做出牺牲的人，都值得尊敬。

纳粹德国其实“投降了两次”，你知道吗？

在第二次世界大战中，轴心国阵营，其他国家都是提前无条件投降的，只有一个国家是一直打到了所谓的“首都保卫战”。这个国家就是纳粹德国。也正是因为这场玉石俱焚的垂死挣扎，出现了一个“投降两次”的故事。

1

不知道现在还有多少人记得2015年5月9日的俄罗斯阅兵。那是全世界反法西斯胜利70周年的一次重要纪念仪式，但俄罗斯在向70个国家发去观礼邀请之后，只收到了18个国家的回应，它们分别是：阿塞拜疆、亚美尼亚、哈萨克斯坦、吉尔吉斯斯坦、塔吉克斯坦、中国、古巴、印度、南非、波黑、委内瑞拉、越南、津巴布韦、马其顿、蒙古、塞浦路斯、巴勒斯坦、塞尔维亚。

明眼人一眼就可以看出，作为当年“二战”反法西斯战场上的重要盟友：美国、法国、英国……它们的领导人一个也没有接受邀请。

当然，当时西方国家领导人没有出席的一个重要原因，是当时俄罗斯在乌克兰问题上惹恼了西方，所以他们集体不给面子。

但另一方面，也有一个历史原因：西方国家不承认1945年5月9日是“二战”欧洲战场的胜利纪念日。

为什么会这样？

这就要从纳粹德国被逼着“投降两次”说起。

2

1945年初，希特勒的“德意志第三帝国”，已经走到了崩溃的边缘。

西线的英美盟军，在美国统帅艾森豪威尔的率领下，已经推进到了德国首都柏林以西100公里的易北河沿岸；东线的苏军，在苏联元帅朱可夫的率领下，也已经推进到了柏林城以东100公里的尼斯河一线。

柏林已被完全包围。

整个盟国阵营面临的问题，不是能否攻克柏林，而是谁先攻占柏林——攻占柏林，自然有非同一般的象征意义。

但就在双方都厉兵秣马的时候，英美盟军的最高司令艾森豪威尔却发布了一条电文，要求英美盟军改变作战方向，从主攻柏林，改为主攻柏林南方的慕尼黑和莱比锡。

这就意味着，英美盟军准备放弃柏林。

在看到这条电文后，英军的统帅蒙哥马利当时就蒙了。尽管英军在欧洲大陆战场上起到的作用一般，但一直想率先攻占柏林。蒙哥马利麾下的第二十一集团军早早就展开了攻击阵型，准备合围柏林。

美国总统杜鲁门也无法理解艾森豪威尔的决定，认为他这个决定“缺乏政治头脑”。正如当时的英国首相丘吉尔所说：“苏联人一旦进入柏林，就将产生极其严重的政治后果，这一切都将使世界产生‘天下是苏联人打下来的’错觉。”

那么，艾森豪威尔为什么会做出这样的决定？

因为他仔细算了一笔账。虽然纳粹德国已经濒临绝境，但希特勒为了防守柏林，还是拿出了最后所有的本钱：防守柏林的主力，是名将海因里希上将指挥的“维斯瓦”集团军群，外加舍尔纳元帅指挥的中央集团军群，共计 80 万部队，拥有超过 1 万门火炮和迫击炮、超过 1000 辆坦克、3300 架作战飞机。

柏林整座城市也被布置成了一个巨型碉堡，里面还布置了 200 个国民突击营，总数超过 2 万人，外加 8 个陆军预备队师，可以说，柏林已经做好了与盟军“玉石俱焚”的准备。

在这样的情况下，艾森豪威尔计算，如果英美盟军要攻占柏林，将至少付出牺牲 10 万人的代价——从后面交战的情况来看，他的这个估计显然乐观了。事实上，面对困兽犹斗的纳粹德国的强悍战力，英美盟军究竟要付出多大代价打下柏林，谁心里也没数。

德国纳粹党卫军守卫柏林的装甲部队，照片中的坦克正是德国的重型坦克“虎王”

柏林是肯定要打的，但打完之后，极有可能是西方国家和苏联分占这座城市，既然最终还是要分占的，那为什么要费力去打？

更何况，如果要攻打柏林，美军肯定是主力。但从“二战”开始到尾声，比起被打到投降的法国和首都日夜被轰炸的英国而言，美国人和德国人并没有什么特别的深仇大恨，这种情况下，美军士兵为什么要当炮灰？

相比另一个美国五星上将麦克阿瑟，艾森豪威尔可能更具有政治家的头脑。在这样的情况下，后来当上美国总统的艾森豪威尔最终决定不要这个他认为的“面子工程”了：还是让给苏联人吧！

3

苏联人当然是要这个“面子”的，因为他们还有血海深仇未报。

从 1941 年 6 月德国发动“巴巴罗萨计划”开始，纳粹的铁蹄席卷大半个东欧平原，将数百万经过“大清洗”后素质严重下降的苏联红军分割包围，全歼或劝降，最后打到苏联首都莫斯科城下。

漫天飞雪，斯大林在红场阅兵，以“俄罗斯这个民族将被灭亡”为动员口号发表演说。残存的苏联红军集结列队经过主席台，然后就直接奔赴城外战场投入厮杀。惨烈至此。

整个“二战”，据苏联自己公布的数据，伤亡人数在 2700 万左右（后来有新数据称超过 4000 万），其中绝大多数都是发生在苏德战争期间。不仅如此，德国在占领苏联国土期间，发生大量的烧杀奸淫事件，很多苏联红军将士的家属都没有幸免于难。所以苏联士兵都是红着眼一定要攻占柏林报仇雪恨。

所以，苏联军队是铁了心要攻占柏林的。

为此，苏联方面调动了一切自己可以调动的军事力量，集结了惊人的 250 万大军（其中作战部队大概 200 万人左右），配备了 6250 辆坦克、42000门火炮、7500架作战飞机。

1945年4月16日，漫天的照明弹将柏林的夜空照得如同白昼一般，然后是数万发苏军的喀秋莎火箭炮弹呼啸而至，柏林战役的总攻正式开始。

尽管德国纳粹势力有殊死一搏的决心，柏林也被修筑得固若金汤，但在苏军压倒性的人数和火力优势下，一切都成了渣渣。这场惨烈的城市攻坚战打了两个星期，纳粹德国就垮了，苏军攻进了柏林市区。

4月29日夜里1点，希特勒宣布与等了他12年的爱娃·布劳恩举行婚礼。婚礼之后，希特勒口述遗嘱，指定德国海军元帅邓尼茨为他的接班人。30日下午3点，希特勒和爱娃双双服毒自杀。

7个小时后，经过惨烈的战斗，苏联红军米哈伊尔·耶果罗夫中士和麦利唐·坎塔里亚下士将苏联的红旗插上了柏林国会大厦主楼的圆顶。

柏林战役进入尾声。德国守军被歼灭了70个步兵师、23个装甲师和摩托化师，其中有38万人被俘。

而苏联也付出了极为惨重的代价：伤亡30万人。

屁股还没坐热的新任德国元首邓尼茨，知道该考虑投降的事了。

4

其实早在4月30日深夜，困守柏林的德军就通过广播向苏军提出了临时停火的请求。

领袖都自杀了，还打什么打？

5月1日4点，德国陆军总参谋长克莱伯斯将军打着白旗来到苏联近卫第八集团军前线指挥所谈判，请求先停战再谈判。但莫斯科方面发来的电令斩钉截铁：

“德军只能无条件投降，不进行任何谈判！”

知道已经无路可走的柏林残留 15 万守军，在 5 月 2 日上午 7 点由柏林城防司令魏德林上将代表，签署了投降令。

但整个德国向谁投降，似乎还存在变数。

继任的德国新元首、海军元帅邓尼茨，以发明潜艇的“狼群战术”而闻名。这一次，他又试图玩一次深藏在“水下”的战术。

5 月 4 日，邓尼茨派出了自己的专使——新任海军总司令弗里德堡前往英美盟军的第二十一集团军驻地，同英军统帅蒙哥马利签订了西线的投降书。邓尼茨此举的目的，是想试探一下：有没有可能和英美盟军单独媾和。

邓尼茨这样做，有他自己的考虑：苏德战争打得实在过于惨烈，从苏军进入德国东部后发生的情况看，大量的报复行为已经发生。如果德国先向苏联投降，那么在东线作战的百万德军都要向苏联投降，从苏联当时的复仇心态来看，后果不堪设想。

邓尼茨在“二战”后的纽伦堡审判中只被判了十年，出狱后一直到 1980 年逝世，享年 89 岁，是纳粹德国 27 名元帅中最后一个去世的

此外，无论如何，德国人认为自己和英国、法国甚至美国人“同源同种”，乃至意识形态不至于对立，而苏联，他们是最不愿意打交道的。

在这样的背景下，5 月 6 日，邓尼茨派出德国陆军大将约德尔前往位于法国兰斯的盟军总司令部，希望向盟军总司令艾森豪威尔乞降。

艾森豪威尔当然希望以英美盟军为主要受降方，接受德国的无条件投降，这样也能杀一杀苏联的威风，有利于战后世界格局的重新划分。但是作为整个反法西斯战线的重要盟友，苏联在对德作战中的功绩不可抹杀，怎么可能跳过他们？

想来想去，艾森豪威尔想了一个损招——找一个苏联倒霉蛋。

这个倒霉蛋，叫苏斯洛巴洛夫，是苏联派在兰斯盟军总司令部的一名联络官，军衔是少将。

艾森豪威尔找到苏斯洛巴洛夫，告诉他要举行盟军在“二战”欧洲战场的总受降仪式，希望他能代表苏联签字——艾森豪威尔自己也知道，作为总受降仪式的苏联代表，苏斯洛巴洛夫怎么够资格？但如果目的达到，就能降低苏联在“二战”欧洲战场上的参与程度。

接到艾森豪威尔的邀请和建议后，苏斯洛巴洛夫少将也是蒙的：我怎么够资格？

于是，他赶紧向莫斯科方面汇报。但是，莫斯科方面没有传来明确的指示——后来的史学家分析，因为苏斯洛巴洛夫的级别实在太低，

在兰斯举行的受降仪式

没有资格直接和克里姆林宫联系，他的请示经过层层转批出现在斯大林办公桌上的时候，时间已经被耽误了。

但没等到指示的苏斯洛巴洛夫必须要做出决定：签了，自己其实是没资格代表的；不签，那极有可能德军就向英美盟军单独投降了，这个风险他更承担不起。

最终，苏斯洛巴洛夫决定：还是签吧！

于是，1945 年 5 月 7 日，在兰斯的盟军总司令部，一场受降仪式正式举行。

代表英美盟军的是盟军最高统帅部参谋长，史密斯上将。

而代表苏联签字的，是联络官，炮兵少将苏斯洛巴洛夫。

根据苏斯洛巴洛夫的回忆，他说他签字后曾说了一句话："我虽然签了字，但附加了一个说明，那就是如果任何一个盟国请求，新的投降仪式还可以在别的地方举行。"

但谁会在意他那句话呢？

西方的媒体充分报道和渲染了这次受降仪式，从受降代表的规格和受降的地点来看，看过报道的读者会产生一种印象：苏联在"二战"欧洲战场上的作用有限，主要就是在东线牢牢牵制住了德军。

盟军在兰斯接受德军投降的消息，传到了斯大林耳中。

斯大林一拍桌子：谁是苏斯洛巴洛夫？

5

苏联当然无法接受这次受降。

在斯大林看来，整个"二战"欧洲战场，受损害最大的是苏联，而打败德国的主力，乃至最后攻占柏林的主力，毫无疑问都是苏联。但现在德国的投降仪式，居然放到盟军的司令部所在地兰斯，苏联也只派出一个 1944 年才授衔炮兵少将军衔的联络官去签字？

在将苏斯洛巴洛夫撤职调回国审查之后，斯大林立刻向西方盟国发出最强烈的抗议：这场胜利，主要是靠苏联人民的流血和牺牲换来的。不在柏林受降，苏联绝不同意！兰斯的那场受降仪式，最多只能作为正式受降仪式的预演！

凯特尔在后来的纽伦堡审判中被判处绞刑，从宣判到执行他都面无表情

换句话说：苏联不承认 5 月 7 日的那场投降，苏联要求，德国必须再投降一次！

苏联政府经与美英政府商讨之后决定，兰斯投降仪式只是作为投降的预演，正式的投降仪式将在柏林举行，由攻入柏林的苏方代表主持。

1945 年 5 月 8 日，在柏林郊区卡尔斯霍斯特的德国军事工程学校大楼大厅，前一天刚刚投降过的德国，再一次向盟国投降。

“二战”中的苏联如果没有朱可夫，可能亡国

这一次参加仪式的各

个国家代表，规格高了很多：

代表德国投降的是德国陆军元帅凯特尔、海军上将弗里德堡和空军上将施通普夫；

代表美国受降的是美国战略空军司令斯巴兹，代表英国受降的是英国空军上将泰德，代表法国受降的是法军总司令塔西尼。

这一次代表苏联受降的，是苏联一代名将，元帅朱可夫。

那天夜晚，凯特尔率领的德国代表团进入会议大厅，凯特尔用他的权杖向盟国代表行礼，但盟国方面无人还礼。尴尬的凯特尔坐到了签字桌前，主持仪式的朱可夫问他是否有权代表德国签字，凯特尔说是的，于是9份早已准备好的投降协议放到了他的面前。

没有任何讨价还价的余地，凯特尔在9份协议书上签上了自己的名字。

朱可夫代表苏联，在协议书上第一个签字。

当时的时间，是5月9日夜里0点15分。

在柏林举行的受降仪式

馒头说

翻开历史上的5月8日这一天，你真的会发现，人类这个物种真的很让人感慨：

1429年5月8日，法国军队在圣女贞德的率领下大破英军，解了奥尔良之围——那是一场历时百年的残酷战争，但500年之后，在第一次和第二次世界大战中，英国和法国成了牢不可破的联盟；

1895年5月8日，日本在俄国、德国、法国“三国干涉还辽”的情况下，被迫把在甲午战争中掠得的辽东半岛，作价3000万两白银“还”给了中国——但几十年后，德国和日本就成了轴心国的同盟；

1942年5月8日，刚刚恢复点元气的美国太平洋舰队，在珊瑚海与日军联合舰队展开惨烈厮杀，双方都伤亡惨重——仅仅十年之后，日本就成了美国在亚洲地区最坚定和最有力的盟友；

1952年5月8日，美军在朝鲜战场对中国志愿军发动了战争爆发以来的最大空袭——而就在十年以前，中国还是他们在整个世界反法西斯联盟中的重要盟友和伙伴；

1999年5月8日，我们都应该有深刻的记忆：美国蓄意轰炸了中国驻南联盟大使馆——而就在一年前，美国总统克林顿刚刚力排众议，延长对中国的最惠国待遇。

这一切，该怎么解释？或许根本不需要解释。

每一个故事背后都有更多的故事，就像这个纳粹德国两次投降的故事一样。

“在国家与国家之间，没有永远的朋友，只有永远的利益。”

这句话说得如此冷酷无情，却又如此现实。

日本为什么会挨第二颗原子弹?

这篇文章要说的，是一座城市的故事。如果说这座城市和其他城市有什么不同的话，那就是，这座城市挨了一颗原子弹。而这颗原子弹，原本可以避免。

1

人类文明发展至今，只有两座城市遭受过原子弹的轰炸，日本的广岛和长崎。

在这两座城市里，长崎没有广岛那么有名。因为广岛是第一个被原子弹袭击的城市。

你看，无论是成功还是失败，欢乐还是痛苦，人类总是喜欢铭记第一次。

只是，在广岛挨了一颗原子弹之后，长崎其实是可以避免挨第二颗的。

原子弹爆炸后的长崎

这一切，还得从 1945 年的一场登陆战役说起。

凭借偷袭珍珠港，日本这个小个子跳了起来，狠狠咬了美国巨人一口，正式拉开了“二战”太平洋战争的序幕。

经过中途岛海战的转折，美军开始在太平洋战场上扭转局势，转守为攻。在“跳岛战术”的指引下，1945 年 4 月，指向日本本土，最惨烈的冲绳岛战役拉开序幕。

日本的“樱花”单人飞机。它升空后的使命只有一个：找到美国军舰，撞向它，和它同归于尽。这就是在“二战”后期给美国海军造成重大伤亡的“神风特攻队”

这场登陆战历时 82 天，攻方为美军，守方为日军。虽然最后美军全歼守岛的 10 万日军，但自己也伤亡了近 8 万人。这对美国来说是一个骇人听闻的数字。要知道，之前的瓜岛战役和硫磺岛战役，虽然同样激烈，但美军一共伤亡了不到 2 万人。

这场战役虽然获胜了，但美国人对日本兵那种丧失理智的疯狂和同归于尽的做法产生了深深的恐惧。

2

就在冲绳岛战役结束后一个月，1945 年 7 月 16 日，美国倾全国之力进行的“曼哈顿工程”取得了成果——人类历史上第一颗原子弹在新墨西哥的沙漠试爆成功。

在纳粹德国已经投降的前提下，美国人开始寻思：是否有另外一种方式能让日本人屈服，不再增加美国军人的牺牲？

这时候，日本避免“被核爆”命运，还剩下一次机会。

1945 年 7 月 26 日，中、美、英三国的《波茨坦公告》颁布。公告的内容归根结底只有一个：日本必须无条件投降。

说起这个波茨坦会议，也很有意思。最早是苏、美、英三个国家参加，中国并不在场。美国那时候非常希望苏联能够尽快出兵日本，以减轻美军的负担。但就在会议召开期间，美国总统杜鲁门接到了国内密报：我们已经成功研制出了原子弹。

这个时候，美国就没有那么急着让苏联出兵了，因为苏联一旦出兵，将会危及美国战后在远东的影响力。最后的公报出来，是由中、美、英三国签署。

3

接受《波茨坦公告》是日本避免“被核爆”的最后机会，但是，日本拒绝了。

不仅如此，日本更是喊出了“一亿玉碎”的口号，号召全体国民团结起来，哪怕用鱼叉和竹竿，也要和登陆日本本土的美军同归于尽。

日本甲级战犯东条英机号召：“以必死的精神教育后方的妇女和儿童，令他们拿起竹枪实施训练，使美军认识到日本的战争决心！”

美国在这时候，就需要估算一个进攻日本本土的性价比了。

估算结果出来后，让美国人看得肝颤：如果要拿下日本本土，美军必须再付出 100 万士兵伤亡的代价。

这是美国人无论如何都不能接受的。

于是，长崎（包括广岛）避免“被核爆”的第一次机会就消失了。

讀賣報知

アッツ島の我守備部隊二千數百名全員玉砕

皇軍の神髄こゝに發揮

敵主力に最後の鐵槌

損害六千を下らず

十倍の大軍を邀撃

一兵も増援求めず

莞爾として死に就く

攻撃發起にさきだち

傷病者は悉く自決

日本当时的《读卖新闻》。“玉碎”被认为是日本军人甚至老百姓的最终归宿

4

于是，1945 年 8 月 6 日，3 架美军的 B–29 重型轰炸机，携带着一颗名叫“小男孩”的 5 吨重的原子弹，飞到了日本城市广岛的上空。

开舱，投弹，核爆炸。

广岛当天就死了 10 万人，6 万幢建筑灰飞烟灭。

整个世界震惊了：美国人掌握了一种可怕的全新的高科技武器！

也就是在这个时候，博弈开始了。

美国希望，一颗原子弹投下去，日本就能接受无条件投降。

而日本也在赌博：美国只有一颗原子弹，只要挺住，让苏联进来调停，我们还能争取些有利条件。

于是，心怀希冀的日本政府对于广岛的核爆炸，他们给出了一个日本漫画情节一般的解释：广岛被一颗陨石击中了！

人类第一颗用于实战的原子弹——“小男孩”

人类第二颗用于实战的原子弹——“胖子”

依旧是“一亿玉碎”的计划！依旧是全民皆兵！

长崎避免“被核爆”的第二次机会就这样消失了。

3 天后的 1945 年 8 月 9 日，又是 B–29 重型轰炸机，携带着另一颗名叫“胖子”的原子弹，从美军的空军基地飞向了日本本土。

原定投弹的目标，并不是长崎，而是小仓。

在美军的原子弹轰炸目标序列里，小仓作为日本的兵工厂，排名在长崎之前。

但是，天气救了小仓一命。

当美军的轰炸机飞临小仓上空，发现都是云层，能见度非常低。B–29 重型轰炸机在小仓上空盘旋了三周，始终未能找到投弹的机会。

这时候，小仓的地面防空高射炮开始射击，而日本的战斗机也开始起飞拦截。

B–29 重型轰炸机掉头飞向了长崎。

长崎避免“被核爆”的第三次机会消失了。

5

1945 年 8 月 9 日上午 10 点 28 分，美军的 B–29 重型轰炸机飞临长崎上空。那一天，长崎的上空也是云层密布，飞机盘旋了一圈，发现也很难找到投弹目标。

轰炸机上的指挥官斯威尼决定用雷达瞄准投弹。这个时候，长崎上空的两大块云团之间，忽然露出了一个大空隙，整个长崎暴露在了轰炸机的视野之中。

长崎避免“被核爆”的最后一次机会，消失了。

“拨云见日”这句话，在那个时候对长崎市民来说，成了死亡的征兆。

11 点 30 分，相当于 2.2 万吨 TNT（烈性炸药）当量的“胖子”离开了 B–29 轰炸机的机身，直奔长崎而去，在城市上空 503 米处爆炸。

那一天，长崎死亡 2.3 万人，伤 4.3 万人，全市 60% 以上的建筑被摧毁。

一周后的 1945 年 8 月 15 日，不愿意再赌美国是否还有第三颗原子弹的日本，宣布无条件投降。

馒头说

2006年8月6日，日本的广岛举行了纪念核爆61周年的仪式。

日本首相小泉纯一郎亲手撞响了“和平钟”。他说：“作为人类历史上唯一一个遭到原子弹袭击的国家，日本有责任不断地告诉国际社会自己的经历。”

而就在同时，日本的不少地方在举行示威游行，抗议政府修改和平宪法，忘记了日本过去惨痛的教训。

有责任告诉国际社会自己的经历，那么是否也有责任告诉国民自己过去的所作所为？

2007年的时候，我第一次去东京，一个人去了一次靖国神社。

我想看看，从小到大报纸上提到的靖国神社，到底是什么样子的？

出了地铁口，在靖国神社旁，我看到一名男子，手里拿了一块写了字的纸板，不断向过往的行人展示。

我不认识日文，但我认得上面写的汉字：“南京大屠杀，中国的谎言！”

我们这一代人，对日本的感情都很复杂：一方面，我们都无法摆脱日本动漫和文化给我们留下的烙印；去了日本之后，也亲身感受了日本人可怕的素质和敬业精神。他们的礼貌，他们的美食，可以说，日本值得中国学习的地方很多。

但另一方面，日本右翼的所作所为，就像一根鞭子，不断地刺激着中国人对那段历史的记忆。

在靖国神社里的一家书店，我随手翻了一本漫画。那是一本画风非常柔美的漫画。一名日本男子，“二战”时响应天皇号召，加入了日本空军。他驾驶着“神风特攻队”的飞机，最后一头撞向了美国的一艘巡洋舰。火光爆燃中，这名飞行员微笑着化成了一只仙鹤，飞向了美丽的晚霞。

画风美得让人陶醉，甚至让所有的孩子觉得，那是一件非常美妙的事。

2014 年 7 月 28 日，美国老兵西奥多·范·柯克逝世，享年 93 岁。他是“广岛原子弹”投掷机组最后一名逝世的飞行员。

他临终的态度是：不道歉，不后悔。

刺杀汪精卫

一名曾经被全国敬仰的刺客，却在自己的后半生中频频遭遇刺客，这会是怎样的一种感受？

1

1935年11月1日，南京，湖南路10号。

这一天，是国民党四届六中全会召开的日子。上午9点半，在湖南路10号的国民党中央党部大楼，大会的开幕式已经结束了。

按照惯例，开幕式结束后，中央委员们要离开大礼堂，到中央政治会议厅的门前合影留念。由于人比较多，合影需要分五排站立，大家互相谦让，互相换位，人声嘈杂，一片混乱。

坐在第一排的，是林森、张静江、孙科、戴季陶、阎锡山、张学良、张继这些国民党内的大佬，而正中的位置，空着。

那个位置，是属于蒋介石的。

人群站定，但蒋介石一直没有出来。

应该坐在蒋介石身旁的行政院院长汪精卫，决定进去请蒋介石出来。过了一会儿，汪精卫走了出来，身旁并没有蒋介石。

人群一阵小声议论。

汪精卫向大家传达了蒋介石的意思：蒋委员长身体忽然有点不舒服，就不参加合影了，我们自己拍就行了。

镁光灯闪过，摄影很快就完成了。大家纷纷转身，准备进礼堂的时候，一个人突然从记者人群中跳了出来，大喊一声：“严惩卖国贼！”，然后从大衣中掏出手枪，朝拍照的人群连开三枪。

一阵惊呼中，汪精卫倒在了血泊之中。

湖南路10号。该楼民国时期先后为江苏省谘议局、南京临时参议院、中国国民党中央党部等机构的所在地，现为江苏省军区司令部所在地

2

汪精卫倒地，众人才反应过来：有刺客！

第一个反应过来的，是当时站在第一排的国民党元老张继。

在众人还在慌乱的时候，当时已经53岁的张继，第一个跳了出来，拦腰死死抱住了开枪的刺客。

张继的这个行为让当时在现场的张学良印象深刻。在张学良后来的口述回忆录中，他这样说：“这个张溥泉（溥泉是张继的字）他怎么这么大胆子，那家伙拿着枪，他那个枪没有子弹了，有子弹他就把张溥泉打死了。”

张继

第二个反应过来的，就是当时站在第三排的张学良。他在回忆录中提到：

“哎哟！这张溥泉，我就喊他，就下去帮他忙去了。我从前学过武，学过一点，不是学得很好，我就上去对凶手先给个绊脚，啪！他就倒下了，张溥泉就扑到了他身上。”

第三个反应过来的，是汪精卫的卫士。卫士掏出枪，对着刺客开了两枪。张学良后来对他这个举动充满怀疑：“这是汪精卫的一个卫士干的，打他一枪，踢他一脚。本来我们要把刺客抓住，因为这个差点儿没把张溥泉给打死，这个家伙过去就给他一枪。我说你怎么回事？张溥泉都抓住他了，你还给他一枪，你把他打死？我非常怀疑这个人，当时我在报告里说我怀疑这个人。要查处这个人，我说都要活捉了，你还打他干什么？”

这时候，偌大个场地，人都跑光了，连警察也跑了，只剩下张学良他们这几个人。

之后，看到刺客被擒，人又陆陆续续跑了回来。听到枪声，蒋介石也在护卫的簇拥下，走了出来。

汪精卫的妻子陈璧君这时候也冲了过来，抱住在血泊中的汪精卫，哭着对蒋介石说：

“你不要汪先生干，汪先生可以不干，为什么派人下此毒手？”蒋介石此时脸色铁青，一言不发。要证明自己的清白，他现在唯一能做的，就是下令：不惜一切代价，救活那个刺客！

3

当时负责抢救刺客的，是中医院的院长刘月衡。

按照张学良的回忆，当时刘月衡和刺客之间发生了这样一段对话：

“你不要误会，别怀疑我，我是医院的院长，我不是跟你过不去的，是医生，是给你治病的。你现在不能活了，明天你就要死了。”

“死就死么。”

“我不是这个意思，我问问你，你死了你家人怎么办？家里有什么人，谁给你收尸？”

“我没有什么人。”

“那你老婆呢？”

“我干这个还要老婆啊？”

“你姓什么？”

“我死了你随便给我扔哪儿，叫狗吃了算了，我家没人。”

这个垂死的刺客，思路清晰，口风很紧。

为了留个活口问出些什么来，蒋介石下令每小时给刺客注射强心剂——这是极其损害身体的，但那时候，蒋介石已经管不了那么多了。

不过，凭借当时进场的通行证，刺客的身份还是很快被查出来了：他叫孙凤鸣，是南京晨光通讯社的记者。

4

作为一名记者，孙凤鸣为什么要刺杀汪精卫？

这还得从他自己的身世说起。孙凤鸣，原名孙凤海，1905 年出生于江苏铜山县一个贫苦农家，16 岁随父闯关东。“九一八事变”之后，

国民党十九路军军长蔡廷锴。十九路军后来在1933年公然反蒋，史称“福建事变”，后失败

孙凤鸣参加了国民党第十九路军。

十九路军在国民革命军序列里是一支比较特殊的军队，总指挥是蒋光鼐，军长是蔡廷锴——1932年“一·二八事变”中奋起与日本军队真刀真枪干的，就是这支部队。这支部队有两个鲜明的特点：一是要抗日，二是要反蒋。

孙凤鸣在十九路军一路做到代理连长，以枪法准闻名。后来因为十九路军被蒋介石调往江西，孙凤鸣不愿意去，就脱下了军装。

在放弃从军之后，孙凤鸣遇到了一个重要的人，那就是后来被称为民国“百变刺客”的华克之。华克之原来是国民党的左派人士，后来因为一系列事件，走上了反蒋的道路。

1929年，华克之迁居上海，身边聚集了一群包括孙凤鸣在内对蒋介石不满的人，经过几次讨论，他们得出了一个结论：“庆父不死，鲁难未已。”——他们下定决心要刺杀蒋介石。

没错，其实他们一直想杀的是蒋介石，而不是汪精卫。

但要刺杀蒋介石，谈何容易？

思前想后，他们想出了一个点子——成立一家通讯社。

1934年11月，晨光通讯社在南京陆家巷23号挂牌。社长为化名胡云卿的华克之，身份是华侨富商，总务兼编辑部主任是张玉华，采访部主任是贺坡光，而孙凤鸣，就成了一名记者。

别小看这家通讯社，经过半年多的运作，居然在南京有了“小中央社”的别号。在大家的帮忙下，孙凤鸣也很快成了一位名记者，可以独立进出国民党各大机关、出席各种招待会——这就是他们成立通讯社的目的。

在有了“通讯社”这块牌子做掩护之后，孙凤鸣他们一共策划过三次针对蒋介石的暗杀。

华克之

第一次是在 1934 年 12 月，当时国民党四届五中全会在南京召开。那是孙凤鸣第一次携枪采访，但由于当时人群拥挤，蒋介石等政要匆匆退场，孙凤鸣根本就没机会出手。

第二次是 1935 年春天，蒋介石在江西庐山主持军官训练团，华克之前去打探，但发现警戒实在太严，放弃了行动。

而第三次，就是他们得知国民党要在 1935 年 11 月 1 日召开四届六中全会。

他们认为，这是最好的一次机会。

5

孙凤鸣是自愿要求成为刺客的。

其实孙凤鸣当时已经有了与自己情投意合的妻子，他的妻子名叫崔正瑶。他把妻子送去了香港躲避，以表示自己的决心。华克之后来回忆，当时孙凤鸣非常坚决，是以“荆轲”来自比的。

而当时，孙凤鸣也是“铁血锄奸团”的成员。他的这个行为，也得到了锄奸团老大的认可和支持，那个老大，就是“民国第一杀手”王亚樵。（关于王亚樵的故事参见《历史的温度 1》中《“暗杀大王”的最终宿命》）

风萧萧兮易水寒。

1935年10月31日，晨光通讯社的全体同仁在酒楼设宴为孙凤鸣践行。孙凤鸣把一支心爱的“派克”金笔送给了华克之——那是他作为记者的随身之物，把这支笔送人，就代表他没打算活着回来。

第二天，因为通行证的问题，孙凤鸣是在开幕式结束前十几分钟的时候，才匆匆进场的。进入会场后，他就进了厕所，从挖空的相机中掏出事先藏在里面的手枪零件，迅速组装完毕，放进大衣口袋，混进了记者人群。

不过，孙凤鸣没等到蒋介石。

蒋介石的警觉性确实很高。当天他看到现场的场面非常混乱，就有一种不祥的预感（也有一种说法，说蒋介石对当天参会人员随便着装和没有纪律的场面很不满），随后就以“身体不适”为由，拒绝参加合影。汪精卫进去请的时候，蒋介石还劝他也不要出去合影。

因为抱着必死之心，所以孙凤鸣出发前已经服食了大量鸦片烟泡。他知道不能再等下去了，所以最终选择向走出来的国民党二号人物汪精卫开枪。

当时孙凤鸣一共开了三枪。第一枪射进了汪精卫左眼外角下颧骨，但这枪造成的伤害不大。第二枪打穿了汪精卫的左臂，问题也不大。

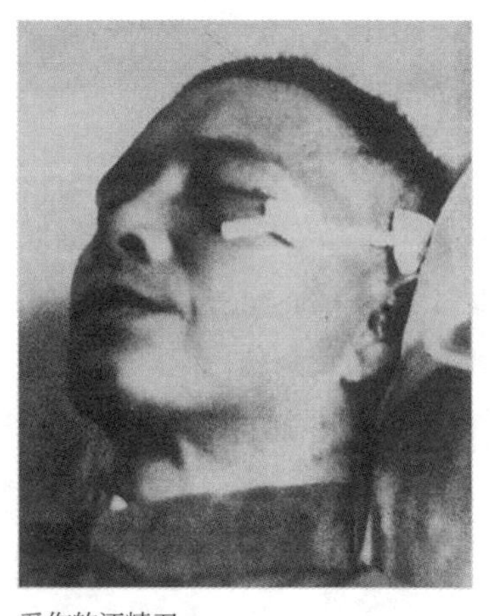
受伤的汪精卫

第三枪是在汪精卫转身想逃跑的时候射出的，子弹从汪精卫的后背射入，射进了第六、七胸脊柱骨旁。经过几次手术，医生都无法从汪精卫体内取出这颗子弹，最终只能让子弹留在他的体内。

因为孙凤鸣之前的身世一直无

人知晓，而晨光通讯社的背景也无处可寻，所以蒋介石当时承受了来自外界的很大压力——作为和汪精卫一直明争暗斗的人，他确实有作案动机。

但是，蒋介石有一万种暗杀汪精卫的方法，绝不会蠢到要在一个合影的公众场合来暗杀他。

汪精卫在第一时间被送往南京中央医院，一同被送过去的，还有重伤的孙凤鸣。

当时蒋介石固然想抢救汪精卫，但他更想抢救过来的，是孙凤鸣。

蒋介石要申冤。

6

但是，孙凤鸣救不过来了。

由于服用了大量的鸦片烟泡，再加上枪伤，孙凤鸣本身就已经危在旦夕，最关键的是，按照抢救医生的说法：他“没有任何求生意志”。

11 月 2 日凌晨，孙凤鸣的生命走到了尽头。临终前，他说的最后一句话是：“我是一个老粗，不懂得什么党派和主义，要我刺汪的主使人，就是我的良心。”

孙凤鸣去世的同时，一场对他“同党”的大逮捕也全面铺开。

晨光通讯社的贺坡光和张玉华虽然早已撤离，但最终还是被捕。包括给孙凤鸣发通行证的国民党官员，以前与晨光通讯社有过往来的人，也通通被捕，前后一共 200 多人被抓，其中绝大多数人都被上了酷刑，还有很多人在上刑后被杀害（贺坡光和张玉华虽然受尽折磨，但并未被处死，随着汪精卫后来投敌，两人先后出狱）。

孙凤鸣的妻子崔正瑶虽然之前已去了香港，但为了搭救“刺汪”案被捕的朋友，又潜回上海，最终因叛徒出卖被捕。在狱中经历酷刑后不吐一字，最终被杀害。

唯一逃出的，是华克之。华克之后来加入了中国共产党，成为秘密战线上的一把好手。新中国成立后成为公安部的一个司长。但后来受潘汉年案牵连，被捕入狱十一年，再监督改造十年。“文革”后，华克之被平反，他做的第一件事，就是四处奔走，将孙凤鸣当年刺杀汪精卫一事的很多细节公之于众。

1987 年，在华克之的奔走下，孙凤鸣被党中央追认为抗日爱国志士。孙凤鸣的家乡铜山县建起了 2400 平方米的纪念碑园。1988 年，孙凤鸣的碑园开园，86 岁的华克之赶到徐州，为当年的战友主持揭碑仪式。

在孙凤鸣夫妇的大理石纪念碑上，有着华克之亲自题写的铭文。

致孙凤鸣的夫人崔正瑶的是：真州多佳丽，首推凤鸣妻。轻金重大义，志同始结褵。反对臣日寇，无惧血染衣。死者并非难，处死者难矣。凌迟无一语，闺中千古奇。

致孙凤鸣的是：生无私人怨，死因国事非。心向知音决，泪为生民挥。言重季布诺，技胜张良锤。精卫非精卫，替死此魑魅。功败于垂成，千古共心摧。

7

最后，说说孙凤鸣当时的第三颗子弹。

那颗子弹，一直留在汪精卫的体内，每逢阴雨天，就隐隐发痛，使得汪精卫非常痛苦。

1943 年，受尽折磨的汪精卫终于通过手术将那颗子弹拿出，却因手术压迫脊椎神经，下肢几近瘫痪。1944 年 1 月，61 岁的汪精卫病倒，送往日本做脊椎手术失败，最终在高烧昏迷中逝世。关于汪精卫的死因，有很多猜测，但目前世人较多采信的，还是他死于“多发性脊骨肿瘤”——就是由那颗长年留在脊柱里的子弹引发的。

馒头说

汪精卫的一生，经历过三次“刺杀”。

第一次刺杀，是1910年，27岁的他舍命刺杀摄政王载沣，那次刺杀使他名动中国，成为那个时代的“头号网红”。

第二次刺杀，是1935年，就是被孙凤鸣刺杀的这一次。这次刺杀，埋下了最终导致他殒命的病根。

第三次刺杀，是1939年，也是被刺。在越南的河内，戴笠派去的军统特务刺杀失手，误杀了汪精卫的政治秘书曾仲鸣。经此一刺，汪精卫恐怒交集，从此一去不回头，奔向汉奸之路。

关于汪精卫这个人，这里就先不多说什么了。当年汪精卫刺杀摄政王后被关入监狱，写了一首脍炙人口的诗。我想稍微改一下其中的两句，权作本文的结尾：恨不引刀成一快，末了终负少年头。

料得年年断肠处，不敢忆，长津湖

在朝鲜战争里，长津湖战役是我最不愿意写的，一个很重要的原因，就是太惨烈，太惨烈。

1

1950 年 11 月 26 日。

奥利弗·史密斯身处朝鲜零下 30 摄氏度的冰天雪地中，心情却有些烦躁。

作为美军王牌陆战一师的师长，史密斯始终无法平息内心的烦躁。这种烦躁，随着美军在朝鲜战场上的势如破竹，一路向北，反而显得越来越强烈。

1950 年 9 月 15 日，就在北朝鲜人民军眼看就要将南朝鲜和驻韩美军逼入大海的时候，“联合国军”总司令麦克阿瑟的惊天冒险一举成功——美军从仁川成功登陆，将高歌猛进的北朝鲜人民军拦腰一切两段，已经拼到最后一口力气的人民军遭受重创，溃不成军。

9 月末，“联合国军”顺利收复了之前被南朝鲜轻易丢掉的首都汉

美军陆战一师师长史密斯

城；10 月初，“联合国军”越过了三八线，攻入北朝鲜境内；10 月 20 日，“联合国军”攻陷北朝鲜的首都平壤，人民军主力基本上全军覆没。

麦克阿瑟向美军士兵们发出了一个鼓舞人心的指示：

“赶到鸭绿江，全都可以回家。我保证说话算数，你们能够同家人共进圣诞节晚餐！”

但是，一个令美国人担心的消息，被证明渐渐成为了事实：中国人派军队入朝了。

在这样的背景下，11 月 24 日，史密斯的陆战一师进占柳潭里。柳潭里，位于长津湖畔，基本处于美军整个战线的最北端，已经接近中朝边境的鸭绿江了。

史密斯心中那种莫名的烦躁，随后就找到了原因。

驻守柳潭里的陆战一师 7 团，抓到了三名中国士兵。从中国士兵的口中得知，他们属于第 20 军——一个完全不在美军掌握中的新部队番号。

但随后中国俘虏带来的口供更让人心惊：

至少有两个中国军级建制以上的部队，要开始进攻美军陆战一师，同时，还有中国军队将攻击下碣隅里——那是陆战一师在南边的退路。

中国军队居然准备围歼陆战一师？！

陆战一师，成立于 1941 年，是一支海陆两栖部队，一路经历了太平洋战场瓜岛、冲绳岛等炼狱般的血战，齐装满员 2.5 万人，是美国陆军中战斗力最强的部队之一，堪称王牌中的王牌。

围歼陆战一师？按史密斯估计，中国人至少要准备10万军队才敢这么说。

但这10万军队的调动，需要多少辎重部队？在朝鲜白雪茫茫的大地上，美军的侦察机根本就没发现中国大军团的运动痕迹，难道到时候他们都从地底钻出来？

在捕获了中国军队的俘虏之后，史密斯觉得自己烦躁的心情稍微平复了一些。

因为他觉得自己不会估计错误，应该是中国人疯了。

2

但史密斯确实是估计错了。

当他拿着望远镜观察冰天雪地的平原时，他没有发现，真的有数万中国的士兵，正潜伏在北风呼啸的雪原之中。

第一批进入朝鲜境内的，是志愿军第四十二军。在黄草岭一带，四十二军与韩国的陆战三师交上了火。但自始至终，麦克阿瑟始终不相信中国人会——或者他们敢——派大部队入朝。

麦克阿瑟最初认为，中国最多会派出不超过两个师的志愿军，后来上升到6个师——这已经达到麦克阿瑟想象力的极限了。

但史密斯不知道的是，他的陆战一师此刻面对的，是中国华东野战军中最精锐的九兵团，兵团司令宋时轮，下辖二十、二十六、二十七三个加强军（与一般的“三三制”相比，加强军有4个师，每个师下辖4个团，每个团甚至下辖4个营）共12个师，总共15万人。

按照原先的计划，九兵团一直在福建一带厉兵秣马，随时准备收复台湾。但朝鲜战争的突然爆发，打乱了中国的全盘计划，在苏联不愿出兵的前提下，中国经过激烈的内部争辩，决定暂缓攻台，派志愿军入朝。

开国上将宋时轮。当时九兵团不少士兵连棉帽也没有配发，戴的是宋时轮这样的大盖帽

由于美军在仁川登陆后进展过于顺利，战线一路拉长，再加上先入朝的四十二军有意且战且退诱敌，围歼美军的时机已经初步出现。

也就是在这样的背景下，正在福建备战的九兵团，在11月10日被紧急通知入朝。

兵贵神速。宋时轮的九兵团在第一时间入朝，但也造成了一个大问题：虽然“满员”，但不“齐装”。

由于时间紧迫，久居江南的九兵团战士原定在沈阳换冬装的计划也被压缩，十几万志愿军穿着南方的单薄棉衣，就准备入朝了。

当时经过边境线时，时任东北军区副司令员的贺晋年看到九兵团战士身上的棉衣（并不是纯粹夏装，只是不是北方的御寒的大棉衣，当时南方的棉衣棉花含量非常少），大惊失色：“你们这样入朝，别说打仗了，冻都能把你们冻死！”

当时，贺晋年立刻把库存的数万件日军棉大衣和棉鞋拿出来分给九兵团战士，由于时间紧迫，很多东北边防部队的干部和战士直接就在车站脱下自己身上的棉衣棉裤，给九兵团的官兵换上。

但由于时间实在太紧，除了最后一批入朝的二十六军换上了一些冬装，大部分的九兵团士兵，有的分到一件棉衣，有的分到一条棉裤，但更多的就是穿着单薄的衣裤，戴着根本就不能抵御风寒的大盖帽，脚踏单薄的胶底鞋，进入了北风呼啸的朝鲜。

入朝的第一周，九兵团就遭遇了朝鲜50年不遇的寒流——那些刚刚从 15 摄氏度的南方过来的战士，立刻感受到了零下 20 摄氏度的冷酷。

与美军每名士兵都有一件大衣和一个鸭绒睡袋不同，九兵团每个班十几个战士，只能分到两三床棉被。一入夜，战士们就把棉被铺在雪地上，然后十几个战士躺在上面，抱团取暖。

入朝第一周，二十军一个师就有 700 多名士兵因为严重冻伤而失去战斗力——志愿军还不知道，严寒的天气接下来会成为他们最大的噩梦。

即便是这样，十多万人的九兵团夜行晓宿，居然就在美军侦察机的眼皮子底下，悄无声息地进入了指定位置。美国的著名军事评论家约瑟夫 · 戈登后来感慨：“无论用什么标准来衡量，中国军队的强行军能力都是非凡出众的。”

行军途中的九兵团

但其实美国人也是后来才知道，长津湖战役其实应该是 11 月 25

日就发动的——因为天寒地冻，减员过多，宋时轮的九兵团紧赶慢赶，还是晚了两天才全部进入长津湖畔的攻击位置。

长津湖，是朝鲜北部最大的湖泊，发源于草鞋岭，位于柳潭里和下碣隅里之间，最后一路向北，注入鸭绿江。

11 月 27 日，它将因一场炼狱般的血战被载入史册。

3

1950 年 11 月 27 日，夜，22 点。

气温降到了零下 30 摄氏度以下。

几乎每一位后来从柳潭里撤退的美军官兵，都能清晰地回忆起那一夜的恐怖经历：

一种非常刺耳的军号声忽然响了起来，山谷里面忽然枪声大作，伴随着四面八方传来的“沙沙”声——后来他们才知道，那是中国军队单薄的胶鞋踩在雪地里的声音。

很多美国官兵在那一刻都不敢相信自己的眼睛：眼前的平原，白天还是白雪茫茫的一片，那些中国士兵听到冲锋号后，忽然穿着单薄的衣裤，从雪地里一跃而起，怒吼着向自己冲来——他们到底是不是和自己一样的人类？

但美军不知道的是，当冲锋号吹响的时候，很多志愿军战士在埋伏处一动不动，再也没有站起来——他们直接都被冻死了。

到了 28 日早晨，陆战一师师长史密斯发现了一个让他惊骇的局面：一个晚上，从地底里冒出来的 10 多万中国军队，把美军陆战一师和陆战七师，在柳谭里、新兴里、古土里和下碣隅里等地，从北向南，分割包围成了 5 块！

但在中国志愿军方面，却也没有什么可乐观的——真正交上手，中国军队才发现，美军哪里是“纸老虎”那么简单。

以柳潭里的战场为例。3 个志愿军师试图围歼美军陆战一师两个团——这种“包饺子”的打法在解放战争中，解放军是驾轻就熟的。

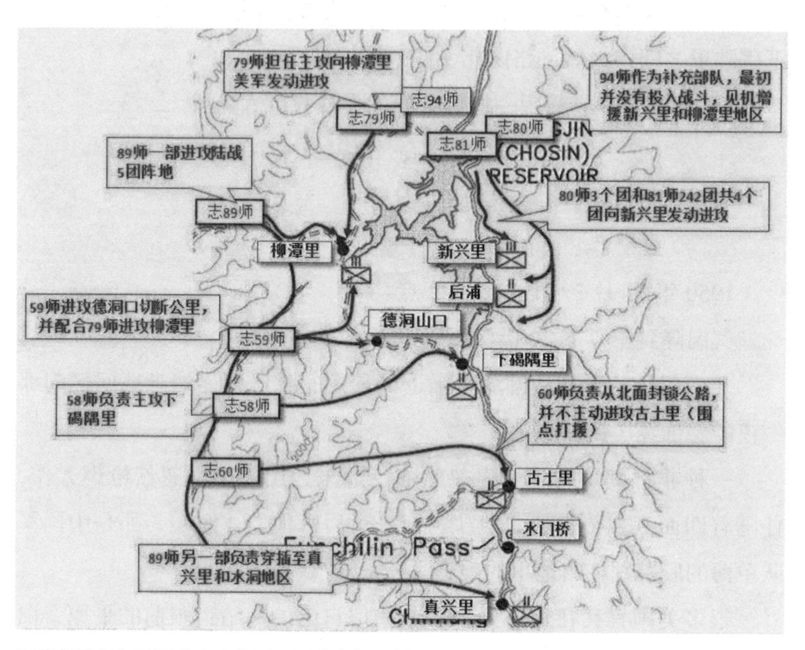

长津湖战役九兵团攻击态势图（图片来源：铁血社区）

但打了一晚，根本打不下来。

首先，美军陆战一师不愧是王牌部队，从最初的慌乱中恢复过来后，立刻利用坦克组织起 3 个环形阵地，利用具有绝对优势的火力，用榴弹炮和轻重机枪组成的交叉火网，射杀前仆后继冲锋的志愿军战士。

其次，与美军相比，志愿军的火力就实在差太多了：

美军的一个陆军师，师属炮兵有 432 门榴弹炮和加农炮，还可以得到非师属炮兵同类口径和更大口径火炮的支援；中国人民志愿军一个师的师属炮兵仅有一个山炮营，12 门山炮。

美军一个步兵师拥有电台1600部，无线电通信可以一直到达排和班；中国军队入朝时从各部队多方抽调器材，才使每个军的电台达到数十部，勉强装备到营，营以下通信联络仍然主要靠徒步通信、军号、哨子及少量的信号弹等。

美军运输全部实现机械化，一个军拥有汽车约7000辆；中国人民志愿军入朝之初，三十八军拥有汽车100辆，二十七军只有45辆。

单兵火力方面，志愿军每个排只能分到一挺轻机枪，每个班只能分到一把冲锋枪，其他士兵大多拿的是抗日战争时期的“中正式”步枪和缴获的日本“三八大盖”，甚至还有士兵在用晚清名臣张之洞当年兴办的汉阳兵工厂设计制造的“汉阳造”。

至于重武器方面，志愿军配备最普遍的就是轻型迫击炮——但在朝鲜接近零下40摄氏度的严寒中，很多炮弹打出去都成了哑弹。炮兵们看着哑弹就不停地哭，因为他们看到，没有火力掩护，拼命向前冲的步兵战友们只能成为美军的活靶子。

再次，志愿军从来没有和美军交过手，也从来没有遭遇过如此强大的火力。很多原先在解放战争中屡试不爽的攻击队形，在美军的严密火力网面前根本没有任何用处，甚至出现过一整个营呈战斗队形全部阵亡在美军阵地前的情况——短时间内他们就被快速射杀了。

长津湖的黑夜属于志愿军，白天属于美军。

因为美军拥有绝对的制空权，一到白天，就会出动大量飞机对志愿军阵地进行狂轰滥炸。围攻柳潭里一夜，志愿军虽然成功形成了包围态势，却因伤亡惨重，无力进攻了。

也正是在这个时候，史密斯终于完全清醒了过来，他咒骂着第十军指挥官阿尔蒙德坚持要求陆战一师“向前进攻”的命令，开始准备撤退。

11月30日，在坚守了两天之后，史密斯终于正式下达了撤退命令——他知道，再不走，就真的要被全歼了。

在撤退时，史密斯接受了美国媒体的采访，留下了那句著名的话：“见鬼！我们不是在撤退！我们是在换个方向进攻！”

撤退途中的美军

4

面对南撤的美军，志愿军开始了艰苦的阻击战。

从柳潭里经下碣隅里的崎岖公路，成了中美两军绞杀的修罗场。

白天，凭借飞机和坦克的掩护，美军猛打猛冲，拼命向南突围，晚上，志愿军趁着夜色反突击，把白天丢失的高地和阵地再抢回来，然后在天亮后，用血肉之躯阻挡美军的进攻。

战斗最激烈的一天，美军一整天只撤退了 500 米。

在这样恶劣的条件下，美军的士气也极为低落。战斗间歇，一位美军记者问一个正在用刺刀从冻硬的罐头里挖蚕豆吃的陆战队士兵：

“如果上帝能够满足你的一个要求，你最需要什么？”

那个士兵头也没抬地回答：“给我明天吧”。

雪地里修整的美军

但是，志愿军付出的代价也是沉重的。

一位叫海洛德·摩尔豪森的美军下士，曾这样回忆撤退途中对志愿军一座阻击山头的进攻：“出乎意料，攻山的战斗并不激烈。山上的志愿军没组织什么有力的抵抗。他们的火力分散，而且多是近距离射击，对我们的攻击部队没有多大阻击力和杀伤力。他们的弹着点和手榴弹只落在几个地方。只要你绕着走，就可以完全避开志愿军的火力。他们也没有重武器和火力点，我们团仅以很小的伤亡，就攻到山顶，占领了志愿军的阵地。

“一到山顶，我被眼前的一幕惊呆了。小小的山头上到处是死亡的中国士兵，大约有一二百具志愿军的尸体。每走一步都会踩到尸体。我从来没有一次见过这么多的死人。我的上帝，真是恐怖极了！我们攻击时并没有这么激烈的战斗，不会造成中国军队这么大的伤亡。他们好像大多是在空袭和炮击时被炸死的，尸首不全，肢体四散。

“但是班长根据他们铁青的肤色和无血的肢体推断说，很多志愿军士兵在我们的空袭和炮击前已经被冻死了。有些尸体三三两两地抱在一起，可见他们是想借同志的体温维持生命。他们都是身着薄衣、薄裤、单鞋，没有棉大衣。难道中国志愿军不知道朝鲜的严寒气候？他们有军火供应，却没有过冬准备？要不是冻死、冻伤这么多的志愿军，那一二百具尸体就可能不是中国人的，而是我们美军陆战队的。”

战场上是严寒，战场下，还有严寒之后的严重减员。

由于九兵团的兵大多来自江浙沪地区，没有什么防寒防冻的经验，冻僵的手脚直接放在火边烤着取暖，造成大量的冻伤和截肢。

原志愿军第二十军五十九师一七六团一营机炮连指导员陈兰风回忆：“当时一连连部和我们连部住一个房子，一连一个通信员，上衣、裤子都冻硬了，那时不懂冻坏了不能烤，反而让他上炕里边，因为坐里边暖和。烤了一阵，他要脱鞋——在上海发的翻毛皮鞋脱不下来，他一使劲，连袜子带腿腕子上的肉皮一起给脱下来了——后来他被锯掉了一条腿。”

原志愿军第二十军五十九师保卫科副科长龚欲民回忆，由于被截肢的志愿军战士实在太多，他曾被派去医疗队“把关”，当时他看到的情景是：

“那里的负责医生听后什么也没说，领我到棚子里看伤员。

“先看了一个：脚穿着翻毛皮鞋，腿是黑的，他把伤员的鞋伸手拿下来——连脚也一起拿了下来，脚就在鞋里。

“又看另一个伤员：鞋子倒是脱掉了，可是他上去握住伤员的脚趾轻轻一掰，那几个脚趾头像是掰红薯一样就给掰了下来。我当时就忍不住流泪了，而那个伤员却感觉不到疼，睁着大眼呆呆地看着我们。

“负责医生没更多解释，只问了一句话：‘你看，要脚还是要命？’”

不仅仅是严寒，还有饥饿。

志愿军入朝时，每人背了一个干粮袋，里面放了六七斤高粱米。等赶到长津湖时，干粮早已吃完，除了吃雪之外，唯一的就是可以啃两个土豆。

但由于不能生火（会被美军飞机当成靶子），志愿军只能生吃土豆。在零下 30 摄氏度的严寒里，土豆都已经冻得像石头一样了。战士们只能把土豆夹在腋下捂暖，软一层，啃一层，放到嘴里去抿暖，然后下咽。

长津湖战役打到 12 月初，对志愿军来说，好消息和坏消息都有。

好消息是，在长津湖的东线，经过一场艰苦卓绝的战斗，九兵团二十七军八十师终于全歼了有“北极熊团”之称的美七师三十一团——这是在朝鲜战争中，志愿军唯一成建制歼灭的美军部队。

坏消息是，九兵团在整个攻击和阻击战斗中损失巨大，虽然已经竭尽全力，但还是眼睁睁看着美陆战一师退回了下碣隅里。

5

下碣隅里，是美陆战一师的师指挥部所在。

下碣隅里是个小镇，地处要冲，是美军撤退路线的必经之处，那里还有一个简易机场。

其实早在 11 月 27 日，宋时轮就下达了同时攻击下碣隅里的命令——如果得手，美军陆战一师的后路将完全被切断。

但负责主攻的第二十军五十八师，用了一张从日本人那里拿到的错误地图，迷了路，到 28 日拂晓才赶到下碣隅里。此时在下碣隅里的美军因为已经得到了中国军队全面进攻的消息，做好了战斗准备。

五十八师还是在冰天雪地的 28 日夜间，发动了大规模的进攻。

和柳潭里的战斗一样，虽然志愿军战士展现出了惊人的意志力和勇气，但在天气条件以及美军压倒性火力优势的打压下，进攻惨烈，进展缓慢——经过一夜的激战，志愿军只是抢下了下碣隅里东面高地。

但即便如此，这块高地可以俯视下碣隅里防御阵地的任何一个角落，所以天一亮，美军就组织了大批士兵开始反攻。

守卫东面高地的，是五十八师一七二团三连的一个排，亲自带队上阵地的连长，叫杨根思。

每个战士上阵地前，兜里除了塞了三个硬邦邦的冻土豆，其余地方都塞满了手榴弹。

天亮后，美军开始炮火准备，飞机也开始对高地进行地毯式轰炸。

没有任何防空设施和反击能力的中国士兵，只能蜷缩在一切可以躲藏的地方，忍受炮火的攻击，互相呼喊战友的名字，确保对方还幸存。

炮火和轰炸结束，美军开始向高地冲锋。

奇迹般地，在不可能还有生命生存的高地上，站起了一排颤颤巍巍、摇摇晃晃的中国士兵，他们举起已经拉开引线的手榴弹，雨点般地朝山下扔去。

杨根思。后来三连就一直命名为“杨根思连”

美军一连几次冲锋，都被打退，而高地上，也只剩下 3 名志愿军战士了——杨根思，一个排长，还有一个负伤的战士。

杨根思强制命令排长带着负伤的伤员撤下高地去向营长报告，自己一个人留在了阵地上。

又一轮美军的冲锋开始了。

当美军发现已经没有枪声响起，可以望见高地山顶的时候，一个中国士兵忽然从尸体堆中站了起来，他迈着几乎冻僵的腿，抱着一个炸药包，冲向了举着海军陆战队队旗的那群美军士兵。

一阵惊呼，一声巨响，一片片队旗的残片，以及，各种残破的四肢。

12 月 1 日，几乎已经打残的志愿军第五十八师，集结了最后仅剩下的 1500 名战士，做了最后的决死进攻，但面对牢固的美军环形阵地，很不幸，还是失败了。

同日，在下碣隅里的美军简易机场在短短的时间里搭建完成，通过飞机运输的高效率撤退开始。

长津湖一战，志愿军扎住的口袋，最终还是破了。

6

从下碣隅里到古土里，各路撤退的美军，最终集结到了一起。

考虑到古土里比下碣隅里还要小很多，那么多美军挤在一起是件很危险的事，史密斯下令继续南撤——经真兴里到兴南港，从海上撤退。

从古土里到真兴里，直线距离只有 11 公里，但海拔高度差有 730 米。

在陡峭的山麓上，只有一条仅能供一辆车通行的单车道公路，这条公路边上有一个高地，叫 1081 号高地。

谁都知道，占领 1081 号高地，就可以封锁美军最后的退路——志愿军早早就派出部队，占领了那个高地。

但轮到美军进攻的时候，却没费什么大力气，只投入了一个营，就攻下了这个高地。

时任二十七军七十九师二三五团三连的指导员邹世勇，回忆起后来部队去公路沿线的高地阵地时看到的情景，说自己一生难忘：

“我上去一看，发现这是二十军的部队，带着大盖帽，拿毛巾把耳朵捂起来，穿着胶鞋和南方的棉衣。

“每一个战士都蹲在那个雪坑里面，枪就这样朝向那条公路。我想去拉一拉，结果发现他们一个个都硬了，他们都活活冻死在那个地方了，一个连。他们不是被打死的，是冻死的，枪都朝着公路。这一幕，我永远不会忘记。”

严寒的天气，连让志愿军战士拼死阻击的机会，都没有给。

九兵团有史记载的有三个连队，成建制地全员冻死在阵地上，他们分别是二十军五十九师一七七团二营六连、二十军六十师一八〇团一营二连和二十七军八十师二四二团二营五连，他们以战斗队形在自己的阵地上坚持到了最后一刻，成为悲壮的“冰雕连”。

何止我们的官兵，很多美国士兵，对此都留下了让他们一生难以磨灭的印象：

“在照明弹下，中国士兵一群一群地从树林里冲出来，他们在树林里不知躲藏了多长时间，树林边有条小河，10 多米宽，河水不深，河上的冰已经被我们的炮火炸碎了，河水冒着水汽在缓缓地流淌。

“中国士兵正在蹚水过河，上岸后，他们的两条裤腿很快就被冻住了，他们跑得很慢，因为他们的腿被冻住了不能弯曲。我们的火力很猛，他们的火力很弱，而且没有炮火掩护，枪好像也被冻住了。他们像僵硬的原木在移动……”

7

拿下 1081 号高地后，陆战一师的全员撤退只剩下最后一道障碍：水门桥。

水门桥位于古土里以南 5.6 公里，宽度仅 8.8 米，底下是万丈深渊。水门桥是美军陆战一师撤退道路上的必经之路，所有的人员、车辆、坦克，都要经过这座大桥。

中国军队当然知道这座桥对于美军撤退的意义，所以在12月1日，就派工兵把桥给炸毁了。

但两天之内，美国的工兵就修出了一座木头桥。

12月4日，志愿军再次派工兵炸毁了刚修好的水门桥。随即，美军的工兵部队又在最短的时间里架设了钢制的M2车撤桥（由钢制和木制车辙板组合而成，可以架设起30米至50米跨度，可通行40吨的M26坦克）。

志愿军再次派出敢死队，第三次炸毁了水门桥——这一次，连桥的基座都被全部炸毁了。宋时轮认为，美军再无可能通过水门桥了。

但是，美军随即派出了8架C–119运输机，空投了8套每套1.1吨重的架桥钢材和所需木材，在短短的时间里又重新架起了一座新桥。1000多辆车辆、坦克，10000多名士兵，最终都从这座从天而降的桥梁上安全通过。

不是志愿军没有认识到水门桥的巨大战略意义，而是——美军的现代化工业水平，已经超出了当时中国军队的认知极限。

事实也正是如此。

在出兵朝鲜前，中国领导人认为：美军虽然强大，但我们占有"地利优势"。

所谓"地利"，就是我们和朝鲜只隔了一条鸭绿江，但美军是不远万里来作战。

但一场朝鲜战争打下来，中国军队从上到下，亲身经历了传统意义上所谓的"地利"优势，在现代化军事科技打击下的孱弱：

在制空权方面，美军依靠7艘航母上的500架舰载机，在战争初期牢牢控制了朝鲜战场的天空（后来苏联空军秘密参战，情况有所好转）；

在后勤方面，中国军队虽然背靠东北基地，却因为补给线被美军狂轰滥炸，连一个冻土豆也很难啃上，而美军在感恩节和圣诞节的大餐，不仅有火鸡、馅饼、苹果派等各种食物让所有士兵吃撑，军官的席位还都有手写的席卡。他们在撤离下碣隅里时，通过推土机和炸药，销毁了几千吨空投多余的食品物资；

因为天气和美军轰炸的原因，志愿军的伤兵很难送到后方医院得到及时救治，最多的冻伤士兵，就是在战地医院现场截肢。而美军的受伤官兵，几个小时之内，就可以通过飞机送到东京医院的手术台上进行外科手术。

虽然天寒地冻，但美军的防寒装备比志愿军好太多。朝鲜一战，中国军队第一次深刻认识到了“后勤”对现代战争的重要意义

长津湖一战，打出了志愿军的勇气和信念，但也确实让志愿军学到了很多：现代化的战争，除了决死的勇气，决定胜负的因素实在太多太多。

8

1950 年 12 月 25 日，是麦克阿瑟许诺美军士兵结束朝鲜战争的圣诞节。

这一天，志愿军全面进入美军最南面撤退的基地——兴南港，在此之前，突出重围的美军，一共从兴南港用船只运走了超过 10 万名士兵和 10 万平民，1.75 万辆车辆以及 3.5 万吨物资。

毫无疑问，志愿军实现了自己的战略目标：对试图北进的“联合国军”迎头痛击，全面驱逐了号称要“饮马鸭绿江”的美军，让所谓的“圣诞节攻势”成了一个笑话。

但美军也认为自己创造了奇迹：在数倍于己的敌人面前，几乎全身而退，保留下了最大的战斗力。

接下来，就是令人不忍直视的伤亡数字了。

根据美军战后公布的资料，陆战一师从 10 月 26 日至 12 月 15 日，阵亡 604 人，伤重死亡 114 人，失踪 192 人，伤 3508 人，战斗伤亡总数为 4418 人，另有 7313 名非战斗减员，主要是冻伤和消化不良。如果加上陆战七师和韩国军队，整个伤亡和减员数字大概在 14000 人左右。

中国方面，根据 1988 年公布的官方资料，长津湖东线的九兵团战斗死亡 7304 人，伤员 14062 人，冻伤伤员 30732 人（没错，伤亡人数加在一起还没冻伤伤员多），总减员 52098 人（据《抗美援朝战争卫生工作总结·卫生勤务》，中国人民解放军总后勤部卫生部，1988 年 3 月第 1 版，第 327 页）。

而根据《第一次较量：抗美援朝的历史回顾与反思》一书的数据，长津湖一战，光冻死的志愿军战士就有 40000 多人，战死 1.1 万人，合计减员 56000 多人。

9

1952 年 9 月，九兵团奉命从朝鲜回国。

车开到鸭绿江边，兵团司令宋时轮要司机停车。

下车后，宋时轮向长津湖方向默立良久，然后脱帽，弯腰，深深鞠躬。

抬起头来时，头发花白的宋时轮泪流满面，不能自持。

馒头说

在相当长一段时间内，中美双方，都几乎不怎么提“长津湖”。

几年前有消息说，美国方面投资 1 亿多美元，准备投拍一部讲述长津湖战役的电影《严寒 17 日》（*17 das of Winter*），说是 2010 年开拍，2013 年上映。可现在都 2018 年了，却一点消息都没（我上网搜了一圈，有说法是拍到一半，停拍了）。

中国方面，近几年因为各种原因，“抗美援朝”题材的电影少了，远一些的，有《英雄儿女》《上甘岭》《奇袭》等，但也都没涉及过“长津湖”。

这确实是一场两边都不愿提起，甚至都不敢回忆的炼狱之战。

美国方面当然可以说自己创造了奇迹。但在陆战一师的战史上，从来没有连续撤退 125 公里的历史，而且整个美军圣诞节前挺进到鸭绿江边的计划，可以说是被中国人撕得粉碎。

而中国方面，从战略上可以说是胜利者，但总结到战术层面，可以检讨和吸取教训的地方实在太多，尤其是 3 万多的冻伤减员，实在是值得反思。

所以，网络上也有一种声音，认为中国也没必要去拍“长津湖之战”，一来这一战中我们并没有得到什么便宜，二来对整个朝鲜战争，现在也有各种声音。但我一直有一个观点：你不能以现在的存在去评判60多年前的事，那个时候，谁知道这个国家未来发展的走向？

所以，我觉得不拍也没啥，拍了，我肯定也会买票去看。

我希望，如果长津湖之战以后能拍成电影，最好能体现两点：

第一，能让观众认识到战争真正残酷的一面（不是说要用血腥画面），认识到和平的可贵。

第二，能让那些志愿军战士得到我们应有的尊敬和纪念。

60多年前的这场战争，无论你愿意怎样争论，志愿军战士都绝不应该是轻描淡写的一句“炮灰”，也不是什么为了“一将功成”而枯的“万骨”。他们都是一个个有血有肉、活生生的人。他们是妻子的丈夫、父母的儿子、孩子的爸爸，他们确实是抱着“保家卫国”的信念，踏上异国冰天雪地的战场的。

当年他们为国出征，今日我们不能忘记他们。

愿每一位志愿军战士的在天之灵，都能安息。

附：

如果你对朝鲜战争感兴趣，推荐三本分别从三个视角看朝鲜战争的书：

中国人的视角：《朝鲜战争》（王树增人民文学出版社）

美国人的视角：《最寒冷的冬天——美国人眼中的朝鲜战争》（[美]大卫·哈伯斯塔姆，重庆出版社）

韩国人的视角：《最寒冷的冬天Ⅱ——一位韩国上将亲历的朝鲜战争》（[韩]白善烨，重庆出版社）

一个传奇女间谍的“七重面纱”

这是关于一个女间谍的故事，事实上，她到底是不是间谍，到底做了谁的间谍，还没人说得清。但这也是她的故事一直流传至今的原因。

曾经有一个“世界十大女间谍”的排行榜。

那张榜单里，有9个人都是在第二次世界大战期间成名，只有一个人是在第一次世界大战时被人熟知，这个人就是玛塔·哈丽。

所以，玛塔·哈丽被称为“女间谍鼻祖”。

1876年8月7日，玛塔·哈丽出生在荷兰北部的一个小镇。她原名叫玛嘉蕾莎·吉尔特鲁伊达·泽利，为了方便，我们还是叫她后来被广为人知的名字：玛塔·哈丽。

玛塔的父亲是荷兰人，母亲是印度尼西亚人，所以她是东西方的混血儿。应该说，玛塔的家境本来还算不错，父亲是个农场主。但后来父亲生意失败，父母离异。之后，15岁的玛塔来到师范寄宿学校，但美貌的她不久就被校长强暴。

玛塔19岁时，无奈开始了一段婚姻，她嫁给了一名41岁的荷兰海军军官。

拥有混血儿气质的玛塔·哈丽

这个酗酒的海军军官给玛塔带来了无尽的痛苦，他玩弄女佣却不愿意负责，导致女佣把玛塔的儿子毒死了。

如果说丈夫曾给玛塔带来过什么，就是带她去印度尼西亚的爪哇岛驻扎，在那里，玛塔学会了一种神秘的“神湿婆舞”。

总而言之，绝望的玛塔最终决定离开家庭。28 岁的她孤身一人来到巴黎，除了姣好的面容和傲人的身材之外，一文不名。

但巴黎改变了她的命运。

玛塔和她的唯一一任丈夫

玛塔·哈丽一开始是在一个马戏团做骑师，同时也兼职做艺术模特，艰难维持生活。

为了能够赚更多的钱，有一次，玛塔·哈丽决定在一位巴黎剧院经理的面前，表演一段“神湿婆舞”。

剧院经理立刻被这种散发着神秘东方气息的艳舞吸引了，当即拍板，决定录用她，并为她起名“玛塔·哈丽”。

这个名字，在梵语

穿着舞服的玛塔·哈丽

里意为“神之母”，在印度尼西亚语里，意为“黎明的眼睛”。

1905 年 3 月 13 日，玛塔·哈丽在巴黎的吉梅博物馆进行了首次演出，那种东方式的神秘诱惑舞蹈，轰动了整个巴黎。当时的《巴黎人报》评价：“只要她一出场，台下的观众就如痴如狂。”

玛塔把“神湿婆舞”重新做了改编，取名“七重面纱”。自那以后，玛塔·哈丽就成了那个时代的“超级网红”。

只是不知是喜是悲。

因为战争不会放过任何一个可以为它服务的人。

1914 年，改变玛塔·哈丽命运的一年终于到来：第一次世界大战爆发了（可参见“馒头说”《一场莫名其妙的世界大战》）。

在战争爆发前夕，德国人就盯上了玛塔·哈丽，因为她结识了很多法国上层的权贵和政治家，可以打听到很多内部消息。当时玛塔·哈丽正在德国巡回表演，德国人找到了她。

据说，德国人先花了两万法郎，说服玛塔·哈丽做他们的间谍。玛塔·哈丽很快展现出了她的社交天赋，开始源源不断地为德国人送去情报。按照法国人后来的说法，让法国军队蒙受了巨大损失。

但没有不透风的墙，玛塔成为德国人间谍的事情，被英国的情报工作人员发现了。

作为协约国的同盟，英国人把这个消息告诉了法国情报部门二局的反间谍部门，负责人拉杜上尉做出了一个决定——找到玛塔·哈里，让她成为双面间谍，从德国人那里套取情报。

无法证明，拉杜上尉这种做法是秘密行动还是个人行为。

名媛装扮的玛塔·哈丽

但是玛塔居然也答应了。随后玛塔展现出了作为一名间谍的惊人天赋，游走于德国的高官之间，开始给法国人提供大量情报，让德国又遭受了巨大损失。

1917年，玛塔“玩火”的日子走到了尾声。

在一次西班牙巡演中，法国情报部门截获了德国情报部门发出的一封电报：“通知H21速回巴黎，并支付1.5万法郎费用。”

而巧合的是，玛塔这时就突然中断了在西班牙的演出，匆匆返回了法国。法国情报机关认为，H21就是玛塔·哈丽，他们决定逮捕她。

值得一提的是，德国人用的是一套他们知道法国人早已破译的电码。所以后来史学家推断，很可能是德国人想借刀杀人，借此除掉玛塔·哈丽。

1917年2月13日，玛塔·哈丽刚刚入住巴黎的一家酒店，6名警察就闯入了她的房间。据说，玛塔客气地请他们吃了夹心巧克力，然后化完妆，平静地跟他们走了。

随后她就被投入了监狱。

玛塔被警察带走时41岁

对玛塔·哈丽的审判，引起了全法国的轰动，因为谁都没想到她会是一名间谍。

在审判庭，拉杜上尉反复强调玛塔为德国人提供的情报给法国造成了巨大的损失，却只字不提玛塔曾为法国人提供过大量情报。

2003年，法国历史学家菲利普·考勒斯经考证后指出，哈丽虽然收下了那两万法郎，也曾多次引诱法国高级军官上床，可是从未向德军出卖过任何有价值的情报。

玛塔的辩护律师叫克鲁内，据说也是玛塔的情人之一。克鲁内为玛塔的案子四处奔走，甚至修书给法国总统请求免除死刑，但被法国总统拒绝。荷兰首相也通过专门渠道请求法国免除玛塔的死刑，但法国政府依然拒绝了。当初有无数位高权重的人承诺愿意为玛塔献出生命，但是现在，他们都闭口不言。

一个更令后人信服的理由是：在“一战”的前三年，法国人面对德国人处于劣势，总是吃败仗，政府需要给人民一个军队总是被打败的理由。

玛塔知道自己的生命已经走到了尽头。

在狱中的最后岁月，有两位修女一直陪伴着她。据修女回忆，玛塔开始不断说梦话，反复说三个名字：一个是她那被毒死的儿子诺曼，一个是已长大的女儿简，还有就是她自己的名字。

1917年10月15日，被以“叛国罪”判处死刑的玛塔·哈丽，被行刑队带到了一个刑场。

那天，玛塔·哈丽戴了华贵的黑色礼帽，穿了端庄的黑丝礼服，穿了自己最喜欢的红舞鞋。

行刑队员要给她蒙上黑色眼罩，但她微笑着拒绝了。据后来的《巴黎日报》报道，她临行前，双眼一直凝视着埃菲尔铁塔的方向，直到枪声响起。

她写的临终遗言是：

“谢谢，先生。”

馒头说

有一句话叫作：战争让女人走开。

但很多时候，是战争自己找到的女人。

玛塔·哈丽固然也应该为自己的贪婪和玩火付出代价，但换个角度来看，第一次世界大战，本质上就是英法集团和德奥集团为了争夺殖民地而打的一场大战，没有一方是正义的，大家都是为了争夺利益。

而玛塔是荷兰人，对德国和法国这两个国家，本来就没什么感情。在这场利益争夺中，玛塔认为自己用迷人的舞步，在刀尖火海中，获取了自己的利益，或是成就感。

玛塔死后，没人认领的尸体被送到了医学院。她的头颅经特殊处理后，保留了生前的样子。

2000年，这颗头颅被人盗走。据说是她的崇拜者所为。

不知头颅上的那双眼睛，投射出的是怎样的眼神。[1]

---

① 1931年，著名影星葛丽泰·嘉宝主演影片《玛塔·哈丽》，再现玛塔生平，引起轰动。

川岛芳子：从格格到间谍

对于国人而言，一提“女间谍”，第一反应可能就是川岛芳子。其实，川岛芳子一开始的外号，就是“东方的玛塔·哈丽”。

1

1932 年 1 月 18 日下午，在上海马玉山路（今双阳路）上的三友实业社总厂门前，发生了一场骚动。

那一天，以天崎启升为首的 5 名日本僧人，在三友实业的工厂大门前敲鼓击钟，并向厂内投掷石块。

三友实业社是中国有史以来第一家大规模机器生产的纺织厂，“九一八事变”后，工人们自发组织了“抗日救国会”，天天上班前操练。看到日本僧人在厂门口挑衅，“救国会”的工人们随即走了出来，进行盘查。

就在此时，十几个不明身份的人忽然冲入了队伍，对那几名日本僧人用石块又打又砸，造成一名叫水上秀雄的僧人伤重不治而亡。

当时的三友实业社

1月19日，日本驻沪总领事要求上海市政府惩治凶手并道歉。1月20日，日本浪人团体“日本青年同志会”60多人，在日本驻沪海军陆战队队员的掩护下，冲入了三友实业社的厂房报复，打砸抢烧，还打死一名闻讯前来的警察。

1月21日，在日本的日侨随后举行大规模游行，抗议中国的“抗日暴行”。日本方面要求中国道歉、惩凶、赔偿、解散抗日团体，并要求中国守军全部撤出闸北。

当时的蒋介石军队主力正在江西“剿共”，所以要求上海方面全盘接受要求，忍辱求全。

但就在蒋介石方面全面接受要求的情况下，1月28日，日本海军陆战队突然分三路向闸北发动全面进攻。负责沪宁地区防卫的第十九陆军，在总指挥蒋光鼐、军长蔡廷锴指挥下奋起抗战。

这场事件，被称为“日本僧人事件”，因此引发的战斗，就是著名的“一·二八淞沪抗战”。

“二战”后，当时的日本上海公使馆助理武官田中隆吉自供：那些

川岛芳子

打死打伤日本僧人的人，是他委派的地痞流氓，这么做的目的，就是为了嫁祸三友实业社，然后引发“日华冲突”，在上海制造一场焦点战争，进而缓和当时国际上对日本策划“满蒙独立”的关注。

根据田中隆吉的供述，那些事情，都是他委托一个“和我很亲近的女子”办妥的，那个女子的名字，叫川岛芳子。

2

往前倒推26年。1906年，大清王朝的最后一个皇帝爱新觉罗·溥仪出生。同年，肃亲王善耆有了自己第十四个女儿——爱新觉罗·显玗。善耆给这个小女儿起名“东珍”，意为“东方的珍宝”。

爱新觉罗·善耆。当年刺杀摄政王的汪精卫被释放，就是他下的令

辛亥革命一声炮响之后，大清黄龙旗应声落地。落魄的肃亲王善耆作为最坚定的保皇派，一直想恢复故国的荣光，由此想到了自己的结义兄弟，日本人川岛浪速。

川岛浪速从甲午战争中的一名日本翻译官起家，因为在八国联军入侵北京时将紫禁城保护得不错，由此结识了肃亲王善耆，后来做到清政府新设的北京警务厅总监督，负责培训清朝送来的警察，风光一时。

善耆自己也清楚，凭借清朝的力量，复国已是天方夜谭，最能借助的，就是日本的力量，所以他评价川岛浪速为“他日能一致支持东亚大局之良友”。

童年的川岛芳子

而川岛浪速的真实身份，其实就是日本的间谍，他生平最大的愿望，就是促成“满蒙独立”，他知道善耆是一颗重要棋子，所以也称他为“非凡之人”。

如何显示兄弟间的亲善之情？善耆决定，将自己年幼的女儿爱新觉罗·显玗送给日本浪人川岛浪速作养女。

显玗的哥哥，当年11岁的爱新觉罗·宪立后来这样回忆起6岁的妹妹当年离家时的情景：“她去二楼父亲的房间辞行时，身穿中国衣服，头发上系着一条白色丝带，哭着说：‘我不愿意去日本。’母亲一再地哄着说：‘好孩子不要哭。’”

宪立回忆：“我至今还不能忘记生母那一天痛苦的样子。”

自那时起，6岁的显玗改了名字，开始叫那个后来为人所熟知的名字：川岛芳子。

3

但川岛浪速，并没有只是把川岛芳子当作养女。

1912年，6岁的显玗更名为川岛芳子后，随川岛浪速前往日本，进入松本高等女子学校接受严格的军国主义教育。

川岛浪速完全是按照培养一个间谍的方式培养自己这个养女的。在日本，川岛芳子学会了开枪、射箭、骑马，并接受了军事、政治、情报等各方面训练。加上川岛浪速家里本身就是一个日本法西斯主义聚集的沙龙，所以川岛芳子从小就受到了这方面的熏陶。

对政治的高度热情，甚至体现在了川岛芳子的恋爱中。

1924年，已经18岁的川岛芳子亭亭玉立，身边有了不少追求者，其中她比较倾心的，是一个叫岩田爱之助的男子。

岩田爱之助是典型的日本极右翼分子，他主张日本应该立即发兵占领中国东北，利用中国东北的资源，“振兴大东亚”。川岛芳子和岩田爱之助在一起时，两人之间的谈话很少有风花雪月，而是往往以政治为话题。

但这时，川岛芳子身边闯入了一位奇怪的追求者——养父川岛浪速。

川岛浪速曾对芳子的哥哥爱新觉罗·宪立说过这样一段话：“你父亲肃亲王是位仁者，我是个勇者。我想如将仁者和勇者的血液结合在一起，所生的孩子必然是仁勇兼备。”他希望宪立同意他娶川岛芳子为妾。

但当时已经59岁的川岛浪速采取的追求手段，近乎无耻——他直接强暴了川岛芳子。

那一夜之后，川岛芳子写下了日记：“大正十三年10月6日，我永远清算了女性！”

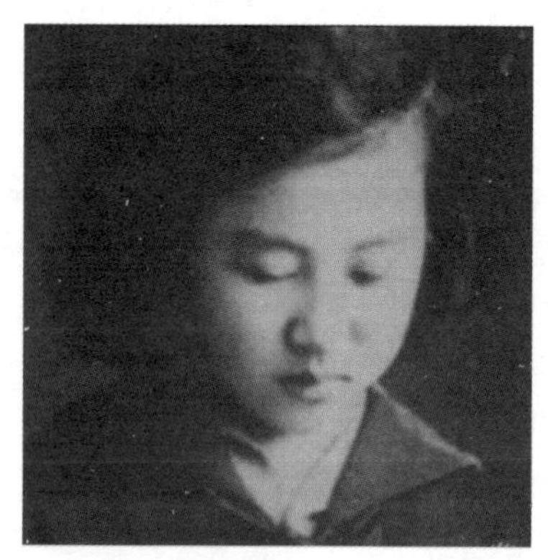

少女时期的川岛芳子

第二天，川岛芳子头梳日本式

发髻，身穿底摆带花和服，拍了张少女诀别照，然后就剪了个男式分头，决定与女性身份彻底“诀别”。

但是还有爱人岩田爱之助呢?

也就是在那一年，岩田爱之助决定向川岛芳子求婚。

但岩田爱之助发现，川岛芳子的情绪忽然变得非常暴躁，甚至多次表示：“我不想活了，我应该了此一生。”

一开始还宽慰芳子的岩田最后也恼了，把一把上膛的手枪放到了川岛芳子面前，示意她若真想死，就去死。

川岛芳子毫不犹豫地拿起手枪，对着自己胸膛就扣动了扳机，惊得一旁的岩田目瞪口呆。好在子弹只是穿过了川岛芳子的左肋，并没有致命。

自杀未遂后，川岛芳子没有继续选择沉默，而是把养父奸污自己的事情告诉了全家人。

但是，她没有得到自己期待的结果。

彼时，肃亲王已经去世，川岛芳子的两个兄弟爱新觉罗·宪开和爱新觉罗·宪东也被寄养在川岛速浪家，所以芳子只能写信给国内她最信任的哥哥爱新觉罗·宪立。

宪开的回信是这样的：“现在决不能和川岛浪速公开决裂，希望妹妹一定鼓起勇气生活下去。川岛浪速会做适当反省，设法解决已经发生的事。”

所谓的“解决”，就是川岛浪速把川岛芳子送到了鹿儿岛休养，两人暂时分离。

在鹿儿岛待了三年之后，21 岁的川岛芳子断然拒绝了川岛浪速请求她回到身边的要求，只身来到了中国。

她要继承父亲的“遗志”，恢复故国。

4

川岛芳子原先指望的，是一场政治婚姻。

1927 年，21 岁的川岛芳子和蒙古独立势力首领巴布扎布的儿子甘珠尔扎布在旅顺结婚，但这是一段并没有太大意义的婚姻。三年之后，川岛芳子就不辞而别了。

事实上，川岛芳子早就认识到了蒙古独立势力难成大气候，她当时看上的，是日本关东军。

要得到日本关东军的赏识，是要有投名状的。

川岛芳子瞄准了一个牛气冲天的大人物——张作霖。

川岛芳子的父亲肃亲王善耆，当时是和蒙古独立势力巴布扎布结成“独立”同盟的，但是张作霖是最大的绊脚石，双方发生了严重的军事冲突。1916 年林西一战，巴布扎布毙命，肃亲王的“满蒙独立”梦想破灭，一蹶不振，六年后死去。

川岛芳子与甘珠尔扎布的结婚照

所以，川岛芳子其实是非常恨张作霖的。

恰巧因为张作霖一直对日本要求的权益出尔反尔（参见本书收录的《双面张作霖》），引起了日本关东军的忌恨，以日本关东军高级参谋河本大作为首的一批人，一直在密谋暗杀张作霖。

川岛芳子找到了可以发挥作用的机会。

首先，川岛芳子有一个前清格格的身份，其次，据说她在与蒙古人结婚前，曾是张学良偏房的候选，所以她能相对隐蔽地打入当时奉军的内部。

在试图约见张学良失败之后，川岛芳子用自己的手腕，轻松征服了张学良身边一个郑姓副官，将张作霖退回关外的列车时刻表搞到了手。

皇姑屯一声巨响，张作霖归西，川岛芳子从此进入日本关东军的视线。

崭露头角的川岛芳子，之后做了三件更加让日本人刮目相看的事。

第一件，是通过各种手段，摸清了张学良手下东北军的所有家底。正因为川岛芳子的情报，所以1931年“九一八事变”爆发时，日本关东军心里是有点底气的。

第二件，是在日本关东军偷偷把溥仪从天津送到满洲后，川岛芳子想尽办法，把溥仪的“皇后”婉容装在棺材里，也偷偷运出了天津，促成了所谓的“帝后团圆”，为伪满洲国建立出了大力。

第三件，就是本文一开头叙述的故事，她与田中隆吉一手策划了“日本僧人案件”，引爆了“一·二八淞沪抗战”。

1932年，伪满洲国成立，川岛芳子得到了她期待的嘉奖——在“新京”（长春）被任命为“满洲国女官长”。第二年，川岛芳子正式被任命为“满洲国安国军总司令”（那时她给自己起了中文名字“金璧辉”），安

穿军装的川岛芳子

国军则被宣传为“由满洲公主带领的满洲国义勇军”。

当时26岁的川岛芳子，被日本人称为“可抵一个精锐的装甲师团”。

5

梦想中的“满洲独立”终于实现了，但川岛芳子总觉得有点不对头。

伪满洲国建立后的两年时间里，川岛芳子发现了一个问题：这并不是她期待中独立的“满洲国”，而是一个日本势力扶植下的傀儡政权。

川岛芳子开始对日本方面不满起来，甚至公开批评日本的“大陆政策”。有证据显示，当时的川岛芳子，利用个人的权力释放了一些被逮捕的中国人。

日军对此非常警觉，立刻把她送回了日本，并对其监视居住。

当时28岁的川岛芳子，如果在这个时候选择另一种生活，可能就会走向完全不同的人生结局。

但是，她没有。

1937年“七七事变”后，日本全面侵华，川岛芳子立刻又回到了中国的天津，开了一家饭店，那就是当时著名的东兴楼。

川岛芳子在自己生日那天，在东兴楼大摆筵席，遍请在京朝野名流，其中包括华北政务委员会情报局局长官翼贤、原奉军实力派邢士廉、“满洲国实业部长”张燕卿等。宴会开始不久，川岛芳子就让人抬来一块匾额，上面刻着——“祝川岛芳子生日快乐！——北支那方面军司令多田骏”。

全场震惊。

着男装的川岛芳子

多田骏是当时侵华日军华北方面军的司令，和川岛芳子的关系非同一般。在多田骏的“照顾”下，川岛芳子的这家东兴楼成了当时日军在中国的一大情报集散地。

川岛芳子充分发挥自己的交际手腕，在这里接触三教九流，套取各路情报，甚至还搭上过孙中山之子孙科，得到了不少国民党内部的消息。至于蒋介石身边的红人，军统头子戴笠也和川岛芳子有过联系，并且保持沟通，商谈“中日和谈”的可能。

如果说之前川岛芳子的奋斗理想，是为了“复国”的话，那么她之后的行为的目的，却多少有点让人费解。从后来的大量资料来看，川岛芳子做很多事的动力，是为了“立功”，是为了让日本军部更重视自己。

为了立功，她还曾偷看了多田骏办公桌上的高度机密文件，获悉了日本当时有意和国民党政府“和谈”的意向。为此，她还直接上书当时已经上台掌权的东条英机，表示自己熟悉国民党各个派系，可以立功。

因为这件事，东条英机差点派人把川岛芳子给杀了——他怀疑川岛芳子已经做了重庆方面的间谍。

但即便被日本军部怀疑甚至关押（曾被东条英机关了半年），川岛芳子始终没有放弃在中国的谍报生涯，不知是觥筹交错的社交生活对她有吸引力，还是惊险刺激的间谍生涯让她有成就感。

但是，欠的账，总是要还的。

东兴楼“女老板”川岛芳子

6

1945 年，战争结束了。日本无条件投降。

到了清算的时候了。

1945 年 10 月，川岛芳子在北平东四九条胡同自己的家里，被军统特工逮捕，并以汉奸罪提起公诉。

1947 年 10 月 8 日，北平高等法院对川岛芳子进行第一次公审，因为听说要公审“东方女魔”，法院拥进 3000 多人，玻璃窗都被挤碎了，第一次公审被迫延期。

当时能决定川岛芳子生死的，是一个国籍问题。

以川岛芳子在战争期间的身份，既不可能直接屠杀平民，又不可能参与日本军部的方针决策。这就意味着——

如果她是中国人，那么法庭就可以以汉奸罪起诉，但如果她是日本人，根据当时的审判案例，除了高级司令官和直接屠杀平民的日本军官可以获刑外，其他的日本军人和侨民都被释放回国。

此前川岛芳子的好友李香兰（本名山口淑子），因为日本人的身份，被遣返回国。换句话说，只要川岛芳子能证明自己是日本人，同样可以脱罪。

可笑又有点可悲的是，为日本殚精竭虑效力了那么多年的川岛芳子，居然没有日本国籍。

更可悲的是，除了她的亲密好友外，也没人愿意为她张罗这件事。

川岛芳子的一封求助信，曾寄到了她的养父川岛浪速手里。在信里，川岛芳子请求养父为她修改生日，并伪造日本户籍。

当年要娶自己养女为妾的那位川岛浪速，表现出了模棱两可的态度：写了一封信给川岛芳子的辩护律师，说川岛芳子是日本籍，但她的户籍证明弄丢了。后来有人推测，他是怕引火上身，怕自己也被宣判为战犯。

在狱中，川岛芳子曾给自己的秘书小方八郎写过一封长信，里面提到："宣判死刑那天，我还吃了两大碗面！难友们都同情我而流了眼泪。我觉得欢乐应该大家共享，悲哀却不愿大家分受。"

1948 年 3 月 25 日清晨，川岛芳子在写完遗书后，在北平第一监狱被执行枪决，终年 41 岁。

馒头说

写川岛芳子的时候，忽然想起在《历史的温度》第一本中收录的一篇文章。那篇文章叫《让二战美军痴迷的"东京玫瑰"》。

和那篇文章里的"东京玫瑰"户栗郁子相比，川岛芳子的一生，显然要更“波澜壮阔”一些，但从另一方面来看，两者却又有相似之处——作为女性，被卷入了残酷的时代洪流之中。

与户粟郁子相比，川岛芳子的命运似乎更让人感慨一些：童年时被送走，少年时被奸污，恢复故国的梦想破灭，临死时发现自己所效力的国家根本没给自己国籍……

作为个体，川岛芳子或许有值得同情的地方，但放到她置身的那个时代以及她最终做出的选择，她的结局其实也是咎由自取，罪名也是盖棺论定。

我写到后面，脑海里浮现的却不是“女魔”的形象，而是金庸《天龙八部》里的一个男性：慕容复。

翩翩美公子，偏偏被家族安上了一个“复国”的使命，殚精竭虑，忍辱负重，最终却精神失常，发了疯。

川岛芳子的一生，究竟是为了什么？

在枪声响起的那一刹那，可能只有她自己知道。

下篇

人性的抉择

达·芬奇真的是从现代穿越回去的吗？

这篇文章要说的这个人，可能是史上头衔最多的一个人。他是著名的画家，同时他又是雕刻家、建筑师、音乐家、数学家、工程师、发明家、解剖学家、地质学家、制图师，植物学家、作家……他钻研的领域实在太多，以至后人又给了他两个头衔："外星人"和"穿越者"。那么，他到底有没有那么神？

1

1452年4月23日，瑟·安东尼奥在日记里写下了一句话：

"4月15日，星期六，我的一个孙子诞生了。"

安东尼奥所在的地方，是当时佛罗伦萨共和国治下一个叫芬奇的小镇，当时使用的是"儒略历"（恺撒推行的罗马历法），按照现在的公历转换，应该是4月23日。

安东尼奥的这个孙子，被取名为"Lionardo di ser Piero da Vinci"，翻译成中文就是："芬奇镇瑟·皮耶罗之子列奥纳多"。其中，"ser"代表他的父亲是一位绅士，而"da vinci"的意思是"来自芬奇镇"。孩子真正的名字其实只有一个，就是当时意大利非常常见的男性名字“列奥纳多”。

但是，当这个孩子后来成为流芳百世的大名人之后，没有人再叫他“列奥纳多”了。

大家都只叫他达·芬奇。

2

关于达·芬奇少年时期的记载很少。目前基本可以确定的是，他的父亲叫瑟·皮耶罗·达·芬奇，是当地的一名法律公证员（类似于律师这样的职业），比较富有。

达·芬奇的母亲叫卡泰利娜，应该是他父亲的一个佃农（也有说是酒吧的侍女），父亲抱走了刚出生的达·芬奇，却没有和他的母亲结婚——没错，达·芬奇是一个私生子。

达·芬奇在14岁的时候，离开了自己的家乡芬奇小镇，来到了大城市佛罗伦萨，成了一名艺术家的学徒。

在那个时代的意大利，如果你想当一名艺术家，并不是想当就能当的，必须先加入当时的一个组织——行会。

行会管辖着各种手工作坊，后者的订单都由前者分配。而你要做画家或者雕塑家，都必须先去相应的手工作坊，拜师傅，从学徒开始做起，一边学手艺，一边帮师傅完成工作。

一般来说，做学徒的时间至少要超过10年。

幸运的是，达·芬奇当时拜的师傅，是那个时代的一位大牛艺术家，叫安德烈·德尔·委罗基奥。委罗基奥的弟子有不少成了下一代的大牛，比如达·芬奇，比如波提切里。

波提切里被认为是佛罗伦萨画派的最后一位画家，著名的《维纳斯的诞生》就是他的作品

我们通过课本了解的“画鸡蛋”的故事，就是达·芬奇做了委罗基奥的学徒后发生的事。当然，达·芬奇跟委罗基奥学习的本领，远不止画鸡蛋。

关于达·芬奇的学徒生涯，有两件事值得一提。

一件是关于达·芬奇的容貌。我们现在脑海中浮现出的达·芬奇的容貌，基本上是来自他的自画像：

有人认为这幅像虽是达·芬奇画的，但他画的未必是自己

但事实上，达·芬奇年轻时非常俊美，甚至因为相貌而名动全城（由于他终身未

青铜像《大卫》

婚，关于他的性取向也一直被大家讨论，此文不涉及）。他经常给自己的老师委罗基奥做雕塑的模特，据说委罗基奥的名作青铜像《大卫》的模特就是达·芬奇。

另一件，是关于达·芬奇所处的时代背景。

当时的艺术家，是一个开销非常大的职业，是需要别人供养的。谁来供养呢？就是“艺术赞赏人”。

从小背景来说，当时统治佛罗伦萨共和国的家族，正好是大名鼎鼎的美第奇家族——这个家族对艺术的痴迷和支持是非常有名的。美第奇家族一直很喜欢委罗基奥，而达·芬奇生活的时代，正好和整个美第奇家族中对艺术支持力度最大的洛伦佐·美第奇同一时代——这对达·芬奇后来的创作有不小的影响。

从大背景而言，从 13 世纪开始萌芽的欧洲文艺复兴，经过一个多世纪的酝酿，到了 15 世纪进入鼎盛时期——这个时期，正好就是达·芬奇所处的时期。

时势造英雄，英雄造时势。

一代大神的神奇之路，就此开始。

3

我们先来看看达·芬奇的绘画成就。

这是达·芬奇最无可争议的领域，也是他流芳百世的最主要原因。

1475 年，达·芬奇的老师委罗基奥接受委托，画一幅《基督受洗》的宗教油画。尽管早在三年前，年仅 20 岁的达·芬奇就被佛罗伦萨画家工会列在了会员名单上，但他的身份毕竟还是老师的学徒，所以就受命和老师一起完成这幅画。

委罗基奥完成了整体构图，而达·芬奇领到的任务是画一些背景和左边的那位小天使（最左边只露侧脸的小天使）。但就是左边的这个惟妙惟肖的小天使，展现出了全画都没有的一种灵性。在达·芬奇创作完这幅画后，委罗基奥就表示再也没办法教他绘画了，而是将他介绍给另一位有名的绘画大师。不仅如此，委罗基奥之后也表示不会再画画了，转攻雕塑。

达·芬奇虽然以画画名闻天下，但他流传到后世的画作并不多，除去真伪存疑的作品以及大量手稿外，连同壁画在内的真正的油画作品，也就 20 多幅。

《基督受洗》

但是，每一幅都是传世经典。

他最有名的那幅《蒙娜丽莎》，自然不用多说了。达·芬奇画作的经典不仅仅体现在他的技法上，更在于他对背后人性的洞悉和把握。这一点，在他于1494年至1498年间创作的《最后的晚餐》这幅作品中最能体现。

《最后的晚餐》描绘的是耶稣被犹大出卖后，与他的十二圣徒在一起吃最后一顿晚饭的场景。这个著名的故事一直是欧洲各路大神级画家喜欢创作的选题，在达·芬奇之前，有很多名家都以此为题创作过。

但之前的作品，别的不说，都有个很明显的特点——一眼就能从画面中看出叛徒犹大是谁。①

卡普阿的《最后的晚餐》，犹大被画作去伸手拿饼的人，因为耶稣说："正准备去接基督蘸了汤的饼的那个人便是出卖了我的那个人。"

① 以下图片选自《史上最全的〈最后的晚餐〉，你知道几个？》作者：艺墟上艺术。

乔托的《最后的晚餐》，犹大就是那个唯一头顶没有光环的人

格列柯的《最后的晚餐》，犹大手里明显拿了钱袋，因为《圣经》里记载他因为收了 30 个银币而出卖了耶稣

安德烈亚·德尔·卡斯坦诺的《最后的晚餐》，犹大坐在所有人的对立面

所以一般《最后的晚餐》画作中，犹大要么拿钱袋，要么没光环，要么被孤立。好了，那么我们来看下达·芬奇版本的《最后的晚餐》。

这幅画是达·芬奇画在教堂上的壁画，虽然经过多次修复，但依旧损毁严重——事实上，这幅画能保存下来就已经是奇迹了

提供一张修复版，可以看得更清楚些：

画面上 13 个人以耶稣为中心，看似杂乱分布（其实是 3 人一组分了 4 组），每个人的表情都不一样，说明当时每个人的心态都不相同。耶稣在中间，不同于以往作品中总是在说话的样子，他双目低垂，嘴唇紧闭

而作为叛徒的犹大，第一眼根本就认不出是谁——大家都没有光环，没有人被孤立。但只要你仔细辨认，那个身体后仰，一手里拿着不起眼的钱袋，一手微微伸出去拿面包的人，就是他（耶稣左边第二个）。事实上，即便不用道具，犹大的神态也已经出卖了他。

达·芬奇关于《最后的晚餐》的大量习作被藏于温莎图书馆和威尼斯，他给每个人物形象都找了现实中的模特，甚至为每一双手、每一件衣袖都做了很多草稿笔记

而且，这幅看上去有些杂乱的画作，其实是达·芬奇精心构思的。

《最后的晚餐》中的透视比例关系，据说达·芬奇在这幅画中用了三个光源。所以，说达·芬奇的每一幅画都是传世经典，并不夸张

4

关于达·芬奇绘画的技艺，其实不需要多讨论了。

接下来该说说他“不务正业”的一面了。

首先，在绘画之外，达·芬奇另一个比较被大家认可的领域，是他在解剖学和医学上的贡献——当然，这和他的绘画与雕塑事业也是息息相关的。

达·芬奇在委罗基奥手下做学徒的时候，就被要求学习解剖学。为此，达·芬奇在佛罗伦萨的圣玛利亚纽瓦医院得到了解剖人类尸体的许可（也有说法是他没有得到许可，便私自解剖人类尸体和动物）。在30年的时间里，达·芬奇至少解剖过30具人类尸体，并为此绘制了超过200幅的绘画笔记。

因为学会了解剖，达·芬奇对人体构造有了超越常人的认知，进而开始在人体医学和生理学方面做出了自己的设想和探索。

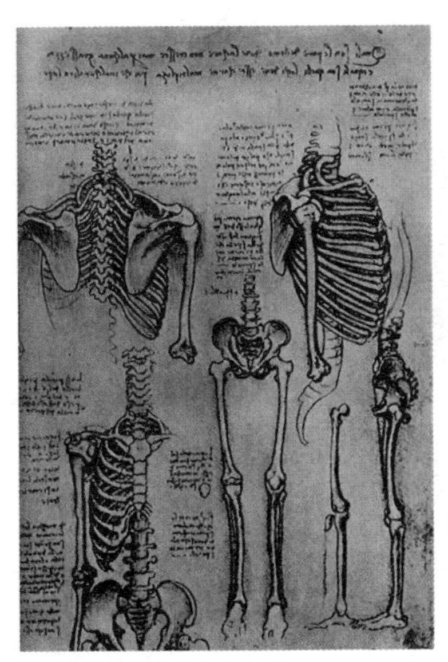

达·芬奇的解剖笔记

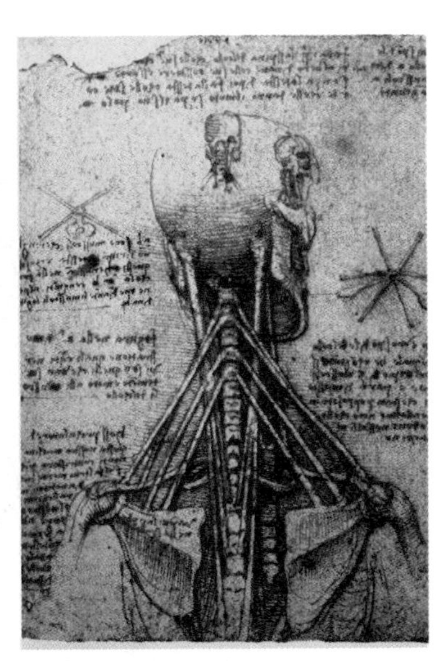

达·芬奇的解剖笔记

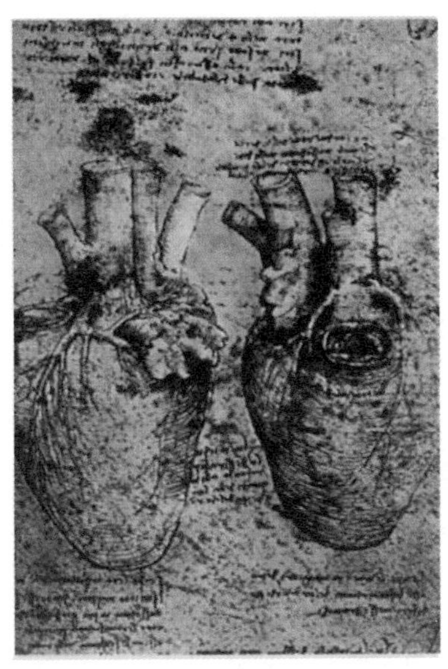

他发现人类的心脏有四个腔，并画出了心脏瓣膜

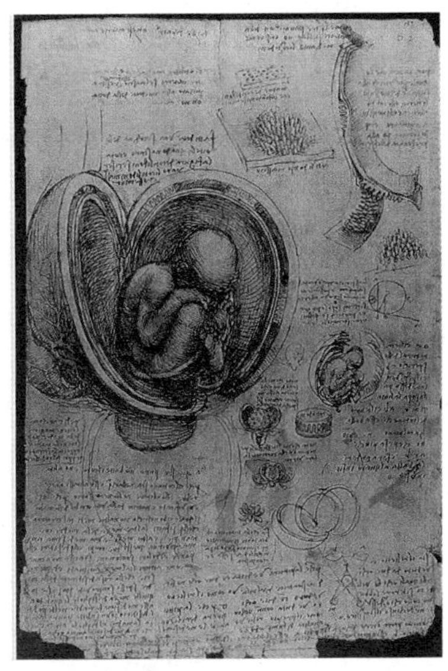

他是目前已知的第一个画出子宫胚胎中的胎儿和腹腔中的阑尾的人

他是目前已知的第一个认识到血液对人体新陈代谢起作用的人，并认为血液不断地改造全身，把养料带给身体各个器官，再把垃圾带走。他还认为老年人的死因之一是动脉硬化，而产生动脉硬化的原因是缺乏运动。

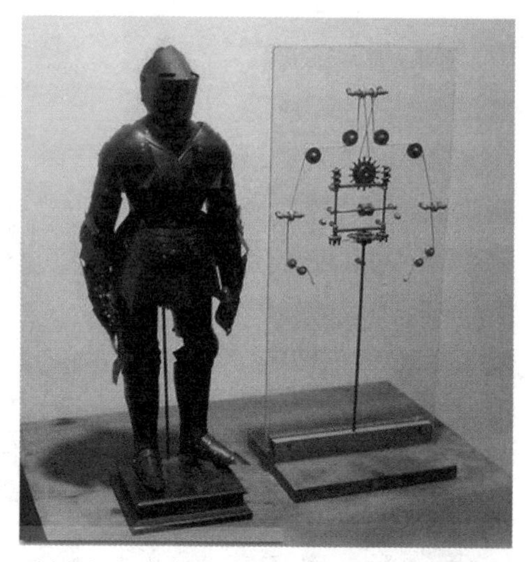
后人根据达·芬奇“机器人”手稿仿制的机器人模型

达·芬奇还是目前已知的第一个想到用玻璃和陶瓷制作心脏和眼睛的人。

他的这些探索在我们现在看来或许并不太稀奇，但放到 15 世纪的欧洲，那是惊世骇俗的行为和认知。

从达·芬奇的笔记中不难看出，他对人类结构构造方面有非常细致入微的观察，并能忠实地记录，所以，由生理学，他又将触角延伸到了工程学和物理学。

比如达·芬奇通过解剖获得的人体构造方面的知识，设计出了一个“机器人”的草图：以木头、皮革和金属为外壳，以齿轮做驱动装置，以水动力做动力，让机器人可以坐下和站立，可以挥舞手臂，可以转动头部，甚至可以开合嘴巴并发出声音。

更进一步，达·芬奇试图探索一个千百年来人类都关心的话题：如何能飞？

达·芬奇设计的“飞机”手稿。这种飞机主要是靠人力“扑翼”飞行

达·芬奇设计的“直升机”草图

为了在不同宽度的河流上迅速架设桥梁，达·芬奇还设计过专门架桥的机器。

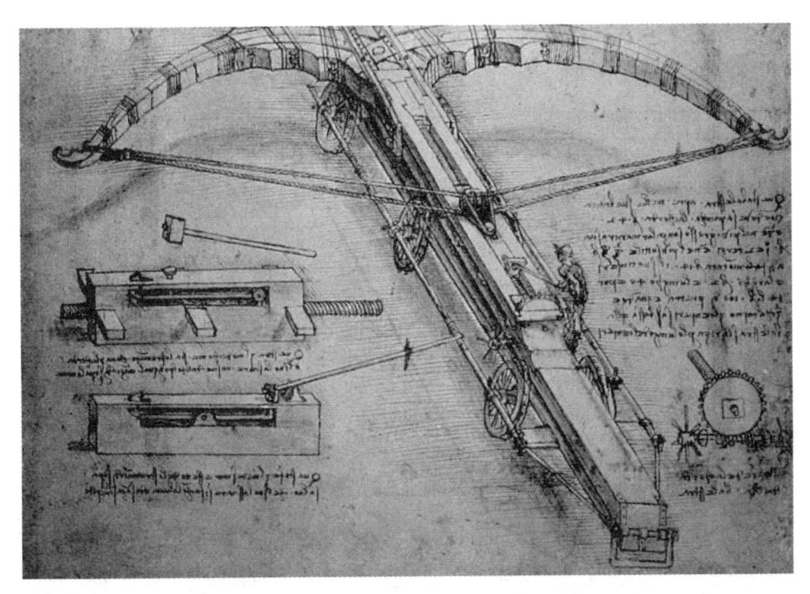

达·芬奇的手稿“移动的桥”

他对军事机械的研究也有超乎寻常的热情。

达·芬奇设计的“剃刀战车”手稿

事实上，只要是和机械设计有关的东西，达·芬奇都非常痴迷。在他被发现的 6000 多页手稿中，人们看到了他设计的水下呼吸装置、拉动装置、发条传动装置、滚珠装置、反向螺旋、差动螺旋、风速计、陀螺仪甚至机械车的设计图……

达·芬奇手稿中一个能够移动的奇怪炮塔的设计。这被有些人认为是“坦克”的雏形

5

如果说达·芬奇由解剖到对机械的痴迷让人还可以理解的话，那么他在另外一些领域做出的探索——作为一名艺术家——就不得不让后人啧啧称奇了。

在天文方面，达·芬奇坚持认为“日心说”而否定“地心说”，这个观点的提出甚至早于哥白尼（但实事求是地说，早在古希腊时期阿里斯塔克和赫拉克利特就曾提出过类似的观点）。

在地理方面，达·芬奇在那个时代就能认识到：高山山顶上之所以有海中动物的化石，是地球的地壳运动造成的海陆变迁形成的。这种认知在他所处的那个年代是相当不易的。

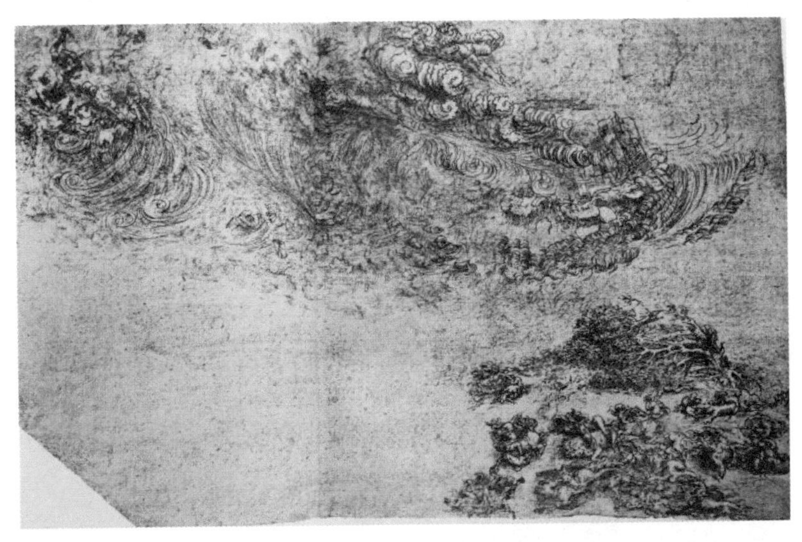

达·芬奇研究水的形态的手稿

在物理方面，达·芬奇发现了液体压力的存在，并提出了连通器原理：在连通器内，同一液体的液面高度是相同的，不同液体的液面

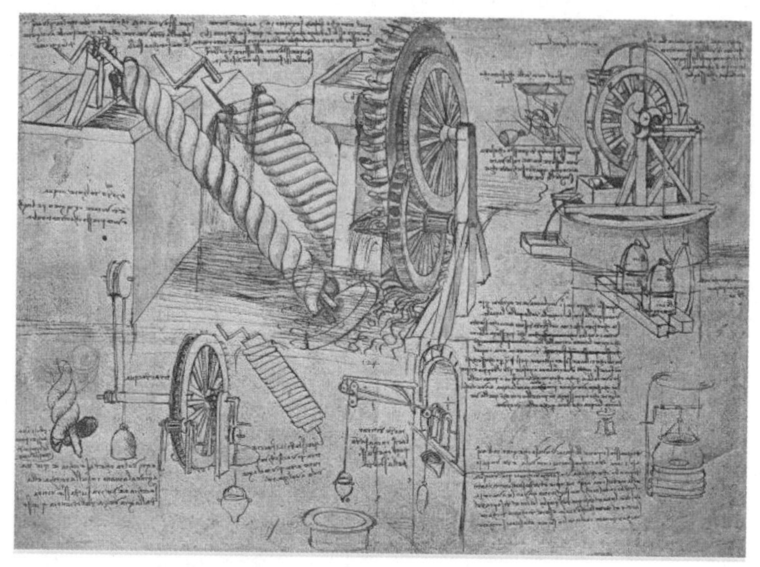

达·芬奇关于水利建设的手稿

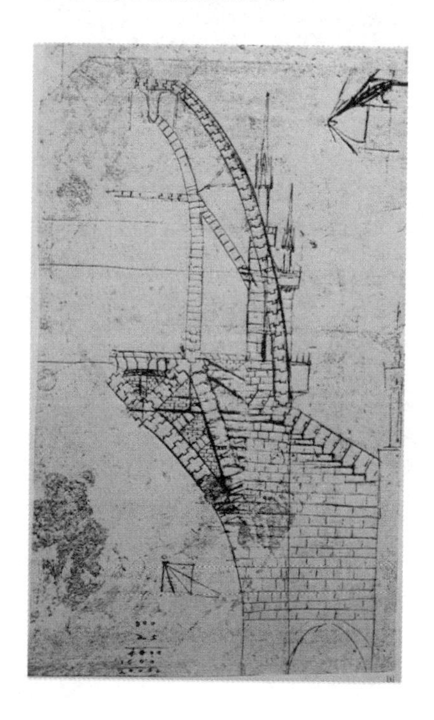

达·芬奇关于建筑设计的手稿

高度不同，液体的高度与密度成反比。他还研究过摩擦和重力加速度。

在水利建设方面，达·芬奇并没有只是停留在设计方面，他亲自设计并主持修建了米兰至帕维亚运河的灌溉工程，他设计的一些水库、水闸、拦水坝等，在当时确实推动了农业生产的发展。

同样达·芬奇在建筑方面也有建树。他设计过桥梁、教堂、城市街道和城市建筑。在设计中，达·芬奇会把车马道和人行道分开。米兰的护城河就是他设计并监工建造完成的。

哦，对了，达·芬奇有一副好嗓子，能唱非常动听的歌曲，而且他的笛子吹奏得很棒，七弦琴弹得更佳。事实上，当初最早让他在佛罗伦萨声名鹊起的，正是音乐家的身份。

6

达·芬奇还有一些特别的习惯，让他更是蒙上了一层神秘的面纱。

比如他是个左撇子，终其一生，他在笔记本上记录所用的都是“镜像文字”，即像镜子映射一样，和现实生活中是反的。有人曾推测，这是达·芬奇自己在给自己的笔记“加密”，即便有人偷窥，也不知道他那些设计图的真正奥秘。

达·芬奇有那么多的精力来从事那么多领域的研究，背后也有一套他自己的睡眠方法——他把它称为“定时短期睡眠法”。

即通过对睡与不睡的硬性规律性调节来提高时间利用率：每工作4小时睡15分钟。这样，他一昼夜花在睡眠上的时间累计只有不足1.5小时，从而为自己争取到了更多的时间工作（但如何才能做到迅速入睡倒也是个值得讨论的问题）。

但就是这样一个被后世景仰的天才，他的一生虽然也获得了认可和赞誉，却未必达到了他自己所设想的那种境界。达·芬奇曾写信给米兰大公鲁多维柯·斯弗查，在信中列举了自己的各种才能，最后他

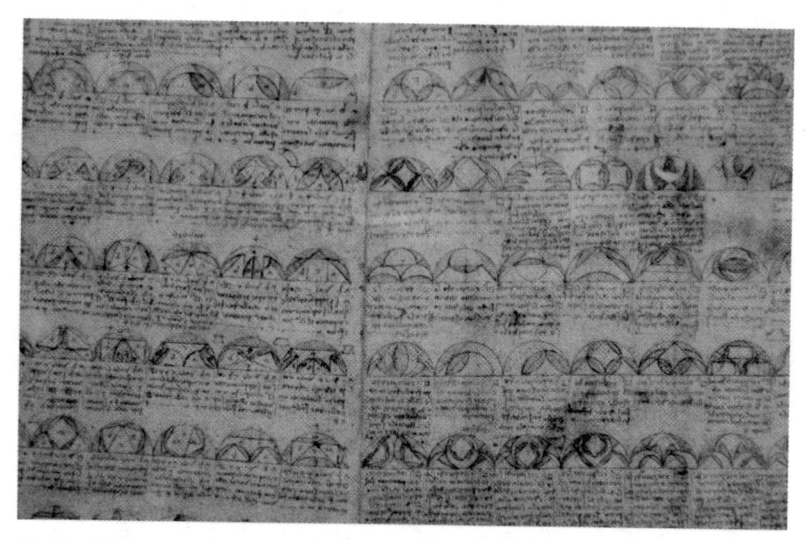

达·芬奇的手稿“等量的变化”。达·芬奇在相同尺寸的半圆和圆中，画出了 177 个等量变化。这说明他当时对几何学也相当感兴趣并做了研究

还表示可为大公的父亲塑造一座巨大的骑马像——那时候，受材料和技术限制，在巨大的重量压力下，前蹄腾空的马是非常难雕塑出来的（这尊雕像最终只有土制模型而没有被浇筑成青铜）。

但是，大公只有言语的安慰，却鲜有实质的鼓励，甚至连给达·芬奇的薪资都是按最低标准发放的，这让达·芬奇相当失望。

1515 年，法兰西国王弗朗索瓦一世占领了米兰，当时的达·芬奇已经享有颇高声誉。法国国王邀请他赴法国定居，成为那里的宫廷画师。当时已经 63 岁的达·芬奇似乎并没有对故乡表现出太多的依恋，他欣然前往。

最关键的是，他把自己最珍爱的一幅画一起带到了法国。

那幅画就是《蒙娜丽莎》。这也是这幅画至今被收藏在罗浮宫的原因。同样也是这幅画在 1911 年失窃的一个原因之一（偷画的是一个意大利人，他宣称要让名画回归祖国）。

卢浮宫里的《蒙娜丽莎》。展厅里永远是人头攒动，作者去过三次，从没能挤到过最前排

1519 年，一代大师油灯燃尽。

据说 67 岁的达·芬奇去世时，是被法国国王抱在怀里的——国王一直不肯松手。

达·芬奇的得意门生弗朗西斯科·梅尔茨用这样一句话来总结他的恩师的一生：

“达·芬奇的死，对每一个人都是损失，造物主无力再造出一个像他这样的天才了。”

馒头说

达·芬奇到底是不是个天才？

我觉得毫无疑问：肯定是。

那达·芬奇是不是个大神级的天才？

我觉得依旧毫无疑问：肯定是。

那达·芬奇是不是牛到像是从我们的时代穿越回去的，或者干脆是外星人？

我个人觉得不至于。

或许就像我们很愿意传播特斯拉的“神迹”一样，我们需要一些全面碾轧我们智商乃至超出我们认知范围的大神，来满足我们的英雄崇拜情结。

达·芬奇在绘画领域的成就，以及他在解剖学、建筑学、水利学方面的造诣，毫无疑问都是当时时代的巅峰水平——但我并不认为这是完全超越那个时代的。

至于他的其他很多奇思异想的手稿，固然让人啧啧称奇，但我觉得其中有些被夸大的成分。

比如他因为一张直升机的画稿，就被一些人称为“发明了直升机”，我觉得有些夸张了。他关于“机器人”的设计固然精巧，但因此被称为“机器人之父”也未免言过其实——无论是在欧洲还是在中国，同时代甚至更早，都有很多设计精巧的机关人或木制傀儡，按这个逻辑，它们也都可以被称为“机器人”了。

我觉得他之所以成了后人景仰的大神，其中一个比较重要的原因是，达·芬奇非常严谨，且极善于绘画。他把他的很多奇思妙想，都用非常写实的手法画到了手稿上，并且成功流传至今（这点也很重要）。我相信，在那个百花齐放的文艺复兴时代，达·芬奇的一些理念，同时代的人未必没有，但没有人能像达·芬奇这样用笔让它们在纸上成为“现实”，以及流传下来。

这里也需要指出的是，一张设计稿和真实的设计并成功运转是有区别的。尽管后来有不少人根据他的设计稿做出了实物模型，有的还验证成功了，但用现代人的理念和架构来还原，我相信应该还是有失真的。

但达·芬奇依旧是我无比尊敬的一位大神。

因为除了上述的那些成就之外，我认为他最难能可贵的，是永远对未知或新鲜事物抱有一颗好奇和探索的心。

达·芬奇曾记录下童年时的一次难忘经历：有一次他在野外玩耍，来到一个洞口前。洞里漆黑一片，他非常害怕里面会有野兽乃至鬼怪，但最终好奇心促使他进洞去查看究竟。

其实这样的好奇心，我们在童年时人人都有。但随着年纪渐长，有时候是不是我们会发现：对新鲜事物不仅提不起兴趣，甚至有所排斥了？

我原来是做媒体的，我经常和一些同事分享一个观点：我们做媒体的，面对有些新生事物，哪怕觉得不喜欢，也别排斥，先别忙着去批判或不屑，而是先尝试着去了解它，使用它，熟悉它——不然，我们不仅没有资格记录这个时代，自己也很容易变老。

扯得有点远，拉回来。

不出意外的话，我们中应该不会有人能比肩达·芬奇的成就。但我们即便没有他那样的天赋和钻研精神，那么至少——

让我们努力保持一颗好奇和探索的心吧。

切·格瓦拉：一个符号化偶像背后的真实故事

无论是名字，还是那个形象，关于他的生平故事，可能已无须赘述。叙述这个故事的目的，只是试图讨论一下，为什么无论在东方还是在西方，无论在哪种意识形态的国家里，他都被一部分人视为神一般的存在？

1

按照部分资料的记载，格瓦拉可能是出生在1928年5月14日，但我们还是用目前通行的6月14日。

切·格瓦拉

格瓦拉出生在阿根廷的罗萨里奥，父母都是名门望族的后裔——格瓦拉的父系亲族中，有人做过巴拉那河地区的总督，而他的母系亲族中，曾有一位秘鲁总督。

童年时的格瓦拉

所以，和他后来会遇到的革命战友卡斯特罗一样，格瓦拉也是一个标准的“富二代”。

格瓦拉也确实是按照“富二代”的轨迹被父母培养的。1948年，20岁的格瓦拉进入阿根廷最好的布宜诺斯艾利斯大学，主修医学。

如果一直这样顺顺当当地继续下去，格瓦拉毕业后应该能成为布宜诺斯艾利斯一位有着迷人笑容的帅气医生，妙手回春，成为女护士或女病人的梦中情人，然后继承家业，安逸、潇洒地度过一生。

但是，在1950年1月的暑假（嗯，别忘了人家是南美洲），格瓦拉游历了阿根廷北部的12个省之后，受到了很大的触动。第二年，格瓦拉选择了休学，和朋友骑上了一辆摩托车，沿着安第斯山脉穿越整个南美洲，从阿根廷到智利，到秘鲁，到哥伦比亚，再到委内瑞拉。在旅途中，因为摩托车出了故障，格瓦拉还在秘鲁的一个麻风病人村里做了几个月的义工。

这是一次对格瓦拉人生产生关键影响的旅行——作为一名富家子弟，他第一次完整见识了依旧陷于贫穷和困苦的南美洲。

1952年9月，格瓦拉坐飞机回到了阿根廷，随后开始拼命读书，最终在1953年顺利毕业。

但其实在1952年回国之后，格瓦拉在一篇日记里已经写下了一句话：

“写下这些日记的人，在重新踏上阿根廷的土地时，就已经死去。

我，已经不再是我。”

2

1953 年 7 月，从医学院毕业的格瓦拉没有选择成为一名医生，而是开始了他第二次拉美之旅。

这一次，他来到了危地马拉。

彼时的危地马拉，正在年轻总统阿本斯（Arbenz）的领导下，进行着一系列社会主义改革。但改革无疑会触痛既得利益者的神经，尤其是已经将触角伸向南美洲的美国。在著名的美资联合果品公司 22.5 万英亩[①]土地被没收且被分给无地的农民之后，美国人决定推翻阿本斯政府。

1954 年 6 月，美国中情局训练和武装的阿玛斯（危地马拉的一名军官）雇佣军入侵危地马拉，阿本斯总统很快就被迫下台——这位当时只有 41 岁的总统自此流亡海外，至死都没有回国。

在这场为时不长的战争中，格瓦拉毫无疑问地站在危地马拉政府军的一边，在整个过程中，有几件事对格瓦拉一生产生了重要影响：

格瓦拉得到了他后来闻名于世界的那个绰号：“切”（Che）。“切”在西班牙语中是一个感叹词，在南美被用来和人打招呼或表示惊讶，类似“喂”或“哦”。

格瓦拉认识了秘鲁的女革命者加德亚，后来她成了格瓦拉的第一任妻子。

美国中情局注意到了格瓦拉这个人，由此，格瓦拉第一次上了美国人的黑名单。

最关键的是，格瓦拉开始认识到：如果不进行一场革命，自己就

---

① 1 英亩约合 4046.86 平方米。——编者注

无法安心地成为一名医生。

3

1955年，在撤离危地马拉后，格瓦拉来到了墨西哥城。

在那里，27岁的格瓦拉遇到了影响他一生命运的战友：29岁的菲德尔·卡斯特罗。

格瓦拉和卡斯特罗在一起

毫无疑问，格瓦拉和卡斯特罗一见如故，格瓦拉随即就投入了卡斯特罗反对古巴独裁者巴蒂斯塔的革命队伍中。

1956年11月25日，卡斯特罗和格瓦拉率领82名富有冒险精神的古巴战士，从墨西哥出发，乘坐小艇驶向古巴。

那是一次非常糟糕的革命行动：在古巴南部奥连特省的一片沼泽地登陆后，这支革命队伍遭到了巴蒂斯塔军队的伏击，82人中只有12

人活了下来。但也正是那次行动，让幸存的格瓦拉完成了人生中最重要的一次转变：

作为随军的医生，格瓦拉面对的一个是药箱，一个是子弹箱——他毫不犹豫地扛起了子弹箱。

在格瓦拉 1963 年出版的《古巴革命战争的回忆》中，他自己把这次转变总结为：从医生彻底转成了战士。

4

成为战士后的格瓦拉，机警、冷静、无情，很快成了卡斯特罗最得力的助手。

卡斯特罗和格瓦拉这批 12 个战士，开始转入山区打游击。经历了三年艰苦卓绝的战斗，在内因和外因的共同作用下，巴蒂斯塔的政权终于被推翻，卡斯特罗从最初的全国武装司令做到了总理，进而掌握了古巴的一切大权。

作为卡斯特罗的亲密战友，格瓦拉理所当然被委以重任，他先后担任过国家银行行长和工业部长这两个重要职位，全程参与了古巴的社会主义改造。

在成为政坛高官后，格瓦拉表现出了两面性。

一方面，他依旧保持着简朴的革命本色，抵制官僚主义，生活节俭，并且拒绝给自己加薪。他没去过夜总会，也没看过电影，也没去过海滩，相反，倒是在周末多次参加甘蔗地或工厂里的义务劳动（不过让别人为难的是，他提倡他的部门所有人都不领薪水，义务劳动）。据说有一次，他到一位苏联官员家中做客，当官员拿着名贵的瓷器餐具来招待格瓦拉时，他带着讽刺的口吻说："我这个土包子怎么配使用那么高级的餐具？"

而另一方面，格瓦拉并没有展现出他在治国理政方面的天赋。

在经济领域，格瓦拉推翻一切市场规律，推行高度的中央计划，每个企业都要在政府的安排下进行生产，结果整个国家的生产陷入停滞。1963 年的调查显示，有些生产计划需要经过 20 多个行政部门审批才能进行。

同时，为了应对美国的经济制裁和封锁，格瓦拉想在古巴建设门类齐全的工业体系，他用行政命令把一半的甘蔗田（制糖是古巴的命脉产业）烧毁，改建炼油、炼钢、发电、水泥等重工业，但古巴甚至连相关的专业人才都没有。

据《卡斯特罗和古巴》一书，在 1959 年至 1962 年这三年中，有 30 万人逃离古巴，希望离开的人占人口总数的十分之一。

雪茄，成为格瓦拉的一个标志

如果这只是说明格瓦拉缺乏能力，那么另一些资料则让人看了头皮发麻。

古巴革命刚成功时，格瓦拉被任命为卡瓦尼亚堡军事监狱的检察长，负责清除巴蒂斯塔时代的战犯（主要是政客和警察）。

从 1959 年 1 月 3 日到 11 月 26 日这不到一年的时间里，卡瓦尼亚堡监狱每天都响起杀人的枪声。一些资料认为格瓦拉处死了 156 人，但有人认为，这一人数可能高达600人，其中不乏无辜者，甚至有十几岁的孩子和身怀六甲的妇女。美国裔古巴作家亨伯特·冯托瓦在《探寻真实的格瓦拉》一书中说，所有他访问过的人都表示，格瓦拉把屠杀作为生活的佐料。他在二楼的办公室里有一部分墙被打掉了，这样他就能在办公室里观赏行刑。

1964年12月，格瓦拉代表古巴出席联合国第19次大会，之后相继访问了阿尔及利亚、刚果（金）等8个非洲国家。格瓦拉也访问了中国，受到了毛泽东和周恩来的接见。

种种迹象表明，在1965年3月14日格瓦拉回到古巴后，他开始与卡斯特罗在诸如对苏关系、援助第三世界革命等问题上发生了严重的分歧。总的来说，卡斯特罗认为革命已经告一段落，而格瓦拉认为这还只是开始。

这对曾经亲密的战友最终选择了分道扬镳——4月1日，37岁的格瓦拉乘坐飞机离开古巴，前往非洲的刚果（金），他决定再一次投身革命，或者说，帮助全世界各国的穷苦人民革命。

也正是这一次的抉择，让格瓦拉的人生轨迹开始发光。如果他待在古巴继续担任高官辅佐卡斯特罗，或许可能会在世界革命史上留下小小的一笔，但绝不会像今天那样，被全世界各个角落的人用一种近乎崇拜的方式铭记。

因为格瓦拉放弃了好不容易奋斗得来的优越生活，为了他自己的理想，再一次主动投身到艰苦的战斗中去。

只是，又有多少人真的去检视过他理想的可行性？

5

古巴革命的成功，显然不是一个“可复制”的模板。

在刚果（金），格瓦拉遭遇到了前所未有的困难。刚果的游击队根本搞不明白：一个白人，为什么要和他们一起来吃苦？

格瓦拉告诉他们，我们的最终目的是要打倒帝国主义。但对于游击队员而言，“帝国主义”是什么并不重要，他们只要打倒现在由白人组成的政府，过上好日子就行了。

格瓦拉在非洲

在那里，格瓦拉无法颁布政策和纲领，无法改变农民的生活，自然也无法发动群众。甚至他在相当长一段时间内只能回归本职，做一名医生——刚果的战士无心训练，闲来就喝酒或嫖妓，格瓦拉需要医治那些染上了性病或酒精中毒的人。

在非洲丛林中辗转了7个月后，格瓦拉最终被他的战友们劝离了刚果。尽管格瓦拉曾表示将伤兵送回古巴，而自己要在丛林中战斗至生命的最后一刻，但最终还是答应了战友们的请求。

不过，格瓦拉没有回到古巴。

在卡斯特罗后来公布的格瓦拉给他的道别信中，格瓦拉宣称将切断与古巴的一切联系，投身到世界各个角落的革命中去。

这一次，格瓦拉选择了玻利维亚。

1967年，格瓦拉来到了玻利维亚。之所以选择这个国家，是因为他认为，玻利维亚拥有广泛的群众基础，农民和矿工将会声援他领导的游击队，他的游击队也能与当地战士打成一片。

但是，格瓦拉一开始就和玻利维亚共产党第一书记蒙赫闹翻了。

蒙赫的意见是，只要战斗是在玻利维亚境内展开，他就需要取得领导权。而格瓦拉认为，“我绝对不能接受。军事司令应该是我，这个问题上我不允许模棱两可。”

双方谈崩后，蒙赫留下这样一句话：“当人民知道这支游击队是由一个外国人领导的时候，他们就会翻脸，不再支持你们。你们尽可以英勇地死去，但不要指望有朝一日能成功。”

遗憾的是，蒙赫的话没有错。格瓦拉的游击队根本无法赢得玻利维亚当地民众的信任，连走入群众都不可能，更别提发动群众了。在古巴时那种老百姓给他们通风报信，补充给养的事情，在玻利维亚绝不可能发生，相反，由于叛徒的出卖，格瓦拉的游击队最终被政府军包围了。

1967年10月8日，玻利维亚政府军的特种部队包围了格瓦拉的营地。

格瓦拉生命的最后一刻来临了。

6

关于格瓦拉的最后一刻，一直流传着各种版本。

一种版本是说，格瓦拉在腿部中弹后选择投降，他对政府军的士兵高喊：“不要射击！我是切·格瓦拉，我活着对你们来说比死更有价值。”

一位长期为美国中情局效力的流亡古巴人罗德里格斯，后来在接受英国广播公司采访时表示，自己是现场的目击人，他当时的使命，是“确保格瓦拉能活着”。

罗德里格斯这样回忆当时见到格瓦拉的场景：

“他访问过莫斯科也拜访过中国领导人毛泽东，我是从那时候开始记得他的。但当年那个穿着制服英姿勃发的人，在我亲眼见到他时却落魄得像一个乞丐。他衣衫褴褛，脚上的靴子也不见踪影，一双皮鞋勉强遮住他的光脚。即使只是把他看成一个普通人，我也会为他感到难过。”

被捕时的格瓦拉

罗德里格斯回忆说，被捕之初，切·格瓦拉表现得很愉快，甚至同意人们在他被带出藏身之地时和他合影。被捕后，切·格瓦拉被关押在附近一个村庄的学校里。

罗德里格斯的使命，是把格瓦拉带到巴拿马做进一步审讯，但玻利维亚的最高当局坚决要求立刻处决格瓦拉。他回忆了当时的过程：

“当我接到电话时，他们给我的密码是‘500、600’。当时我们之间有一套简单的密码。‘500’指的是切·格瓦拉，‘600’意味着死，‘700’意味着活。因为电话里有很多噪音，我又问了一遍，他们证实，命令是‘500、600’。”

多年以后，罗德里格斯依旧记得自己向格瓦拉宣布他将被处死时的情形。

“我走进他的房间，站在他面前对他说‘格瓦拉指挥官，很抱歉，我已经尽力了。但这是玻利维亚最高指挥官下的命令’。

“他完全明白我说的是什么，他的脸变得像一张白纸。

“我从来没见过哪个人像他当时那么沮丧。但他说‘这样也好，我根本就不该被活捉’。当时是玻利维亚时间下午1点，我们离开了他被关押的房间。

“在 1 点 10 分到 1 点 20 分之间，我听到了枪声。”

玻利维亚人雷希纳尔多·乌斯塔里·阿尔塞是一名医生兼记者，他曾近距离目睹了格瓦拉被枪杀后的尸体，且因披露格瓦拉被谋杀这一事实而至今流亡巴西。

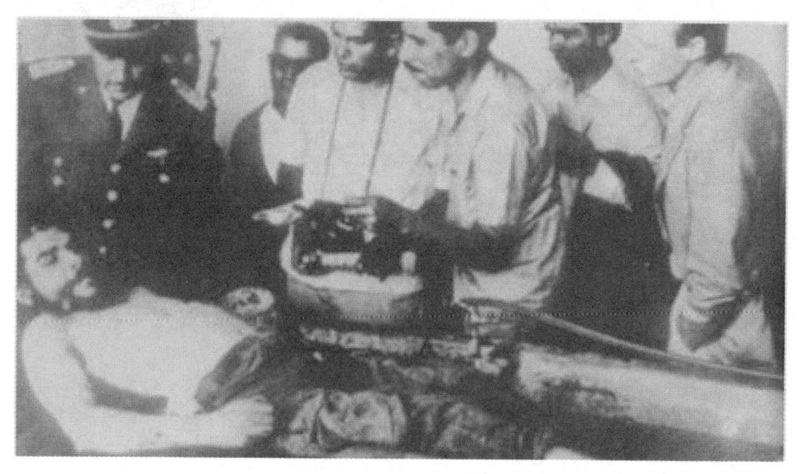

格瓦拉的遗体。阿尔赛为图中脖子上挂有相机者

40 多年来，阿尔赛遍访格瓦拉的同志与战友，查阅玻利维亚军方机密文件，在《切·格瓦拉——一个偶像的人生、毁灭与复活》（刘长申译，中国青年出版社出版）一书中，他披露了他所了解到的格瓦拉生命最后一刻的情形：

马里奥·特兰（枪杀格瓦拉的士兵，据说是抽签抽出来的）走进另一个房屋，切在里面。切几秒钟前听到隔壁枪响，意识到自己大限已到。他原本在墙角处坐着，面朝着门，手脚都被结实的粗绳子捆绑着，在千分之一秒的时间里站了起来。

马里奥·特兰仿效贝尔纳迪诺·万卡，一脚将门踢开，走进屋内，用身子将门关上。出现几秒钟的沉默。没有立即开枪，但特兰用他的

M1 型卡宾枪对准切。

“坐下！可怜的家伙。”

“干什么？你要杀我吗？”

“坐下！可怜的家伙。”

事后，马里奥·特兰向内政部长安东尼奥·阿格达斯坦言：“他的眼神几乎让我崩溃，给我一种泰山压顶的感觉。”

特兰在犹豫。

切知道他到时候了。开始发泄胸中的怒火。

“开枪吧！您要杀的是个男子汉！杀我啊！杀我啊！”

特兰仍没扣动扳机。

切的火更大了，开始骂他。

“婊子养的，杀我啊！杀我啊！……”

“你才是婊子养的！”这名士兵好像缓过神来了，他的卡宾枪响了。第一枪打中了切的右前臂。

这名游击队员将手放进嘴里咬住，好像是想把血止住。

这枪打伤了他的前臂和里面的肌肉，子弹穿过一根近 1 厘米粗的血管。

一注血喷出来溅到了特兰的衣服上，当伤在动脉血管时，左心室收缩压力会使血噗噗向外喷。

失血和剧痛使切顿感天旋地转，站立不稳，倒在地上。尽管没有失去知觉，但摔得很重。马里奥·特兰心想大量失血足以要他的命，于是就从房屋里走了出来，外面是一群士兵和拉伊格拉居民。一个士兵对他说：“笨蛋！回去给他一梭子！”

马里奥·特兰听了他的话又走进屋里。切倒在地上，痛苦地蜷起了身子，看到这位军人进来，说：“痛快点儿！”

第二声、第三声枪响。一枪穿透切的左肋，却没有伤到心脏，另一枪穿透颈项，子弹又飞到墙上，钻了进去，震落一些墙土。

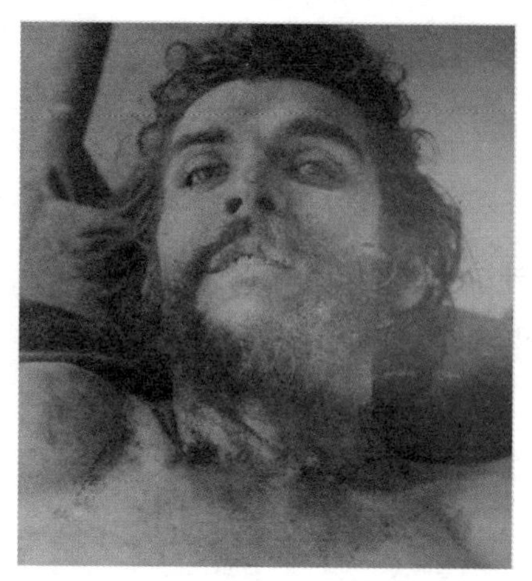
格瓦拉遗体照片，有修女看了说，很像耶稣

因为万卡见他还活着，口朝下，发出临死前的呼噜呼噜声，于是踢他一脚，让他口朝上。随即马上开了一枪，枪口距目标不到1米，直接对准心脏。几个小时后，就是这个子弹孔帮助我判定出了他死亡的原因。

切所中4枪之间相隔多久？虽很难精确计算，但不会超过1分钟，因此切是在清醒的状态下死去的。而且当脑部没有中弹，因失血造成死亡的情况下，生命的持续时间和失血量成正比。由于最后一枪击中心脏，使血流入脑部，切是在最多不超过4分钟内死亡的。

致命的一枪穿透心脏和肺。几秒钟后，一股鲜血从他嘴角挂落下来，紧接着肺部的气体和血液结合的混杂物不断从口中噗噗喷出。

切就这样死了。

7

格瓦拉的遗体被秘密运送到附近城市的一所医院向外界展示。

为了证明处决的就是格瓦拉，玻利维亚政府切下了他的双手，以便用指纹等相关证据证明他的身份。最后，格瓦拉的遗体和多具尸体被秘密埋葬在一个军用机场里，后来被运回古巴。

1997年10月9日，是格瓦拉遇难30周年的日子，古巴国务委员会发出通知，确定当月11日至17日为国丧期，并确定将格瓦拉的遗骨以国葬的规格安葬在他生前战斗过的圣克拉拉。

11 月 14 日，格瓦拉遗骨被移送圣克拉拉。当天，哈瓦那通往圣克拉拉的公路实行管制，任何闲杂车辆不得通行。圣克拉拉数十万群众涌向灵车经过的路旁，灵车经过之处撒满鲜花。

17 日上午 9 时，安葬仪式开始。格瓦拉的遗骨被安放在格瓦拉广场中，同时被安葬的还有 6 名游击队员的遗骨。卡斯特罗在葬礼上发表讲话，颂扬格瓦拉对古巴革命的杰出贡献，称赞他是革命者和共产党人的楷模。

葬礼结束时，卡斯特罗亲自点燃了格瓦拉灵前的长明灯。

馒头说

周恩来同志曾对格瓦拉的游击战术有过这样的评价：[①]

所谓格瓦拉的“游击中心”，就是跑到那里放一把火就走。就像我们的盲动主义似的，脱离群众，没有党的领导。这种思想，在世界上相当一部分群众中有影响。……古巴的武装斗争成功是带有偶然性的……他们不是依靠长期坚持武装斗争，建立农村根据地，以农村包围城市，来逐步取得胜利的。自从这个偶然性胜利以后，他们又想在拉丁美洲甚至非洲到处用这种方式推翻亲美政权，必然不会取得成功。

看得出，中国的领导人对格瓦拉的评价并不高。

但这并不妨碍格瓦拉成为过去半个多世纪以来，全球最知名的人物形象之一。

无论是在纽约还是在伦敦，在上海还是在东京，在莫斯科还是在开普敦，格瓦拉的肖像早已风靡全球，出现在数以百万计的 T 恤、海报、马克杯上。他的“波普形象”，早已超越了各种意识形态和各种阵营，成为全世界不少人共同的精神图腾——哪怕，其中有相当一部分

① 出自周恩来同志 1971 年 5 月 31 日在外事工作会议上的讲话。——编者注

人并不了解他。

这是为什么呢?

在我个人看来，格瓦拉作为一个符号的风行，固然有 20 世纪 60 年代在西方开始萌芽的激进主义思潮以及左派风尚作为背景，但更多触动人内心的，还是他不断放弃优渥的生活条件，义无反顾地投身到自己的理想事业中去的那种精神。

在这个背景下，格瓦拉的理想是否靠谱，他的能力究竟如何，早已不再重要，重要的是他那颗血色浪漫的心。

而一代又一代的人，他们其实也不是不知道，自己根本无法做到像格瓦拉那样为自己的理想殉道，但至少背一个印有他头像的包，穿一件印有他头像的 T 恤，能多少宣告一下：我没有放弃理想，我不想与这个现实妥协。

梁文道当初曾有过一句评价："切·格瓦拉如果活到今天，该是 70 多岁的老人了，但他永远年轻。不是因为他死得早，而是因为他死在浪漫的理想之中。"

这或许也是那么多人缅怀他的一个重要理由。

人神之间吴清源

在我们这一代人中，如果你要问谁是“一代棋圣”，十有八九，只会说一个人的名字：吴清源。

1

1914 年出生在福州的吴清源，应该说还算个望族之后。

吴清源的祖父吴维贞，当时在浙江省做到了道台（大致相当于现在的正厅级官员）。从官场上退下来后，获得了盐的专卖权，生意做得很大。在当时的福州，“陈、林、沈、吴”号称四大家族。

吴清源的外祖父叫张元奇，也是做官的，一度做到御史大夫，后来被贬到浙江，随后又投靠了徐世昌，最后的官职是奉天省省长。

吴维贞和张元奇都是福建人，也是好友，于是双方就给儿女订了亲。

吴家儿子叫吴毅，张家女儿叫舒文，他们俩结婚的时候，证婚的是徐世昌（袁世凯的重要谋士，当过中华民国大总统）。

吴毅是吴维贞快 70 岁时才得到的儿子，在家中排行最小。当时中国的有钱人家，一般把长子和次子送到美国和英国留学，三子以下，送到日本留学。

去日本留学的吴毅别的没学到，却学到了一个将来影响自己儿子一生的东西——围棋。

2

吴毅有三个儿子，吴清源排行老三，本名吴泉，“清源”是字。

大概在吴清源 7 岁的时候，父亲开始让他接触围棋了。

吴毅本身的围棋水平一般，但因为从日本回来，所以受到过当时世界最强的日本围棋的熏陶。吴毅经常会邮购一些日本的围棋棋谱或围棋杂志，比如幕府时期棋圣秀策的棋谱等。

这些棋谱对吴清源早期棋力的增长起到了非常重要的作用。比起之前父亲让他一直背的四书五经，吴清源觉得看棋谱和摆棋的日子要快乐得多。

没多久，吴清源的棋力就超过了两个哥哥。

1925 年，吴毅病逝，年仅 33 岁。吴毅去世前，把三个儿子叫到跟前，把一本练字的字帖给了老大（后来做了官），把一本小说给了老二（后来做了文学家），给吴清源的，是一盒围棋。

其实父亲在世的时候，吴清源家已经家道中落了。搬到北京后，吴家虽然也从祖父的遗产中分到了一处四合院，但是由于吴毅收入一般，很难养活一家人，所以要靠变卖一些家产度日。

父亲去世后，吴清源家变得更加贫困。但当时，吴清源作为“围棋神童”，已经小有名气。当时有一位围棋高手叫顾水如，有意栽培吴清源，就把他带到了一个大官家做“棋客”。

这个大官，就是段祺瑞——时任中华民国国务总理。

段祺瑞一生酷爱围棋，在家中养了一批“棋客”陪自己下棋。他自称水平有“七段”，相当于日本的职业四段。

当 11 岁的吴清源被带到段祺瑞面前时，稚气未脱。一盘棋下来，“七段”的段祺瑞被 11 岁的吴清源轻松击败。

按照段祺瑞的习惯，是下完围棋后吃早饭的。输了那盘棋后，他就一个人走进里屋没有出来，连早饭都没吃。

不过，吴清源凭这一局，拿到了段祺瑞开给他每月的“对局费”：100 块大洋。

3

吴清源就这样成了段祺瑞府上的“棋客”。

据吴清源的回忆，段祺瑞很喜欢在对方的腹地打入，然后做活一小块，他把这样的方式叫作“在公园里搭小房子”。

当时的日本已经开始从各方面渗透中国，吴清源回忆，作为亲日的军阀，段祺瑞的态度却很明确：“搭建个小房子是可以的，但不能归为己有。”

不过，在军阀混战的年代，很难有一个长盛不衰的势力。1926 年，段祺瑞失势，躲到天津当起了“寓公”。

他走倒不要紧，作为他的“棋客”，才 12 岁的吴清源一下子就失去了“对局费”的巨额经济来源。

无奈之下，吴清源只能去当时北京的中央公园（今中山公园）参加下棋比赛——那些有钱的人会提供各种奖品。吴清源成了那里的“霸主”，每次都会赢回很多东西，比如花瓶、砚台等。

渐渐在北京围棋圈声名鹊起的“小神童”吴清源，开始引起了一些人的注意。一位姓林的先生，开始带他去一家日本人开的围棋俱乐部下棋。

围棋虽然起源于中国，但当时全世界的围棋中心在日本。把吴清源引荐入段祺瑞府上的顾水如，在当时的中国已经算是一流高手（他有日本留学的经历），但当时他和一个叫喜多文子的日本女职业五段下过一盘棋，受让二子，还是输了。

事实上，当时的乱世中国，如果有一个中国棋手能赢日本的职业棋手一盘棋，哪怕对方只是初段，那也是一件很了不起的事情了。在当时有一个说法：一个日本围棋的五段选手，可以横扫全中国。

结果有一次，在那个日本人的围棋俱乐部，12 岁的吴清源得到了一个和一位日本职业初段棋手下棋的机会——吴清源最后以 6 目的优势取胜。

整个俱乐部都轰动了。

那一局棋，旁观人中有一个叫山崎有民的人。看完吴清源下棋，他就给在日本的著名围棋七段、日本棋院的联合创建者濑越宪作先生写了封信：

“中国有一个天才少年！”

吴清源确实在继续着自己的“天才表演”：1926 年，日本的职业棋手岩本薰四段到中国访问，吴清源和岩本薰下了两盘受让三子的棋，都赢了，输了一盘受让两子的棋（岩本薰我们后面还会提到，作为职业高手，他

濑越宪作。如果说山崎有民给吴清源打开了一扇门，那么濑越宪作就改变了吴清源的一生

后来下出“核爆之局”)。

这个成绩惊动了日本的围棋界人士，于是，“让吴清源赴日留学”这件事，就开始被运作了起来。

吴清源当时被日本人重视到什么程度呢?

一起运作吴清源出国的人士中，有犬养毅（后来的日本首相）、望月圭介（担任过日本的邮政首相和内相）、著名的大仓财阀第二代掌门人大仓喜七郎。

1928 年，14 岁的吴清源的棋力已经达到了让日本人不敢相信的地步——当时的另一个日本天才棋手桥本宇太郎四段（后来成了本因坊[1]，“核爆之局”的另一位弈对局者)，代表日本棋院来给吴清源下最后的测试棋，两盘让吴清源执黑先行，吴清源一盘胜 6 目，一盘胜 4 目。

濑越宪作当时看了吴清源的棋局，给出了一个评价：“他是秀策再世。”（秀策，被日本人认为是江户时代最伟大的棋圣。)

4

1928 年 10 月，14 岁的吴清源终于赴日本留学。

他的老师是濑越宪作，而在财政上支持他的人，是大仓喜七郎。大仓喜七郎给吴清源每月的生活费是 200 日元——当时，一个刚毕业的日本大学生，月薪是 40 日元。

但是，大仓喜七郎的资助有一个期限：三年。三年之后，吴清源必须参加日本的“大手合”（段位赛)。

换句话说，三年之后，吴清源如果没有证明自己的实力，对不起，你爱干吗干吗去吧。

---

① “本因坊”是日本江户时代围棋四大家之首，可以理解为日本围棋界最大的一个门派。“本因坊”实行世袭制，后文提到的秀哉是最后一任本因坊。

1928 年，在日本棋院大门口迎接吴清源的日本棋手，中间那个孩子就是吴清源

14 岁的吴清源初到日本，本因坊秀哉（右）就和他下了一盘指导棋

18 岁时的吴清源

吴清源没有让大仓喜七郎失望。

他初到日本，就受让二子赢了当时日本围棋界的大人物——号称“不败名人”的本因坊秀哉。要知道，当时日本很多职业八段的棋手受让两子和秀哉下，也是要输的。

1929 年，吴清源被日本棋院授予了“职业三段”的头衔，但因为身体虚弱，休养了一年，到 1930 年才开始参加“大手合”。

在春季赛上，吴清源 7 胜 1 败，秋季赛 8 战全胜，由此轻松升为四段。

那一年，吴清源才 16 岁。

在 1930 年一整年，16 岁的吴清源在日本棋界下出了 31 胜 6 败 2 和的成绩。1931 年，他下出了 35 胜 5 败 1 和的成绩。1932 年，他更是下出了 44 胜 5 败 1 和的成绩。至此，他的胜率接近 90%。

马上就要成年的吴清源，准备开始横扫日本围棋界了。

5

吴清源的成名之旅，是从与本因坊秀哉的对局开始的。

1933 年，读卖新闻社主办了一场由五段以上棋手参加的日本围棋锦标赛，吴清源一举夺冠，获得了向本因坊秀哉挑战的机会——就是五年前，还要让吴清源两子的那位“不败名人”。

在那场受人关注的挑战赛中，吴清源下出了惊世骇俗的“三三·星·天元”的全新开局，举座皆惊，也让秀哉完全陷入了长考。

那场比赛，从1933年10月16日开始，下到1934年1月29日才结束，整整下了三个半月。为什么？因为这盘棋整个过程中一共“打挂”（暂停）13次，秀哉一碰到吴清源下的妙手，就说头疼要“打挂”。有一次，吴清源一招妙手，秀哉长考三个半小时后，说头疼“打挂”，然后就直接回家去了——这是当时日本棋界的奇怪制度，可以回家休息。

而这种中断比赛休息的结果，就是秀哉召集所有弟子一起研究下一步的对策（这也是被允许的）。最终，秀哉因为在第160手下出一招大妙手，逆转局势，最后以2目赢了吴清源。

但后来一个几乎公开的秘密是：第160手妙棋，是秀哉在召集弟子研究对策的时候，他一个叫前田陈尔的弟子想出来的。

换句话说，秀哉是集日本本因坊所有弟子之力，在对付19岁的吴清源。

后来，秀哉的“引退棋”是和当时日本另一位超一流棋手木谷实下的（木谷实也是吴清源的好友）。木谷实提出，“打挂”可以，但必须“封手”，就是你去休息之前，把你要下的下一手写在记录纸上交给裁判再走——木谷实后来赢了5目半。

虽然输给了秀哉，但吴清源的实力进入了明显的上升期。

6

1939年，让吴清源正式封神的“十番棋大战”开始了。

这一年，25岁的吴清源升到了七段，读卖新闻社围绕吴清源，开始策划“升降十番棋”。

所谓“升降十番棋”，是江户时代就有的一种非常刺激的比赛制度：

两名棋手连下 10 场棋，轮流执黑先行。在十番棋中，如果一人被对方领先了 4 盘，就会失去平等的对局资格，就是被打“降格”——降一格，叫“先相先”，就是双方对局三盘，你可以两盘执黑先行（那时还没贴目，执黑先行有优势，但等于你承认对方地位比你高，在让你）；降两格叫“定先”，就是你永远执黑。

双方如果是段位相同的棋手，被对方打降格，是一件非常屈辱的事情。

吴清源制霸日本围棋界的好戏，大幕徐徐拉开。

吴清源第一个十番棋的对手，是同样拥有天才实力的好友木谷实。

他们俩的对局，就是后来著名的“镰仓十番棋”。

第一阶段 6 局棋，吴清源 5 比 1 领先，直接就把木谷实打降格了（最后以 6 比 4 取胜）。

木谷实，同样是日本的天才棋手，与吴清源一起开创“新布局时代”。后创立“木谷道场”，培养出了大竹英雄、石田芳夫、赵治勋、加藤正夫、武宫正树、小林光一、小林觉等一批围棋一流高手。“木谷道场”的弟子一度垄断了全日本的几乎所有围棋比赛冠军

1941 年，吴清源第二个十番棋对手是雁金准一八段。

吴清源当时只有七段，按照规矩，他因为级别低，只能被“让先”（让你执黑先行），但雁金准一说：“如果是吴清源的话，可以分先（就是轮流执黑）。”

结果，前 5 局，吴清源 4 比 1 领先，再赢一盘，就可以把雁金准一打降格——七段棋手把八段棋手打降格。结果主办方读卖新闻社宣布比赛提前结束，不下了。

1946 年，吴清源迎来了第三个

十番棋对手，也是他同门师兄，在1943年获得“本因坊”头衔（秀哉去世之前，把世袭的“本因坊”捐献，成为日本棋院一项棋赛的头衔）的桥本宇太郎。

下到第八局，吴清源6比2领先，把桥本打降格了。

1948年，吴清源和新晋“本因坊”的岩本薰（当年和吴清源下测试棋的那位）下十番棋，又把对方打降格了。

之后，和当时日本棋院唯一的九段棋手藤泽库之助进行十番棋。当时吴清源还是八段，是经过10盘测试棋获得九段后，才有资格和藤泽库之助下十番棋——7胜2败1和，吴清源毫无悬念地把对手打降格了。

不服输的藤泽库之助随即要求再下一次十番棋，结果再次被吴清源打降格——降两格，以后和吴清源下必须一直执黑先行以示尊敬。后来，藤泽库之助就改名了。

1953年，吴清源在十番棋中把当时风头正劲，拥有“剃刀坂田”的坂田荣男打降格；1955年，把高川格本因坊打降格。

吴清源和高川格的十番棋，是读卖新闻社办的最后一届十番棋比赛。

为什么？因为吴清源一共下了11场十番棋,11场全胜。不仅如此，吴清源凭一己之力，把日本老、中、青三代所有顶尖围棋手全部打降格了——不仅仅是击败，而且是降格。

所以，读卖新闻社尴尬地发现了一个最大的问题——在全日本都找不出一个和吴清源实力相当的棋手了。

关于吴清源在十番棋比赛中的表现，网络上曾有一批体育迷做过如下比喻：

“相当于有一支英超球队，把所有其他同级别的球队都打到低一级别的英冠联赛去了；

“相当于有一支NBA（美国男子篮球职业联赛）球队，年年杀入总冠军，而且年年都是 4 比 0 获胜；

“相当于奥运会男子 100 米决赛，有一名选手，自己主动后退 30 米起跑，最后照样拿冠军。”

在吴清源两胜藤泽库之助之后，日本媒体就称：“吴清源其实拥有十一段的棋力！”

而吴清源当时获得了另一个称号——“昭和棋圣”。

但有一个问题。

吴清源既然已经横扫日本棋界，按理，应该给予他日本围棋界的巅峰称号——“名人”。

但授予吴清源“名人”的话题，日本围棋界从来没提起过。

因为，他们认为吴清源并不是日本人。

7

在吴清源刚到日本的时候，一个叫西园寺公毅的朋友曾对他说过一句话：“来了一个担任将来中日友好使命的人。”

但在那个战火纷飞的年代，要承担“中日友好”这个使命，显然超出了吴清源的个人能力。

事实上，吴清源在国家认同感这个问题上，从来就没有太多的倾向性。

所以，无须回避他三次更换国籍的历史。

1936 年，吴清源放弃了中国国籍，加入了日本国籍。他在自传中写的理由是：“如果我一直保持中国国籍在日本继续围棋修业的话，终归怕有所不便。”

关于变更国籍一事，吴清源曾请教自己的老师濑越宪作，濑越宪作既不同意，也不反对，只是表示沉默。而吴清源的家人都劝他回中国，但吴清源认为，一旦回中国，在当时的环境下，就下不了围棋了，也养不活一家人。

于是，吴清源最终选择加入了日本籍。当年运作吴清源来日本留学的望月圭介希望他用“吴泉”这个名字，因为“吴泉”是半训半音的读法——希望他“不能忘记中国”。

吴清源其实想忘，也忘记不了。

1937年，身体孱弱的吴清源在日本的富士见疗养所疗养，当时中日战争已经全面爆发，病房里贴着一张中国的大地图，病友们在地图上标出了日军在中国国内行进的路线。中国当时的首都南京沦陷后，疗养所里到处是“万岁”的呼喊声。

吴清源觉得“自己的心情很复杂”。

吴清源还有一个无法回避的事实是：1941年和1942年，吴清源两次作为日本围棋代表团的成员，前往中国“劳军”——也就是慰劳日军中的棋迷官兵。

对此，吴清源也没有多辩解，只是这样说：“我深信天意在于中日友好，并始终没有放弃时代的流向必将转变这一希望。但无论我怎样祈求，这终非我力所能及之事。……我信仰的教义中讲到：‘勿谈政治，世界没有国境。’所以我的心情是超越民族，超越国家的。不过，棋迷的士兵时常给我来信，我在给他们的回信中总是写道：‘请不要虐待中国人！’”

1945年，日本无条件投降。1946年的一天，忽然有一群日本华侨冲进了吴清源家，并强制拉他去了所住街区的派出所，交给他一本中华民国的临时护照——强迫他放弃了日本国籍。

拿到中华民国国籍的吴清源，此后虽然仍在日本居住，但国籍一直是台湾所谓的“中华民国”，直到1979年，吴清源再次加入了日本国籍，理由是为了孩子们的学习和生活方便。

但在那个年代，无论是什么国籍，无论想怎样逃避政治和战争，吴清源都是做不到的。

1945年，在盟军对日本东京的大空袭中，大火烧掉了吴清源的

1952 年，吴清源访问中国台湾。右起：应昌期（当时台湾围棋协会干事）、吴清源、周至柔（台湾围棋协会理事长），最左边那个小孩，就是后来著名的棋手林海峰，当时 10 岁

家，也烧光了他所有关于围棋的奖品和纪念品，钻出家中的废墟时，吴清源除了身上穿的衣服，一无所有。

1945 年 8 月 6 日，岩本薰在广岛向桥本宇太郎本因坊挑战，这场棋局就是后来著名的“核爆之局”——棋局进行到一半，美国空投了一枚原子弹，爆炸气浪把离广岛市中心 10 公里外的对局室震得支离破碎，但两位棋手简单收拾后，便继续下棋比赛。

那场棋，吴清源不在现场，但他的恩师濑越宪作在。濑越宪作最心爱的一个儿子从市里走回家，被烧得面目全非，在 10 天后死亡。

围棋再超脱，也无法超脱残酷的现实。

8

1961 年 8 月，47 岁的吴清源遭遇了人生最大的变故。

在一次过马路时，吴清源被一辆飞驰而来的摩托车撞倒，右腿骨接合处错位，腰椎骨两处骨裂。

但比这更严重的是，吴清源发现自己再也无法集中精神下棋了。头痛的症状困扰着吴清源，甚至引起了短暂的精神错乱——有一次，吴清源在一间厕所里，完全不知道该怎么走出来了。

经过各路专家的诊断，吴清源因为摩托车车祸，精神上受到了惊吓。这一症状迅速导致了吴清源由盛转衰——到了 1965 年的第四期名人战，51 岁的吴清源 8 战全败，他已经无法好好下完一盘棋了。

从此，吴清源开始慢慢淡出职业棋坛。

1984 年，70 岁的吴清源也到了正式告别职业棋坛的时候——他也要下“引退棋”了。

吴清源的“引退棋”大会吸引了 800 多人来现场，全是围棋界的职业高手和相关人士。吴清源的“引退棋”并不是和当年秀哉那样，找一个人来下一盘棋，而是很多棋手上台，每人和吴清源下一手，以作纪念。

第一个上来下的，就是吴清源的师兄桥本宇太郎，当年被吴清源打降格的棋手，已经创立了日本著名的“关西棋院”。

桥本上台后下的第一手，就是“天元”（棋盘中心的一点）。

这是一种尊敬，也是一种纪念——当年吴清源初到日本时，曾试过第一手下在“天元”位置，而他当年的“三三 · 星 · 天元”的布局，也曾让整个日本棋界耳目一新。

吴清源在日本的 56 年围棋生涯，以“天元”开始，以“天元”结束。

9

引退后的吴清源，和中国的情缘慢慢加深。

其实早在 1956 年，吴清源就通过到日本访问演出的梅兰芳表示，尽快安排中国的天才少年来日本学围棋，他可以负责牵线。当时梅兰芳挑选了两个天才少年，但当时因为日本反华情绪强烈，未能成行。其中一个叫陈锡明（后来因为各种原因，进入了国家集训队，但未能大展宏图），另一个，就是后来成为中国围棋院院长的陈祖德。

1962年，陈祖德作为中日友好围棋访问团成员拜访日本，出发前，周恩来特地关照陈祖德："到了日本，要亲自登门拜访吴清源。"吴清源听说后非常感动。

后来，吴清源还一度安排好了另两个中国棋手到日本留学的事情，连住宿和经济赞助都谈好了，但最终还是没能成行。那两个棋手，一个是吴淞笙，一个就是聂卫平——当时日本棋院只肯给聂卫平五段资质，这也是未能成行的一个主要原因。

1985年5月，吴清源在战后第一次回到了中国，先到的上海。

当时上海围棋协会的顾问金明去机场接到了吴清源，然后和吴清源下了两盘棋。下完后，金明对吴清源说："第一盘是算陈毅下的，第二盘是算周总理下的。"

无论吴清源的国籍是哪里，能和他下一盘棋，或者能和他见一面，也是当时很多中国人的心愿。

后来，吴清源正式收了一名中国女弟子，这个弟子的名字，叫芮乃伟。

芮乃伟在成为吴清源弟子后，十年八夺女子围棋世界锦标赛冠军，并在2000年战胜了当时巅峰时期的"世界围棋第一人"——韩国的李昌镐，震动棋界，还获得了韩国的"国手"头衔。

除了带弟子，吴清源在晚年致力于研究"21世纪的围棋"，他解释为"从棋盘的整体去考虑"，而不是切割成序盘、中盘、官子这些阶段。

吴清源将自己的理论称为"六合之棋"——他回归了中国古代哲学的层面。

江铸久和芮乃伟夫妇，被称为“天涯棋客”

2014 年 11 月 30 日，吴清源在日本神奈川县小田原市内的医院病逝，享年 100 岁。

在 70 岁引退那年，吴清源说过一句话：

“不用太长寿，就活到 100 岁吧。”

馒头说

我知道，现在说起围棋，肯定会有人会提“阿尔法狗”和“阿尔法元”。

说说我自己的感受吧。

从初中开始，我就特别喜欢看《解放日报》和《新民晚报》体育版上的围棋报道——其实我根本就不懂围棋。

但不懂围棋的我，却可以一字一句，把每篇报道都认真看完，并且对中日韩棋手的名字了然于胸。那时候，尤其能背日本棋手的名字：大竹英雄、小林光一、武宫正树、加藤正夫……

虽然不懂棋，但在那时候我就觉得，围棋就像武侠，而下棋的人，就像是武侠书里的武林高手，各人有各人的风格，各人有各人的绝招。

到了大学，隔壁寝室住了个围棋职业三段，自己寝室住了个围棋业余三段，所以也学了点围棋的皮毛。越学，越觉得围棋博大精深。

当然，号称“人类智力的王冠”的围棋，一度被称为人工智能唯一无解的围棋，现在终于还是被拉下了宝座——吴清源先生没能看到这一幕的发生。

但我觉得这并没有什么可遗憾的。

从科技角度来说，这是人工智能一个巨大的台阶式的跨越，是一件可以载入人类文明发展史的大事。

而从围棋这一角度来说，人工智能当然可以完全取代人脑的布局，中盘，尤其是官子计算，但它无法拥有一个东西，那就是“故事”。

吴清源的一生，就是一个传奇的故事。

吴清源作为一个出生在中国的人，东渡扶桑，横扫日本，“为日本现代围棋奠定了基石”（《朝日新闻》对吴清源的评价），这样的故事，不会有第二个。

但像木谷实、坂田荣男、桥本宇太郎，像曹薰铉、李昌镐、李世石，像聂卫平、马晓春、钱宇平、常昊、古力、柯洁……每一个棋手，都有自己的故事，而他们彼此之间，从对局到对话，又会产生很多新的故事。

说穿了，就是因为他们是一个个有血有肉的人。

人会有失误，会有急躁，会有骄傲，会有沮丧，会有铤而走险，会有缴械投降——这些都是人工智能可以避免的，但这些也是人之所以为人的魅力。

这可能也是围棋依旧有它自己独特魅力的原因吧。

梵高之死

在不少人心目中，伟大艺术家应该是什么样的？首先当然是要才华横溢，然后最好是生前无人赏识，恐怕还得穷困潦倒。如果最后还是在绝望中自杀，那估计就很符合标准了……

1

1890年7月27日傍晚，文森特·梵高脚步有些踉跄地回到了奥威尔小镇。

他是午后带着他的全套画画的工具，离开自己暂住的拉乌尔旅馆，出去写生的。旅馆和镇上的人都对此习以为常，他们从来没有看到过这个孤僻的画家卖出去什么画，但他似乎也不在乎，整天沉浸在自己的世界里。

但是，梵高这次回来后的样子有点奇怪：在明显已经变得炎热的夏日傍晚，他却将自己的外套纽扣都紧紧扣起，而且手捂着腹部，一瘸一拐。

进了拉乌尔旅店，梵高也没和人打招呼，直接上了阁楼，钻进了他自己那间只有7平方米的房间。

出于谨慎，店老板拉乌尔跟上了楼，进了梵高的房间，发现他蜷缩在自己的床上，表情非常痛苦。

看到店老板走进来，梵高掀起了自己的衬衫——在肋骨旁，有一个很小的弹孔。

“我弄伤了自己。”他说。

医生和警察随后都赶到了旅店。医生发现，那颗射入梵高体内的子弹并没有穿透他的身体，而是留在了脊柱附近。

梵高自画像（1887年），摄于芝加哥艺术博物馆

而警察则关心这是不是一起谋杀案，所以他问梵高：“你是不是想要自杀？”

梵高回答：“我想是这样的。”

梵高一生关系最亲密的弟弟提奥得到消息后，很快从巴黎赶了过来。在床前，提奥向哥哥保证一定要救活他。

但梵高对自己挚爱的弟弟说：“痛苦便是人生。”

据说那是梵高留在人世间的最后一句话。

7月30日，在痛苦中挣扎了30多个小时之后，梵高离开了人世。

终年37岁。

2

这是梵高之死最流行的一个版本。

事实上，这个版本有一个完整的故事：

梵高从旅店老板拉乌尔那里借了一把左轮手枪，说是要赶走麦田的乌鸦，然后来到了镇外的一片麦田。在麦田里，他放下了随身携带的画具，举枪对着自己的腹部开了一枪。这一枪没有击中要害，却让他失去了意识。等他再醒来时已是黄昏，在无法找到那把手枪的情况下，他只能自己再蹒跚着回到旅店，寻求援助。

在美国传记作家欧文·斯通那本著名的《渴望生活·梵高传》中，这一幕自杀的场景得到了文学上的升华："他把脸仰向太阳。把左轮手枪抵住身侧。扳动枪机。他倒下，脸埋在肥沃的、辣蓬蓬的麦田松土里——生生不息的土地——回到他母亲的子宫里。"

再加上1956年好莱坞同名改编影片《渴望生活》的上映，梵高这一悲剧但又震撼人性的人生结局，深深打动了千万人的心。

很多人甚至觉得，没有什么其他的结局比这更符合大家的想象了。

因为他不是别人，他是极具天分但孤僻，甚至有精神疾病的梵高。

3

关于梵高的故事，大家当然已经很熟悉了。

梵高并不算漫长的一生，大概有这样几个点一直为人们津津乐道。

第一个，是他生前贫困潦倒，死后却享尽哀荣。

梵高出生在一个富裕家庭，父亲是牧师，母亲是富家女。但是，长大成人后的梵高似乎辜负了家庭对他的期待，在做过牧师和艺术品经纪人之后，最终选择做职业画家的他就此陷入贫困。梵高一辈子只卖出过一幅画。在他生命的最后几年中，完全是靠他最亲爱的弟弟接济——梵高给他的弟弟写过600多封信，其中相当一部分只有一个诉求："请务必再寄些钱来。"

梵高生前卖出的唯一一幅画：《红色的葡萄园》。当时售价是 400 法郎，大概相当于现在的 1000 多美元

然而，就在梵高去世之后，他遗留下来的画作却大受好评，价格也是一路飙升。梵高的多幅画作进入过世界最名贵的十大画作排行，他的画成了艺术和天价的代名词。

第二点，是他起步虽晚，但天赋异禀。

梵高的绘画天赋并不是从童年就开始展露的。

严格说起来，直到去世，梵高正式投身艺术创作的时间大概也就十年，他是一个标准的“半路出家”的画家。

1885 年，已有小成的梵高画了一幅《吃土豆的人》。这应该是他早期作品中比较出挑的一幅。画完这幅画后，他自信地将画寄给了弟弟，而作为艺术商人的弟弟在看了画之后没有太多表示，只是给了哥哥一个建议：“来巴黎吧！”

1890 年 6 月，梵高为自己的治疗医生加歇大夫画了一张肖像画。100 年后的 1990 年，这幅名为《加歇医生》的肖像画在纽约克里斯蒂拍卖行被拍卖，3 分钟之内就被日本人以 8250 万美元的价格拍走，创下了有史以来最贵艺术品的纪录。这个纪录直到 2004 年才被打破。当时全世界最贵的 10 幅名画，5 幅都是梵高画的

梵高学画后不久的作品《海边的渔夫》。人脸可能因为画坏了而被抹去了。陈丹青非常喜欢这幅画

《吃土豆的人》

于是，在1886年，34岁的梵高就到了巴黎。

巴黎的各种艺术潮流给从乡下来的梵高造成了极大的震撼，而其中给他印象最深的，就是“印象派”。

还记得梵高在《吃土豆的人》中运用色彩的技法吗？到了巴黎之后，梵高的画就变成了这样：

梵高的《播种者》

而在最早，梵高临摹米勒的《播种者》，是这样的画风：

左边是米勒的《播种者》，右边是梵高的临摹作品

梵高自己经常提起的一幅作品《阿尔勒的卧室》。这是他自己的卧室，简单的布置通过色彩的渲染，给人一种完全不同的感受（摄于芝加哥艺术博物馆）

梵高《割耳后的自画像》。关于梵高割耳的原因，有几个版本，有说他自画时嫌自己耳朵不好看才割掉的，也有说他接到弟弟提奥要结婚的信之后一气之下割掉的。但无论如何，看到这幅画于割掉耳朵后一个月的自画像，相信梵高自己的心态已经趋于平静

1890 年 6 月，梵高第二次精神崩溃进医院疗养期间，创作了这幅代表作之一《星月夜》。此时离他去世只有一个月时间了

梵高的画风开始大变，色彩明亮，涂抹浓厚，形成了自己别具一格的风范。

第三点，自然就是他性格孤僻，精神异常。

梵高作为家中的长子（哥哥夭折），其实还是颇受宠爱和期待的。但是，梵高的性格却始终无法处理好这样的压力，最终造成了性格上的扭曲乃至精神上的失常（梵高的生平故事限于篇幅，本文不加以展开）。

关于他精神失常最有名的故事，无疑就是他与惺惺相惜的朋友高更争吵之后，一刀割下了自己的耳朵，并将它打包后送给了一个妓女。

梵高曾经两次精神崩溃被送入医院治疗，而对于一名艺术家而言，公众更愿意相信，精神和情绪上的波动，更有利于他们创造出普通人无法企及的作品。

所以，纵观梵高的一生，很多人都会得出一个结论：自杀，可能是他唯一的归宿。

而事实似乎也印证了这一点。

但是，人们往往会忽视一点，那就是梵高作为一名虔诚的信徒和传教者，其实是一直反对自杀的——他一直都表示，自杀是“道德上的懦夫行为”和“不诚实的人的行为”。

等等，那是不是出了什么问题？

梵高真的是自杀的吗？

4

现在，让我们重新回到梵高“自杀”的那一天——1890 年 7 月 27 日。

关于梵高自杀的那个说法，其实存在一系列的疑点：

第一，经医生鉴定，枪是从距离身体较远的地方开的，而不是从很近的地方开的——那梵高是如何做到自杀的？

第二，警察之后去了梵高所说的那片麦田，所有的画具，包括那把手枪，都不见了——如果是自杀，那些东西都应该在。

第三，警察在询问梵高是不是自杀时，他一直含糊其词："不要指控任何人，是我自己想自杀的。"——他似乎想掩饰什么。

第四，至少有两个目击证人证实，当初梵高去的是夏彭瓦尔村——那与梵高说自己自杀的麦田是截然相反的方向。

第五，梵高没有留下遗书，且就在他"自杀"前不久写给弟弟的信里，还描述了自己对未来的打算和规划——他不像是一个要自杀的人。

那么，面对这些疑点，梵高真的是自杀的吗？

梵高的画作《麦田里的乌鸦》。这幅画画于 1890 年 7 月，就是在他结束自己生命的那个月。整个画面虽然由金黄和蓝色两个主色调构成，却让人有一种说不出的压抑感。所以这幅画曾一度被传为他自杀前画的最后一幅画作

5

梵高有可能是死于他杀。

《花瓶中的十五朵向日葵》可能是梵高最早为大众熟知的作品。这幅画在1987年就拍出了3950万美元的价格——还是由日本人收购的，现收藏于东京损保日本东乡青儿美术馆。梵高一生对日本的浮世绘非常痴迷，而日本人也对梵高的画有极强的收藏欲

这是史蒂文·奈菲与格雷戈里·怀特·史密斯合著的《梵高传》中提出的一个观点。

1956年，在好莱坞电影《渴望生活》上映的那一年，一位名叫雷内·萨克里顿的82岁的法国人出现在人们的视野。

他说，他在16岁的时候，就生活在奥威尔小镇，并且认识一个奇怪的画家——梵高。

雷内是一位富有的药剂师的儿子，衣食无忧。根据他的回忆，他是通过他18岁的哥哥加斯顿认识梵高的——因为加斯顿也喜欢画画，且梵高认为他意识超前。

与哥哥不同，雷内比较喜欢恶作剧。他会将盐放进梵高的咖啡里，会将蛇放进梵高的颜料盒里，还会在梵高的画笔上涂抹红辣椒酱——因为作画时的梵高在沉思时，经常会用舌头去舔笔。

尽管如此，梵高还是和兄弟俩保持着往来。一方面，是梵高喜

欢和哥哥加斯顿讨论艺术，另一方面，兄弟俩经常为梵高的酒吧账单买单。

而在雷内的回忆中，一个重要细节就是，他曾经从旅店老板拉乌尔手里买过一把破旧的点三八口径的手枪，并且一直带在身上。

关于 1890 年 7 月 27 日这一天发生的事，雷内暗示，是梵高从他的包里偷走了那把手枪。这个说法与旅店老板拉乌尔的叙述矛盾，因为老板说是梵高向他借的手枪。而且，这和雷内之后的叙述也有矛盾：他说他与那个装枪的帆布袋形影不离，但又说他后来到了诺曼底，才发现自己的手枪没了。

不过有一点可以肯定的是，梵高中枪的那一天，加斯顿和雷内兄弟就离开了小镇，远走高飞。

为此，《梵高传》一书做出了一种推断假设：在 7 月 27 日的那个

梵高的《鸢尾花》，画于 1889 年，就是他离世的前一年。1988 年，该画以 5300 万美元的价格被拍卖

下午，外出写生的梵高在去夏彭瓦尔村的路上（那条路正好经过他和雷内兄弟经常相聚的酒吧），碰到了雷内和他的小伙伴们。不知道出于什么原因，双方起了争执——也有可能是因为又一次的恶作剧，但这一次似乎玩笑开大了，雷内的那把手枪击中了梵高。惊慌的梵高捂住伤口，一瘸一拐地回到了酒店，而同样惶恐的兄弟俩，收起了梵高的画具，包括那把手枪，就此远走高飞。

如果这个假设成立的话，前面所说的五大“疑点”，都可以完美解释。

除了还有一点似乎说不过去：梵高为什么后来坚持对警察说自己是自杀？

6

最有可能的原因，还是梵高的性格。

一方面，与其说当时梵高是与兄弟俩达成了某项约定，倒不如说梵高是出于自己善良的性格——他希望能够保护着兄弟俩不要遭到麻烦。这也是他当时向警察强调“不要指控任何人”的原因。

而另一方面，可能更重要的，是梵高自己的求死之心。

这和梵高反对自杀的态度并不矛盾。梵高自己曾写过一句话：“我不会特意寻死，不过一旦死亡降临，我也不会逃避。”

对于37岁的梵高来说，精神上的折磨、肉体上的痛苦、事业上的不顺，以及挚爱的弟弟结婚，多重打击之下，如果忽然有了一个可以不用自杀而获得解脱的机会，梵高是否能真的抗拒？

当然，一切的一切，只是推断。不过就像梵高自杀的说法一样——一切的来源只有他自己的说法，没有任何人证，也没有任何物证。

除非有时光机器，不然很难再弄清梵高当时究竟是怎样遭受那一枪的。

不过有一点还是比较清楚的：对于公众，在梵高留给后世的光环而言，自杀无疑更耀眼。

馒头说

我曾在读者见面会上讲过一个例子，大意是：有时候，一些人心目中伟大的天才科学家应该的样子，首先他应该清贫，如果他坐拥豪宅、游艇，手握价值数亿元的专利，那肯定就失去了很多味道；其次，他最好有些怪癖，比如吃饭只吃单数的米粒，住酒店时的房间号必须能被3整除；再次，如果他能愤世嫉俗，离群索居，最后孤独而死，后人却从他的遗留手稿中发现一个造福全人类的大发明，那简直就是完美了。

我们的大众传媒其实早摸透了公众的心理和需求，在报道和塑造典型人物的时候，也会尽可能往这些方面靠拢，哪怕加上一点点想象或渲染。

不光科学家，艺术家其实也是。

梵高就是这样一个近乎完美的例子：才华横溢，穷困潦倒，孤僻抑郁，自杀而死。

那么多年来，梵高已是一个为艺术赴汤、为梦想蹈火、为真理献身的形象，而在这个形象中，“自杀”其实是一个相当重要的因素——哪怕，这个故事的结局未必是我们想象的那样。

在我个人看来，那个可能存在的另一个版本，或许比自杀来得更曲折，更能彰显梵高的性格——当然，这也只能停留在推断的层面上了。

其实，若论贫穷或是生活艰难，梵高都不是历史上最值得一写的那个艺术家，但他在一直遭人白眼和冷遇的情况下，依旧坚持自己的梦想，这才是最让人动容的。

没错，我们其实都知道，就梵高一生的际遇和他的才华而言，已经不需要再加上一个“自杀”来为自己一生的故事增加砝码了。

在英剧《神秘博士》第5季第10集中，梵高被带着穿越到了2010年的巴黎奥赛美术馆。他被带到了一间展厅，惊讶地发现在里面展出的，全是自己的作品。

然后，他从馆长的口中，听到了后世对自己的评价：“我认为梵高是史上最杰出的画家，没有之一。在任何时期，都绝对是最知名、最伟大、最受景仰的画家。他对色彩的掌控无与伦比，他把在生活中遭受的痛苦磨难，转化成了画布上的激情洋溢的美。痛苦很容易表现，但如何糅合热情与痛苦，来表现人世间的激情、喜悦和壮丽，他前无古人，或许也后无来者。”

那一刻，生前从来没有受到过肯定的梵高，哭得像一个孩子。

那一刻，坐在屏幕前的我，也泪流满面。

能称“时尚女王”的人不多，她算一个

这不是一篇品牌广告。只是不少品牌创始人的经历，本身确实是一个好故事。

1

1883年8月19日，卡布丽尔·香奈儿（Gabrielle Bonheur Chanel）出生在法国的索米尔。

香奈儿应该不能被称为“幸福的孩子”，因为她的爸爸阿尔贝是位商人——这么称呼似乎隆重了一点，他其实只是一个走街串巷的小贩。妈妈出身农家，在一个有钱人家里当女仆。

当然，贫穷并不是香奈儿不幸福的原因，真正的原因是，她的爸爸风流成性，从来不管妻子和孩子，而她的妈妈在生下三女二男之后，在32岁时积劳成疾，去世了。

在妻子去世后，香奈儿的爸爸采取了一种最简单的方式安排了他们5个兄弟姐妹——把三个女儿送进修道院，把两个儿子送进农场。

然后他就远走高飞了。

于是，香奈儿的童年，就是在修道院和教会学校度过的。

庄严肃穆和崇高和谐的修道院装饰风格，给香奈儿后来的审美造成了很大的影响，比如黑色、白色，简洁、朴实。香奈儿的童年，就生活在黑白搭配的世界里。

而修道院的生活给香奈儿带来的最大收获，是缝纫。在那里，香奈儿学会了各种缝纫和刺绣的本领。

老天在关上你的很多道门时，总会给你留下一扇窗——尽管你当时可能并不知道。

白天，香奈儿就是读书和缝纫，晚上，她就睡在冰冷的修道院硬板床上，期待爸爸有朝一日能够回来找她。

爸爸再也没有来。

2

1903 年，20 岁的香奈儿已经亭亭玉立，不再是当初那个怯懦的小姑娘了。

她在修道院里学到的缝纫本领派上了用场——她进入一家纺织厂，当了一名女工。

这并不是一个关于纺织厂女工平凡的一生的故事，所以，大家都知道，好戏才刚刚开始。

当然，人生逆转的最重要前提，是你不甘于自己的人生就这样被安排。

香奈儿选择了去音乐厅唱歌。

事实上，香奈儿会唱的歌实在不多，她只是喜欢被人关注和听到掌声的感觉。至于她会唱的歌，就两首，一首叫《公鸡喔喔啼》，另一首叫《谁看见了 Coco》。

因为香奈儿长得确实迷人，所以观众还是给她的表演以热烈的掌声，并且开始称她为“Coco”（可可）。

香奈儿索性就把自己的名字改为了“可可·香奈儿”，也就是后世广大女性最熟悉的“Coco Chanel”（可可·香奈儿）。

香奈儿在音乐厅收获的不仅仅是一个名字，她还俘获了一个男人的心——法国第十轻骑兵团的年轻军官艾蒂安·巴勒松（Etienne Balsan）。

1909年，26岁的香奈儿

第十轻骑兵团是贵族兵团，里面都是贵族子弟，巴勒松也是其中的一员。他疯狂地爱上了香奈儿，并邀请她去自己在法国北部的城堡居住。

没有悬念，热恋中的香奈儿与心爱的男人一起住进了那座城堡：豪华的宴会厅、巨大的马场、成群的仆人……香奈儿觉得她终于等到了她盼望已久的幸福生活。

巴勒松和香奈儿

但香奈儿一直没有等

到巴勒松的求婚。

不仅如此，巴勒松根本就没有带她去见自己的父母。

虽然之前隐隐有过猜测，但香奈儿最终还是必须面对现实：巴勒松根本就没打算娶她，他只是希望把她养起来，做自己的情妇。

那香奈儿有没有反对呢？至少在一开始，她并没有反对。

这样的日子一直维持到了 1909 年，26 岁的香奈儿终于厌倦了被“圈养”的生活，她决定要做自己的事，哪怕离开荣华富贵的生活。

做什么呢？做帽子。

3

1910 年，香奈儿的帽子店，在巴黎的康鹏街（Rue Cambon）21 号开张了。

香奈儿的帽子卖得还不错，原因在于她看准了时尚潮流。与其说是她看准，倒不如说她自己创造了一种时尚——简洁、耐看。

当时女士戴的帽子，都有一种浮夸的倾向：有各种花巧的饰边，各种华丽的羽毛，甚至有水果、标本鸟……怎么复杂怎么来，戴在头上不仅摇摇欲坠，对女性也是一种折磨。所以香奈儿通过非凡针线技巧缝制的帽子一问世，这种“逆时尚风”很快就在巴黎引发了一股新潮流。

在这个过程中，香奈儿遭遇的生命中的第二个男人，对她的一生起到了至关重要的作用。

这个男人叫奥瑟·卡佩尔（Author Capel），在社交圈，他被昵称为“男孩”（Boy）。卡佩尔也是富家子弟，会打马球，会做生意，尽管他的身世和香奈儿一样扑朔迷离——有人说他是大银行家的私生子。

卡佩尔其实是巴勒松非常好的朋友，所以从严格意义上讲，香奈儿和他的感情在一定程度上伤害了巴勒松。但最终，巴勒松还是表示接受。

卡佩尔堪称香奈儿一生最重要也是最钟爱的男人，这不仅仅因为他资助香奈儿开店，为她介绍各种上流社会的名媛购买她的帽子，也不只是因为他深深地爱她，最重要的一点是，他相信她。

1891 年的两位佩戴帽子的欧洲女性

没错，卡佩尔是第一个真心相信香奈儿的男人——相信香奈儿的能力，相信她一定会获得成功。

在卡佩尔的鼓励和支持下，香奈儿已经不满足于仅仅是卖帽子了。

卡佩尔给香奈儿介绍了一个英国的裁缝，他们开始一起设计香奈儿脑海中那些代表真正时尚的衣服。

戴着自己设计的帽子的香奈儿

香奈儿把自己的小姨和妹妹都招了过来，开始“创造”一些新概念的服装——

“我把一件旧毛衣从前面剪开，这样就不用套在头上往里钻了。我还在剪开的地方和衣襟缝了一条装饰带，加了个领子，加了个蝴蝶结，大家就看陶醉了。”

香奈儿、巴勒松和卡佩尔在一起

香奈儿后来这样回忆。

那件衣服，就是后来香奈儿经典套装的雏形。

必须要提一下那个时代背景——1914年，就在香奈儿正式开出了两家时装店的同时，波及全欧洲的第一次世界大战爆发了。

战争中，法国的大量社会名流和贵族开始离开首都巴黎，跑到外省避难。而香奈儿接受了卡佩尔的建议，适时在远离战场的比亚里茨——法国和西班牙贵族的度假胜地——开出了一家新店，很快，那里的香奈儿店成了贵族妇人们最爱去的地方。

但光有好的选址是远远不够的，真正吸引人的，还是香奈儿设计的服装。

第一次世界大战不仅改变了欧洲列强的实力对比，也深深改变了社会结构——男人们成批被送往战场，而女人们成批走出家庭。女性的社会地位开始上升，她们拥有了更多的自主权和更多的户外活动机会。

这和香奈儿崇尚的“简约”和“耐用”的时尚理念不谋而合。在这方面，香奈儿展现了惊人的天赋以及果敢的执行力，她将当时欧洲女性的身体从紧身的蕾丝胸衣衬垫、硬领或束腰中解放了出来，让她们意识到自己不再需要为男性的审美眼光而让自己受罪，而是应该遵从自己的意愿，释放一种舒适、自然的美。

她设计出了经典的海魂衫和休闲裤，第一个将只有工人阶级才穿的针织面料用在时装中，而最著名的，是她推出了女装长裤。

在那个女性只穿裙子的年代，香奈儿的女装长裤引起了巨大的震动，但最终，时尚界选择了接受，并引以为风尚。

香奈儿的生意开始做得风生水起，她手下有了 300 名以上的工人，并且还清了卡佩尔借给她的启动资金。

但是，她却失去了卡佩尔。

1918 年，和香奈儿一路携手走来的卡佩尔，因为希望获得父亲的欢心，最终还是与一名贵族女子结婚。这件事严重打击了香奈儿，虽然据说香奈儿在刚开店时拒绝过卡佩尔的求婚，但她的理由是“希望等事业有成时再在一起”。

而在 1919 年，香奈儿彻底失去了卡佩尔——他在一场车祸中遇难。

36 岁的香奈儿曾一度以为自己拥有了爱情，但最终事实证明，一切依旧是一场梦。

香奈儿的服装海报

卡佩尔和香奈儿

4

卡佩尔的去世让香奈儿陷入了悲伤，却也刺激了她的创作灵感。

她开始疯狂地迷恋上黑色，由此设计出了著名的“小黑裙”——很多人说，那是为了纪念卡佩尔。

抛开感情因素，黑色的衣服在当时只有在葬礼上才会用到，但在被香奈儿设计出“小黑裙”之后，却成了女性最新的时尚。

香奈儿和她的“小黑裙”

在这一时期，香奈儿也确立了自己品牌的标志，就是那个著名的“双 C”——有人说，那是为了纪念卡佩尔和她，所以用两个“C”字母开头。当然，也有人说，那只是她“Coco”的两个“C”而已。

以香奈儿的性格，她并没有陷入对卡佩尔去世的哀思中不能自拔。不久后，她就找到了新的男伴——有俄国流亡的大公迪米崔，也有英国的维斯敏斯特公爵。

感情生活总是能给香奈儿以无限的灵感。

在与迪米崔相恋时，她了解了俄国宫廷的调香方式，经过自己的实践，最终以自己的名字命名，推出了后来经久不衰的 NO.5 香水（香奈儿的 5 号香水，据统计在全世界每 30 秒就卖掉一瓶）。

在和维斯敏斯特的交往过程中，她了解到了贵族的生活方式，从

曾有一种说法，说后来与别人结婚的维斯敏斯特公爵对香奈儿一直念念不忘，在伦敦市的街头灯柱上刻上了“香奈儿”的品牌标志，同时在这个标记的旁边，刻上了一个大写的“W”，代表威斯敏斯特公爵家族，以此纪念这段无疾而终的爱情。但也有很多人提出质疑，认为“双 C”其实代表的是“City Council”（市议会），并不是什么品牌标识，而旁边的“W”是“Westminster”（维斯敏斯特）的意思，因为只有在 Westminster City Council（维斯敏斯特市议会）才有这种路灯

公爵的西服材料中得到启发，开发出了第一套斜纹软呢套装。

此时的香奈儿依旧拥有美貌，以及渐渐成形的时尚帝国。她已经不需要依赖男性而独立生活了，反而，痴迷于她的男性开始排队。

香奈儿的事业开始走向巅峰，光雇用的员工就达到了 4000 人。但很快，又一次风暴来了。

第二次世界大战爆发了。

5

“二战”一爆发，香奈儿就关闭了自己的时装店。

但这样的行为并没有让她远离战争的困扰，恰恰相反，香奈儿在整个“二战”中的表现，成了她一生中最大的一个疑团。

香奈儿在法国康鹏街的公寓，内部一切构造都遵照她生前的装饰

美国著名记者哈尔·沃恩在他的著作《与敌共眠——可可·香奈儿的暗战》（*Sleeping with the Enemy: Coco Chanel's Secret War*）中明确指出：“二战”期间，香奈儿扮演了纳粹间谍的角色。

在这段时间，香奈儿与一名小她 13 岁的德国男爵汉斯·京特·冯·丁克拉格走到了一起，但这位男爵绝非一个普通的"花花公子"，而是一名资深的德国间谍，他直接向纳粹的宣传部长戈培尔报告。

哈尔在书中指出，香奈儿有"反犹"情结，并曾在1943年受德国之托，两次飞赴西班牙的马德里，试图充当德国与英国调解的"中间人"角色，但遭到了英国人的拒绝。

不过，香奈儿的品牌方在这本书出版之后的第一时间就站出来反驳，称香奈儿当时有一大批犹太人合作伙伴和朋友，而且她和汉斯男爵的恋情早在战前就存在了。

但一个无法回避的事实是，1944年底法国被从德国纳粹的手里解放出来后，法国当局第一时间就逮捕了香奈儿。香奈儿坚决否认自己的间谍行为，只是承认和一个德国纳粹军官谈过恋爱。

出于各方面的原因（据说香奈儿的好朋友之一，英国首相丘吉尔从中求情），在"二战"结束后很多与德国人恋爱的法国女人被剃头乃至当街羞辱的背景下，香奈儿在被逮捕的几个小时后，就被保释了。

在被保释后不久，香奈儿就和汉斯一起前往瑞士，从此远避人间。

香奈儿的故事到此完结了吗？

并没有。

6

1954年，71岁的香奈儿宣布结束与汉斯的恋情，又回到了法国。

她宣布，要重新回到时尚界。

曾有一种说法，香奈儿选择复出，是因为看到朋友穿了一条裙子。

那是一位男爵夫人，那天她穿了一条非常紧身的迪奥晚宴裙——这个品牌在"二战"后迅速崛起，已经成为香奈儿强有力的竞争对手。

香奈儿认为，在她离开法国的时间里，当初她坚决反对的19世纪

香奈儿和她自己设计的 2.55 手袋

女式束身衣服似乎又回潮了，她觉得自己有义务再次回到时尚的战场，捍卫自己的风格和理念。

当然，这只是一个未经考证的说法，无论怎样，香奈儿希望回到自己创造辉煌的舞台，那才是真的。

不过，不知是不是因为“二战”间谍悬案的原因，法国人对香奈儿的回归并没有表现出很大的热情。比如对于香奈儿拿出的新款的帽子，法国媒体的评价是“像旧的一样”。

这时候给香奈儿勇气的，是一直很欣赏她设计风格的美国市场。香奈儿的新款设计产品，在欧洲遇冷，在美国却受到一路追捧。

在这样的鼓舞下，1955 年 2 月，香奈儿推出了又一个经典设计：香奈儿 2.55 手袋。时至今日，能拥有这样的一款“小香包”，依旧是无数年轻女孩的梦想。

香奈儿再一次成为时尚的传奇，不仅仅是品牌，还有品牌的创始人。

人们的目光渐渐聚焦到香奈儿的身上：美丽、倔强、多情、冷酷、天才、磨难、高贵、工作狂……

香奈儿会定期销毁自己的一些照片，解雇自己身边的一些人，刻意隐藏自己过去的一切。在相当长的一段时间内，香奈儿让自己的身世渐渐蒙上一层迷雾，只给世人留下一句话：“我的生活不曾取悦于我，所以我创造了自己的生活。”（My life didn't please me, so I created my life.）

1971年1月10日，香奈儿告别了她创造的生活，留下了一个如今市值超过200亿美元的时尚帝国，在丽兹饭店的豪华套房内安然逝世。

88岁，终身未嫁。

馒头说

有人曾说，香奈儿的人生结局并不完美。

为什么呢？因为她终身未嫁，孤独终老。

但我并不这么认为。

不知道从什么时候开始，我们衡量女性成为“人生赢家”的标准，变得越来越简单了：嫁个好男人，生个好孩子，或者，生了两个孩子，于是就摇身一变，成了“人生赢家”了——如果不是那样，评价她的语气总是带着惋惜。

这是什么标准？这是以男人眼光制定的标准吧！

于是想说两句大老爷们可能不太爱听的话，得罪勿怪：

随着人类文明的进步和科技水平的提高，女性的社会地位是注定会随之一步步提高的，这是一个不可逆的趋势。而在这样的背景下，无论东方还是西方，女性会越来越独立，越来越不会深陷在男性的思维框架里，被指挥，被评判。

那么，女性怎样才能独立呢？

答案有很多，很多人肯定会说：首先思想上要独立。没有问题，思想独立是独立的先决条件，但我觉得，其实有一种很重要的独立，长期以来有被忽视的嫌疑——或者说，很多女性可能不愿意说出口。

那就是经济独立。

香奈儿之所以被后人看作女性解放和独立的一个象征，很重要的一个原因就是她一直是经济独立的。事实上，香奈儿甚至认为，一个女性要在思想或精神上独立，首先要在经济上独立。

这个话题说起来太长，今天不展开，我决定用我老婆前几天发的一条推送里的一段话，先做个收尾——虽然我是男的，且是她的老公，但……我还算是同意的吧。

她的话是送给女生的：

“有了钱才有底气，有更多的选择，

25 岁被老板性骚扰一巴掌扇过去，

30 岁看到喜欢的包包买起来不犹豫，

35 岁不会因为养不起孩子才离不开渣男，

40 岁看法令纹不顺眼就去做医美，

45 岁让父母晚年有最好的照顾，

50 岁提前退休去跳广场舞。”

“努力工作，努力赚钱”并不是一个羞于启齿的目标，相反，对于女性而言非常重要。

不是人人都能或者想成为香奈儿，但至少，能成为一个独立的自己。

一位女明星的神秘死亡

今天要说的，是一位女明星的故事。其实我们这一代人，很少完整看过这位女明星的电影。但她的名字，却一直在全世界范围内如雷贯耳。其中一部分原因，是因为她只活了36岁。

1962年8月5日的清晨4点25分，洛杉矶警察局接到了一个电话。

这个电话，是玛丽莲·梦露的私人医生打来的。电话里，医生的声音充满了惊恐：玛丽莲·梦露死了！

警察赶到梦露家里的时候，发现她浑身赤裸地平躺在床上，脸上压着枕头，两条腿伸直，手里握着一个电话筒。床边散放着一些安眠药瓶。

这似乎是一个典型的自杀场景。

但是，验尸官的报告中，并没有提及梦露全身有注射痕迹。

此外，梦露的精神病医生后来说，梦露去世前一天很沮丧。但那天见到过玛里莲·梦露的证人却说，她那天情绪很好，没有什么烦恼的表现。

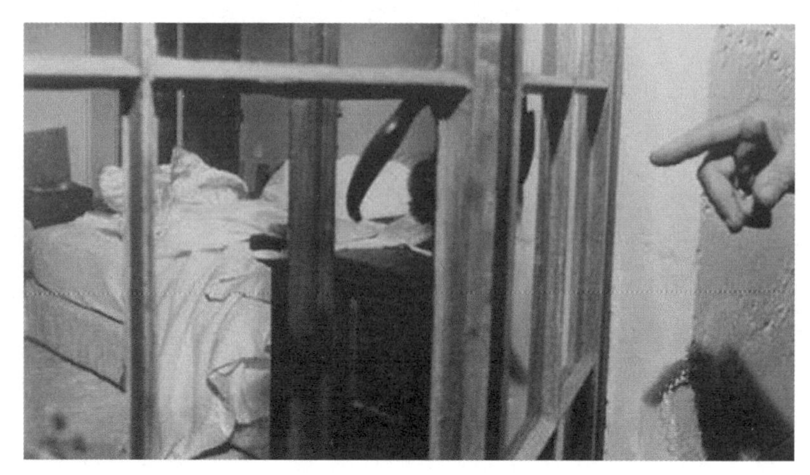

玛丽莲·梦露自杀的卧室

所以，当官方宣布，玛丽莲·梦露因有抑郁和精神病史而死于自杀的时候，无论是媒体还是老百姓，都不相信。

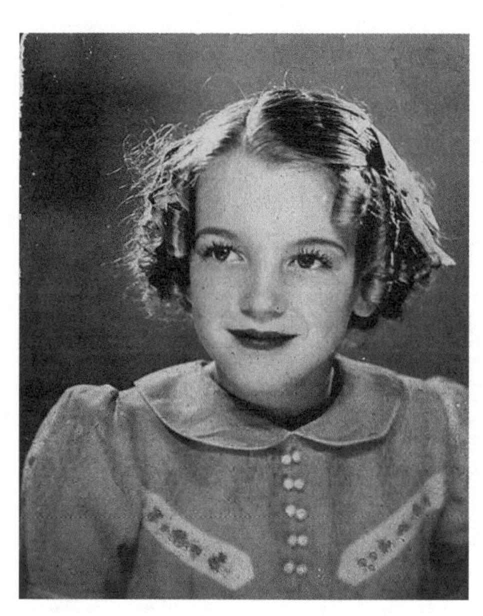

梦露的童年照

那可是玛丽莲·梦露啊！

1926年出生的玛丽莲·梦露，小时候在孤儿院长大。作为一个降落伞厂的漂亮女工，因为有一次拍照时被人发现面对镜头一点儿都不怯，在20岁时开始接触电影。

尽管在之前也出演了不少电影角色，但梦露真正开始事业的辉煌期，是在1952年。那年她26岁，第一次成为《生活》

（*Life*）杂志的封面女郎，从此逐步开始接到重要电影的主角片约。

也就在那前后几年，梦露开始以“性感女星”的形象，渐渐被全美国乃至全世界熟悉。

玛丽莲·梦露是跻身美国十大历史名人中唯一的女性，并且名字排在猫王和海明威之前

1960年，玛丽莲·梦露凭借在电影《热情似火》中的出色表演，获得了当年金球奖的“最佳女喜剧演员奖”。

所以，谁都不愿意相信，仅仅两年之后，梦露会在她的黄金年龄，选择告别这个世界。

于是，各种推测风起。

目前流传最广的版本，是因为梦露与肯尼迪家族有染而被灭口。

梦露与后来成为美国总统的约翰·肯尼迪，是在1946年认识的。他们的特殊关系一直保持了十年。也有说法，说这段感情是在约翰·肯尼迪还是参议员时就开始了。

梦露在电影《七年之痒》里站在地铁风口的那张著名照片

彼时已经有过三次失败婚姻的梦露，似乎陷入

这段热恋不能自拔，一度产生了希望能取代第一夫人杰奎琳，成为肯尼迪妻子的想法。

左图据说是唯一一张梦露（中）与肯尼迪（右）的同框照。右图为私家侦探号称拍到的两人幽会场景

1962年5月29日是肯尼迪的45岁生日，梦露为肯尼迪准备了一块意义深远的劳力士金表，表的背面镌刻着“杰克（肯尼迪的昵称），梦露永远爱你”。而装表的盒子上写着一首诗，诗中这样写道：“让相爱的人呼吸他们的叹息，让玫瑰盛开音乐响起，让激情焚烧我们的嘴唇和眼睛。让我爱你，否则不如死去！”

为了那一晚，梦露专门邀请法国服装设计师让·路易为自己设计晚礼服。让·路易根据梦露的身体特点，设计了一件由金属饰片和珠线装饰的裙子，后面开口，裙摆及地。那件礼服被梦露命名为“肯尼迪装”。

那一晚，肯尼迪看上去也非常高兴，对梦露也举止亲昵。但是第二天，肯尼迪便派人收回了当晚所有他和梦露在一起的照片，而那块镌刻着字的劳力士金表，也被秘密销毁。

种种迹象表明，约翰·肯尼迪已经厌倦了梦露。但随后加入这段复杂关系的，是约翰·肯尼迪的弟弟，时任美国司法部长的罗伯特·肯尼迪。

梦露的精神分析医生格林桑，曾录下梦露与他的一次谈话。梦露曾非常明确地说过，她与罗伯特·肯尼迪发生过关系。而就在梦露死之前不久，她曾做过一次堕胎手术，但没人知道孩子是不是约翰·肯尼迪的，或者是不是属于罗伯特·肯尼迪的。

就在肯尼迪 45 岁生日过去后的两个月，悲剧发生了。

关于肯尼迪兄弟为什么非要梦露死，主要有几种猜测：

一是梦露怀了他们兄弟俩不知道谁的孩子，电话要挟如果不把事情说清楚，她将开新闻发布会。

二是梦露掌握着大量与肯尼迪总统交谈时得来的秘密，包括肯尼迪与黑手党有联系、美国准备怎么干掉古巴的卡斯特罗等。这些秘密，被梦露记在了一个“秘密日记本”上。

三是梦露不仅掌握着“秘密日记本”，还和苏联特工有接触，然后被 FBI（美国联邦调查局）的局长胡佛知道了。

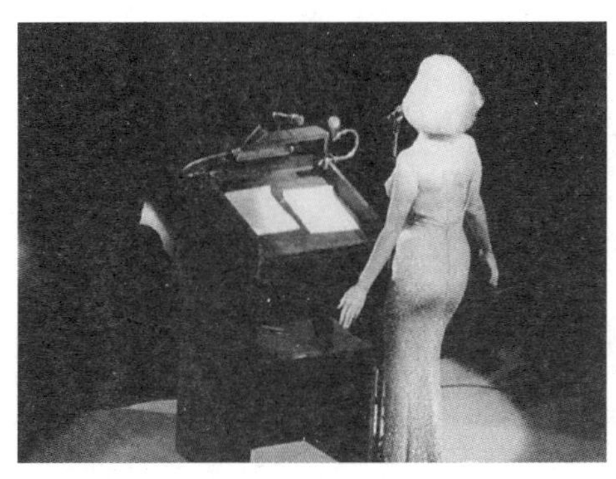

梦露穿着“肯尼迪装”，在那一晚为肯尼迪演唱了那首著名的《总统，祝你生日快乐》

罗伯特·肯尼迪和他的哥哥最终遭遇了同样的命运：遇刺身亡

总而言之，这些猜测中的任何一条，都足以促使肯尼迪兄弟让梦露消失在这个世界上。关于梦露是如何被谋杀的，又有几个版本：

一是被她的医生和护士合谋用药物害死的。护士在梦露死后不久，就用肯尼迪家族的运通卡，远走高飞。

二是被 5 名黑手党成员用氯气毛巾闷死的，这 5 名黑手党成员的雇佣者，是肯尼迪家族。

而最离奇的一个版本，是英国《每日电讯报》根据 FBI 解密档案推测的，说梦露之死是一场精心组织的骗局。梦露的好友让梦露相信她只是在表演一场“假自杀”，但最终弄假成真。她的好友、医生、管家、私人助理和公关代言人均参与了此项阴谋，而幕后主使者是罗伯特·肯尼迪。（这条推测我不太信。任何一件事，参与的人越多，泄密的概率越高。）

梦露逝世了 54 年，据说 FBI 还有大量的资料并没有解密。2013 年，参与玛丽莲·梦露当年解剖工作的日本医生托马斯·野口，在 10 月 31 日的《新潮周刊》上，发表了一篇题为《我解剖了梦露——托马斯·野口的最后证词》的文章。野口认为，从种种解剖的证据来看，尽管梦露手握电话筒很奇怪，但“自杀就是自杀”。

只是，又有多少人相信他呢？

馒头说

中国的历史，有一个“悠久的传统”，那就是“成功都是男人的事，失败都是女人的错”。从苏妲己到杨贵妃，从陈圆圆到慈禧，例子举不胜举。

其实外国也没好到哪里去。

外界对玛丽莲·梦露自杀真相的探究和关注，从来没有停止过。

但猎奇的成分偏多。归纳出的幕后原因，无论从哪种猜测看，都有些梦露是“咎由自取”的味道，甚至可以读出这样一些潜台词：谁让你去勾搭总统？谁让你去勾搭总统弟弟？谁让你去写“秘密日记本”？谁让你不做好避孕措施？

但很少有声音，是从梦露这一角度发出的。

搜索一下，留给梦露的评价，往往只有一个词：性感。

很少有人关心她从小在孤儿院和监护人手里辗转造成的影响，关心她对爱情的渴望和期待。诚然，和“高富帅”的总统约会有虚荣心的驱动，但反过来看，能获得全国男人“梦中情人”的青睐，对总统而言何尝不也是一种满足？

更何况，两个肯尼迪，都是有妇之夫。

所以，不如读一句梦露在自传《我的故事》里的那句话：

“男人们宁愿付一千美元获得你的吻，也不愿意花五十美分倾听你的灵魂。”

中国人最熟悉的那个欧洲公主，真的幸福吗？

对于很多中国观众来说，她可能是最知名的一位欧洲公主。但通过那部电影所展现的，只是这位公主光鲜的前半生，至于后半生，其实电影并没有拍……

1

1837年12月24日，马克西米连·约瑟夫公爵迎来了自己的第四个女儿。

马克西米连·约瑟夫是当时巴伐利亚王国（后被德意志吞并）王室的一个旁系，他的妻子，是当时巴伐利亚国王路德维希一世同父异母的妹妹——卢德维卡公主。

一涉及欧洲王室，我们总是会被纷繁复杂的人名和血缘关系搞得晕头转向，那么就来简单点出这两个人身份的意义——他们都算是贵族，也和王室沾一点边，但因为不是直系，所以相对更自由，更不拘礼节。

比如，这位约瑟夫公爵就拥有一个自己的马戏团，深受孩子们的喜爱。而且他把一家人搬到远离宫廷的波森霍芬城堡，让家人远离宫廷礼仪的束缚。

在那里，约瑟夫公爵夫妇和他们的8个子女都还算过得无拘无束，其中也包括他们的四女儿伊丽莎白·阿玛莉亚·欧根妮（Elisabeth Amalie Eugenie）——她后来有了大家都熟悉的另一个称谓：茜茜公主。

茜茜在父母营造的相对宽松的环境下，和兄弟姐妹们过着开心的日子，不上课的时候，就在山野间骑马，在溪水边嬉戏，看夕阳落下，数繁星点点。

这种无忧无虑的时光，一直持续到茜茜16岁。

2

1853年，茜茜的命运发生了巨大的改变。

那一年，23岁的奥地利皇帝弗兰茨·约瑟夫一世，到了需要找一位皇后的年纪。

年轻的弗兰茨·约瑟夫。约瑟夫在位68年，是欧洲在位时间第三长的皇帝。第二长的是列支敦士登大公约翰二世，71年；第一长的是路易十四，在位72年（也是全世界在位时间最长的皇帝）

为皇帝操持整件事的，是他的母亲索菲。索菲在奥地利皇室乃至欧洲皇室历史上，也是一位可以留下一笔的女性。这位被称为“哈布斯堡家族中唯一的男人”的女人，先让自己平庸的丈夫继承皇位，然后再把他劝退，让自己的儿子弗兰茨·约瑟夫登基，而自己成了垂帘听政的皇太后。

索菲太后是一个心高气傲的人，和世界上的很多婆婆一样，她并不觉得有哪个女性能配得上自己高贵的儿子，所以与其找一个陌生女子，她宁可“肥水不流外人田”，找自己皇族的亲戚，而且必须是政治联姻。

想来想去，索菲想到了自己的妹妹，有巴伐利亚王室血统的卢德维卡公爵夫人，也就是茜茜公主的母亲。

但当时索菲相中的外甥女，其实是卢德维卡公主的长女海伦女公爵。

按照索菲太后雷厉风行的办事作风，主意一定，她就立刻邀请自己的妹妹卢德维卡带着自己的外甥女海伦到皇室的夏宫伊舍尔游玩，而此行的实际目的，就是让海伦接受奥地利皇帝的求婚——没错，这对年轻人连面都不需要见一次。

接到“命令”的卢德维卡就匆匆带着海伦从慕尼黑出发了，同行的，还有当时不满 16 岁的茜茜。但是，因为路上公爵夫人的头疼病又犯了，所以这家人只能在途中做一次休息，耽搁了行程。更糟糕的是，负责装送她们晚会礼服的马车更是不知所踪。

这可不是一件小事，因为当时卢德维卡一家正在为她们已去世的姑姑哀悼，一家人都穿着黑色的丧服。但觐见皇帝的时间已经一刻也不容耽搁，在抵达目的地后，卢德维卡只能带着两个女儿，穿着黑色的衣裙，第一次出现在了年轻的约瑟夫皇帝面前。

黑色的裙子显然不适合本来就皮肤黝黑的海伦女公爵，却把肤色雪白的茜茜映衬得更加光彩照人。

年轻时的茜茜

茜茜公主的姐姐海伦。虽然经历了一场尴尬，但海伦一生都和妹妹茜茜相处融洽

没有悬念——年轻的皇帝对姐姐并没有表示出兴趣，而是疯狂地爱上了妹妹。

在约瑟夫皇帝生日的前一天，皇帝举行了一场盛大的舞会。在那场舞会上，海伦穿了一件高雅的白色丝绸衣裙，额头戴着常春藤花环。而茜茜穿了一件朴素的浅粉色衣裙。第一支和第二支舞曲响起时，皇帝都没有进入舞池，大家都在屏息等待。最终，皇帝邀请茜茜进入舞池，并且在舞曲结束后送给她一束鲜花——这是一个传统的信号，表明茜茜已被选中为未来的皇后。

当时海伦流下了眼泪，而茜茜不知所措。

索菲太后显然不想改变自己原先的选择，但 23 岁的儿子这一次公然反抗了她——如果不能和茜茜结婚，那我就终身不娶！

再强势的母亲，最终还是希望自己的儿子开心的。

5 天后，奥地利皇帝宣布和茜茜公主订婚。

8 个月后，在维也纳的奥古斯丁教堂，一场盛大的婚礼持续了三天三夜，陪着姐姐去出嫁的茜茜公主，就这样成了奥地利皇后。

这是一个似乎只存在于童话书中的爱情故事，不过，这个故事只是刚刚开了个头：公主嫁给了国王，后来幸福吗？

3

正如你们预料的那样，茜茜在经历了最初的甜蜜之后，便开始体会到皇室宫廷的另一面。

因为有一个相对开明的父亲，茜茜从小生活在相对不受礼仪束缚的环境里，甚至有相当长的时间可以在山野之间玩耍，但奥地利皇室的宫廷，一切都有规矩，一切都讲礼仪，这让她非常不适应。

更糟糕的是，即便茜茜想遵守宫廷的规矩，也未必能得到很好的机会，因为她虽然出身贵族，但其实并非皇室正统血脉，这在讲究出身的宫廷里是会被人看不起的。

在其他沟通和交流方面，茜茜虽然接受过良好的教育，但当时欧洲的宫廷里普遍流行说法语——从小就说巴伐利亚语的茜茜完全不会，这也阻碍了她和王公大臣以及贵族之间的交流。

茜茜是皇后，这点毫无疑问，但在宫廷，皇后的地位和尊严，很多时候取决于她生出的孩子——或者她能否生出孩子。

和约瑟夫皇帝结婚第一年，茜茜就生了第一个孩子，是个女儿，取名为索菲——这个名字不是茜茜起的，是她的婆婆索菲起的。

茜茜不仅没有给自己孩子起名的权利，连陪伴自己孩子的权利也是没有的。按照宫廷的规矩，孩子出生没多久，就被婆婆索菲派人给抱走了。

一年之后，茜茜又生下了第二个孩子，依旧是女儿，取名为吉塞拉——和姐姐索菲一样，茜茜不能给孩子取名，更不能和孩子待在一起。

婆婆索菲对此行为的解释是：“茜茜自己还是个孩子，哪里会照看

据说索菲皇太后年轻时也是一位大美人，她甚至和拿破仑二世（拿破仑的儿子）传出过绯闻

孩子？”

但茜茜现在面临的最严重问题，已经不是和婆婆争夺孩子抚养权，而是危及她皇后地位的一件事——她没有生出儿子。

有一天，茜茜在房间的桌子上发现了一本小册子，有些句子下面被画了重点线：

“……王后的职责自然是诞下王位继承人。如果王后幸运地为国王带来了王储，那么她的野心就该终结——她绝不应该干预帝国政府事务，关心这些事不是女性的任务……如果王后没有生下儿子，那么，她在这个国家内只不过是一个外国人，而且也是一个非常危险的外国人。因为她永远不希望在这里被亲切地看待，并且一定盼望回到自己的祖国，因此，她总是设法通过非正常手段赢得国王。她将通过钩心斗角和挑拨离间争取地位和权力，危害国王、国家和帝国……”

虽然没有证据，但最可能放这本小册子给茜茜看的，就是她的婆婆索菲。

文中的“干预帝国政府事务”指的是什么呢？指的是 1857 年，20 岁的茜茜和丈夫约瑟夫一起访问了当时臣服奥地利的匈牙利。

远离奥地利宫廷生活的旅行让茜茜变得非常开心，她很快爱上了匈牙利和那里的音乐、艺术以及人民，甚至开始自愿学习匈牙利语——但是，茜茜的婆婆索菲以及一班宫中的贵族是非常讨厌匈牙利的。

这次愉快的旅行最终却是以悲剧收场的：茜茜的两个女儿在旅途中腹泻不止，二女儿吉塞拉恢复了过来，而大女儿索菲却没有挺住，最终夭折。

女儿的去世对茜茜造成了重大的影响，甚至被认为是之后困扰她一生的抑郁症的源头，从此她开始变得郁郁寡欢，而对二女儿吉塞拉的爱也大不如前。

一个公主嫁入宫廷的美好爱情故事，眼看就要以悲剧结尾，但此时又出现了一个转折——1857 年 12 月，茜茜再度怀孕，9 个月后，生下了鲁道夫。

这个孩子，是整个奥地利宫廷从上到下都盼望的男孩。

4

母凭子贵，在中外宫廷都是一样的。

生下了皇太子鲁道夫，茜茜在奥地利宫廷里的地位渐渐提高了。当索菲太后试图像之前的两个孙女一样抱走鲁道夫的时候，茜茜在忍了几年之后，终于站出来反抗了。

鲁道夫最初显然是被按照奥地利未来皇帝的标准培养的，所以他被安排了大量的军事化教育，被委派的教官甚至将 6 岁的鲁道夫扔到水里“培养他的勇气”。眼看性格懦弱、敏感的鲁道夫即将被逼疯，茜茜给皇室下了一道最后通牒：

“我要求掌握一切有关孩子问题的决定权，他们所处的环境、居住的地方、受教育的方式，一句话，这一切都由我一人决定，直至他们成年。此外，我还要求，一切涉及我个人的事务，包括对我周围人员的选任、停留的地点、内宫一切部署，全部由我做主。”

1859 年，哈布斯堡皇族的家庭合影：第一排左起：茜茜公主（抱着的是皇太子鲁道夫），身边站着的是吉塞拉；索菲皇太后；弗兰茨·卡尔大公（索菲的丈夫，约瑟夫的爸爸）。后排左起依次为：长子奥匈帝国皇帝弗兰茨·约瑟夫、次子墨西哥皇帝马克西米连与妻子夏洛特公主、四子路易·维克托大公、三子卡尔·路德维希大公

这一次，茜茜取得了胜利，获得了自己儿子的抚养权。茜茜开始亲自为儿子挑选合适的教师和课程，这让鲁道夫非常感激母亲。但是，茜茜和鲁道夫的母子关系却始终处于一种微妙的状态：一方面，茜茜作为一个母亲对儿子有时恨不得关心得无微不至，但更多的时候，茜茜却不愿意管孩子的任何事，因为她自己也有很多事情要做。

比如之前她不被允许涉足的政治。

1866 年爆发的“普奥战争”，作为战败方的奥地利帝国元气大伤，不仅失去了对原来大部分德意志邦国的影响力，连原本臣服的匈牙利也开始蠢蠢欲动。

面对随时可能起来造反的匈牙利，约瑟夫皇帝意识到只能和对方坐到谈判桌前，但他之前和匈牙利的领导人安德拉西伯爵已经水火不容，唯一能从中调停的，只有自己的皇后茜茜。

茜茜和安德拉西伯爵一直相互欣赏，因为他们有很多相似之处：

叛逆、坚强，不喜欢被传统束缚。1848 年，安德拉西伯爵曾参与反对奥地利对匈牙利过度干涉的革命，被判处“缺席绞刑”（用一个模特代替他上绞刑架）。由于安德拉西长相帅气，从此被称为“英俊的绞刑犯”。

安德拉西伯爵作为匈牙利的代表，和茜茜进行过几次长谈，两人互相欣赏，以至当时欧洲开始流传一种说法：这两个人发展成了情人关系——但至今没有证据证明这一点。

茜茜最终说服了自己的丈夫。

1867 年，一个二元的奥匈帝国诞生了——它有维也纳和布达佩斯两个首都，拥有各自的内阁和议会。安德拉西伯爵成了奥匈帝国的首任首相，而约瑟夫兼任了匈牙利国王，当然，茜茜也成了匈牙利的王后。

在约瑟夫和茜茜成为匈牙利国王和王后的加冕典礼上，茜茜做了感动匈牙利人民的发言，当她说到“愿全能的上帝给予你们最优厚的赐福”时，在场的很多匈牙利议员都流下了激动的泪水。

安德拉西伯爵

因为茜茜的中间调停，匈牙利的地位实际上是大大提高了，所以匈牙利从上到下都对茜茜充满了热爱，之后约瑟夫皇帝每一次对匈牙利的政策松动，他们都认为是茜茜在里面起了作用。

但事实上，没有什么

证据能够证明，茜茜之后还能在政治上继续影响自己的丈夫约瑟夫。

一方面，是约瑟夫不喜欢自己的妻子涉足政治；另一方面，茜茜对政治也并没有表现出浓厚的兴趣——参与奥地利和匈牙利的合并，只是她个人对匈牙利特别有好感而已。

可能是为了回报丈夫同意合并，茜茜又一次怀孕了——约瑟夫一直希望她能再生一个儿子，确保奥地利的皇储继承。但是让丈夫失望的是，茜茜最终又生下了一个女孩，他们给她取名为瓦莱丽。

刚刚加冕匈牙利王后的茜茜

1872 年，作为茜茜在宫廷里最大的压力来源，她的婆婆索菲终于去世了。

35 岁的奥匈帝国皇后茜茜应该可以一扫障碍，大展宏图了。

但茜茜并没有这么做。

她开始尽量远离奥地利宫廷，开始了各种旅行。

5

于是，有一个问题无论如何不能再回避了：

茜茜和约瑟夫之间，到底有爱情吗？

很遗憾，至少绝不像电影《茜茜公主》里表现得那样感天动地。

（1955 年，德奥合拍的电影《茜茜公主》首映。这部三部曲的电影其实在相当程度上渲染了茜茜公主和约瑟夫之间的爱情，一笔带过了很多背后的东西。不过，这部电影展现的奥地利旖旎风光以及各种华贵的宫廷画面，还是引起了巨大的反响。1988 年，上海电影译制厂将这部电影引入中国，一时在国内引起轰动。）

毫无疑问，在当初的夏宫伊舍尔，15 岁的茜茜和 23 岁的约瑟夫初相识时，那种少男少女之间的爱慕之情肯定是无比真实的，而当时年轻的奥地利皇帝的魅力，也是少女们所无法抗拒的。茜茜曾多次说过一句话："来自奥地利皇帝的求婚是不可拒绝的。"

但是，进入宫廷后，那些繁文缛节让茜茜感到无比不适，而作为她希望依靠的丈夫，约瑟夫皇帝不仅从小对母亲索菲言听计从，还要担负起统治一个庞大帝国的责任。无论是当时的奥地利帝国还是后来的奥匈帝国，内忧外患，风雨飘摇，需要约瑟夫投入全部的精力来维持——约瑟夫是尽责的，他坚持洗冷水澡，睡行军床，每天工作 12 个小时，终身穿军服。

茜茜的眼神总是带着一种忧郁

而且，皇后虽然只有一个，但皇帝身边的女人却络绎不绝。

1860 年，茜茜陷入一场重病，而宫廷里流传的说法是：约瑟夫皇帝在外拈花惹草，将淋病传染给了皇后。虽然这种说法没有明确的证据，但事实证明，就是从那以后，茜茜频繁地离开宫廷和自己的家人，开始到处旅行。

茜茜有自己的理由：为了健康。说来也奇怪，她一回到奥地利宫廷，就开始不停地咳嗽，发生水肿和贫血，一旦离开宫廷到别的地方旅游或休养，病情就显著减轻——这些疾病与其说是生理上的，不如说是心理上的。

但是，逃避与皇帝共处的时光，这还是很明显的一件事。

茜茜身高一米七二，但即便怀孕4个月的时候，她的体重也没有超过50公斤。她对自己的容貌和身材保养近乎苛刻：每天用天然材质敷面膜，甚至用带血的鲜嫩小牛肉——她认为这样能使面部皮肤紧致。她经常使用“禁食疗法”来保持身材，所以她的腰围简直瘦到惊人——巅峰时期只有16英寸（约合40.6厘米，即我们所说的一尺二）

茜茜近乎疯狂地热爱运动。她每天都要花好几个小时进行体育锻炼——双杠、吊环、哑铃、举重、击剑，练习强度之大，令人惊奇。茜茜最爱的运动是骑马，她的骑术相当精湛，在19世纪70年代，欧洲好几个重要马术比赛的冠军都是由奥匈帝国皇后获得的——当时她已经40岁出头了。

每当狩猎的季节结束，又要回到宫廷的茜茜总会哀叹：“我为什么又要回到牢笼呢？我为什么不把自己的骨头摔断，让一切都宣告终结？”

茜茜还喜欢长时间暴走，一走就是十几公里，宫女们实在跟不上，只能坐一辆马车紧紧跟随。

当然，茜茜对自己作为妻子的缺位还是有愧疚感的，作为补偿，她甚至鼓励约瑟夫拥有自己的情人——皇帝其实早就习惯这么做了。1883 年，53 岁的约瑟夫和比他小 20 岁的皇宫剧院女演员卡塔琳娜·施拉特交往甚密，这段恋情得到了皇后茜茜的大力支持。她以“皇后女友”的名义经常招施拉特进入美泉宫，甚至在皇帝与施拉特发生争吵时，还会出面安抚。

但是，1889 年，茜茜和约瑟夫之间最重要的一根维系纽带，突然断裂了。

他们唯一的儿子鲁道夫——也是奥匈帝国唯一的皇储——在他自己的乡间猎屋“梅耶林”里，与比自己小 13 岁的情妇一起殉情自杀。

鲁道夫其实很像母亲茜茜：倔强，崇尚自由，但他的性格更加内向和懦弱。因为有时行为古怪，所以被很多人认为患有精神方面的疾病。在请求和自己的妻子离婚（鲁道夫的妻子是比利时公主，也是政治联姻）遭到父亲约瑟夫的断然拒绝后，鲁道夫在乡间猎屋里先是向自己的情人玛丽（一位女男爵）头部开枪，然后自杀。

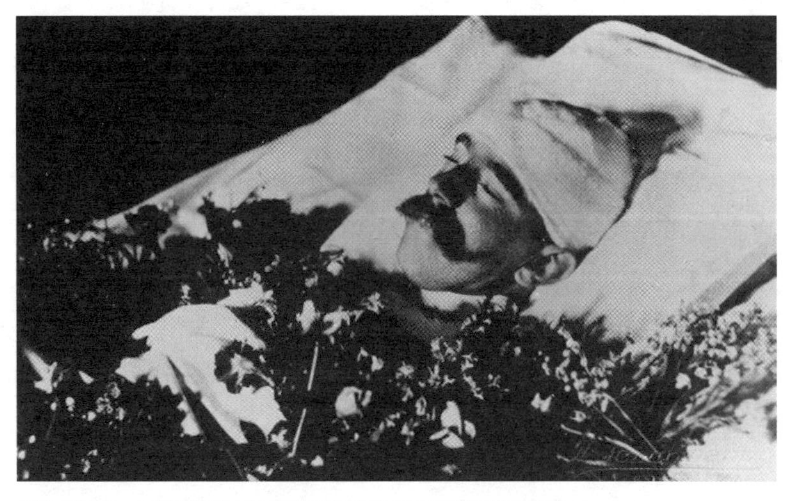

鲁道夫遗容。头部被包扎是因为他是用枪击中自己的脑袋自杀的

鲁道夫之死对于约瑟夫的重大打击，主要在于奥匈帝国失去了直系的皇位继承人，而对茜茜造成的创痛更巨大，因为她是一位母亲——尽管当初把6岁的儿子要回身边，但是茜茜和他相处的时间其实并不算长。

茜茜开始变得脾气暴躁，她有时会咒骂身边所有人，但身边人也开始悄悄议论：儿子在宫廷忍受各种束缚和煎熬的时候，母亲不是一直在外面打猎和度假吗？

6

自从儿子死后，茜茜性格大变。

1889年底，茜茜将自己所有心爱的名贵珠宝和饰品，以及各种绚丽的礼服都送给了别人。从那一年到她生命终结的十年里，她始终只穿黑色的丧服。

她又开始了旅行，而和以往不同的是，那些旅行是没有任何目的和意义的——走到哪里算哪里，她甚至到过非洲和亚洲。

身着丧服的茜茜

根据她身边的侍女回忆，她甚至还要求在雷电交加的大雨中扬帆出海，然后让人把她绑在甲板的椅子上，任凭风吹雨淋，还祈祷上帝让整艘船都沉入海底。

茜茜最小的女儿瓦莱丽曾经写道：“妈妈早已不是以前的妈妈了，她甚至日夜渴望死亡的到来。”

1898年9月10日，茜茜的“愿

望”实现了。

那一天，已经 60 岁的茜茜在瑞士的日内瓦湖边和侍女一起散步，一个年轻人跌跌撞撞地冲了上来，用一把磨尖的锉刀刺入了茜茜的左胸。

行刺者是 25 岁的意大利无政府主义者卢切尼，他原本刺杀的对象是可能登上法国国王宝座的奥尔良公爵菲利普，但菲利普提前离开了瑞士。卢切尼在报纸上得知，奥匈帝国的皇后正在日内瓦旅行，所以临时改变了目标。

由于刺穿的部位正好在心脏，茜茜不久后就停止了呼吸，她的最后一句话，是迷惑地看着身边的侍女：“发生了什么事？”

茜茜死后，被安葬在维也纳嘉布遣会教堂的皇家墓穴内——那里一直是哈布斯堡家族成员的主要安葬地。在她的三层棺椁上面，原来只刻了“奥地利皇后”，在匈牙利人的强烈抗议下，又刻上了“匈牙利王后”。

1898 年，茜茜的葬礼，维也纳万人空巷

在得知茜茜去世的消息后，约瑟夫非常悲痛。他剪了茜茜的一束栗色长发，长年放在胸口处。在皇帝的卧室里，挂满了茜茜的画像，并且之后他没有再娶。

约瑟夫在茜茜死后曾说过一句话：

“她永远不会知道，我是多么爱她。”

馒头说

作为欧洲最显赫的家族之一，哈布斯堡家族到了19世纪下半叶，真的如同中了诅咒一般。作为奥地利和奥匈帝国的皇后，茜茜可谓全程见证人。

首先，她和丈夫的第一个爱情结晶，女儿索菲夭折了。

然后，她的小叔子，也就是丈夫的弟弟马克西米兰，受到拿破仑三世的蛊惑，远赴重洋，去墨西哥做了皇帝，试图实现自己的政治理想——三年之后，皇位就被推翻，马克西米兰以墨西哥皇帝的身份被执行枪决。

最大的打击来自他们唯一的儿子。鲁道夫的殉情自杀宣布约瑟夫彻底“断后”，同时也让茜茜对所谓的皇室和宫廷生活彻底厌恶。

当然，其实后面还有更让人感慨的一幕，茜茜没有看到。

因为皇储鲁道夫自杀，约瑟夫皇帝别无选择，最终只能选择自己弟弟的儿子，也就是自己并不喜欢的侄子作为奥匈帝国的皇储。

那个侄子，就是斐迪南大公。

事实证明，哈布斯堡家族的血脉真的是延续不下去了。斐迪南大公最终用自己的生命改变了全世界的历史进程——1914年，他被塞尔维亚狂热分子刺杀于萨拉热窝。84岁的约瑟夫皇帝丧子丧妻丧侄之后，向塞尔维亚宣战，从而引爆第一次世界大战。

约瑟夫在战争进行到一半时，就心力憔悴地离开了人世，但至少达成了自己最后一个心愿：与妻子茜茜一起合葬于维也纳。

在这场惨烈的世界大战后，哈布斯堡家族就此烟消云散，而曾经如此庞大的奥匈帝国，也彻底土崩瓦解。

作为奥匈帝国曾经的皇后，茜茜并不知道后来发生的这一切。

而她知道了又怎么样呢?

她应该早就不在乎了。

戴安娜之死

我对写王室爱情故事不是很感兴趣，之前写过温莎公爵、茜茜公主、珍妃等，都因为涉及当时的政治背景，乃至宫廷争斗。但这篇，似乎不涉及任何政治因素，就是单单写一篇所谓的爱情故事，以及这个故事中的那位王妃。

1

1997年8月31日，凌晨0点30分。

如果依旧有巴黎市民逗留在塞纳河畔的话，他们可能会以为自己看到了一场好莱坞谍战大片的拍摄现场：

一辆黑色的奔驰280SE轿车，正以150公里的时速飞驰在巴黎市中心的街道上，显然，它是想摆脱后面跟随的尾巴——7辆风驰电掣般的摩托车。

伴随着马达此起彼伏的轰鸣声，奔驰车闪电一般开进了阿尔玛桥下公路的隧道，7辆摩托车随即跟了进去。

然后一声巨响：轿车撞到了隧道中央的一根分界水泥柱上。

很遗憾，这不是在拍电影，而是一幕真实的惨剧：当救援人员赶到现场时，奔驰轿车车体已经完全变形，成了一堆扭曲的金属。人们最后只能切割开车顶，救出其中一名的身负重伤的女子。

凌晨 4 点，那名女子因为胸部大出血，在医院逝世，年仅 36 岁。

那名女子的名字，叫戴安娜·弗兰西斯·斯宾塞，是英国王子查尔斯的前妻。

大家都习惯叫她“戴安娜王妃”。

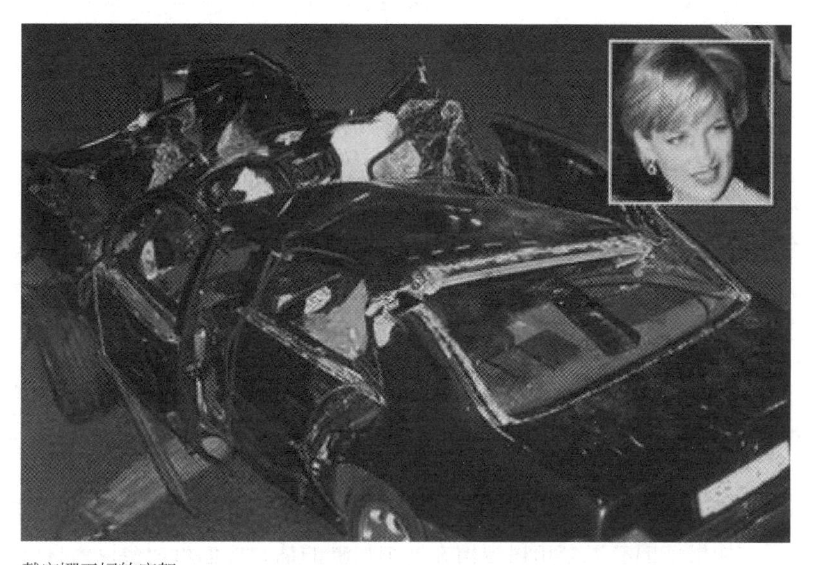

戴安娜王妃的座驾

2

时间倒退 36 年。

1961 年 7 月 1 日，英格兰第八代斯宾塞伯爵爱德华·约翰·斯宾塞，又迎来了他的一个女儿。

之所以用“又”字，是因为之前斯宾塞伯爵已经有了两个女儿，而他们家虽然没有王位要继承，但至少有“爵位”要继承，所以他迫切希望得到一个儿子。

第八代斯宾塞伯爵，也就是戴安娜的父亲。根据家族规定，如果没有儿子，他死后就要把家族的所有财产遗留给最亲近的一个男性亲属

或许因为这个原因，这个小女儿在出生后连名字都没有，一周后才得到父亲的赐名：戴安娜·弗兰西斯·斯宾塞。

英国的斯宾塞家族在15世纪是欧洲最富有的羊毛商之一。在查理一世时期，斯宾塞家族靠给国王送礼获得伯爵爵位，随后慢慢走进英国权力中心。几个世纪以来，斯宾塞家族虽然不算豪门望族，但凭借和英国王室千丝万缕的联系，也算是延续了贵族一脉。

4岁时的戴安娜

在戴安娜3岁的时候，求子若渴的父亲终于迎来了他这一代斯宾塞家族的第一个儿子。为此，戴安娜的母亲因为之前生不出儿子，接受了各种奇怪的宗教仪式和各种检查，而且还忍受了丈夫的出轨。就在为斯宾塞家族续上所谓的“香火”后不久，戴安娜的母亲毅然决然地选择了离婚。

戴安娜在8岁那年失去了生母

的陪伴——母亲没有获得女儿和儿子的抚养权。为此，她只能和弟弟每周一次坐火车去看望自己的母亲。

在那个年代，离婚在英国还是一件比较少见的事，戴安娜和弟弟是校内唯一父母离异的学生。在一节午后的图画课上，戴安娜画着画着，忽然哭了起来。不明就里的同学们看到她画的每一幅画上，都写着“献给妈妈和爸爸”。

但让戴安娜更感到寂寞的是，9 岁那年，她被父亲送到了一所寄宿制的私立女校。在学校里，戴安娜的体育、艺术等学科成绩都不错，但文化课成绩却不怎么样。尽管她还获得过包括“全校最优女生奖”在内的一系列奖，但她说自己其实非常叛逆：

“其实我对学习完全没有兴趣，我只是想和其他人聚在一起，一块玩。”①

3

从小就渴望得到温暖的戴安娜，在 17 岁那年，遇见了改变她一生命运的男人。

那个男人有一个非常长的名字：查尔斯 · 菲利普 · 亚瑟 · 乔治 · 蒙巴顿 · 温莎，因为他是英格兰王室的王储，威尔士亲王。当然，人们习惯叫他“查尔斯王子”。

戴安娜和查尔斯是在一次聚会上认识的。在那个时候，查尔斯其实在和戴安娜的姐姐伊丽莎白谈恋爱。尽管查尔斯是很多英国姑娘梦寐以求接近的王子，但戴安娜对他并没有什么特别的感觉。

但这一切到了 1979 年，忽然发生了巨大改变。

---

① 本文中单独列出的直接引语，来源均为戴安娜在 1991 年秘密制作的口述录像和相关视频资料的记录。

那又是一次聚会，还不到 19 岁的戴安娜，又一次遇见了当时已经 31 岁的查尔斯王子。那时候，查尔斯已经结束了和伊丽莎白的恋情，但戴安娜不知道那对自己意味着什么。

年轻时的查尔斯王子

那一晚，查尔斯一直跟着戴安娜，找她聊天。而戴安娜似乎也很享受这种朋友之间的亲密，于是和他聊自己的姐姐，聊刚刚被爱尔兰共和军刺杀的蒙巴顿伯爵。然后戴安娜说了一句话：

“你当时一定很孤独吧！在圣保罗大教堂看着蒙巴顿伯爵的棺木……天啊，真应该有一个人来照顾你。”

尽管戴安娜后来回忆起这句话时，声称自己说了一句愚蠢的话，但这句话放到当时的语境，不得不说可以被理解为一种暗示。

年轻时的戴安娜

查尔斯王子随即靠了过来，开始亲吻戴安娜。

在此之前从来没有正式谈过恋爱的戴安娜确实被吓到了，不知所措。

随后，查尔斯就发出了邀请，希望戴安娜第二天和他一起去白金汉宫——如果她不介意的话——坐在他身边看他工作。

这或许是很多姑娘都梦寐以求的机会，但戴安娜拒绝了，她说她介意。

但也可能是因为这次拒绝，大大激发了查尔斯王子的兴趣，随即对戴安娜展开了狂热的追求。

情窦初开的戴安娜并不讨厌查尔斯，所以很快就坠入了爱河——又有多少姑娘能拒绝来自一位真正的王子的爱情攻势呢？两个人正式开始交往。

那段时光对戴安娜而言无疑是幸福的，因为她觉得自己找到了一个真正相爱的男人，虽然有时候她会不理解查尔斯的一些举动，比如有时候一个星期每天都给她打电话，但有时候会三个星期都不给她打一个电话。

“我那时候每天都在等他电话，一接到他的电话就非常开心。”

就像每个沉浸在热恋中的少女一样，戴安娜根本不会去往其他方面多想。直到有一次，查尔斯王子带她去王室的专属度假地巴勒莫城堡玩，在那里，查尔斯向戴安娜介绍了他的一位比他大一岁的女性好友。

那位女士笑吟吟地向戴安娜伸出了手：“你好，我叫卡米拉。”

4

1981 年 7 月 29 日，上百万英国民众走上街头，只求能够亲眼见证一场“世纪婚礼”。

婚礼的新郎和新娘，自然是查尔斯和戴安娜。

尽管戴安娜之前只和查尔斯见过 13 次面，尽管她曾抱怨一场婚礼为什么要搞那么大的场面，但当她真的穿上洁白的婚纱，带上钻石镶嵌的头冠，被身穿海军制服的查尔斯王子轻轻扶上象征皇室尊贵的黄金马车的时候，她还是被涌来的幸福感包围了。

那一年，才 20 岁的她，成了英国王室的王妃。如果不出意外的话，她将是未来的王后。

那一天，在英国广播公司用 33 种语言向全世界转播的镜头下，伦敦城内所有的教堂钟声在上午 9 点同时敲响，英国皇家骑兵仪仗队气宇轩昂地护送查尔斯和戴安娜的马车，缓缓驶向教堂。沿途的百万英国民众不断地欢呼、祝福，他们举着查尔斯和戴安娜的照片，甚至还有很多人流下了激动的眼泪。

伊丽莎白女王也站在教堂的台阶上，满意地注视着自己的儿子和儿媳。这也是英国皇室非常满意的一桩婚事：尽管戴安娜的家族已不如以往那样显赫，但毕竟是正宗的贵族血脉。而戴安娜年轻、漂亮、纯洁，在此之前没有任何恋爱史，不可能被无孔不入的八卦小报抓住

全世界大约有 7 亿观众收看了这场“世纪婚礼”的全程转播——童话里王子和公主的故事就在眼前，谁不愿意分享其中的幸福和喜悦呢?

把柄。

而且，她很快会为王室添加子嗣。

戴安娜当然不会去考虑这些。她想到的，只有爱情。因为她在 8 岁时就对自己的保姆说："我只有非常爱一个人，才会和他结婚，并且永远也不要离婚。"

然而，即便是在婚礼当天，戴安娜还是无法释怀两件事。

第一件，是在婚礼前，她发现查尔斯有一个她从没见过的金色双"C"袖扣，查尔斯坦白，是卡米拉送给他的。

第二件，是在几个月前的订婚仪式上，有一位记者问了一个戴安娜本来以为是愚蠢无比的问题："请问你们是真心相爱吗？"

戴安娜不假思索地回答："当然是！"

查尔斯的回答是："那要看你怎么定义相爱。"

5

王子和公主结婚以后，从此是否过上了幸福的生活？

至少在外界民众眼里看来，当然是这样。

结婚后不久，戴安娜就怀上了身孕。在三年时间里，戴安娜生下了两个儿子：威廉王子和哈里王子。整个王室沉浸在喜悦之中，而英国民众也颇感欣慰——王子公主婚姻幸福，王室后继有人，还有什么比这更完美的吗？

但在白金汉宫高高的围墙内，故事的另一个版本却并非如此。

戴安娜的迷茫，从两人度蜜月的时候就开始了——为期三周的地中海蜜月之旅，查尔斯带去了 8 本小说和整套的钓鱼工具。

直到结婚之后，戴安娜才清醒地认识到，两个人在学识、性格和兴趣爱好上确实存在很大的差异：查尔斯是剑桥大学毕业，戴安娜是高中辍学；查尔斯夏天喜欢打马球，冬天喜欢狩猎，每周从不间断，

查尔斯、戴安娜、威廉王子和哈里王子一家合影

而戴安娜只喜欢打网球；查尔斯喜欢听歌剧，痛恨流行音乐，而后者正是戴安娜喜欢的；查尔斯喜欢安静，速写和钓鱼都是他的爱好，而戴安娜喜欢热闹，希望和朋友们聊天，煲电话粥……

戴安娜认为过错在自己，是她自己配不上王室。所以她鼓励自己“要迅速学会游泳，不然就会淹死”。她努力配合丈夫的各种活动，努力喜欢丈夫的爱好，她觉得只要给她适应的机会和时间，她可以做一名合格的王妃。

但很快，戴安娜发现事情并不是她想象的那么简单——她的丈夫冷落她，并不仅仅是因为兴趣和性格上的差异，而是有了另外的女人。

那个女人，就是她曾经希望能成为朋友甚至闺密的卡米拉。

刚刚得知这个消息的时候，戴安娜简直不知所措，而更让她感到要发疯的是，王室里从管家到保镖，似乎都对这件事心知肚明——只有她不知道。

戴安娜穿着苏格兰特色的高领服装，陪丈夫一起观看苏格兰高地运动会

戴安娜觉得无法接受，她质问过自己的丈夫，而威尔士亲王查尔斯给了她非常直接的答复："每一任威尔士亲王都会有自己的情妇，我不想做一个没有情妇的威尔士亲王。"

在人类文明已经进化到 20 世纪末期的时候，戴安娜觉得自己无法接受这种"一夫多妻"的模式。她直接哭着去找伊丽莎白女王，而婆婆给她的回答是："我也不知道该怎么办，查尔斯就是这样，他没救了。"

虽然在公众场合戴安娜没有表现出什么异样，但回到宫里，她其实已经崩溃了。"我不知道我的丈夫去哪里了，其实他们都知道，只有我不知道。"

戴安娜开始寻求自己的寄托，她开始和自己的一个 40 岁的王室保镖"精神恋爱"——戴安娜自己说两人之间并没有发生关系。这名保镖一直陪着戴安娜购物、聊天，以至让戴安娜开始对他产生强烈的依赖，她说自己"渴望被表扬，非常渴望"。

但是，王妃和保镖之间的不正常关系很快被人察觉。那位保镖被调离岗位，三个星期后，死于一场车祸——是的，一场车祸。

保镖的死给戴安娜造成巨大的冲击，她相信他是因自己而死。精神崩溃的她变得抑郁，然后试图借助酒精来麻痹自己。但她怕酗酒会伤害他人，于是开始暴食。王宫中开始出现了"王妃精神不正常"的传言，因为她在怀了威廉王子 4 个月的时候，有一次竟然为了能够让查尔斯注意，从台阶上跳了下去。

而了解王妃的人都知道，她只是知道了丈夫出轨而已。

戴安娜神情忧郁

忍耐终于突破了极限。

在一次卡米拉妹妹的生日宴会上，戴安娜终于按捺不住，跑去打开了一间小房间的门——她知道她想找的两个人肯定都在里面。

房间里，查尔斯和卡米拉坐在一张小沙发上，亲密交谈。

戴安娜鼓足勇气，用尽量平静的声音说：“我知道你们在做什么，不要把我当白痴。”

卡米拉的回答是：“你会没事的戴安娜，你有两个那么漂亮的儿子。”

戴安娜后来回忆，就在那一刻，她忽然什么都明白了：这段感情已经无法弥补，她的丈夫永远不会给他一段美好的婚姻。

她决定，要开始走自己的路。

6

1992 年 12 月 9 日，英国首相梅杰代表皇室，宣布了一个让英国民众震惊却不意外的消息：查尔斯王子和戴安娜王妃宣布分居。

之所以并不意外，是因为早在之前几年，关于王子和王妃貌合神离的消息早已在英国媒体上铺天盖地。夫妇两人一开始还希望能在公众场合有所掩饰，但渐行渐远的感情却让他们到后来连装都懒得装一下。

分居后的戴安娜带着两个孩子，搬到了肯辛顿宫居住。如果换成

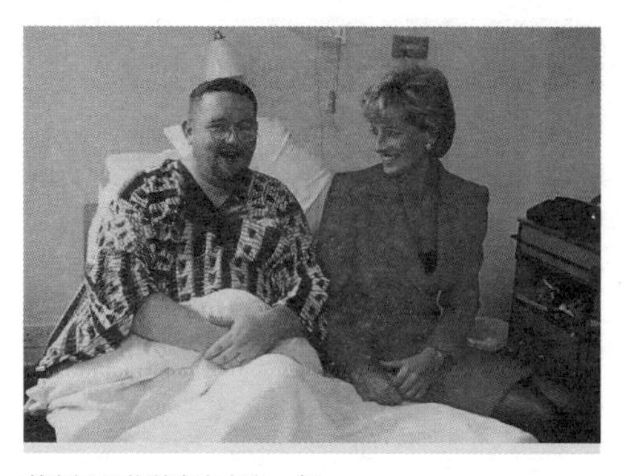

戴安娜与艾滋病患者在一起

十年前那个涉世未深的小姑娘，戴安娜肯定会感到无比的迷茫和沮丧，但此时的戴安娜，却觉得自己无比充实。在外界看来，她精神焕发的原因可能是找到了自己的情人，但没有人能忽视另一个原因：她找到了自己胜任且觉得可以做一辈子的事——慈善。

1991年7月，戴安娜来到一间艾滋病病人的病房，与一位被病魔折磨得奄奄一息的患者聊天，并且毫不犹豫地伸出手，与病人握手——这一幕被电视镜头记录，传向世界各地。

那位艾滋病人没有想到王妃居然会不顾很多世人所谓的“禁忌”和自己握手，当时就泣不成声，而一旁陪同的时任美国总统夫人芭芭拉·布什也热泪盈眶。

“我觉得他们是被社会遗弃的人，我想尽量多握他们的手，给他们力量和勇气，其实也是给我自己。”

戴安娜后来开始不断地探望艾滋病人、麻风病人、戒毒者，以及无家可归的人和被虐待的儿童。她只要出现，就尽量和他们握手、拥抱。“我发现自己被人需要，我在做很有价值的事，这让我有很强的成就感。”

不仅在英国，戴安娜还多次出访安哥拉、波斯尼亚、埃及、印度等多个国家，每到一地，她都会去当地的慈善医院、慈善机构、学校，甚至还会去波黑等战乱国家，亲自走进雷区，呼吁所有国家参与“反地雷运动”。

戴安娜在安哥拉的雷区步行，呼吁禁止地雷

戴安娜在安哥拉抱着一名因为误踩地雷而受伤截肢的孩子。到 21 世纪初，全世界有超过 135 个国家签署禁雷条约。戴安娜作为当初带头呼吁的名人，起到很大的推动作用

她不仅用自己的知名度和形象呼吁大家捐款，自己也参与其中：早在 1987 年，她就把自己 79 件服装拍卖所得的 350 万英镑全部捐给了慈善事业。

曾有记者问戴安娜这样一个问题：“你有想过，你会成为一个女王吗？”

那时的戴安娜已经和查尔斯分居，她笑了：“肯定不会。我想成为人民心目中的女王，而不是现实生活中的。”

在一定程度上，戴安娜做到了。尽管戴安娜被大小媒体曝光的情人绯闻让英国王室大为头疼，但英国的民众还是开始称呼戴安娜为“人民的王妃”，因为她一改英国王室高高在上的形象，愿意走到街头和路边，愿意走进医院和学校，发自内心地和普通百姓交流，并身体力行地去做慈善。

但是，王子与公主的童话故事，还是不可避免地走到了尽头。

1996 年 7 月 15 日，伦敦高级法院民事第一庭的书记员开始宣读那张长长的离婚申请名单，当他读到第 31 对申请离婚的夫妇姓名的时候，不禁停顿了一下：“威尔士王子殿下和戴安娜公主殿下。”

戴安娜访问德文郡的卡尔顿，受到当地老百姓的欢迎

在解释离婚原因的表格内，查尔斯写道：“存在不可弥合的分歧。1993 年 11 月首相宣布我们正式分居。”（查尔斯把 1992 年 12 月分居，错写成了 1993 年 11 月。）

离婚申请人是查尔斯，所以他缴纳了 80 英镑的手续费。

夫妇两人均没有到庭。

王子与公主的故事结束了。

13 个月后，戴安娜香消玉殒。

7

8 月 31 日凌晨的那场车祸，毫无疑问引来了很多质疑。

当天晚上，戴安娜并非一个人。她和她当时交往的富二代男友多迪 · 费伊德一起钻入了奔驰车，同行的还有司机和一名保镖。为了不受到等候在酒店外的“狗仔队”骚扰，之前还有几辆相同的奔驰车相继开出，希望成为“饵车”，但是没有成功。

汽车撞上水泥柱的时候，司机和多迪当场身亡，保镖是车里唯一系着安全带的人，所以他最后幸存（但之后一直保持沉默），戴安娜胸腔大面积出血，但当时还有气息，如果抢救及时，是有可能挽回生命的。

可惜的是，紧随在后的“狗仔队”第一时间想到的不是救人，而是举起相机不停地拍照。

各种“阴谋论”随即出炉。

流传最广的，当属戴安娜是英国王室派人“干掉”的，因为传闻当时戴安娜已经怀有身孕，王室不希望看到威廉小王子有一个“同母异父”的弟弟或妹妹，尤其是很有可能是穆斯林（多迪·费伊德是穆斯林）。

而其他的版本更是令人眼花缭乱：有人说是英国特工出手，有人说是爱尔兰共和军出手，甚至还有人说是地雷生产商出手（因为戴安娜宣传禁雷）。

当然，还有寄托美好想法的猜测：戴安娜是诈死，她就此隐居了。

但无论有多少种版本的猜测，最终大家能接受的事实只有一个：戴安娜死了。

1997 年 9 月 6 日，戴安娜的葬礼在威斯敏斯特教堂举行，英国王室所在的白金汉宫降半旗致哀。载着戴安娜灵柩的炮车在皇家护卫队和威尔士卫队的护送下，离开了她生前居住的肯辛顿宫。

英国民众为戴安娜献上的鲜花和哀思卡片

数百万来自伦敦和英国各地的民众沉默肃立，为戴安娜送行。很多民众举着戴安娜生前的照片，泪流满面。

查尔斯去法国接回了戴安娜的灵柩，并在葬礼当天护送，身边是15 岁的大儿子威廉——有媒体猜测，这样安排是防止查尔斯沿途受到攻击。但灵柩车队经过詹姆士宫的时候，道路旁送葬的人群中还是传来了一句呼喊："你配不上她！"

在戴安娜离世八年之后，查尔斯宣布和卡米拉结婚。

一位戴安娜生前的好友在接受采访时说，如果戴安娜活到现在，她肯定会说一句话："你看，我没有骗你吧！"

馒头说

正如在开篇所写，这个故事不涉及什么大政治背景或小宫廷争斗，其实就是一个爱情故事。

确切地说，是一段失败的爱情。

回看戴安娜的一生，确实让人唏嘘：她绝非一个城府深、耍心机的女子，她希望得到的，也就是一份真正的爱情。

在王室中，她为了得到这份爱，碰得头破血流。而当她离开王室，希望回归正常生活的时候，真正的爱情对她而言，似乎依旧是一件奢侈品。

戴安娜在离开查尔斯后，其实尝试过不少爱情，但很难说有满意的结局，有的甚至让她再一次遍体鳞伤——她曾和自己的马术教练休伊特谈恋爱，而后者以 300 万英镑的代价出卖了她，写了一本叫《恋爱中的储妃》（*Princess In Love*）的书。而且，他拿着戴安娜给他的 46 封情书，开价 1000 万英镑："只要钱到位，我可以告诉你们任何事！"

但戴安娜依旧还是相信爱情，并似乎将要得到一份真正的爱情。

同样死于车祸的她的男友多迪的父亲透露，就在不久前，多迪去巴黎著名的珠宝店买了两枚戒指，他猜自己的儿子可能会向戴安娜求婚。

可惜，没有人能看到最终的结局了。

没错，在戴安娜身上，我们可以感慨“一入侯门深似海”，或者“来世莫生帝王家”，但我觉得还是要看到她对爱情的那份渴望和执着。

我老婆当年曾在自己的公众号上放上过三张照片，我看了后也很感慨。在这里也放一下，作为结尾。

第一张，是在1980年。31岁的查尔斯出访印度，一个人在泰姬陵前留影。在这座举世皆知象征着爱情的世界奇迹建筑面前，他兴奋地说：“下一次，我会带着我的新娘一起来！”那时候，他正在和19岁的戴安娜交往。

第二张，是在1992年。查尔斯和戴安娜出访印度，前者当时的诺言似乎就要成真了。但是，当时两人已处于分居边缘，几乎已经互不说话。戴安娜自己来到了泰姬陵，一个人在那里留下了一张孤独的照片。

来看第三张照片吧。2016 年，威廉王子出访印度，再一次来到了泰姬陵。他在自己父母当初拍照的地方，留下了同样背景的照片。但与他父母不同的是，他身边坐着自己心爱的妻子凯特王妃。

在拍完照后，威廉流下了眼泪。

但我相信，他那在天堂的母亲，看到这幅画面，应该感到欣慰。

是的，爱情的可贵，就在于它不因人的变迁，不因地的改变，不因时空的转换而恒久存在。

往来纵观千般苦，总有真情在人间。

还是要相信爱情。

俄罗斯方块：一款小游戏背后的隐秘故事

这是一款游戏，但又不仅仅是一款游戏。当一款游戏流行到几乎人人都有接触的程度，那么，背后就肯定有故事。

1

1984年6月6日，对阿列克谢·帕基特诺夫来说，也不算是一个非常特别的日子。

帕基特诺夫在苏联科学院的计算机中心工作。具体的工作内容，其实帕基特诺夫自己也不太清楚，就是写AI（人工智能）和声音控制方面的程序，然后不断测试——出于保密的需要，研究员们的工作成果最终被用在哪里，他们并不知道。帕基特诺夫自己听到传闻，他的研究是为苏联飞行员在高重力条件下用声音控制战斗机服务的。

没有资料显示那时候的帕基特诺夫是否看过乔治·奥威尔的《1984》，但他当时所处的1984年，所处的苏联科学院内部，似乎多少有那么点那样的味道：

帕基特诺夫

在科学院的计算机中心，原本配给4个人的办公室，被塞进了15个人。帕基特诺夫每天早上8点左右起床，吃一直不会变的香肠鸡蛋和奶酪，再准备好自带午餐，10点左右走进办公室，一直工作到深夜。他与另外3名同事共用一张桌子，大家日复一日地写程序，测试程序，然而他们并不知道自己做这些研究的意义和用途。

帕基特诺夫那一年才29岁，在日复一日的枯燥工作中，他总是想自己干点什么。比如，用程序写一个电脑游戏。

帕基特诺夫这份工作有一个好处，就是他有机会操作当时还属于非常稀罕的一件东西：电脑。尽管那台苏联自主研制的“Electronica 60”电脑的处理性能用现在的眼光看起来简直低得可怜，但帕基特诺夫还是准备用这台电脑写一个自己构思的小游戏。

这个小游戏是帕基特诺夫根据一套现实中的“五格骨牌”游戏而研发的。但是他很快发现，“Electronica 60”的电脑性能根本无法实现他的设想。于是，规则和界面被不断地简化，直到最后帕基特诺夫自己制定了一套玩法：

不规则的四格积木组合从上方不断落下，堆积起来。玩家在短时间内要做出判断和选择，让一整行被填满，消失。不然积木会越堆越高，直到到达最高位置，游戏结束。

帕基特诺夫用了6天时间开发了这个游戏，然后花了几周时间来测试——他在工作的时候其实也会偷偷测试游戏，没有人发现。

1984年6月6日，这个才8.6KB大小的小游戏终于测试完成。

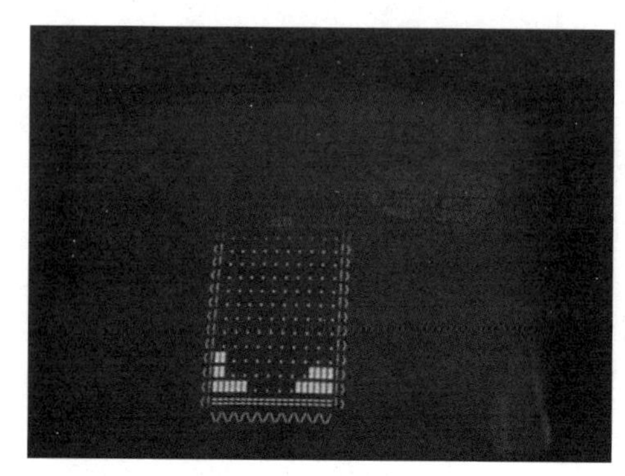
最早的俄罗斯方块游戏画面

由于“四”这个基本要素构成了帕基特诺夫这款游戏的内核，他就把希腊语中“四”的词语“tetra”和自己喜欢的运动网球“tennis”结合了起来，组合成了一个新的词：Tetris（俄语是Terphc）。

而我们更熟悉它后来的名字：俄罗斯方块。

2

那么，一个如此简单的实验室小游戏，是如何走向世界的呢？

最决定性的因素，当然是“好玩”。但处在现代社会的我们都知道，一款产品要在全世界普及，背后肯定有商业力量的推动。

而俄罗斯方块背后的商业故事，并不像这款游戏本身那样简单。

一开始，俄罗斯方块的流行仅限于帕基特诺夫所在的计算机中心。但这款简单、容易上手又能让人迅速上瘾的游戏，立刻扩散到了苏联科学院，随后在莫斯科、列宁格勒等地区的电脑界开始流行起来。

不过，让俄罗斯方块真正走出苏联国门的，是一群匈牙利电脑专家。

1986年7月，匈牙利布达佩斯的一群电脑专家将俄罗斯方块移植到了刚刚开始兴起的个人电脑“Apple Ⅱ”和“Commodore 64”（当时的另一个电脑巨头，可惜后来破产了）上，这个游戏的受众面更广了。

在“Electronica 60”电脑上运行的俄罗斯方块

用户量增加的背后，是隐然出现的商机。

这个商机，首先被一个叫罗伯特·斯坦恩（Robert Stein）的英国人嗅到了。

斯坦恩当时是英国一家叫 Andromeda 的游戏公司的经理。他在玩过游戏之后，立刻找到了匈牙利的电脑专家们以及帕基特诺夫本人，签下协议，收购了俄罗斯方块的版权。为了能完全垄断，斯坦恩在当时的协议条款中强调他购买的俄罗斯方块版权包括“其他任何电脑系统”（An other computer system）。

斯坦恩当时并没有意识到，他在这里犯了两个错误：第一，他没有完全搞清这款游戏的真正版权方是谁（或者说他想故意混淆过关）；第二，他没有对“电脑”这个概念精确定义。

这也埋下了后来俄罗斯方块各种纠纷的“地雷”。

其实在正式拿到俄罗斯方块的版权之前（谈判中），斯坦恩就已经把这款游戏的版权卖给了英国的游戏公司 Mirrorsoft（不是美国的 Microsoft）和美国的游戏公司 Spectrum Holobte。

在当时的冷战背景下，一款来自“铁幕”那一边的社会主义国家的游戏，会是什么样的呢？

英国的 Mirrorsoft 公司很好地抓住了公众的猎奇心理，俄罗斯方块的宣传海报上透出浓浓的冷战色彩和苏联风味，再加上游戏本身简单又充满吸引力，所以这款游戏在英国上市后立刻大卖。

前面提到的Commodore研发了当时全世界第一款多媒体电脑Amiga，在这款电脑上运行的俄罗斯方块，直接采用了苏联宇航员的背景，让玩家觉得高大而又神秘

俄罗斯方块在英国受到如此强烈的欢迎，这让斯坦恩又喜又忧。

喜的，自然是事实证明自己的眼光正确。

忧的，是游戏大卖后，惊动的各方力量会越来越多。

果然，没多久，一家苏联的公司找到了斯坦恩。

这家公司宣称：他们才真正拥有俄罗斯方块的版权。

3

这家公司叫ELORG，全称是“苏联外国贸易协会”。

由于帕基特诺夫当时是在为苏联科学院的计算机中心工作，领国家的薪水，用国家的电脑，所以按照苏联的规定，俄罗斯方块的知识产权，应该也归属国家。

所以，从理论上来说，帕基特诺夫并不拥有俄罗斯方块的版权。

如果这款游戏只是用来自己娱乐无伤大雅，但现在，它能赚大钱了。

1988 年 1 月，斯坦恩只能再打起精神，和 ELORG 公司开始谈判俄罗斯方块的版权问题。这场谈判大概持续了小半年的时间，最终，斯坦恩付出了比之前多得多的代价，拿下了俄罗斯方块在电脑上的版权。

请注意，是电脑的版权，并不包含家用游戏机。

还记得之前问斯坦恩买版权的那两家公司吗？一家是英国的 Mirrorsoft，这家公司后来把俄罗斯方块在日本和北美的“版权”卖给了美国的 Atari（就是大名鼎鼎的雅达利），而 Spectrum 将俄罗斯方块的游戏机和电脑在日本的“版权”卖给了 Bullet-Proof Software（专门为任天堂生产 FC 游戏和掌机游戏，以下简称 BPS）。

这几家公司的名字也不用劳心费神去记，只需要记住：它们当时其实是没有版权的——或者，它们自以为拥有了版权。

1988 年 1 月，在日本拿到版权的 BPS 公司发行了基于任天堂 FC 游戏机（就是我们熟悉的“红白机”）的俄罗斯方块一代——别急，这

早期的俄罗斯方块都被渲染上了浓浓的苏联风味。这款游戏也是第一款进入美国的苏联电脑游戏，这在之前是不可思议的

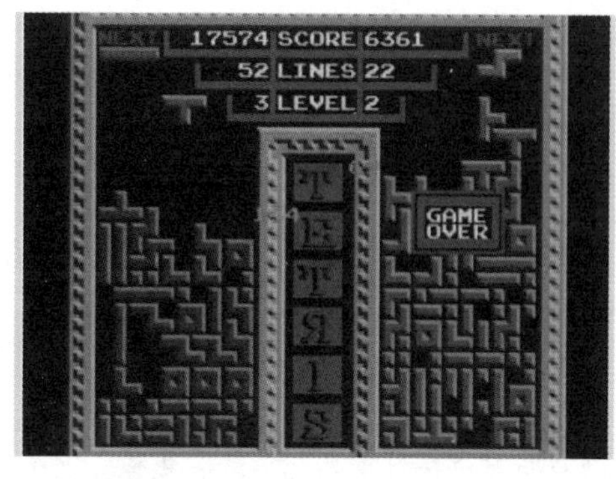

天正版俄罗斯方块界面

并不是我们熟悉的那款游戏。

但即便如此，当年这款游戏在日本就卖掉了200万套。

与此同时，一家叫天正（Tengen）的美国公司在从雅达利那里拿到“版权”后，基于FC游戏机也制作了天正版的俄罗斯方块。

而这款游戏，才是我们童年最熟悉的那款会有俄罗斯小人跳舞的俄罗斯方块。

随着俄罗斯方块在家用游戏机上的风靡，另一个当时游戏界的巨无霸终于被惊动了。

这个巨无霸随后也加入了战局，而它的加入，可以说促成了俄罗斯方块最终风靡全世界。

4

这个巨无霸，就是当时如日中天的任天堂。

1989年，任天堂美国分公司的经理荒川实首先注意到了在家用游戏机市场上大卖的俄罗斯方块。当时，任天堂正准备推出他们在掌机市场的“大杀器”——Gamebo（也就是当年我们所熟悉的GB）。这台只有黑白两色的掌上游戏机，是俄罗斯方块这种休闲类游戏最好的搭载平台。

这个荒川实不是普通的分公司经理，他是山内溥的女婿。而山内溥，是日本任天堂的掌门人，也是整个日本游戏界乃至世界游戏界教父级的人物。

荒川实立刻把谈判的任务交给了 BPS 的总裁亨克·罗杰斯（Henk Rogers）。罗杰斯立刻与英国人斯坦恩联系购买版权的事宜，但遭到了对方的拒绝——其实当时斯坦恩自己也搞不定俄罗斯方块的全部版权了。

Gamebo 在 2003 年停产，在全球最终销售超过两亿台，是很多人童年回忆的一个重要组成部分

情急之下，罗杰斯决定直飞莫斯科，亲自去和 ELORG 的负责人谈判。

与此同时，从罗杰斯的诉求中觉察出苗头的斯坦恩也决定飞往苏联，试图拿下俄罗斯方块除了电脑之外的版权。

此外，当初买到一部分版权的 Spectrum 公司老总也派出了自己的儿子凯文·麦克斯韦前往莫斯科，争取俄罗斯方块的版权。

为了那个最初才 8.6KB 大小的小游戏，三路人马在 1989 年初几乎同时汇聚莫斯科。

这场谈判只持续了一个多月，其中的各种明争暗斗和纠缠实在一言难尽，仅举一例：连当时的苏联最高领导人戈尔巴乔夫都被牵扯了进来，他也关心起这款游戏的版权归属问题。

最终，实力雄厚且财大气粗的任天堂笑到了最后。据说当时他们给 ELORG 开出的订金就高达 500 万美元，光 GB 版本就可能付出 1000 万美元——这是其他几方想都不敢想的天文数字。

简单来说，这场谈判的最终结果是这样的：任天堂拿到了俄罗斯方块在家用游戏机和掌机上的版权；斯坦恩拿到了俄罗斯方块在 PC

山内溥，执掌任天堂 52 年，把这个当初年销售额不足 20 亿日元的纸牌小厂发展成了市值 200 亿美元的世界型企业，并创造了游戏界的传奇。他本人 2013 年过世，享年 85 岁

上的版权；雅达利公司继续拥有俄罗斯方块街机版的版权；凯文·麦克斯韦拿到了俄罗斯方块在上述领域之外的版权——比如他可以发明一种叫俄罗斯方块的积木或折纸游戏……

此后，曾经制作出被认为是最佳俄罗斯方块 FC 游戏的天正公司不甘心失败，与任天堂对簿公堂，互相不承认对方拥有的版权。

1989 年 6 月 15 日，法院做出最终判决：任天堂胜诉，天正版本的俄罗斯方块游戏全部下架并销毁。

关于俄罗斯方块的版权之争，最终落下帷幕。

5

那么小的一款游戏，那么多公司参与角逐，到底值吗？

我们用数字说话吧。

截至 2009 年，俄罗斯方块这款游戏在全球已经发售了 1.25 亿套，而另一个数据是，迄今为止，这款游戏已经卖出了超过 5 亿套。

吉尼斯世界纪录至今已经承认俄罗斯方块拥有 9 项世界纪录，包括运行平台最多（56 个平台）、手机下载次数最多等。

在全球规模最大的游戏娱乐媒体 IGN（Imagine Games Network）的多次“史上最佳 100 个游戏”评选中，俄罗斯方块从没掉出过前十，最高拿到过第二名。在2018年最新的评选中，俄罗斯方块作为1984年出品的游戏，依旧排名第七（第一名是超级马里奥：世界，第二名是塞尔达传说：时之笛，我个人最喜欢的荒野大镖客：救赎排在第九，超过了GTA5）。

为了俄罗斯方块的周年纪念，麻省理工学院的黑客黑掉了学生宿舍楼的灯光管理系统，上演了一次现实版的俄罗斯方块表演

每年在世界各地，都会有各种级别的俄罗斯方块的比赛，包括世界锦标赛。

如今，俄罗斯方块产生的影响力，早就超过了它作为一款游戏的本身。

2009年6月6日，谷歌为了纪念俄罗斯方块诞生25周年，将其标志暂时改为由俄罗斯方块砌成的字母。

俄罗斯方块的电影版权也已经被购买。除了拍摄电影之外，相关的主题乐园也在策划之中。

这款游戏甚至进入了心理学和医学康复领域。英国和瑞典的几位科学家发表了一篇论文，指出在车祸之后玩20分钟的俄罗斯方块游戏——在研究中被称为“基于俄罗斯方块的介入”（tetris-based intervention）——可以帮助预防创伤后痛苦、不安记忆的形成。

当初那款只有8.6KB大小的小游戏，时隔30多年后，依旧托举起了一个巨大的市场。

6

最后我们再回过头来，看看那个发明者——帕基特诺夫。

俄罗斯方块成了如此热卖的一款产品，但帕基特诺夫本人却没有因此得到巨大的财富——这款游戏的知识产权是属于苏联的。

不过，与当时自己的同事相比，帕基特诺夫还是因为这款游戏而大大改善了生活：他分到了一套住房，以及一台 286 电脑——这在当时的苏联可绝对是个稀罕货。

1990 年，苏联已经陷入混乱，解体不可避免，帕基特诺夫在 BPS 总裁罗杰斯的帮助下，拿到了美国的签证，半年之后，全家都移民美国。

一开始，帕基特诺夫和罗杰斯成了同事，后来他在 1996 年加入了微软。当时微软正准备大举进攻游戏界，所以他进入了当时的游戏部门，成了之后 XBOX 游戏研发团队的一员。

不过，众所周知，XBOX 的游戏主要围绕“车枪球”展开（赛车、射击、球类比赛），帕基特诺夫擅长的那种极其简单但又构思精巧且耐玩的游戏，并不是主流（从这一点上来说，他还是更适合进任天堂）。

所以他离开了微软。好在他在 1996 年时经过艰难的谈判，取得了俄罗斯方块的个人版权，再加上他一直没有卖掉手上微软的股票，所以基本已经实现了财务自由。

如今，帕基特诺夫的一个身份是微软的游戏承包商，负责开发一些他所擅长的益智类游戏。其他时间，他会开着他那辆车牌为“Tetris”的特斯拉去兜风，打打网球，或者看书消磨时间。

他很少玩游戏，要玩也是玩类似宝石消除这样的益智类游戏。

他也不需要去操心俄罗斯方块这款游戏的后续发展了，因为有太多比他熟悉商业规则的聪明人正紧紧盯着这块市场。

2014 年 12 月 31 日，俄罗斯方块从任天堂的各大平台上下架，引起全世界无数俄罗斯方块迷的感慨。

但这并不是意味着这款游戏的生命走到了尽头。

任天堂之所以下架俄罗斯方块，是因为他们的版权到期了，而另一个游戏业的巨头育碧（UBI Soft）接过了俄罗斯方块这杆大旗。

关于这款看似简单的“消除”游戏，故事还远未结束。

馒头说

写完这篇，顺便简单和大家聊聊“游戏”这个东西。

我曾经写过一篇文章，提到过腾讯的游戏王者荣耀。那天，后台有不少讨论。讨论的主体主要是各位父母，他们和我探讨一个问题：怎样看待孩子玩游戏？

说实话，我是很赞成孩子玩游戏的。

但是要加个前提：要看是什么游戏。

比如，像俄罗斯方块这种游戏，我觉得是可以启发智力的，只要控制好时间，完全可以放心让孩子们玩——当然，说到“控制时间”，做什么事情不需要有个“度”呢？

事实上，我自己就是一个骨灰级的游戏玩家。

而且，我必须要说，从小玩游戏，对我一生产生了非常大的正面影响。

只是回过头看，我从小痴迷的游戏，其实都是游戏史上的经典，且真的对我产生很大的帮助：“文明”系列、“三国志”系列、“太阁立志传”系列让我对人类的文明和历史着迷；“大航海时代”系列让我的地理成绩始终在班上名列前茅；沙丘Ⅱ、“C&C”系列、“星际争霸”系列、“帝国时代”系列让我体会到了战略布局和操作的快感；“巴士帝国”、“模拟医院”、“模拟城市”系列、“大航空时代”让当时还年幼的我对商业世界的各个层面有了最初的认识……

如果要写这些，估计给我三天三夜，我能写 10 万字。

但必须要承认的是，我推荐孩子玩的这些游戏，都是古典游戏中的绝对经典，而现在的很多游戏，尤其是手游，味道已经变了。

前两天和一个手游大厂的老兄聊起这事，我问他承认不承认，他说承认。

现在的很多手游，其实对智力的启蒙、知识的拓展，哪怕是反应神经的锻炼，都是没有任何帮助的——这些游戏里充斥的无非是无脑砍杀和 PK（比拼）、氪金，以及找小哥哥或小姐姐们。

像这类游戏，我也很反对让孩子们玩。

所以回过头来看，像帕基特诺夫这样的游戏开发者，正在变得越来越少。或者说，他们其实都还在，但现在游戏业急功近利的大环境，已经没有了他们生存的土壤。

这里面涉及的因素有很多，包括几乎摧毁单机经典游戏的盗版问题，也包括从《征途》开始出现的“中国游戏赚钱模式”等。

篇幅所限，这里不能展开多说了。

到底是谁发明了电话？

一项伟大发明的诞生从来就是充满艰辛的，包括研究，包括申请专利，包括各种争议。

1

1875年的某一天，沃特森在实验室里忽然听到了一句话：“沃特森先生！快来帮助我！”

听到这句话后，沃特森发疯一样地冲出了实验室，一边奔跑，一边喊着：“我听到贝尔在叫我！我听到贝尔在叫我！”

沃特森是贝尔的助手，贝尔刚才是在另一间房间，通过一根导线连接的“薄膜”呼叫了他。

这件在我们现在看起来稀松平常的事，却让当时的贝尔和沃特森几乎流下激动的眼泪。

当天晚上，贝尔给母亲写了一封信，在信中用激动的笔触写道：“朋友们各自留在家里，不用出门也能互相交谈的日子就要到来了！”

2

贝尔

亚历山大·格雷厄姆·贝尔，1847年生于英国苏格兰。他的祖父和父亲毕生都从事聋哑人的教育事业，这一点也影响了贝尔，他从小就对声学和语言学有浓厚的兴趣。

贝尔一开始研究的兴趣是在电报上。在有一次实验过程中，贝尔偶然发现了一块铁片在磁铁前振动会发出微弱声音的现象，而且他还发现这种声音能通过导线传向远方。

这个现象给了贝尔很大的启发，他想，如果对着铁片讲话，不也可以引起铁片的振动吗？——这就是贝尔关于电话的最初构想。

贝尔把设想告诉了周边人，但得到的基本都是嘲笑，有人还劝他去看看《电学常识》这本书，然后就会放弃那种“荒唐”的念头了。但他得到了当时美国著名的物理学家约瑟夫·亨利（他发明了继电器，电感的单位“亨利”即以他的名字命名）的鼓励。

亨利对贝尔说：“你有一个伟大发明的设想，干吧！”当贝尔说到自己缺乏电学知识时，亨利说：“学吧。”

贝尔发明电话的过程，大家已经很熟悉了，这里也不再赘述。总而言之，经过大量的实验和修正，1876年2月14日，贝尔终于向美国专利局递交了“电话”的专利申请。

各种争议和纠纷，就此而来。

3

首先，对贝尔发明电话表示不服的，是一个叫伊莱沙·格雷的人。

伊莱沙·格雷

格雷设计的电话，与贝尔的电话有很多相同的地方，但有一点原理不同：格雷是利用送话器内部液体的电阻变化。

而在格雷和贝尔之前，1876年1月14日，还有一个人申请了“会说话的电报”的专利，这个人就是大名鼎鼎的爱迪生。

于是，专利局就开始对贝尔、格雷和爱迪生的三项专利申请进行审定。爱迪生的专利说明远不及其余两人的深入和详细，所以率先出局。而格雷和贝尔的专利审定则让专利局陷入了两难境地。

最后，因为格雷的专利申请比贝尔晚递交了两个小时，并且格雷的液体原理和贝尔的磁石原理不同，最终，“电话”的专利被判给了贝尔。

1886年，当时承办此案的专利审查官威尔伯（Zenas F. Wilber）曾透露，自己长期酗酒而且债台高筑，并且他早在南北战争时期（1861年至1865年）就认识了一名叫贝利的律师（也是自己的债主之一），而贝利也是贝尔雇用的律师。威尔伯还提到过，自己曾给贝尔看过格雷的申请材料。

其实从贝尔拿到电话专利的那一刻起，格雷就开始了对他的起诉。想打官司的还不止格雷一家，1877年，爱迪生又取得了发明碳粒送话器的专利。当时美国最大的西部联合电报公司买下了格雷和爱迪生的

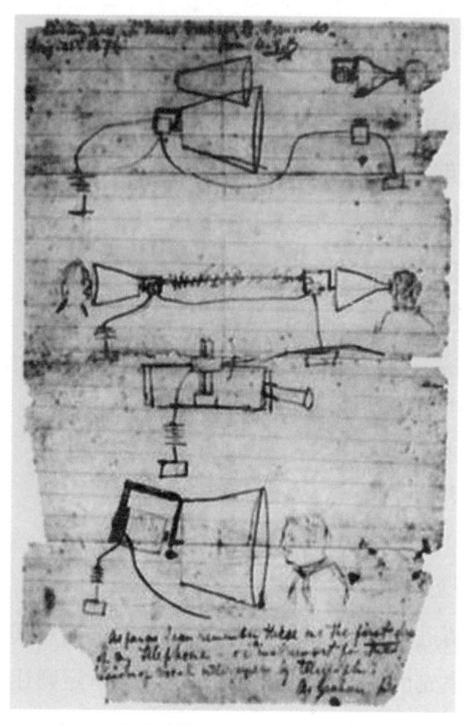

1876 年，贝尔设计的电话草图

专利权，与贝尔的电话公司对抗。为电话的专利，贝尔共计打过近 600 场官司。

1892 年，西部联合电报公司与贝尔达成了一项协议：完全承认贝尔的专利权，从此不再染指电话业，交换条件是 17 年之内分享贝尔电话公司收入的 20%。

关于贝尔发明电话的专利官司，这才算稍微平息了一点。

但是，这些官司里，有一桩官司却是贝尔始终无法回避的——那个人有确凿的证据，证明自己才是电话的真正发明人。

4

那个人，叫安东尼奥·梅乌奇，是一名意大利人。

梅乌奇 1808 年出生于意大利的佛罗伦萨，比贝尔大 39 岁。他自幼学习美术，起初在佩戈拉剧院当舞台技工，曾在佛罗伦萨美术学院学习机械工程设计。

1850 年，梅乌奇移居美国纽约的斯塔滕岛（Staten Island）并加入了美国国籍。起初他以生产香肠和腊肠谋生，但生意并不如想象的那么景气，后来就转而生产蜡烛。

在移居到美国之前，梅乌奇有一段时间生活在古巴。为了增加收入以改善生活环境，他开始对自己很感兴趣的电生理学进行研究。不久，他研究出了一种用电击治疗疾病的方法，这使他在哈瓦那名声大振。没有什么资料显示他那套治疗方法是否真的有用，但有资料显示，在1849年的一天，当梅乌奇准备好一套器械要给在另外一个房间的朋友治疗时（当时他把一块与线圈连接的金属簧片插在朋友的嘴巴里，线圈连接导线，通往另一个房间），通过连接两个房间的一根电线，他清楚地听见了从另外一个房间里传出的朋友的声音。

梅乌奇马上意识到这一现象有着不寻常的意义，并立即着手研究被他称为“远距离传话”的装置。

梅乌奇“远距”传话机离装置示意图

1854年，梅乌奇已制造出第一部像电话机一样运行的样机。第二年，梅乌奇进一步完善他的电话机并将其命名为“远距离传话机”。由于妻子瘫痪在床，梅乌奇就装配了一个通话系统，把妻子的卧室和他的工作室连起来，以方便联系。

梅乌奇

那个时候，贝尔只有两岁。

1860年的时候，梅乌奇向公众展示了这个系统，并在纽约的意大利语报纸上发表了关于这项发明的介绍。但是，英语水平不高的梅乌奇融不进美国主流社会，得不到应有的认可。

1871年，梅乌奇在一次搭乘斯塔滕岛的渡轮时，渡轮的一个锅炉发生了爆炸，导致125名乘客死亡。在这场灾难中，梅乌奇被烧伤了。在养病期间，妻子卖掉了他实验室里包括“远距离传话机”在内的所有东西，而那个凝聚了他心血的模型，才卖了6美元。

也就是在这一年，梅乌奇终于提交了一份“专利预告”文件——这不是一份完整的专利申请文件，因为那需要花费250美元，梅乌奇付不起。这种“专利预告”文件需要每年付10美元，三年后，梅乌奇连10美元都付不出了（五年后，贝尔递交了专利申请）。

走投无路的梅乌奇，在1873年带着记录有全部实验数据的笔记本和一部新的电话原型机，来到了西联汇款公司，试图毛遂自荐。但这家公司非但没有接见梅乌奇，还在后来宣称，梅乌奇向该公司提供的东西都不慎遗失。

后来证明，这家公司的高管是贝尔的朋友。两年以后，贝尔提交了电话专利申请，并与西联汇款联手建立了一家新的公司。

在贝尔申请到电话的专利并成立公司进行商业化运作之后，梅乌奇终于将一纸诉状递到了法院，表示自己有充分的证据证明先发明了电话。

囊中羞涩的梅乌奇无法独立负担庞大的诉讼费用，他依靠着朋友律师的帮助，与贝尔打起了旷日持久的官司。当民意开始慢慢倒向梅乌奇，最高法院也开始考虑用欺诈罪指控贝尔的时候，梅乌奇的生命却走到了终点。

1889 年 10 月 18 日，81 岁的梅乌奇带着遗憾离开了人世。

官司自然不了了之。

梅乌奇的第一部电话原型机

5

故事就这样结束了？还没有。

2002 年 6 月 11 日，在梅乌奇逝世 113 年之后，美国众议院通过了 269 号决议——这是一项关于“电话”的决议。

决议称，梅乌奇于 1860 年在纽约展示的名为“teletrofono”的机械已经具备了电话的功能，而贝尔后来确实有各种渠道和机会拿到梅乌奇的实验资料——

“众议院认为安东尼奥·梅乌奇的一生及其成就应该得到肯定。他在发明电话过程中的工作也应该得到承认。”

决议公布，立刻引来轩然大波。意大利裔的美国人纷纷欢呼这一迟到一个多世纪的“公正判决”。但加拿大方面却指责美国国会为了政治目的篡改历史（贝尔 1870 年移民加拿大，1882 年又取得美国国籍）。

10 天后的 6 月 21 日，作为回应，加拿大众议院也通过了一项决议，重申贝尔是电话的发明者。

2004 年，在加拿大广播公司举办的“最伟大的加拿大人”评选中，贝尔被电视观众评选“十大杰出加拿大人”。

就目前的绝大多数资料显示，电话的发明人，依旧是贝尔。

有人认为，贝尔对电话的商业化和普及起到了巨大的作用，在这一点上，他的作用类似爱迪生之于电灯泡，所以他对电话做出的贡献更大。

也有人认为，梅乌奇先发明了电话，且贝尔确实有获得梅乌奇资料的嫌疑。

不管怎样，2013 年 3 月 16 日，美国的专利法终于做出了一项重大改变：从之前的“先发明主义”（Fisrt-to-Invent），改为了“发明人先申请主义”（Fisrt-Inventor-to-Invent）。

只是关于电话的发明者究竟是谁，专利法已经无法给出答案。

馒头说

不知道大家有没有发现，我挺喜欢写科学家的故事的。

因为我个人认为，能从整体上改变人类发展走向的事情，只有两种：战争和科技。

战争，毋庸多言，是向着毁灭人类的方向去的。

而科技的发展，至少从目前情况来看，是为了提高和改善人类的生活（前提是别和战争联姻）。

而作为科技发展的直接推动者——科学家，其实也拥有一个个不为人知的故事。他们不是一个个冷冰冰、高高在上的科研机器人，而是一个个有血有肉、有喜有怒、有好事有糗事的普通人。

比如贝尔，无论他究竟有没有借鉴梅乌奇的成果，其实他一生为聋哑人做了很多贡献，他自己的妻子也是一位聋哑人。

另外一个喜欢写科学家的原因是，我很痴迷那个科学家辈出、人类科技文明大爆炸的时代——你看，一个电话，全世界各地都有科学家在憋足了劲儿捣鼓（其实在贝尔之前，法国人博修和德国人赖斯也有过类似的发现或发明）。那时候，每一个诺贝尔奖，都足以改变整个人类的文明进程。

从 21 世纪开始，人类其实已经正式进入崭新的“互联网时代”，很多原来想都想不到的事，都逐步成为现实。

衷心期望并等待，下一个科技大爆发时代的到来。

你知道当年在报纸上登广告有多难吗?

当时代革命扑面而来的时候，很多行业都会面临翻天覆地的变化。有时候，一眨眼，很多事情就只剩下回忆了。

1

1979年3月15日，上海的《文汇报》刊登了一条不寻常的广告。

这是一条引起轰动的广告。

因为这是自“文革”结束，中国实行改革开放后，第一条在中国报纸上刊登的外商广告。值得注意的是，报纸上的三块手表，还不是照片，是手绘的。

而且有意思的是，广告上刊登的“雷达表”，要在四年后才进入中国市场——换句话说，是看得到，买不到的。

时任瑞士雷达表中国区副总裁郑世爵后来回忆：“当时中国还没有完全开放，但是我们意识到了中国市场的广阔，有很大的潜力可以挖掘。”

毫无疑问，雷达表相当聪明地运用了营销理论上的“第一品牌”

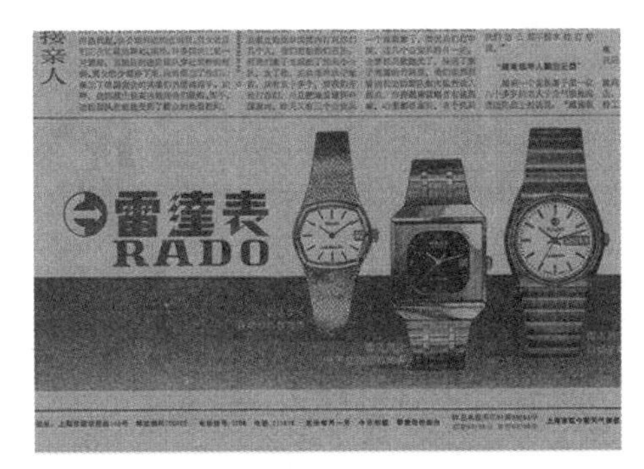

《文汇报》刊登的雷达表广告

概念——在没有竞争者的情况下，用较少的资源和时间建立很高的知名度。

广告有效果吗？当然有。

在广告刊出的三天内，上海有 700 人以上到黄浦区的商场里去询问“雷达表”——其中很多人还不知道，当时一块雷达表的价格，相当于上海一名普通工人 20 年的工资收入。

当天晚上，上海电视台也播出了雷达表的广告，而且还是英文播出，只是配上了中文字幕。

当时很多人都在问：《文汇报》胆子怎么那么大？

于是就要说到另一个故事，就在这一年，就在《文汇报》之前，上海的另一家报纸已经“第一个吃了螃蟹”，给《文汇报》壮了胆。

那就是中国在“文革”后率先恢复商业广告的上海市委机关报——《解放日报》。

2

报纸刊登广告这样稀松平常的事，对当时经历过“文革”的中国报纸而言，却无异于天方夜谭。

其实报纸刊登广告，在中国本来也不是什么稀罕事情。从鸦片战争之后，中文报刊开始大量涌现，广告自然是报纸营收的最主要渠道。即便是中华人民共和国成立后，报纸刊登广告，也是正常的事情。

但是，到了1966年“文化大革命”开始那一年，一切都发生了改变。

1966年8月17日，最后一则商业广告出现在了《解放日报》国际新闻的下方——用现在的眼光看，那则广告的安排多少也体现了编辑的心血：

这一版的总标题是《毛主席是世界人民心中的红太阳》，电烘箱广告上面的报道是这样一段导语开头："墨西哥进步人士组织毛主席著作学习小组，他们热情称颂毛主席每篇著作都是真理和指南针。"然后，下面是"鼓风恒温干燥箱"的广告。

第二天，毛泽东在天安门城楼检阅百万红卫兵，商业广告就此在中国报纸版面上绝迹。

3

一晃13年过去，转眼到了1979年的除夕。

那一天，解放日报社正在开编委会，《文汇报》的一位副总编打电话过来："春节期间，两报能否出内容相同的单页联合版，这样能让平时很辛苦的夜班编辑部轻松过个年？"

在当时电视还不普及，报纸也没几张的年代，时任解放日报社总编辑的王维，不同意这个建议："春节是读者看报的好时段，不能出单页！"

但是，会上马上也有人提出要算算"经济账"：《文汇报》出单页，我们出四个版，不是吃亏了？

王维一拍桌子：怕什么？我们不能用商业广告收入来弥补吗？

一句话说得简单，但会议室里的其他人都面面相觑——虽然"文化大革命"已经结束了三年，但中国还没有一家报纸敢恢复商业广告。《解放日报》作为延安时期的中共中央机关报，现在的上海市委机关报，居然敢做"第一个吃螃蟹的人"？

后来，有人专门请王维回忆当时的情景：

——“事先有没有请示市委？”

——“没有。”

——“有没有上报宣传部？”

——“没有。”

——“私下里和有关领导打过招呼？”

——“肯定没有！”

王维当时依靠的，就是自己的判断：党的十一届三中全会刚闭幕，“把党和国家工作重心转移到经济建设上来”的大会决议深入人心。经过那么多年反反复复折腾，中国人终于认准了一个道理：“实践是检验真理的唯一标准。”整个国家，“实事求是”的氛围越来越浓。

于是王维的思路就是：“报纸刊登广告，天经地义。”

解放日报社老总一拍板，乐坏了一家广告代理公司。

4

当时，整个上海只有一家广告代理公司，叫“上海广告装潢有限公司”（下称上广装），这家公司被允许代理国内媒体的广告，别无分店。

但以当时的市场环境，就算只有一家，但依旧是无米下炊。当时，上广装专门出差去北京，游说中央报刊能够接受刊登广告——中央报刊肯刊登，地方报纸才敢动啊！

但是中央报刊没有一家敢先摸石头过河。

时任解放日报社广告部经理的彭寿龙回忆，当时找到了上广装说可以刊登广告，对方激动万分，在最短的时间里就拉来了足够《解放日报》春节假期版面使用的商业广告。

1 月 28 日，《解放日报》的版面上破天荒出现了上海工艺美术工业公司和上海食品工业公司的拳头产品，舞台刀枪、二胡三弦、佛手味精、幸福可乐、十全大补酒等一批广告。

当时，像这样的广告每条大约收费在 700 元左右，不久就调价到了每条 1280 元。这个价钱是什么概念？当时上海的人均工资仅每月 40 元左右。

但即便如此，在《解放日报》开了头炮之后，其他商家蜂拥而至——刊登广告的那几家商家的商品迅速脱销。

在诸多广告客户里，当时还有一家日本电气公司，连续来找了几次，要求在《解放日报》上刊登广告。这让庞寿龙感到非常棘手：党报能不能刊登资本主义国家的资产阶级广告？按什么货币结算？

庞寿龙为此还自掏腰包买来龙井茶叶、广东香蕉，接待日本客户，想先探探虚实。

一犹豫，第一个涉外广告就让《文汇报》做了。

5

《解放日报》作为一家“第一个摸石头过河”的报纸，当时不是没有风险的。

根据王维老总的回忆，在《解放日报》刊登广告后的两个月，在一次宣传部的会议上，出版局有一位副局长毫不客气地发问：《解放日报》带头刊登商业广告，到底是为社会服务，还是为本单位赚钱？

王维还是那条标准：用实践检验。他回到报社后，马上让总编办收集各界对《解放日报》刊登商业广告的真实反映。

解放日报社的资料室里，至今还保留着不少当初的读者反馈原件——真的有批评声音：

“凭票供应的电视机、收录机为啥还要做广告？如果登给中国人看，你又买不到；如果登给外国人看，人家根本不稀罕！”

“这是一种形而上学！只能起到刺激人们不满的作用。”

·2· 1979年1月28日 星期日 解放日报

市总工会举行劳动模范、先进生产者联欢茶话会

群英迎春谈壮志 誓当四化排头兵

彭冲等领导同志到会向大家致节日祝贺

新道德 新风尚

老干部关心农业机械化

曹杨新村的集体婚礼

她们比孩子的妈妈还要亲

“我多流些汗也乐意！”

向辛勤的园丁们致敬

孩子终于有地方托了！

热情关怀双职工的困难

盲人出门遇亲人

1979 年 1 月 28 日的《解放日报》（第二版）

解放日报

1979年1月28日 星期日 ·3·

除夕年年有 今年分外欢

——本报通讯员、记者访问记

日夜盼望和台湾骨肉兄弟团圆

海外归来探亲人

为和平统一朝鲜铺平道路

朝鲜祖国战线提出四点新建议 南朝鲜方面作出肯定反应 朝鲜北方建议尽早举行工作级会议

卡特总统就邓副总理访美发表谈话

研究生一家喜事多

廿七张喜报加廿一朵大红花

举杯欢呼颂党恩

进一步控制人口增长速度

罗新译出版《儒林外史》

1979 年 1 月 28 日的《解放日报》(第三版)

“我花四分钱买一份报纸为了学习、看消息，你们用四分之一的版面介绍日本人的生意经，算啥名堂？”

“广告里画的有些是油头粉面、奇装异服、妖形怪状的女人，对广大群众到底有啥好处？”

王维让人把这些反馈实事求是地做成简报，上交给宣传部。

上面的领导，并没有批评。

6

由《解放日报》开头，全国报纸广告的“黄金时代”大幕由此拉开。

记得上海《新民晚报》的一位记者讲过一个段子：“那个时候，我们的广告部主任上班别的什么东西都不带，只要带把尺子就可以了。一个客户进来，主任告诉他实在没版面了，客户再三拜托，于是主任用尺子给他在版面上量出一个几乘几厘米的‘豆腐块’，问他能接受吗？客户连连点头，出去。然后排队的下一个再进来。那个年代，在报纸上登一个广告，有时候要提前一个月预约。”

当然，作为第一个吃螃蟹的《解放日报》，也由此迈开了脚步：1993年，报社全年广告收入首次达到1亿元，1995年又突破了2亿元。

对了，那家上海广告装潢有限公司在之后的八年时间里，营业额一直是同行业全国第一。

馒头说

《解放日报》是一家听上去非常严肃、正经的报纸（实际上也是），但翻开它的历史，除了第一个恢复商业广告外，真的还有不少的全国“第一”，会颠覆你的印象：

1979年8月12日，成为全国第一家刊登“社会新闻”的报纸（其实就是非正面的新闻：上海一辆26路无轨电车翻车，造成很多乘客受伤）；

1980年1月，全国第一家创办文摘类报纸《报刊文摘》（巅峰时期的发行量达到380万）；

1989年1月21日，成为全国第一家敢把美国总统（布什）的就职演说作为头版头条的报纸；

1991年1月17日，成为全国第一家（也是唯一一家）敢在头版头条刊发《海湾战争可能在24小时内爆发》预测消息的报纸（结果战争确实就在当天爆发）；

1991年2月4日，成为全国第一家敢用自己的语言透露党的最高领导谈话内容的报纸（业内皆知的“皇甫平”，有兴趣的读者可以自行搜索）；

1992年1月4日，成为全国第一家出版彩色版周末刊的报纸；

1993年1月1日，成为全国第一家敢以半个版面刊登股票和期货市场行情的报纸。

……

你问我怎么那么熟悉这张报纸的历史？因为这就是我供职的老东家啊！

必须承认的是，互联网，尤其是移动互联网蓬勃兴起后，传统的纸媒受到了巨大的冲击，当初广告客户踏破报社门槛的时代，一去不复返了。

但是同样应该达成共识的是：纸媒纸媒，成为过去的只是“纸”这个载体，“媒”永远是刚需——《解放日报》已经成为全国第一家“全员转型”的省级党报（全部的记者第一发稿都发到新媒体平台“上观新闻”客户端），又成了第一家摸石头过河的报纸，而这可能也是史上最艰辛、最未知的一次探索。

所以今天回过头来看当初报纸刊登广告的故事，我觉得依旧是很有意义的。

我一直很喜欢那八个字——或许那八个字现在看起来好像一点都不酷、不潮、不时尚，但真的能够做到，是非常了不起的。不光是做报纸、干媒体，放到任何一个行业，放到任何一个时代，这八个字都值得铭记：

解放思想，实事求是。

老祖宗考试作弊的那点儿事

有些门路和行业，从古至今都会一直存在，经久不息。而且技术还会随着时代的发展而不断进步和革新。

1

1997 年 5 月 5 日，在河南开封，中国有一套“奇书”露面。

这套书分上、下两册，印刷于清朝光绪年间。书面纸张为黄褐色，内文用宣纸印刷，墨色精纯，校勘精当，印刷精细，字迹清楚。

那这套书又“奇”在何处？

这套书只有 6.5 厘米长，4.8 厘米宽，1.5 厘米厚，总共也就一个火柴盒大小。

但就在这套火柴盒大小的书里，一共刊载了《易经》《书经》《诗经》《礼经》《春秋》五经，还连带注释和序言，共 342 页，30 万字。

这套书，被称为“世界最微型书”（据说浙江嘉善地区曾发现尺寸更小的版本）；

这套书，先是用手工抄录，然后再经石刻印刷而成。

下那么大功夫干什么用?

按照明面上的说法，那是为了便于读书人携带，让他们在旅途中看的。但哪位读书人出去旅行还要读 30 万字的“五经”? 而且书上每个字比一粒米还要小，那是要让天下读书人都“健步如飞出门，牵着导盲犬回家”吗?

所以，不要解释了。

这就是一套给考生作弊用的书。

2

中国的科举考试制度，起于隋，兴于唐，强于宋而盛于明清，历经 1300 多年，成为广大寒门子弟实现阶级跨越的重要途径。

“十年寒窗无人问，一举成名天下知。”在巨大的利益驱动下，作弊，几乎是伴随着科举制度同时诞生，同时发展的。

中国古代科举的作弊手段，可以说是门类繁多，让人眼花缭乱，但若以作弊的人群分，无非两类：富人作弊，穷人作弊。

我们就先来看看富人家的子弟是怎么作弊的——这个富人家，当然也包括有财又有势的官人家。

绘画作品中的唐代科举考试现场

如果你有个好爹，那么最好的作弊行为发生在进入考场之前，那就是“请托”。

所谓“请托”，就是通过各方面关系，贿赂考官，开后门。至于开后门的方法有很多，比如“探题”——透露题目给你，比如“关节”——双方约定你在考卷上做的暗号以便相认给高分（唐武则天时期开始要求盲批试卷），甚至是“偷改”——直接贿赂考官和工作人员，在考场就将试卷修改抄录。

能够“请托”的，一般都是大富大贵之家，那么稍微差一点，也有几个小钱，但托不到关系的人家该怎么办呢？

最常见的就是“替考”——找“枪手”（假手）代考。

请枪手代考，也是有讲究的。

一种，就是我们现在也常见的，枪手代替考生入场考试，考生不出现在考场。而另一种则更不易被发觉：枪手和考生同时入场，但枪手在试卷上写考生的名字，考生在试卷上写枪手的名字，神鬼不觉。

话说唐代最著名的枪手，就是赫赫有名的大才子温庭筠。“梳洗罢，独倚望江楼。过尽千帆皆不是，斜晖脉脉水悠悠。肠断白苹洲。”这就是他写的。

话说这哥们儿虽然诗名与李商隐并肩，却一生不得志，屡试不中。为什么呢？一方面因为他喜欢吃喝嫖，还要把相思缠绵的感受写成诗——“玲珑骰子安红豆，入骨相思知不知”也是他写的。唐代的科举要附加品德评语，所以他一直被打低分。另一方面，他口无遮拦，得罪不少权贵，所以也一直无法上榜。

屡试不中后，温庭筠就开始疯狂“报复社会”——不是深夜发美食照片，而是充当“枪手”帮人考试。

“枪王之王”温庭筠

唐宣宗大中十二年（858）的会试，由于温庭筠做枪手已经做出了名气，做出了品牌，为了防范温庭筠替考，主考官特地将他的位置安排在自己办公的门口。当时温庭筠就写了一篇一千多字的文章，早早退场，让考官倒也是心中石头落地。但后来人们才知道，就是在那次考试中，温庭筠竟然帮助8个人完成了考卷（“私占授者已八人”）。

无法想象温庭筠是怎么在那么短的时间里帮助8人作弊的，可谓“一战封神”。

当然，也不是人人像温庭筠那么潇洒。

晚唐著名诗人杜荀鹤虽有才华，但屡考屡败，只能写下一句牢骚诗：“空有篇章传海内，更无亲族在朝中。”最后，这哥们儿一气之下，去投了杀人魔王朱温，才算捞到个五代梁朝的翰林学士。

3

穷苦如杜荀鹤，自己有才，不愿作弊，那自是一说。但还有大量普通人家，无法像富贵人家作弊那样走高端路线，那该怎么办？

自然就是“八仙过海，各显神通”了。

最常用的手段叫作“夹带”，顾名思义，就是带小抄。但这个小抄放在哪里，学问就大了。

有的考生，把小抄放在食盒的夹层里，有的放在掏空的馒头里带入考场，有的比较恶心，把小抄藏在肛门中带入考场。

冯梦龙的《古今谭概》里就记录了这样一个故事。

万历年间，某个考生考试携带作弊文稿，用防水的油纸卷紧了，用细线绑着，藏在肛门里。搜查的人拉着线头把它拽了出来。这个考生解释："这是前一个考生丢弃的。"结果前一个考生被叫来对质，问："就算是我丢的，难道不上不下，正好丢进你的肛门？那你干吗又高抬你的臀部，等着我来丢呢？"（即我所掷，岂其不上不下，刚中粪门？彼亦何为高耸其臀，以待掷耶？）

当然，有些"夹带"也是有些技术含量的，比如"继烛"。

因为有时候科举考试要考到晚上，所以考生需要自备蜡烛。有些考生就把蜡烛内部沿引线从底往上掏空，然后塞入卷成一条的小抄，然后再用蜡油把底部封平，堂而皇之地带入考场。

比"继烛"更有技术含量的是"飞鸽"。

在赶考之前，考生家里先训练鸽子，在考前晚上将鸽子放入考场。考生进入考场后，把当天的考题写在纸上，让鸽子带回家中。家里早就准备好若干写作高手，按题写作，再让鸽子把文章带回考场——放到如今，只是鸽子换成了手机而已。

另外一些手段，甚至都有些"高科技"含量了。

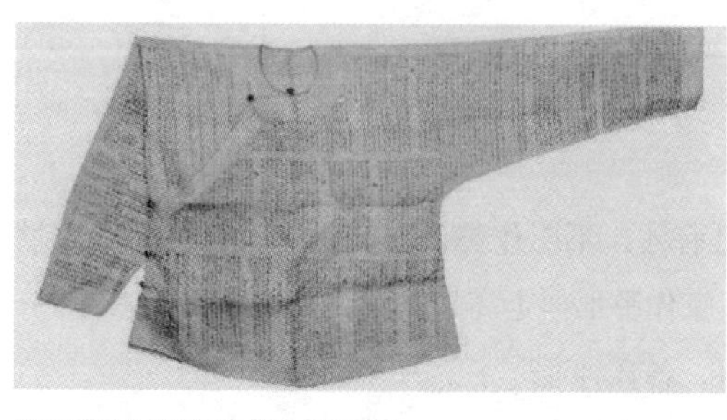

密密麻麻写满字的"夹带"上衣

有些考生会用墨鱼汁把作弊内容抄写在衣服里，再涂上泥巴，混入考场。进入考场后将泥巴去掉，墨鱼汁写的文字就会显露出来。而且据说用墨鱼汁写成的文字，过一段时间会褪色，这样的话作弊的证据也会消失。

总的来说，使用新颖的“夹带”方式的一些考生可谓生不逢时，如果放到现在，即便落榜，去做个一流魔术师也是绰绰有余。

清科举考试作弊用书

4

那么问题就来了：面对那么多种作弊手段，考官们不管吗？朝廷不管吗？还有王法吗？

管，当然管。而且招数也很多。

第一招是“盲批”。唐武则天的时候，规定考生在考卷上自糊姓名，不让批卷者知道。后来则是姓名、年龄、籍贯等都要用专门的纸条密封，加盖弥封印章，防止被人拆开偷看或偷梁换柱。宋朝沿用此法，称其为“糊名”，而且还加了一道手续——专门请人将考生的试卷统一抄写，防止因为笔迹被辨认出而作弊。这在一定程度上防范了作弊，但并不能完全杜绝前文所说的“关节”和“偷改”。

第二招叫“结保”。这个规矩从唐代就开始了，三人一保，类似连坐。如果三个考生中有一个被发现有作弊行为，三人同时受到处罚。这逼得他们互相监督，不能因为其中一人作弊而毁了自己前途。到后来考官等人都参与作弊，于是考官和工作人员也开始结保。

第三招是对付“枪手”的。从宋朝开始，科举考试推行“准考证

清代科举考试场景还原

制度”。那时的准考证叫“浮票”，上面除注明应试者姓名外，还有面形、身高、体形等特征。考生进入考场时，监考官拿着准考证一一看过才放行，以此防止冒名替考。但这招对温庭筠这类人不管用——老子也是进考场考试的，你奈我何？

光这三招还不够，第四招叫“锁院”。这一招缘起北宋年间。当时的翰林学士杨亿被任命为主考官，在开考前，他同乡中打算应科试的一些人来拜访他——目的明确，希望接受“考前辅导”嘛。这个杨亿一听他们的要求，拍案而起，大骂一声：“丕休哉！”掉头就走进了里屋。

杨亿当真是个清官？并不是。“丕休哉”三个字出自《尚书》，是一句骂人的话。有聪明人立刻听出了其中奥妙。那次考试，凡答卷中用了“丕休哉”一语的，都录取了。

为此，宋太宗决定开始“锁院”制度：每次考试的考官分正副多人，都是临时委派的。考官接到任命后，便要同日进入贡院，在考试结束发榜前不得离开，也不能接见宾客。如果考官要从外地到境监考，在进入本省境后亦不得接见客人。

然而，最简单有效的一招，自然就是“搜身”了。

随着“夹带”招数的越来越多，考生进入考场前的搜身也越来越严，进场要打开他们的发结，脱去衣服，甚至……检查肛门。

在这一点上，被汉人视为“蛮夷”的女真人倒是想出了一个非常文明的办法。金朝也仿效汉人开科举，但金世宗觉得对考生进行搜身很不礼貌，所以他规定：每次进考场前，让考生脱去自己的衣服进入沐池沐浴，浴毕则让考生换上统一的考生礼服——既检查了考生，又让考场环境干净卫生，没有体臭脚臭，一举两得。

当然，光靠“防”是肯定防不尽的，那怎么办？那就还要“罚”。

在清朝，凡是在科场考试中作弊的人，一旦被查出，要立即被带上枷锁在考棚外示众。然后还要判罚取消考试资格多少年，厉害的甚至会“剥夺考试权利终身”。

对于考场官员舞弊的，那惩罚就会更严重些，如果被查出，会被施以杖刑、罢官、流放，甚至砍头。

清朝对于科场舞弊惩罚极严，不少官员为此搭上身家性命。雍正年间，河南学政俞鸿图的小妾与仆人勾搭出卖考题被人举报，俞鸿图虽然不知情，但毕竟治家不严，被雍正判了个“斩立决”。（据野史记载，俞鸿图是被判“腰斩”，斩断身躯后尚未死，用手指在地上写了七个“惨”字才气绝身亡。旁人将惨状禀报雍正，雍正从此取消“腰斩”刑。）

这还不算什么。咸丰年间，做过户部尚书、翰林院掌院学士、军机大臣的正一品大员柏葰，被人举报主考期间舞弊。堂堂一个正国级官员，就被一刀咔嚓了，因此案被牵连的官员达 90 多人，其中不少都被处斩了。

不过，“头你尽管砍，以后不作弊算我输”。作弊的传统和方式还是在一代又一代地传下去，推陈出新，屡禁不绝。

从我们如今这个时代往后再过一千年，如果有人回写现在我们的各种考试，一样可以写出一篇图文并茂的《21 世纪考生作弊的历史》吧？

馒头说

所谓“道高一尺，魔高一丈”。

考试和作弊，就像一对孪生兄弟，从出生开始就形影不离，谁也不能和谁分开。

或许有人会问，手段如此严格，下场如此悲惨，但为什么还有一批又一批的考生愿意铤而走险？

很简单，因为科举是那个时代处于普通阶级的他们突破自身阶层，万里封侯、光宗耀祖的唯一途径，很多人都为了那一点点希望，愿意付出巨大的代价。

是的，由此很容易联想到我们现在的高考。

有不少人曾呼吁取消高考制度。我个人觉得高考迟早会完成它的历史使命，但至少目前时机还不成熟。

在当下的中国，高考依旧是一个对普通阶层相对而言最公平的机会，尤其是对广大的农村子弟而言，如果没有高考，他们靠什么越过那道坎，改变自己的命运和人生？靠拼爹？靠送礼？还是靠各种才艺秀？难道还要潜规则？

不过，虽然我已远离学生时代，但通过各类新闻还是能了解到，高考现在对学生的重要性，与对当年的我们而言已不可同日而语（我是全国大学扩招前的最后一届）——我个人认为这是个挺好的趋势。

为什么呢？因为考试的机会越来越多了，考试的方式越来越多了，对未来的选择也越来越多了。高考可能还是目前中国最大的一个“跃龙门”的渠道，但很难说还是不是当初那座“千军万马挤破头”的独木桥了。

其实当年的科举也是这样。考生们之所以前仆后继花样百出地作弊，是因为那是他们作为读书人唯一的升迁之路。而到了晚清，尤其是1905年取消科举制度前夕，科举的存在感已经越来越低。以前科举找人代考，可能要花个千百两银子，到后来可能只要几两甚至几钱银子就行。

可以实现自我价值的道路既然多了，那又何必在一根独木桥上挤呢?

当然，不是在舞文弄墨的考场上作弊的人少了，就是作弊的人真的少了。

只要有人，有欲望，有功利，“作弊”这种行为，永远会存在。

哈得孙河上的奇迹[①]

有时候，人在巨大的灾难面前，所能祈求的只能是运气。但有时候，能起作用的又并不只是运气。

1

2009年1月15日下午，在纽约长岛繁忙的拉瓜迪亚机场，一架客机缓缓驶出了停机坪。

这架客机是全美航空的“空客320”型飞机，航班号是1549，执飞的任务是从纽约飞往西雅图，中间经停夏洛特。

连同机组人员在内，这个航班上有155人。

从纽约到夏洛特的第一站航程大概只需要两个小时，所以这班航班机长萨伦伯格的心情还是比较轻松的。

萨伦伯格（Chesle. B. Sullenberger），那一年58岁，可谓是“科班出身”：1969年从中学毕业后，萨伦伯格进入了美国空军学院，学习

---

① 本文所有涉及萨伦伯格和杰夫在驾驶舱里的对话，包括后面他们和地面塔台的通话，均为事后公布的打捞出的黑匣子里的真实录音还原。

在空军学院学习时的萨伦伯格

驾驶滑翔机（请注意这个点）。1973年到1980年间，萨伦伯格在美国空军驾驶了七年的F4“鬼怪式”战斗机，随后升职为飞行指挥员和飞行教练。退役后，和不少空军飞行员一样，他开始执飞民航班机。

1月15日那天，纽约的气温虽然接近0摄氏度，但天气晴朗。在得到塔台允许起飞的命令之后，1549次航班顺利从跑道起飞。机长萨伦伯格让一旁的副驾驶、49岁的杰夫（Jeffrey Skiles）接过了操控权，自己望了一眼舷窗外的纽约哈得孙河，对杰夫说了一句话：“哈得孙河今天看上去真漂亮。”（Uh，What a view of the Hudson today.）

一旁的杰夫回答：“是的。”（Yeah.）

在那一刻，无论是萨伦伯格还是杰夫，都无法预见这两句轻松的对话后会发生什么——直到1分半钟后，飞机突然一阵剧烈晃动，像是在空中撞到了一堵墙。

“鸟群！”（Birds!）萨伦伯格只说了一个单词，虽然语气还是很冷静，但让一旁的杰夫倒吸一口凉气——飞机撞到鸟群了！

2

飞机撞鸟，堪称航空安全的最大威胁之一。

只要学过物理的人都应该知道，高速运动中的飞机与一只鸟迎面相撞——哪怕只是一只麻雀——都很有可能导致机毁人亡。

而飞机撞鸟事件中最糟糕的，无疑就是鸟撞上了飞机的引擎。

这种最糟糕的局面，就让 2009 年 1 月 15 日的 1549 次航班撞上了——还不是一只鸟，是一群鸟。

在一阵晃动之后，萨伦伯格看了一眼仪表盘，最坏的情况发生了：这架“空客 320”客机的两个引擎同时失去了动力。

很显然，鸟群钻进了飞机左右两个引擎，从而让这架几十吨重的庞然大物瞬间失去了动力。

而此时飞机已经爬升到 5000 英尺的高度（1500 米左右），飞行速度为 400 公里 / 小时。

这个时候，机长的反应和操作，将决定整架飞机上所有人的生死。

13 秒之后，萨伦伯格向副驾驶杰夫下了第一道指令——要回飞机的操控权。

同时，萨伦伯格要求杰夫赶紧拿出 QRH（quick reference handbook，快速检查手册），查阅如何按照上面说的步骤逐步化解危机。

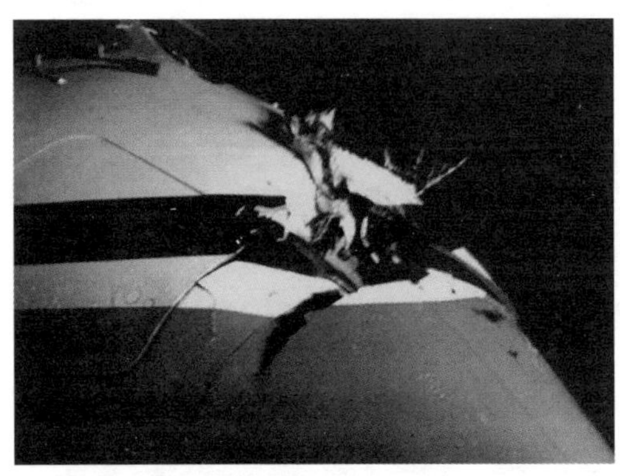
在高速运动中，迎面扑来的鸟会形成巨大的冲击力

但是，与此同时，萨伦伯格首先启动了辅助动力系统——这

个系统虽然不能保证飞机恢复动力，但能让驾驶舱仪表盘的各项数据和电脑暂时恢复正常——如果按照 QRH 的指示，这项步骤大概要排在第 15 个步骤之后。

随后，萨伦伯格开始向拉瓜迪亚机场的地面塔台发出呼救："呼救！呼救！呼救！这里是 1549 次航班。我们撞上了鸟群，两个引擎都失去了动力，我们准备返回拉瓜迪亚机场！"（"Mayday mayday mayday. Uh this is uh Cactus fifteen fortynine hit birds, we've lost thrust（in/on）both engines we're turning back towards LaGuardia."）

"Mayday"起源于法语"m'aidez"，表示"帮帮我，救命"，是航班求救的通用语。

在第一时间，萨伦伯格想到的是把飞机飞回拉瓜迪亚机场。

3

下午 3 点 27 分，拉瓜迪亚机场的塔台收到了萨伦伯格的呼救。

当天负责 1594 次航班塔台雷达控制的，是一个叫派崔克·哈登的小伙子。当他收到萨伦伯格的求救信号时，顿时呆住了——两个引擎都不能运转，意味着这架飞机失去动力了。

但很快，他调整了情绪，立刻做出了应答："好的……哦……你需要飞回拉瓜迪亚机场吗？向左转，航向 220！"（Ok uh, you need to return to LaGuardia? Turn left heading of uh two two zero！）

无线电应答中传来一阵沉默。

哈登继续发出指示："1549 次航班，如果我们可以为你安排，你是否可以降落到 13 号跑道？"（Cactus fifteen fortynine, if we can get it for you do you want to try to land runway one three?）

应答器中传来萨伦伯格简短的回答："我们做不到。"（We are unable.）

哈登没有放弃，继续努力：“1549 次航班，31 号跑道有空！”（Arright Cactus fifteen fortynine it’s gonna be left traffic for runway three one.）

萨伦伯格这次的回答更简短：“做不到。”（Unable.）

哈登这时可能并不知道，1594 次航班此时离地面只有 400 多米的高度了。

他又安排了 4 号跑道，但等来的萨伦伯格的回答是：“我不敢保证我们能在任何跑道降落，我们右边有什么？新泽西的迪特波罗机场？”（I’m not sure we can make an runway. Uh what’s over to our right anything in New Jersey maybe Teterboro?）

哈登在绝望中似乎又抓到了救命稻草——既然萨伦伯格在寻找迫降的机场，说明飞机还能够掌控：“你说你想去迪特波罗机场？”（You wanna try and go to Teterboro?）

萨伦伯格回答：“是的。”（Yes.）

哈登赶紧回应：“你们想降落在迪特波罗哪条跑道？”（Which runway would you like at Teterboro？）

1549 次航班却没有应答。

10 秒钟的沉默。

随后，萨伦伯格的声音再度响起：“我们准备在哈得孙河上迫降。”（We’re gonna be in the Hudson.）

哈登怀疑自己听错了，赶紧追问了一句：“对不起，你再说一遍？”（I’m sorry, say again Cactus?）

此时的时间，是下午 3 点 29 分，离塔台收到 1549 次航班的呼救，只过去了 2 分钟。

1549 次航班再也没有应答。

4

在听到 1549 次航班准备迫降哈得孙河的应答后，哈登瘫坐在了椅子上。

为什么？因为在航空史上，飞机迫降在水面上的先例，往往惨不忍睹，因为考虑到水波、水流、水温、下沉等各种因素，水面迫降的难度其实比陆地迫降要高很多（和在水泥地上硬着陆没什么区别），生还率也小很多。

作为一个例子，1996 年，埃塞尔比亚 961 号航班因被劫机而燃油耗尽，最终在印度洋面上迫降，结果机体被撕裂，全机 175 人有 125 人遇难。

更何况，1549 次航班的下面是全世界最繁华的城市之一——纽约，只要出一点闪失，就会造成比机上乘客人数多得多的伤亡。

在收到 1549 次航班的应答后，按照规定，哈登被请离了操控台，因为他当时的情绪已经不适合再调控航班了。

被安置在一个小房间里的哈登，默默地流下了眼泪。

因为按照他的经验，1549 次航班肯定是机毁人亡了。

但他不知道，就在那一刻，萨伦伯格正在操控着那架飞机，做最后的努力。

5

就在机身剧烈晃动的时候，1549 次航班的所有乘客陷入了寂静。

这种寂静，并不是因为大家都很淡定，而是在那一刹那，所有人都知道他们什么都做不了，唯一可以指望的，就是驾驶舱内的两名驾驶员。

这时候，机舱内的机长广播响了，机长说的，并不是大家都期待的“现在飞机已经恢复平稳”，而是一句让所有人胆战心惊的话：“准备撞击姿势！”（Bracing impact!）

随后，同样也绑好了安全带的空姐开始大声喊着要求乘客：“推椅背！弯腰！低头！双手抱头！”

有人哭了起来。

在拉瓜迪亚机场的地面塔台控制室，雷达上已经失去了 1549 次航班的踪影——飞行高度低于 300 米，雷达已经捕捉不到了。

而此时此刻，在驾驶舱内，萨伦伯格和杰夫正在做最后的努力。

失去了动力的“空客 320”飞机，此时就是一架几十吨重的滑翔机，而萨伦伯格年轻时的滑翔机驾驶经验此刻也派上了用场，他在争取让飞机以一个完美的姿态切入哈得孙河的河面——切入角度要保持在 11 度左右，同时不能让飞机失速。

30 米，20 米，10 米——轰！

当萨伦伯格和杰夫从巨大的冲击中清醒过来时，看到的是周围的一片水面——他们意识到，迫降成功了。

与此同时，同样劫后余生的机舱内的所有乘客，在空乘人员的指挥下，开始紧急疏散：妇女和儿童优先被送出紧急出口，随后大家依次撤离。

此时的室外温度接近 0 摄氏度，而哈得孙河水更是冰冷刺骨，有的乘客跳进了水里，试图自己游到岸边，但游了几下发现很快就会冻死在河里，只能再游回客机。

所有的乘客站在飞机的两翼和几个充气救生梯上等待救援，时间开始变得宝贵起来——如果救援不能及时赶到，他们中相当一部分人将被活活冻死。

当时真实的新闻画面

好在，萨伦伯格选择迫降的地方，毕竟是纽约市中心的哈得孙河。

率先赶到救援的，是哈得孙河上的一条轮渡船，随后，越来越多的船只收到救援信号后迅速赶来，官方的救援直升机也随即飞到，潜水员直接跳入水中去帮助体力不支的乘客。

救援船员围绕在 1549 次航班周围

正当乘客开始登上救援船只的时候，萨伦伯格还在已经涌入冰冷河水的机舱内寻找还没撤离的乘客。作为机长，他认为自己有义务确保所有乘客的安全。

在舱外机组人员的催促下，萨伦伯格最后一次检查了机舱，确认没有人留下，随后离开了即将下沉的飞机——他是全机最后一个离开的人。

上岸后不久，萨伦伯格得到了一个让他欣慰的数字：

1548 次航班全机 155 人，全部生还，包括一个 9 个月大的婴儿。

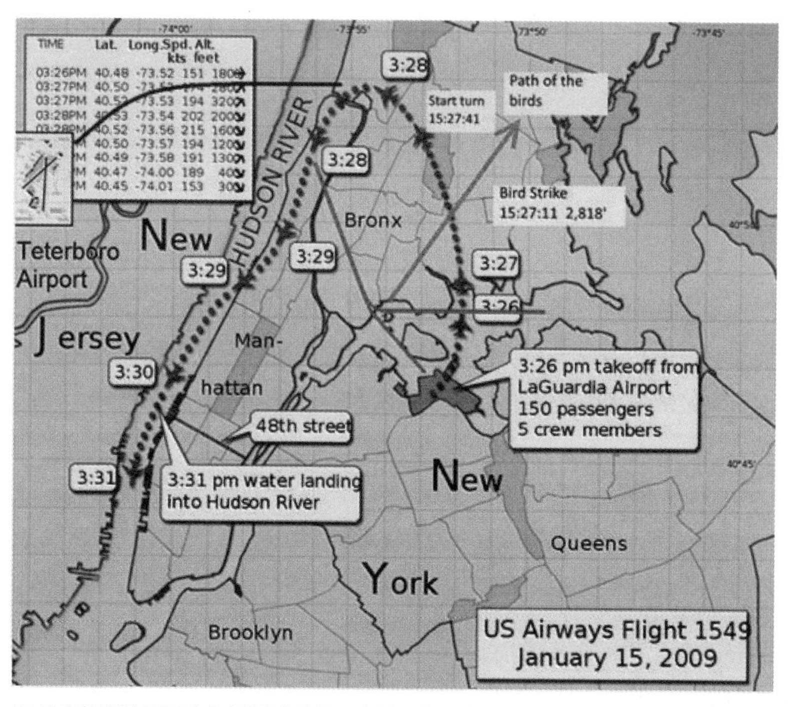

1549 次航班从起飞到成功迫降的路线，全程一共 6 分钟

6

毫无疑问，萨伦伯格立刻成了英雄。

媒体开始铺天盖地地报道这次迫降，而当时的纽约州州长戴维·帕特森直接把这次事件称为“哈得孙河奇迹”。

但很多民众所不知道的是，萨伦伯格和杰夫并没有多少时间体会“创造奇迹”的感受，因为他们在第一时间将面临 NTSB（国家运输安全委员会）的详细调查——这次迫降是不是必须的。

NTSB 组成了调查委员会，他们的调查目的主要是要确认两件事。

第一，这次事故是不是因为鸟的撞击产生的。

一般来说，鸟撞上飞机尤其是被吸入引擎后，往往尸骨无存。但好在 1549 次航班的水上迫降近乎完美，机体几乎没有损伤地被保存了下来。在从哈得孙河底打捞上飞机后，调查人员对飞机的两个引擎进行了详细的检测，最终发现了几十处鸟类撞击留下的痕迹和残骸。

通过分析验证，最终证明撞上 1549 次航班的鸟群，是正准备迁徙的加拿大黑雁。

萨伦伯格和杰夫关于“遭遇鸟群撞击”的说法被证实了。

第二件要确认的事，就相对要复杂很多，那就是——是不是 1549 次航班当时只能迫降哈得孙河，而不能返回机场？

为此，调查委员会最终请法国的空客公司做了电脑模拟和真人驾

1549 次航班被成功整体打捞

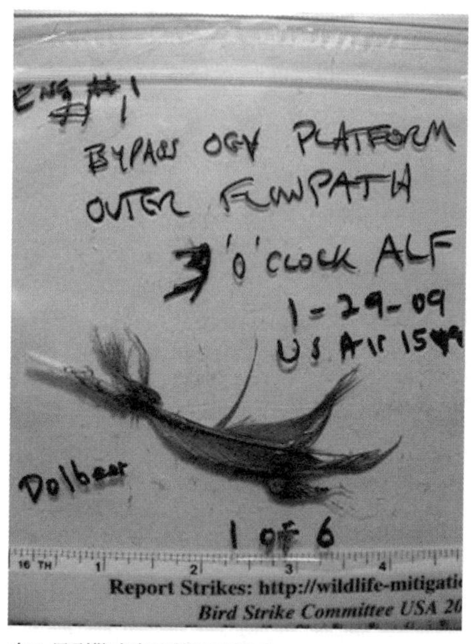

在1号引擎中发现的黑雁羽毛

驶模拟，两次模拟均显示：在遭受鸟群撞击后，飞机均可以降落在拉瓜迪亚机场或迪特波罗机场的跑道上。

那么，萨伦伯格冒险降落在哈得孙河上，完全是无意义的行为？

一旦这个结论成立，整个事件将发生戏剧性逆转：萨伦伯格根本不是什么拯救155条生命的英雄机长，而是一个玩忽职守，拿全机乘客生命开玩笑的赌徒。

好在，事实并不是这样。

无论是电脑模拟还是真人模拟，都是建立在飞机受到鸟群撞击后立刻就转向寻找机场降落的前提下——换句话说，等于是事先知道会遭受撞击。

但是真实的情况是，在1月15日3点27分的那一刻，萨伦伯格和杰夫是根本不知道会遭遇鸟群撞击的——任何人在遭遇突发情况后，都需要一个反应时间。

调查委员会最终把这个反应时间设定为35秒。

在扣除35秒的反应时间后，无论是电脑还是真人驾驶模拟，都无法将飞机安全降落到任何一个机场。

迫降哈得孙河，是当时唯一正确的选择。

在整个调查过程中，调查委员会还发现，在仅仅35秒的时间里就做出正确的判断，并且在全程 208 秒的时间里完成水上迫降，萨伦伯格上演了一个真正的奇迹。

尤其是他没有按照操作步骤，而是率先打开了辅助动力系统，这堪称成功的关键——如果那个开关不开，飞机的仪表盘和电脑将失去电力供应，那么 1549 次航班不可能以那样完美的姿态切入水面，早就在空中失速坠毁了。

萨伦伯格的应对完全配得上“英雄”的称号。

7

因为拍摄影片《萨利机长》，萨伦伯格后来和当初幸存的乘客们有一次聚会。

在那次会面上，每个乘客自我介绍的方式，就是报出当时自己乘坐 1549 次航班时的座位号。

而萨伦伯格有一段话，大意是：“155，看上去似乎不是一个很大的数字，但如果你把这个数字连接上面孔，那就不是 155 张面孔，而是那背后父亲和母亲的面孔、妻子和儿子的面孔，很多很多的面孔，那样，155 就是一个很大的数字了。”

所以，当时无论是飞机上的乘客，还是美国的普通民众，对萨伦伯格说得最多的一句话，就是三个字：“谢谢你！”

萨伦伯格

馒头说

2016 年 9 月 9 日上映的《萨利机长》这部电影，其实是围绕迫降后 NTSB 调查萨伦伯格的故事展开的。

看完电影的观众可能心里会憋着一股气：凭什么要这么质疑这位机长？

事实上，因为是拍电影，所以难免要做一点艺术加工：影片中 NTSB 对萨伦伯格似乎怀着“敌意”，一定要证明他当时的选择是错误的。在真实环境中，NTSB 是没有这样“先入为主”的观念的。

但是，NTSB 事后对包括萨伦伯格在内的整个事故的调查，确实是严肃、认真的。

就在《萨利机长》上映期间，上海也发生了惊险的一幕：2016 年 10 月 11 日，东航 MU5643 次航班在上海虹桥机场执行航班起飞过程中，由于管制原因，导致另一架 A330 飞机同时穿越跑道。在两架飞机即将相撞的一刹那，机长何超快速拉升起飞，最终避免了两架飞机相撞。事后，何超获得了 300 万元奖金，并且还获得了一系列荣誉，被媒体同样赞誉为“英雄机长”。

我曾看到网上有人质疑：美国机长创造了那么大的奇迹，事后还要遭受如此严格的审查，我们中国一个机长事后受到如此夸赞和奖励，却没有人质疑他的行为是不是最佳选择，可悲！

作为我个人的看法，有三点。

第一，且不说两架空客飞机的价值就超过 1.3 亿美元，机上数百名乘客和机组人员的生命更是无价的——何超得到这份奖励，绝不过分。

第二，从当时的情况来看，除了加速拉升，并没有第二种选择了。

第三，虽然我不是民航业内人士，但我相信，事后有关方面肯定是有详细审查的。因为我知道，事后有一批塔台相关人员被党内警告、严重警告、行政撤职乃至被终身吊销执照。

人命关天的事，我相信谁都不会拿来开玩笑的。

所以，我们既需要像萨伦伯格这样的“英雄机长”，也需要像NTSB 这样的严格审查机构，两者缺一不可。

经得起考验和回放的英雄，才是真正的英雄。

而有严格检验英雄行为的制度和机构，是避免悲剧再一次发生的关键。

人类悲歌：切尔诺贝利核事故背后的阴影

到目前为止，这是人类历史上最惨重的一次核事故。但在这场事故的背后，我们看到的悲剧，又岂止是灾难本身……

1

1986年5月14日晚上，苏联每一台打开的电视机屏幕上，都出现了一个人的影像。

那是当时苏联的最高领导人戈尔巴乔夫。

在这个晚上，戈尔巴乔夫通过电视讲话，终于公开说出了一件全苏联人民乃至全世界人民都非常关心的事：

“晚安，各位同志。切尔诺贝利核电厂事故，也引发全球关注。我们首次面对这样的危险，核能脱离了人类掌控。我们日夜无休地工作。全国的经济、技术与科学团队，都前来抢救这场灾变。……全国都动员起来。官僚作风被摆在一旁，不管需要谁的贡献，我们都会马上要求。此刻我们不会在意成本，需要什么就拿什么出来，我们处于前线状态。”

这是苏联最高领导人第一次就切尔诺贝利事故公开发声。

而这个发声的时间，离这场当时全世界唯一的七级核事故（2011年的福岛核泄漏事故后来也提升为七级）发生，已经过去了整整18天。

那是地狱般的18天。

2

时间回到1986年4月26日，深夜1点。

在普里皮亚季市，4.3万名居民中的绝大多数都已经进入甜蜜的梦乡。

这座位于乌克兰基辅州的城市，是一座典型的为一项工程而兴建起来的新兴城市。1970年，为了安置在附近修建电站的建筑工人和工作人员，普里皮亚季市被建造了起来。随着电站工作人员的逐步增加，家属以及相关人士不断迁入，这座城市渐渐繁荣，并且成为当时苏联的一个模范市镇——它的发展，展现了苏联成功地将核能用于和平建设。

没错，那座离普里皮亚季市只有3公里，撑起该市大多数就业岗位，并为整个乌克兰提供一半电力的电站，是一座核电站。

它的名字，叫作切尔诺贝利。

4月26日夜里1点，当绝大多数普里皮亚季市市民已经入睡的时候，切尔诺贝利核电站的176名工作人员还在加班。

这一天，他们要给4号发电机组做一项测试，测试核反应堆的涡轮发电机在电力不足的情形下，能否发出充足的电能供给反应堆的安全系统。

凌晨1点23分，实验开始了。

切尔诺贝利核电站

地狱之门也由此被打开——由于工作人员的操作失误（这是后来苏联官方的解释，但也有人认为该核电站的设计本来就有缺陷），核反应堆出现了温度异常。

几十秒后，操作人员按下了“紧急暂停”的按钮，7 秒钟之后，反应堆内核燃料的温度从 330° C 瞬间上升到 2000° C。

随后就是“轰”的一声巨响——核反应堆发生了巨大的爆炸。

这次爆炸，将反应堆上方重达 1200 吨的封顶轻而易举地掀开，整个 4 号机组的厂房瞬间就被炸毁一半。

但更可怕的是，整个燃烧的核反应堆直接暴露在了空气中，大量核燃料溶解后产生的辐射粒子，伴随着蒸汽和火花，开始从裂开的缺口向外喷溅，甚至喷到了几千米的高空，然后四处溅落。

后经测算，当时爆炸产生的辐射量，相当于 1945 年在日本投下的两颗原子弹辐射量之和的 100 倍。

有目击者回忆：当时整个夜空色彩缤纷，如同彩虹一般美丽。

那是来自地狱的死亡艳丽。

工程师沃洛多夫·沙希诺克（Volodmr Shashenok）在乌克兰普里皮亚季市一个车站的照片。他是切尔诺贝利核电站事故中的第二个牺牲者，在事故发生5小时后就死去了。另一位泵站的高级操作员在爆炸时当场死亡

3

爆炸发生3分钟后，核电站的第二消防队接到了火警警报。

以普拉维克中尉为首的14名消防员，在第一时间就乘坐消防车奔赴现场灭火。在路上，普拉维克用无线电向普里皮亚季市的消防队寻求支援，那里的基别诺克中尉随后又率领一批消防队员赶到了切尔诺贝利。

没有人，是的，没有人告诉第一批赶到的28名消防员，他们要扑灭的不是一场普通的大火，而是一场核反应堆的大火。

当时，4号机组厂房上方的辐射强度为2万伦琴，被炸开的反应堆内部的辐射强度是3万伦琴——人类在500伦琴的辐射强度照射下，1个小时之内就会急性死亡。

事故发生后不久的切尔诺贝利核电站4号厂房

所有的消防员没有穿任何防护设备，就直接来到了火场中心位置。一批勇敢的消防队员冲上了厂房屋顶，开始直接向火堆喷水，而有的消防队员因为好奇，甚至直接用手捡起地上的石墨。

凌晨2点10分左右，4号厂房的大火基本被扑灭——事实证明，这有效阻止了大火向3号厂房里的核反应堆蔓延，避免了第二次核爆炸。

但是，这些消防队员奇怪地发现自己开始头晕，并且剧烈呕吐。一批消防员被换了下来，另一批又顶了上去。

几个小时之后，第一批赶到火场的消防队员全都因为剧烈呕吐和晕眩被送到了医院。

在之后的3个月内，包括普拉维克和基别诺克两名中尉在内的一批消防员和工作人员，全部去世。

他们去世时非常痛苦，皮肤脱落，全身有灼烧感。

他们全都是因为得了辐射病而去世的。

纪念扑灭切尔诺贝利核电站大火的消防员的雕像

消防队员维克多·比库恩是第一批消防队员中少数存活下来的人。他因不断地呕吐被同事送到了医院，医生后来开出的证明显示：他在一小时的救火过程中，受到了 260 伦琴的辐射照射。

比库恩后来的回忆是："那时没有人考虑回报，我所想到的是，女儿们在家里，镇上的人都睡着了。"

4

爆炸发生的 3 个多小时后，消息传到了克里姆林宫。

但戈尔巴乔夫除了知道"切尔诺贝利核电站发生了一场火灾"之外，并没有获得太多的信息。他立刻询问了当时苏联的最高科学权威——苏联科学院院长兼原子能研究所所长亚历山德罗夫院士。

这位年届 83 岁，早已脱离一线的院士自信地告诉戈尔巴乔夫：“反应炉绝对安全，甚至可以装置在红场。过程跟煮茶没两样，就像在红场摆个茶壶一样。”

没有人把切尔诺贝利的事故当回事——甚至很多人都不知道发生了爆炸。

4 月 26 日的白天，整个普里皮亚季市一切照常，有人说昨天晚上核电站发生了火灾，但没有人提到爆炸。

但是，一批来调查灾情的军队，已经开到了普里皮亚季市。带队的克伦班克亚上校开始测量市内的辐射指数。

在这一天的中午，克伦班克亚上校测得的辐射指数是 0.2 伦琴——大气中的正常辐射量是 0.000012 伦琴。

这座城市的辐射指数已经超过正常值 1.5 万倍！

到了傍晚时分，普里皮亚季市的辐射值超过了正常的 60 万倍，这甚至一度让克伦班克亚上校怀疑是不是测量机器出了问题。

他们当时并不知道，3 公里外的切尔诺贝利核电站内，反应炉还在燃烧，辐射还在继续加强。

而由于官方没有发布任何消息，在普里皮亚季市，大人们正常上班、下班、散步、吃饭，而孩子们在广场上欢快地嬉戏。

意识到事态严重的克伦班克亚上校立刻派了一支侦测队，前往切尔诺贝利核电站附近去测辐射值。侦测队带回来的测试结果让上校非常后悔让几乎没穿什么防护装备的手下去冒那个险。

测试结果显示：2080 伦琴！

测试的数据在第一时间被传回了莫斯科。

这下克里姆林宫才彻底紧张了起来。戈尔巴乔夫立刻下令紧急成立政府委员会，将全国顶尖的核能专家全都召集了起来。

委员会当晚做出的第一个决定，是立即撤离普里皮亚季市的全部居民。

4 月 27 日上午 11 点，在事故发生后的 33 个小时，苏联终于开始采取第一批安全措施——1000 辆巴士抵达了普里皮亚季市。

普里皮亚季市的居民被告知，他们只有两小时的时间用来打包，然后一律在自己的家门口等候来接。

普里皮亚季市至今还大致保留着当初人们迁离时的样子。很多家门口都贴上了纸条，写了很多不舍得离开的话，比如："亲爱的好心人，请不要在这里寻找贵重物品，我们没有贵重的东西，想用什么尽管用，但是请不要把这里弄得乱七八糟，我们会回来。"

下午 5 点，全城居民开始撤离。很多人并不知道发生了什么事，他们以为，只是去外面暂住一段时间，很快就能回到自己的家里。

但他们完全不知道，自己再也回不来了。

事实上，他们中的很多人，已经遭受了过量的辐射，在接下来的岁月中，各种辐射病乃至死亡，将接踵而至。

4 月 28 日晚上，普里皮亚季市终于成了一座空城，而由著名核子物理专家勒加索夫院士率领的科学团抵达了这座城市，将总部设在普里皮亚季大饭店。

和他们一起进驻这座城市的，还有大批的苏联红军。

虽然他们已经知道事态的严重性以及决心要解决这个事情，但他们的心态依旧很乐观。

很多人认为，切尔诺贝利核电站大概在五六月份就能恢复使用。

俄罗斯新闻社的摄影记者伊戈科斯汀是第一个拍到 4 号反应堆裂口的记者，他的相机很快就因为辐射而卡壳了，底片也都变成了黑白色，当时他不知道这是因为辐射的关系

5

4 月 28 日晚上 9 点，苏联国家电视台终于播出了核电厂事故的声明。

此时，据事故发生已经过去了近 70 个小时。

事实上，这次的通报，在某种意义上是被瑞典逼出来的——核电站爆炸释放出的辐射物质，经风向吹送，飘移一千多公里，来到了波罗的海上空。

瑞典在第一时间就测试了辐射度，随即就向苏联政府求证他们的核电站是否出了问题。在得到消息后，美国和欧洲的间谍卫星也迅速转向苏联，通过热成像，他们发现了出事的切尔诺贝利。

在这样的情况下，苏联只能播出官方声明。

但整个声明非常简短："切尔诺贝利核电站发生了意外，当局已经采取行动处理了问题，并为受灾者提供救援，政府亦已成立调查委员会。"

全程只有 14 秒。

事故的严重性再一次被大大缩水甚至封锁，而戈尔巴乔夫指出，不能让切尔诺贝利事故，成为美国疯狂攻击苏联的工具和借口。

1986 年 5 月 3 日，在东德边界，人们正在清理一辆由波兰开过来的轿车，它被怀疑已经沾染了辐射粉尘

正是因为官方的刻意隐瞒，带来了更大的悲剧。

三天后的五一国际劳动节，是苏联要举国欢庆的节日。在离切尔诺贝利核电站只有 100 公里的乌克兰基辅，同样也有盛大的游行。

当时，因为风向变化，核电站的辐射粉尘，已经飘向了基辅。

但那一天，完全被蒙在鼓里的市民，在政府的鼓励下，身着民族盛装的男女老少走上基辅第一街——克列夏季克大街参与游行，庆祝节日。人们脸上洋溢着欢快的笑容，完全不知道自己参加的很可能是一场“死亡游行”。

当时的乌克兰党中央第一书记谢尔比斯基也带着家人一起参加了游行

1990 年，谢尔比斯基去世。

网上有多种说法说到，在此次游行之后不久，谢尔比斯基自杀身亡。我查下来，信源基本都是中央电视台探索频道播出的《拯救切尔诺贝利》。但通过搜索国外大量网站，包括俄语维基百科，我发现苏联官方当时公布的谢尔比斯基的死因是肺炎，时年 72 岁，并没有说是自杀。所以暂时没找到“自杀”这一说法的根据。

6

不过，在官方尽量隐瞒消息的同时，各种抢救工作确实在不断进行着。

冲在最前面的，只能是军队。

苏联政府一共动员了十几个作战师，并将当时在阿富汗战场的苏军总指挥瓦连尼科夫大将调回国内，统一指挥抢险救灾的部队。

此时，切尔诺贝利核电站 4 号机组的核反应堆还在燃烧，大量放射性物质随着热气被喷向高空。部队的首要任务，就是先扑灭大火和降温。

这是一场“自杀式”的任务。

80 架米 –6 和米 –8 直升机被调集到了核电站上空 200 米处，来自苏联军方最优秀的飞行员们，徒手从直升机上，将 80 公斤的沙袋和硼酸扔下机舱——沙袋用来灭火，硼酸用来中和辐射。

在 200 米的高空，直升机内的辐射测试仪最高限度是 500 伦琴，而指针顶格后仍疯狂跳动，当时估计在那个高度，辐射强度超过 1000 伦琴。

而飞行员们所谓的“防辐射防护”，也就是戴了口罩，用铅皮垫住了座椅而已。

第一天，苏联军方出动 110 架次直升机，第二天是 300 架次，在总共近 3000 架次的飞行中，5000 吨沙包和硼酸被倒入了核电站的爆炸缺口，火势被控制住了，温度也降了下来。

很多飞行员一天要飞 30 架次，然后回来洗澡、进食，之后就开始不断呕吐，皮肤脱落，然后感染上各种辐射病，然后等待他们的，就是死亡。

为了彻底封住核电站，部队最后准备用一块重达 35 吨的混凝土给核电站“上盖”，为此，专门启用了最新的米 –26 直升机，并调来了苏联空军最优秀的飞行员之一卡拉佩田来执行任务。

由于吊装高度很低，直升机螺旋桨激起的粉尘包围了卡拉佩田，但他凭借高超的技术，最终圆满完成了任务。

四年后，由于移植骨髓无效，卡拉佩田死于白血病。

7

悲壮的救灾工作，不仅仅发生在空中。

4号核反应堆爆炸中飞起的残片大量散落在3号核反应堆厂房的屋顶上，急需清理，不然后果不堪设想。

但由于充满辐射残片，屋顶上的辐射强度可能超过1万伦琴，怎么办？

一开始，派出的是工作机器人。但无论是苏联国产的，还是德国和日本支援的，当时全世界最先进的工作机器人在高辐射强度的环境下，电路统统出现问题，全部瘫痪。

机器人不行，怎么办？

换活生生的人再上！

大批20~30岁的苏联后备役军人被调到了事故现场，没有回旋余地，全部穿上30公斤左右的铅服，8人一组，分批上屋顶清扫残片。

他们被称为“生化机器人”。

有人曾回忆自己走上屋顶后的感受：“感觉像是踏上了另一颗行星，一片死寂，你什么声音也听不到。眼睛很痛，嘴里充满了金属味，你磕一下自己的牙齿，根本就感受不到牙齿的存在。”

由于屋顶的辐射太强，上去的每组士兵只能工作40秒左右，就必须换下——这个时间可能只够每个人挥两下铁锹。

即便如此，上去后下来的人依旧表示，“仿佛被吸血鬼吸干了浑身的血一样”。不断有人流鼻血，然后被送往医院。留在现场的士兵，不管原先会不会，只能不停地抽烟——据说香烟的烟粒子能够吸附一些进入肺里的碘同位素，再一起被呼出来，多少能够减少通过空气产生的核沾染。

在那里，一个人平时一小时就可以干完的工作量，需要 60 个人不停换班来做。

同样的抢险，还发生在切尔诺贝利核电站的地下。

虽然反应炉在地面上的火势已经被控制住，但带着大量辐射物质的灼热岩浆正在不断地往地下渗透。一旦融穿，将会侵入整个地下水系统，届时，苏联大片地区的水源将全部受到影响。

一支 1 万人的矿工队伍被集结，队伍中的共产党员、共青团员带头先上。

幸存下来的人回忆："当时我们都觉得是在执行一项光荣使命。"（图片来源：腾讯"图话"）

这支矿工队伍要从 3 号反应炉那里先下挖 12 米，然后再向 4 号反应炉下方挖出一条长达 150 米的通道，最后再挖一个高 2 米，宽 30 米的空间，用来装一套冷却装置。

在温度超过 50 摄氏度，辐射强度超过每小时 1 伦琴的地下，1 万名矿工开始 7×24 小时的拼命挖掘。由于下面温度实在太高，工人们根本无法戴呼吸面罩，所以全都脱下了防护设施。有的人只不过喝了一口飘入辐射性沙子的水，没多久就死了。

一个月后，通道完成，但没有安装冷却装置，只是用水泥将 4 号炉下方完全填充。

苏联官方后来宣称，每名矿工大概吸收了 30~60 伦琴的辐射，而矿工们宣称自己吸收了超过这个数 5 倍还不止。

据统计，参加挖掘工作的矿工中的四分之一，最后都在 40 岁之前死亡。

所有在切尔诺贝利核电站爆炸后参与抢险的军人、矿工、护理人员，他们都有一个共同的名字——“清理人”。

据统计，在这场事故后，苏联政府一共投入了大约 50 万“清理人”，其中 10% 都因为受到各种辐射而牺牲——其中还不包括更多数量的终生残疾。

8

在事故发生的 7 个月后，事故现场基本被清理完毕。

但一场更严峻的斗争却远未结束。

1986 年 6 月 4 日，苏联政府召开针对外国媒体的新闻发布会，宣布在切尔诺贝利核电站事故中，被诊断为辐射病的患者为 187 人，死亡 24 人，平民与儿童未见死亡。但事实却是，根据 2015 年俄罗斯的解密文件，在 1986 年 5 月 4 日，苏共中央“第 5 号纪要”中就明确指出，仅 5 月 4 日苏联医院收治的病人即达 1882 人，住院总人数升至 38000 人，其中 204 人患有不同程度的辐射病，64 名为儿童，其中 18 人病情危重。

根据解密的《苏共中央 1986 年 5 月 8 日秘密会议纪要》显示，苏联卫生部拟定了新的苏联居民承受辐射标准。新标准在原有基础上提高了 10 倍。5 月 9 日，苏联卫生部第一副部长谢宾与苏联国家卫生委员会第一副主席谢东诺夫签署秘密文件，将辐射新标准以国家文件的形式确定下来。卫生部还提出“将人体正常温度36.6℃上调至38℃，在特殊情况下可继续上调至39℃”的新说法。

根据2015年解禁的苏共中央“第8号纪要”，1986年8月22日，苏共中央批准继续从切尔诺贝利核电站事故全面污染地域收购农副产品，其中主要是数十万吨肉类和数百吨牛奶，储存和投放全国，以保障居民生活。有资料显示，一大批放射性污染地区的肉类，以10%的比例混进健康肉类产品中，出现在苏联老百姓的餐桌上。

而对真相的掩盖，还不仅仅发生在苏联政府。

1986年8月底，第一场评估切尔诺贝利事故的国际会议秘密举行，做报告的是当时带领科学团第一批入驻的核子物理专家勒加索夫。

勒加索夫做了一个长达3小时的发言，最后报出了一个让所有与会人士大吃一惊的数字：

接下来十年里，受辐射地区应该会有4万人死于切尔诺贝利事故引发的癌症。

别说苏联，其他受到或可能受到核污染的欧洲国家的代表都无法接受这样一个数字——那无法向本国媒体和人民交代，且会引发巨大恐慌。

与会代表一致认为，不能按照广岛原子弹的标准来换算，比如切尔诺贝利的核辐射量提高10倍，那么受辐射人群的得病率也会提高10倍。

等到会议结束的时候，4万这个数字被缩减成了4000。

1988年4月27日，在切尔诺贝利事故两周年到来之际，勒加索夫选择了自杀。

9

关于切尔诺贝利事故造成的损失，可能永远不会有一个最终的答案。

从经济上算，切尔诺贝利事故造成的各类损失合计，考虑通货膨胀因素，已经超过了2000亿美元。

苏军用于救险的飞机、卡车、装甲车，在使用之后全部被舍弃，因为它们都成了一个个“放射源”（图片来源：腾讯“图话”）

从伤亡数字来看，至今没有一份确切的、让人信服的统计报告。各界只能有一个模糊的概念：第一批进入事故现场的抢救人员中，大约有4000人已全部牺牲；整个过程中，超过10万人伤亡，而在2006年乌克兰卫生局局长发布的报告中说，发现有约240万的乌克兰人（包括42.8万名儿童）受到这次事故辐射粉尘的辐射。

核污染区域方圆30公里范围内的数十万居民全部被迁走，之后有数百万居民继续举家搬迁。

更多的统计还在进行过程中。各国科学家认为，从乌克兰到白俄罗斯，从法国到意大利，受到切尔诺贝利核电站辐射粉尘影响的国家和地区，白血病和各类癌症的发病率有所上升。

事故发生之后，切尔诺贝利核电站并没有停止运行，只是封存了出事的 4 号反应炉。其他 3 台反应炉继续运行。

1991 年，在 2 号炉再次出现火灾之后，政府宣布 2 号炉停机。

1996 年 11 月，1 号炉停机。

2000 年 12 月，3 号炉停机。

至此，切尔诺贝利核电站才正式停止运营。

2011 年之后，乌克兰开始开放切尔诺贝利原址的旅游项目，游客可以身穿防护服，进入仿佛时间停滞的“鬼城”，感受当初的惊心动魄和苍凉。

这个在普里皮亚季市游乐场的荒废摩天轮，已经成为“鬼城”的一个标志建筑，甚至出现在不少电子游戏中

2016 年，在世界发展银行的贷款和 40 多个国家的捐款帮助下，乌克兰耗资超过 20 亿美元，在切尔诺贝利核电站 4 号炉外，造起了一个巨大的拱形金属建筑，用以替代原先已发生沉降和破损的“石棺”，彻底将 4 号炉以及里面的核反应堆封存。

然而，再完备的“棺材”，哪怕能封住所有核污染源，也不能封住，也不应该封住人类对切尔诺贝利事故的铭记和反思。

人们在祭奠为扑灭切尔诺贝利核电站大火而牺牲的消防员以及“清理人”，他们在去世后只能被放置进特制的“铅制棺材”。因为他们的尸体也成了一个个“放射源”

馒头说

面对突发性事件，尤其是事故，就我所知，上海媒体业内一直有一个共识：

“快报事实，慎报原因。”

我个人觉得，这是有一定道理的。

“快报事实”，不难理解。尤其是在互联网时代，大家关注的事情一旦发生，媒体还想像鸵鸟一样撅屁股藏脑袋，以为能“不报”或“瞒报”，根本是不可能的事情。你报得慢，谣言就来得快，你的权威性就崩溃得更快。如果想瞒报危害老百姓财产乃至生命的事，你不仅是在践踏公众的知情权，更是在犯罪。

“慎报原因”，需要解释一下。“慎报”不是“不报”，不报原因，简直荒唐至极。“慎报”的意思，是要在充分了解并证实之后，尽可能快地向公众通报。因为如果没查清就报，就很容易误导舆论，造成难以挽回的后果。

以切尔诺贝利核事故为例，实事求是地说，爆炸的原因是不可能在第一时间就完全调查清楚并公布的。事实上，到目前为止，对核电站爆炸的原因，各方还有争论，比如当晚实验到底哪一步出了问题，有各种说法。而自杀的核子物理专家勒加索夫，一直坚持认为核电站本身的设计是有缺陷的。

但是，对核电站发生爆炸的事实本身进行慢报乃至瞒报，简直荒谬至极。面对如此严重的一起事故，政府居然在几十个小时之内都保持静默，他们把老百姓的生命摆在怎样一个位置，细思极恐。

当军队和“清理人”以近乎自杀的方式前仆后继地冲入辐射粉尘弥漫的事故现场时，何其悲壮，又何其痛心。

平心而论，别看我这么说，别说像切尔诺贝利这样的大事，即便是一些小事，据我所知，我们要做到全部“快报事实，慎报原因”，还是碰到过不少阻力的。

在这一点上，重要的不是媒体想明白，而是各级管理层要想明白。

在重大灾难事故面前，舆情是要关心，恐慌是要避免，但一个基本的原则还是要有的，那就是要有一个公平、透明、及时、有效的发布机制和沟通渠道。

不然，很可能会被更大的舆情反噬。

切尔诺贝利核电站事故已经过去整整32年了，这场事故发生后紧随的各种故事，可能在某种角度比事故本身更触目惊心。

有人曾分析，切尔诺贝利事故在一定程度上，加速了苏联的解体。

我想，如果真是那样，造成影响的成分中，肯定绝不仅仅是指经济损失。

前事不忘，后事之师。

巨轮沉没的那一刻……

不到真正面临生死存亡的关头，我们不知道自己会迸发出怎样的天性。就像今天故事中要说的那些人，在命运来临之前，他们也从没做过彩排……

1

1912 年 4 月 14 日，夜，北大西洋。

“泰坦尼克”号以接近 23 节的时速（每小时 40 公里左右），安静、平稳地劈波斩浪，迅捷前行。

之所以在深夜还保持这样快的航速，是因为这艘船的拥有者白星公司，希望能创造出一个从英国到美国的最快航行纪录——尽管这艘进行首航的庞然大物已经受到了全世界的关注：全长 269.06 米，宽 28 米，可以载客 3000 人，是当时全世界最大的载人邮轮，也是最奢华的。

“泰坦尼克”号首航出发时留影

这艘以古希腊神话巨人“泰坦”命名的邮轮，被形容为“永不沉没”的巨轮。但就在当夜 11 点 40 分，瞭望员弗雷德里克·弗利特用三声警铃和一声尖叫，惊醒了“巨人”的美梦：

“正前方有冰山！”

弗利特如果有望远镜的话，应该早就发现前方的冰山。但当时这艘奢华的巨轮上唯一的一台望远镜，被二副锁在了柜子里，而握有钥匙的二副并没有上船。所以，弗利特是用肉眼观测到冰山的。

弗利特发出警告后的 37 秒，庞大的“泰坦尼克”号因为船体过大而舵太小，没有悬念地撞上了冰山——船的右舷和冰山底部碰撞后猛烈摩擦，右舷前部吃水线下铆钉断裂，所有

“泰坦尼克”号撞上的那座冰山

货舱和 6 号锅炉房开始迅速渗入海水，受影响范围近百米。

“泰坦尼克”号当初被称为“永不沉没”的巨轮，是有道理的：这艘船底部有 16 个水密隔舱，在任意 4 个隔舱进水的情况下，它们都能让船保持漂浮状态。

但船上的哈兰沃尔夫公司（“泰坦尼克”号的承建公司）首席造船工程师托马斯·安德鲁在仔细查看了船底的水密隔舱后发现，进水的舱房达到了 5 间。在确认无误后，安德鲁对史密斯船长平静地说：

“这船没救了。”

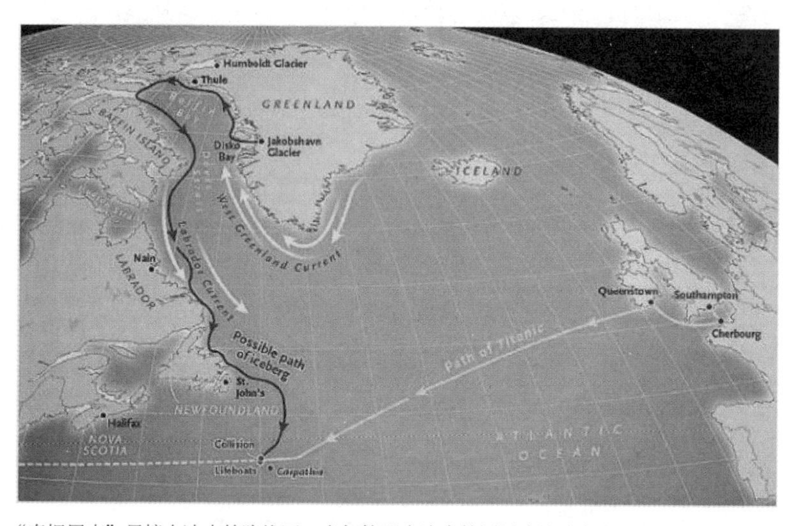

“泰坦尼克”号撞上冰山的路线图。当年的那座冰山的漂浮路线确实诡异

2

北大西洋上空繁星闪烁，气温是零下一度。

4 月 15 日凌晨 0 点 5 分，“泰坦尼克”号史密斯船长宣布放下救生艇。

甲板上的乘客开始越聚越多，大家开始意识到发生了什么——自己搭乘的“永不沉没”的巨轮，即将沉没。

救生艇通过升降机开始被缓缓放下，不少乘客慌乱的心情稍稍平复。但此时他们可能根本不知道，“泰坦尼克”号上所有的救生艇加在一起，只能装进 1178 人，而船上的乘客加船员，总共有 2224 人。

0 点 40 分，“泰坦尼克”号出现了第一批遇难者——他们是在底层抢救邮件的船员。海水无情地淹没了他们。

与此同时，救生艇的准备工作也已经就绪，7 号艇成了第一艘被放下的救生艇。事实上，“泰坦尼克”号上配备的救生艇，一艘能装载 65 人，但当时船员们认为如果装得太满，救生艇放下去时会倾覆，所以一开始的救生艇都是只装了一半人甚至不到一半，就被放进了海里。

但无论如何，救援工作还是开始了，并且按照严格的命令执行——在船的左舷，只能让妇女和儿童先上救生艇；在船的右舷，在妇孺上完之后，男士可以登船。

有人安静地等待，有人绝望地呼喊，有人野蛮地推搡，有人悄悄地插队。

一个个在生死面前的人性与道德的故事，就此展开。

3

第一个故事的主人公，叫约翰 · 雅各布 · 阿斯特。

阿斯特是瑞吉酒店（St. Regis）的创始人，堪称当时世界上最富有的人之一。他的资产超过了 1 亿美元，这在当时是一个骇人听闻的天文数字——可以轻松再造 11 艘“泰坦尼克”号。

阿斯特当时是陪着已经有 5 个月身孕的妻子玛德琳一起回美国待产的。当时，阿斯特搀扶着玛德琳来到了 4 号救生艇并让她上了艇，随即礼貌地询问了船员：“因为我的妻子待产，我能否陪她一起？”但

阿斯特

船员拒绝了他：“只有妇女和小孩才能先上艇。”

阿斯特没有一句争辩，随即把手套抛给了妻子，然后默默退回了甲板。后来幸存的船上理发师奥·韦科曼回忆，当时他曾和阿斯特先生在甲板上待了一会儿，他们聊的都是只有在理发椅上才谈的小事情。临别时，韦科曼问阿斯特：“您介不介意和我握个手？”阿斯德说：“我很高兴。”

这是这个亿万富翁留在人世的最后一句话。

第二个故事的主人公，叫施特劳斯。

施特劳斯也是一位顶级富翁，他创立的梅西百货，至今仍屹立在纽约曼哈顿的第五大道上。

“泰坦尼克”号撞上冰山后，施特劳斯护送自己的夫人艾达上了 8 号救生艇。但当艾达几乎就要上艇的一刹那，她又改变了主意，回到了甲板上，她选择与自己的丈夫待在一起，“你在哪里，我也要在哪里”。艾达把自己在艇上的位置留给了自己的一个年轻女佣，还把自己的毛皮大衣也甩给了她：“你留着吧！我再也用不到它了！”

当时 8 号艇的救生员劝 67 岁的施特劳斯：“不会有人反对像您这样的老先生上救生艇的。”但施特劳斯的回答是：“我绝不会在别的男人之前上救生艇。”然后，他挽着 63 岁的艾达的手臂，在甲板的藤椅上坐下，静静地等到了最后的时刻。

第三个故事的主人公，叫本杰明·古根海姆。

古根海姆是当时的世界管道大亨，也是一名富翁——没有办法，

施特劳斯夫妇

古根海姆

“泰坦尼克”号作为当时世界上最豪华的邮轮，搭载富翁的比例之高，也是可以理解的。

在撞船发生之后，古根海姆在甲板上跑前跑后，帮助船员一起维持秩序，让妇女和孩子先上艇。在送妻子和孩子登上救生艇之后，古根海姆换上了一身华丽的燕尾服，他给妻子留下的纸条上写道：

“这条船不会有任何一个女性因为我抢占了救生艇的位置，而剩在甲板上。我要做好准备，像一个绅士一样沉入海中，我不会死得像一个畜生，会像一个真正的男子汉。”

有目击者回忆，沉船的那一刻，古根海姆还在甲板上小口喝着白兰地。

他的尸体到现在也没有找到。

4

好的，我们不说富翁了，说说另外三个故事。

华莱士·哈特利

第一个故事，关于华莱士·哈特利。

哈特利不是亿万富翁，他是“泰坦尼克”号乐队的首席指挥。

在“泰坦尼克”号沉船的整个过程中，哈特利和他乐队的其余 7 名成员，一直在甲板上坚持演奏，目的是安抚乘客们的情绪。他们一直坚持到轮船沉没的最后一刻。

一位后来登上救生艇的乘客还原了哈特利和他的乐队的最后一刻：

当时船头沉入海中时，巨大的海浪涌来，将 3 名乐队成员冲走了，包括哈特利在内的其余 5 人拉住了楼梯扶手。那时候，乐队已经无法再演奏，哈特利用尽全身力气喊了一句：“先生们，我们永别了！”

第二个故事，关于托马斯·安德鲁。

没错，你应该还记得前文说的，安德鲁是建造“泰坦尼克”号的哈兰沃尔夫公司的首席造船工程师。

他登上“泰坦尼克”号后就没停下来过，一直在各层甲板检查和检验各种船体结构，他也是在撞船后第一时间检查了底层水密舱并告诉船长要弃船的人。

但他自始至终都没打算离开轮船。虽然他并不是设计师，沉船本来就不是他的责任。发生沉船事故后，他非常痛苦地拉着一位女服务员的手说：“对不起，我没有给你们造出一艘不会沉没的船……”

在沉船的过程中，安德鲁一直在尝试做最后的努力。后来有人看见安德鲁把自己关进了头等舱的吸烟室，然后就再也没有人看见过他。

第三个故事，自然不能不说史密斯。

华莱士的小提琴。这把小提琴是他的未婚妻送给他的订婚礼物。他的未婚妻后来终身未嫁

史密斯是“泰坦尼克”号的船长。

史密斯是一位经验非常丰富的船长（不然不可能让他做“泰坦尼克”号的船长），曾被称为“世界上最有经验的船长”。当时，他是准备完成“泰坦尼克”号首航后退休的。

事故发生后，史密斯始终在第一线疏导人群和指挥逃生，然后有目击者称，在凌晨 2 点 13 分，“泰坦尼克”号沉没的最后一刻之前，他独自一人走进了舰桥。

托马斯·安德鲁

史密斯船长

后来很多人都回忆，正是因为史密斯临危不乱，才让很多乘客没有发生大骚乱，更是鼓舞着“泰坦尼克”号上的船员们都坚持到了最后一刻。

船上的消防员卡维尔，本来已经可以离开，但又返回4号锅炉室寻找是否还有人困在那里，最终锅炉室被海水吞没；锅炉工亨明已经被分配到救生艇上做划桨员，但他最终决定把这个机会留给同事；报务员菲利普斯和布莱德一直在报务室坚持发报求救，史密斯船长告诉他们可以弃船了，但他们依旧没走，希望能坚持到最后一分钟，和他们同样不肯走的还有信号员罗恩，他一直在甲板上摇动摩斯信号灯，坚守到了船沉没的最后一刻；总工程师贝尔和全体工程师一直在机房试图抢救，直到船的底层部分沉入海下10米，他们自己已是在“潜艇”中工作浑然不觉，最终全都被涌入的海水吞没……

在这场灾难事故中，“泰坦尼克”号船员的遇难比例高达78%——如果不是因为他们中的女性船员基本都上了救生艇，以及必须要派出一批船员操控救生艇，那么船员的遇难比例还会大大提高。

可以说，他们都在自己的岗位上奋战到了最后一刻。

5

那么，灾难面前，是不是都是感人的故事呢？

对不起——你知道的——那是不可能的。

第一个故事，关于约瑟夫·布鲁斯·伊斯梅。

伊斯梅是白星公司的主席兼总经理，没错，他就是“泰坦尼克”号的主人。作为主人，是他要求将“泰坦尼克”号上的救生艇由48艘减为16艘的，因为“这样可以让甲板更开阔”。

在灾难发生的那一刻，有目击者声称，伊斯梅是第一个登上第一条救生艇的人。

伊斯梅在回国后遭到了巨大的质疑乃至谴责，虽然他辩称自己当时的身份也是一名“乘客”，并且是等救生艇附近没有妇女和孩子后才上去的，但舆论一致认为：“你应该是和船长一起坚持到最后的人！”

尽管也有一些乘客称伊斯梅遵循了“妇孺优先”的原则，比如和伊斯梅一起登上救生艇的头等舱乘客卡特，但卡特的妻子在 1914 年宣布与卡特离婚，理由是轮船撞击冰山事故发生后，卡特遗弃了她和他们的孩子。

尽管伊斯梅一直声称自己是最后一刻离船的，但苦于无法自证。他后来被伦敦社交圈摒弃，被称为“史上最大的懦夫”，最终辞去了白星公司的主席职务。

第二个故事，关于细野正文。

细野正文，当时是日本的运输大臣，住二等舱。

在灾难发生的时候，细野正文在船舱内给妻子写信：“紧急救难信号响个不停，看到那不断闪着的蓝光，我感到恐怖。”“作为一个日本人保证不玷污日本人的名誉，平静地迎来最后的时光，但是我又等待寻找那一线希望……”

细野正文后来确实去甲板上寻找机会了，但之后却出现了几个版本，流传最广的一个版本是：他男扮女装，混上了一艘救生艇，在上岸后被人认出，舆论大哗。欧洲甚至有国家把这件事写进了教科书，以证明日本人的素质低劣。

另一个版本是一位欧洲乘客事后做证明：细野正文粗暴地推开了其他乘客，冲上了救生艇。但后来证明，那名乘客坐的是 13 号救生艇，细野正文登上的是 10 号救生艇。

按照细野正文自己的说法，他当时已经准备与船共沉，但这时候一个船员喊，说 10 号救生艇还有两个位置，一个头等舱的乘客坐了上去，他住的是二等舱，他认为自己也有资格，于是也坐了进去——他说是得到了船员的许可。

但这个说法，是细野正文自己的说法，没有人能为他证明。

细野正文回国后，遭到了铺天盖地的指责，包括日本民众雪花一样飞来的谴责信件。随后，他的工作也丢了。细野正文直到去世，也不愿意再谈有关“泰坦尼克”号的一个字。

第三个故事，不是关于一个人的，而是关于一群人。

尽管伊斯梅和细野正文都没有承认，我们也没有确凿证据证明他们在那一夜做了不光彩的事，但从后来船员、乘客的各种回忆和证词来看，那一天晚上英雄很多，但懦夫也有很多。

像细野正文那样“男扮女装”的乘客，其实有不少，还有不少男乘客推开女乘客，抢占救生艇位置的。不少船员后来回忆，自己是朝天鸣枪才控制住秩序的。

当时的救生艇

悲伤的故事，还不止这个。

事故发生后，人们对“泰坦尼克”号上乘客的生还率做了一个统计，发现了一个令人尴尬的事实：

三等舱中，只有 26% 的乘客生还，而到了二等舱，这个比例就上升到了 44%，头等舱的生还率是 60%。

经过研究发现，头等舱中的男性乘客的生还率，比三等舱的儿童的生还率还要高。

事实也正是如此。包括细野正文在内的一些乘客后来回忆：事故发生时，三等舱的乘客被船员用枪顶着，要让头等舱和二等舱乘客先上救生艇。

为此，著名的美国社会学家波普诺曾这样形容“泰坦尼克”号上的“妇孺优先”规则：

“在‘泰坦尼克’号上实践的社会规范这样表述可能更准确一些：‘头等舱和二等舱的妇女和儿童优先’。”

6

1912 年 4 月 15 日凌晨 2 点 20 分，在经过了 2 个小时 40 分钟的挣扎之后，“泰坦尼克”号终于完全消失在了海面上。

这艘“永不沉没”的轮船一共搭载 2224 人，只有 702 人生还，1522 人遇难。

4 月 18 日，搭救“泰坦尼克”号乘客的“卡帕西亚”号抵达纽约港，大雨。

在船经过自由女神像时，上万人在曼哈顿岛的巴特雷

拿着载有“泰坦尼克”号沉没新闻号外的报童

海岸观看。在54号码头，大约3万人伫立在雨水中默默地迎接“泰坦尼克”号上的幸存者。

和幸存者一起上岸的，是一个个至今还在流传的故事。

那是一个个折射人性的故事。

馒头说

关于“泰坦尼克”号沉没时发生的那些感人故事，其实我很早就知道。

毫无疑问，那一个个折射人性光辉的故事确实让人感动，但当初读到的时候我也不免疑惑：那一夜，难道真的就没有发生一些反映人性阴暗面的故事吗？

事实上，不可能没有。

只不过当我们后人进行记载和回忆时，更愿意记住那些令人感动的——我承认，我自己也曾想把这条推送只写成一个感人的故事。

卡梅隆在拍摄电影《泰坦尼克号》的时候，养成了一个习惯：一个人坐潜艇，下潜到“泰坦尼克”号沉船的海底，注视着残骸发呆。

他说：“我仿佛可以听见1500人在颠簸的船上哭喊。”

是啊，这是一艘载有2200多人的巨大邮轮——在悲剧发生的那一刻，人类的天性是不可能整齐划一地闪耀出圣洁的光芒的。

有卑微，也有高尚；有自私，也有伟大。

在天灾降临那一刻，才能真正显现我们人类的天性。

逃离德黑兰

一场人质危机的背后，牵涉到的方方面面，其实远不止表面上看到的那么简单。

1

1981年1月31日这一天，整个美国都进入了一种激动的状态。

从华盛顿的波托马克河，到纽约的华尔街，美国人用鲜花、掌声还有眼泪，欢迎52名美国人的回归。

时任美国副总统的乔治·赫伯特·沃克·布什这样评价："这是我所见的最大事件。"

为何布什会有这样的评价？

因为这52名美国人，在过去的444天里，一直被关在伊朗做人质。

2

故事，要从1979年的伊朗说起。

穆罕默德·礼萨·巴列维。在他统治期间，伊朗被称为“伊朗帝国”

这一年的4月1日，在海外流亡长达15年之久的伊朗什叶派领袖霍梅尼，终结了伊朗的“君主立宪制”，建立了“伊斯兰共和国”。霍梅尼本人在不久之后成了伊朗的“最高领袖”。

而霍梅尼推翻的，是巴列维政权。

说起巴列维这个人，也是有点意思。他是伊朗的国王，1941年登基，在英国和美国的帮助下，赶走了苏联的势力，随后彻底倒向了美国。

巴列维虽然是君主，但因为他年轻时一直在西方留学，所以在伊朗的统治还算开明，伊朗的经济也还算不错，妇女的社会地位也算不错。但问题在于，巴列维有两个大问题：

第一，他个人极度奢华腐败，而且搞得尽人皆知；第二，他把伊朗境内的石油权益都交给英国和美国操控，引起很多人的不满。

在这样的背景下，1951年，同样是伊朗贵族出身的议员摩萨台通过全民投票，成为伊朗首相，掌握了大权，而巴列维则被软禁在皇宫。

摩萨台在伊朗历史上是一个广受好评的领导人。他上台后，解放佃农，提高社会福利，建立失业补偿金制度等，这一系列渐进式的社会改革，让他得到了很多人的拥护。

但是，摩萨台在任期间，铁了心要把伊朗的石油国有化，这大大触动了英国和美国的利益。

在几经谈判和阻挠不成的背景下，美国的CIA（中央情报局）直接介入，在1953年策划了一场政变——将摩萨台推翻收监，让巴列维重新上台。（2013年，美国解密文件显示，确实是CIA全程介入和策划。）

而巴列维重新上台后，又开始了向美国一边倒的政策，至于石油国有化，自然是不会再提了。

这样的形势，一直维持到了1979年，霍梅尼将巴列维政权推翻。

摩萨台也曾登上过美国《时代》周刊封面。他被政变搞下台后一直被监禁，直到逝世

3

1979年，确实是个多事之秋。

霍梅尼之所以能获得大家的拥戴而建立政权，一方面是因为巴列维统治下的伊朗，到了后来贪污腐败横行，通货膨胀严重，另一方面，也是因为巴列维对国家进行的世俗化引发了保守派的不满，他们认为西方势力各种腐朽的文化会玷污伊朗，而巴列维已经成为非穆斯林西方势力的傀儡。

而伊朗人认为领衔“西方势力”的，正是美国。

霍梅尼政权一直认为，美国一直是伊朗政局动荡以及走向腐化的幕后黑手，所以从上至下，整个伊朗陷入了强烈的仇美情绪中。

而正在这时，又发生了一件火上浇油的事：美国不顾伊朗当局的强烈抗议，允许之前已经流亡海外的巴列维，经墨西哥前往美国治病。

这一举动彻底激怒了伊朗人。

霍梅尼

11 月 1 日，霍梅尼号召伊朗人民向美国和以色列示威——他将美国政府称作“撒旦”和“伊斯兰的敌人”。伊朗人开始走上德黑兰的街头进行反美示威游行，而数千名德黑兰的学生将美国大使馆团团围住，每天高呼口号，要他们滚出伊朗。

整个仇恨的情绪一直酝酿到 1979 年 11 月 4 日，终于迎来了一次大爆发。

那一天，美国大使馆的工作人员透过玻璃窗惊恐地发现：一直围聚在围墙外示威的伊朗学生，居然爬过了铁栏杆和围墙，直接往大使馆冲了过来。

大使馆的警卫稍作挣扎，就放弃了抵抗。大约 400 名愤怒的伊朗学生如潮水一般冲进了美国大使馆——很多美国工作人员根本来不及完成机密文件的销毁工作，就成了学生们的“俘虏”。

挂在大使馆的美国国旗被伊朗学生撕了下来，取而代之的，是一面写着“真主伟大”的白旗。

在大使馆内来不及逃出的 66 名美国官员被扣押起来，学生们提出要求：“拿巴列维来换这 66 个人！”

整个行动，霍梅尼政府没有做出任何干预。

4

整个世界都震惊了。

一个国家的大使馆公然被冲击，被占领，使馆的工作人员被扣押作为人质，用来作为交换条件的筹码。

这个大使馆，居然还是美国大使馆。

时任美国总统的卡特立刻做出了回应。

11 月 12 日，美国宣布终止从伊朗进口石油。作为回应，伊朗也在当天宣布：停止向美国出口石油。

11 月 14 日，大约 80 亿美元的伊朗人在美资产被冻结，一些伊朗人被美国驱逐出境（其中包括不少和伊朗人质危机或伊朗新政权并没有关系的人）。

而伊朗也毫无惧色。

虽然伊朗官方一开始坚决否认冲入大使馆的行动是官方指使的，但后来这种声明就再也看不到了。占领美国大使馆的“革命者们”宣称这样的行为是完全正当的，这是对美国之前干涉伊朗以及支持巴列维的一种报复。

两名被扣押的美国大使馆工作人员

伊朗人带着一名美国人质游街。因为每天都要报道美国人质的情况，美国新闻开始出现了每日追踪报道的形态

1979 年 11 月 20 日，大批伊朗人在被占领的美国驻伊朗大使馆外游行抗议美国武力威胁伊朗。此前，美国总统卡特下令海军部队开往印度洋

他们声称：如果要赎回这些人质，美国就必须交回巴列维，以及对之前那些幕后策划政变的行为道歉。

在这期间，一些当时被美国大使馆工作人员用碎纸机处理的秘密文件，被重新拼好后对外展示，以证明美国对伊朗一直从事着各种幕后活动。而一些人质经常会被蒙着眼睛带到电视镜头前或游街，伊朗人警告美国：只要有任何营救行动，他们将立刻处决人质。

1979 年 12 月，这场人质危机似乎出现了一丝缓和的迹象：在霍梅尼的授意下，伊朗革命者释放了被扣押的 13 名妇女和非裔美国人，以及一名生病需要治疗的人员。

但是，剩余的 52 名人质，伊朗坚持不放。

1980 年 4 月 7 日，卡特政府失去了耐心，宣布与伊朗断绝外交关系。一天后，伊朗同样宣布和美国断交。

双方终于走到了剑拔弩张的地步。

饱受国内舆论批评的卡特总统，决定武力营救。

5

1980 年 4 月 22 日，卡特总统下令施行“蓝光计划”。

按照计划，美国派出声名显赫的 90 名三角洲特种部队成员，搭乘 8 架 RH–53 直升机前往距离德黑兰东南 300 公里处的沙漠地带，在那里，6 架 C–130 载着另外 90 名突击队员已在等候。突击队员们将在那里等候到第二天深夜，随后乘坐卡车进入德黑兰市区，冲入美国大使馆，救出人质，再坐运输机离开。

但是，人算不如天算。

4 月 24 日，“蓝光计划”正式开始。8 架 RH–53 直升机中的两架一开始就没有飞到沙漠地区——一架液压系统发生故障后迫降，一架遭遇沙暴迷失方向，最终只能返航。

这次行动一共要有 6 架直升机参与，现在已经到了最低限度。

然而，就在夜间沙漠加油的时候，第三架直升机也发生了故障，不能操控了。

突击队立刻向卡特总统汇报，建议终止行动。卡特只能无奈批准。

但是，悲剧才刚刚开始。

正当美军准备撤离时，一辆伊朗公共汽车忽然进入了突击队的集结地点。美国人将 50 名乘客全部扣留后，又有一辆卡车和一辆轿车开了进来。卡车被扣下后，司机趁人不备，钻入小轿车中逃走了。

秘密行动彻底暴露，美军只能加速撤离。

但在慌乱中，一架直升机和一架 C–130 运输机撞在了一起，在猛烈的爆炸中，8 名运输机机组人员当场丧生，4 人烧伤。

由于时间紧迫，美军抢救出 4 名伤员后，来不及撤出另外 8 具尸体，就只能任其留在熊熊燃烧的飞机上。

4 月 25 日，卡特总统发表电视讲话，宣布营救行动失败。这次堪称拙劣的营救行动让美国上下一片哗然，卡特总统的支持率跌到了谷底。

而另一方面，伊朗将事故的残骸现场曝光，并宣称这是“真主的保佑”。

6

那么，美国人到底有没有成功的营救?

也是有的，那就是 2012 年美国人拍摄的电影《逃离德黑兰》中描述的那个故事：在 1979 年 11 月 4 日美国大使馆被占领时，6 名美国工作人员趁乱躲进了加拿大使馆并一直被藏匿。美国 CIA 在得知这一消息后，策划了一次大胆的行动：派情报人员托尼·门德斯伪装成一个拍摄科幻片的导演，前往伊朗，以拍摄电影考察为名，将被困的 6 名美国人经过伪装身份后，堂而皇之地带回美国。

虽然整个真实的过程并没有电影里表现得那么刺激或有戏剧性，但无论如何，这次营救行动确实是成功了。

只是，这 6 名美国人的回归只是带回来一时的宽慰，剩下的在伊朗的 52 名人质依旧生死未卜，而且伊朗政府丝毫没有松动的迹象。

无奈之下，卡特总统只能下令：开始筹备第二次营救行动。

但也就是在这个时候，原本看上去是死水一潭的僵局，突然发生了松动。

7

1980 年 7 月 27 日，在美国避难的巴列维忽然去世了。

这个变故有些出乎伊朗人的意料：作为交还美国人质的首要条件，巴列维一直是伊朗扣押人质的最主要理由。

而现在，人死了，你拿这些美国人质去交换什么呢？

而巴列维的去世，还只是一系列意外中的第一环。

1980 年 9 月 22 日，在强人萨达姆·侯赛因的指挥下，伊拉克出动大批轰炸机，对伊朗首都德黑兰等 15 座城市和空军基地进行了空袭——长达八年的“两伊战争”爆发了。

陷入战争局面的伊朗，发现自己已经没空再利用美国人质去做什么了，相反，面对被苏联武装的伊拉克，伊朗却没来由地得罪了美国。

而就在这一年的 11 月，第三个意外发生了：在这个月举行的美国大选中，共和党人罗纳德·里根异军突起，击败了试图连任的卡特，当选为美国总统。

在竞选期间就表现得相当强势的里根，一直严厉谴责伊朗扣押美国人质的行为。可以想见的是，里根一旦就职总统，对伊朗的政策只会更加强硬——这对已经陷入“两伊战争”中的伊朗来说，无疑将是灾难性的。

1981 年 1 月 19 日，伊朗和美国经过多次秘密谈判，最终达成了协议：

由阿尔及利亚出面派遣一架飞机，将 52 名美国人质统统接回美国。

伊朗不做出任何赔偿，一切到此为止。

在被关押了 444 天之后，52 名美国人质，终于踏上了回国的旅途。

馒头说

整个“伊朗人质危机”从头到尾捋一遍，似乎有点有惊无险。

但其实还是有些味道可以品的，比如两个时间点。

先看一个大时间点。

伊朗占领美国大使馆是发生在1979年11月4日，但美国宣布和伊朗断交是发生在1980年的4月7日，之后才决定武力营救——按美国人一贯的暴脾气，居然会拖半年才翻脸？

这就要放到当时的世界大环境中来看。

之所以说“1979年是个多事之秋”，是因为那一年的年头，中国和美国正式建交，随后中国就开始了对越自卫反击战。那一年的年尾，苏联武装入侵阿富汗，引起了伊斯兰世界的强烈反感。

简单点来说，就是中美关系缓和，苏联与伊斯兰世界交恶。在这个节骨眼上，伊朗爆发的反美浪潮就比较微妙——美国如果用力一狠，肯定逼得中东大国伊朗只能倒向苏联，原本的大好形势就会大打折扣。

所以，在整个过程中，美国一直没有采取非常强硬的措施，总统卡特甚至因此备受诟病，但在背后，其实也有这样一层的考虑。

再看一个小时间点。

美国总统卡特其实非常希望能在自己的任内结束这场危机，画一个还算圆满的句号。但是，伊朗人虽然也早有归还人质之意，但总在各个环节上挑毛病，拖时间，最后在1981年的1月20日才让美国人质正式登上飞机。

1月20日是什么日子呢？是美国新任总统里根宣誓就职的日子。

伊朗人的潜台词其实也很明显：这个礼包，与其送给即将卸任的卡特，不如用来送给新任总统里根。毕竟，陷入“两伊战争”的伊朗，赢得战争胜利是最重要的，它也急需美国解冻80亿美元的在美资产。

至于反美，往后排吧。

所以你看，一旦上升到国与国之间的世界舞台上，一味地打打杀杀是没用的，而纯粹的狂热和膨胀也是不现实的，总有一样东西可以巧妙地平衡各种天大的矛盾，这样东西就是利益。

不要看有些人看上去不可理喻乃至丧失理智，在台面上挥舞拳头，甚至喊着要按下核武器按钮，其实在台下都拿着筹码等着和对手交换呢。

台上继续在叫，只是说明台下筹码还没换到位而已。

附　录　读者评论

他坚守气节客死他乡，却为何还是背了“千古骂名”?

静水流深：应当说是历史的局限性使然，其人其事可悲、可叹、可悯。作为一方官员，他对清廷已是仁至义尽，但皇帝向来只把臣子当奴才，根本无惧他的生死。在那种生死关头，还暗自筹划当面怒斥异国入侵强盗，未果后绝食而死，也算是有民族气节了。

永无岛：每次看到这样的文章心情都很复杂。这些人论能力，论手段，论气度，论努力，论人品，都不差。可是晚清大厦将倾，又岂是个人努力能够挽回的?! 一方面觉得他们迂腐愚蠢，不懂得时代更替是最基本的自然道理，另一方面，这种明知不可为而为之的精神又令人感动。如果有一天我们真的全都“识时务”“为俊杰”了，到底是好还是坏？人类凭借意志去抗衡命运，到底应该歌颂还是惋惜?

乘风：晚清的事情说来很蹊跷，说是制度的问题，好像不全面；说是人的问题，好像也不对。我认为应该是一套落后的制度遇到了一小撮昏聩的主政者产生的化学反应。纵有曾国藩、左宗棠之类的英才，也难耐上层苟且偷安、不辨是非的混日子式的治国理政。

是非成败丁汝昌

福田:"'定远'巨炮一响，舰桥就开裂了，坐镇指挥的丁汝昌跌了下来，信号旗装置也废了。"

这段纠正一下，"定远"号自己开第一炮并没有震坏舰桥。威海"定远"舰的复制舰，舰桥很结实，再疏于检修也很难自己开炮就震坏。但是，当时的舰桥（也叫"飞桥"，是露天的）中炮后很容易起火。在"定远"级军舰的飞桥下方，有一个大型的装甲司令塔，起着托举和结构加强作用。丁汝昌当日受的主要是烧伤（"十八日与倭接仗，昌上望台督战，为日船排炮将'定远'望台打坏，昌左脚夹于铁木中，身不能动，随被炮火将衣焚烧，虽为水手将衣撕去，而右边头面以及颈项皆被烧伤……"——1894年9月20日，丁汝昌电寄总理衙门报告），飞桥是被日方炮火打坏，而不是被己方火炮发射而震塌。而根据洋员戴乐尔的回忆，丁汝昌受伤之前，305毫米口径的主炮已经发射了10炮。从战后的照片和旅顺船坞的维修记录来看，"定远"飞桥震塌一说也完全不能成立。在海战后负责调查"定远"伤势的美国人沈威廉（William Sowden Sims）的记录表明，"定远"的伤情在于"前桅上部折断、舰首军医院被洞穿"，并无只言片语的"飞桥坍塌"的记录。

陈伟：不止射速上有巨大差距，当时日本开发的下濑火药，一碰即炸，温度极高，在水中也能燃烧，比（西方）列强都先进。这也导致十年后的日俄战争，世界第四规模的俄国海军惨败于日本。

最会煮面的兰方人：甲午海战的失败是注定的，爆发于海军大发展的时代，十年已拉开代差，各种战术体系随着装备改善快速更新。日舰代表当时先进科技的速射炮、航速都远超北洋，有效火力输出效率远胜射速既慢又打不准、跑得也慢的清军。日军还用上了第一种替代黑火药炸药的苦味酸炸药，这可谓那个时代的“黑科技”，虽然打不动“定远”“镇远”两铁甲巨舰，但这种附带燃烧效应的炸药对北洋水师其他军舰的杀伤力度极大。火力时代，比拼的是有效火力输出效率，面对有黑科技加成的日军，就是神仙来指挥，只要不作弊都得输，丁汝昌的悲剧是那个时代中国的悲剧。

末日孤舰“海圻”号：大清帝国的最后荣光

昊子：1959年冬，上海打捞工程局开始打捞“海圻”舰。1960年5月27日，船体被切断成两段打捞出水，后拆解回炉。“海圻”舰的故事至此彻底画上了句号。

Grumman：看到关于清朝水师的文章时总会想起两句话——邓世昌在撞向“吉野”前对全舰说：“吾辈从军卫国，虽死，犹壮声威。”在大东沟海战后光绪帝垂泪为北洋水师阵亡将士写下的挽联：此日漫挥天下泪，有公足壮海军威。

何去何从：谢谢大作！屈辱的主题里不乏悲壮而又奋起的色彩，读文时整个人的感情都沉浸在那段峥嵘历史中。有个小问题：易帜时那位清廷特使载振还在舰上吗？他做了什么？（作者回复：载振一直没坐船，他是坐火车去的英国，然后就先回去了。）

提督的抉择：是死，是死，还是死？

恩来：聂士成有一个手下，是镇守大沽炮台的天津总兵罗荣光，是湖南湘西吉首人，当时67岁，属于湘军中的一员。他同样也因为弹尽援绝在战争中壮烈殉国。他的手下有一个裨将叫沈宗嗣，是湘军中竿军领袖沈宏富的儿子，算是罗荣光的子侄辈。这一仗，沈宗嗣逃过了一劫，回到了湖南凤凰的老家。两年后他的儿子沈岳焕出生，也就是后来在中国现代文学史上独树一帜的沈从文！

总有胖卿想害朕：聂公桥就在（天津）八里台立交南首，那里至今有一尊黑色塑像，聂公身披黄马褂，左手牵马，右手扬刀。可惜现在附近修了地铁出站口，周围又迫近市场，塑像位置已不显眼。

戚桉：军人真是一个很特殊的职业，是国家的战争机器？还是人民的铜墙铁壁？他们是为国家的荣誉而战？还是在为人民的幸福而战？《百年孤独》里有句话这样说："他们麻木地向前走着，带着军人的荣耀和服从命令的僵硬。"也许军人，注定是一个矛盾的职业。

中国第一个蒙难的新闻记者

Faner. Poon：我曾好奇他为什么会把名字改成"荩"，查了一下，"荩"字可以引申为忠诚，荩臣即为忠臣。套用电影《V字仇杀队》的经典台词：拿起笔写报道的不只是血肉之躯，而是他的思想。思想是不怕死亡的。

婷婷：韩剧《匹诺曹》就是讲记者的故事，虽然是偶像剧，从一个不算大的切入口，讲述了一个简单的记者要如实报道新闻的道理，但是当面对强大的黑暗面和个人的私心时，最简单的道理或者被人蒙蔽，或者忘记了初心，倒是让人印象深刻。

扬扬：记者的笔可抵三千毛瑟枪。——拿破仑

ATOM：只为公心，知不可为而为之，乃真汉子也。

一个皇帝的"过山车之旅"

Jie：在他的内心，任何主张和原则都抵不过生的渴望，在经年累月的颠沛流离中，可能只有活着才是最真实的选择。

Fighter：除了电影，电视剧《非常公民》也拍得很真实。我去过长

春的溥仪皇宫，它各个方面虽然享皇帝等级，却也处处受日本人限制。

诗酒年华：看过新凤霞写的《我和溥仪》一书，从他们劳动改造期间的故事中，了解到了一个经历起起落落后变得谨小慎微的溥仪。

双面张作霖

秋刀鱼：儿子到底还是不如父亲！毕竟，在那片必争之地，应对一群虎狼之徒，不是一般人能应付得来的。这也凸显了张作霖绝非等闲之辈！

赵珂：张作霖的作风，其实就是改不了的大土匪作风，和阎锡山一样，得在好几颗鸡蛋上面跳舞。在当时的东北，不当墙头草的太少了。他儿子想学他，但没学到位，作为“官二代”，还是欠缺了点“匪一代”的胆识。

.：民国军阀中手腕最强者当属阎锡山和张作霖，在各方强权中保障自己“王国屹立不倒”，从不强势站边，是他们的政治哲学；不能愧对列祖列宗，是他们的人生原则。细究下来，在俄国、日本两个超级强权之间打太极的张作霖似乎更胜喜欢在鸡蛋上跳舞的阎锡山。

他当过两任中华民国大总统，你却未必了解他

他山之石可以攻玉：感觉黎元洪就像手里握着操纵杆的轨道员，他做出了一个普通人惯常的选择，就是既不想选左边也不想选右边，他选择的是弃权，然后由别人来做决定。他只负责对别人帮他做决定之后继续向下走。看似矛盾，但是又有几个人能既英明又果决呢？

小鱼 Yuki：武汉有条以他的名字命名的黎黄陂路，以前也是租界区，现在被建成了街头博物馆。

Shawn_xiaox：黎元洪也是一个和李鸿章一样“复杂”的历史人物，在很多时候，他们的所作所为都具有历史局限性，毕竟站在不同的角度和

立场，看法也会不同。

严复的人生，为何最终会拐个弯？

Minor 熊宝：严复的矛盾是由于他所处的时代是新的，但是他从小接受的教育却是传统的四书五经，那些传统的观念已经根深蒂固了。尽管他后来出国看到了西方制度，但也只是在以一个中国人的视角审视西方体系，而很难改变其内在的观念性的东西。

王黎璐：1. 我非常喜欢馒头“对历史之人物要有历史之同情”的观点，他们也是人，我们都一样。2. 善始易，善终难。大企业是这样，大人物也是这样。突然明白康熙拜月求减寿以全名的原因了。3. 任何人做抉择都不容易，也必将为自己的抉择承担代价，无论是贝当还是严复。4. 严复身上有很多值得我们学习的地方，敢于“拿来主义”，学人家好的方面。

LIU Yao：托尔斯泰怒怼过所谓“顺应了历史”“违逆了历史”“站在历史前端”的说法。真正身处历史之中，没有对错，只有选择。所谓顺应、违逆之说，只是后人站着说话不腰疼罢了。

“名士”于右任

任鑫宇：右任先生是我本科母校西北农林科技大学（原西北农林专科学校）的创始人之一，学校依然保留着先生当年亲自前往武功（杨凌）查选校址的照片，为了纪念先生，学校创办了右任书院。

沉香：在我的家乡，西安市区向北 36 公里三原县城，于右任纪念馆免费全年开放。老先生临终伸出三个手指，意思很可能是想魂归故里，这是我们当地的风俗，无论身死何方都要埋回故土。

Stammy：看到这篇文章，想起老师讲“中国新闻事业史”这门课时，对于先生的赞不绝口。我认识他是作为一位报人，没想到他还有这么多面。一位值得尊敬的前辈，“名士”一词用在他身上再合适不过。

曾拥有诸多“第一”，但她未必被人记得

小钰：学法律的人应该都知道郑毓秀，当时我们老师也说她是很多个“第一”，但没有说她的结局。再辉煌的人生最后还是会回归平淡。所以人要懂得生活平凡的美，享受平凡，享受生活。

Ling：在那个年代，能挣脱世俗的束缚，按照自己的意愿生活，已经是难得。何况她的一生对革命，对维护女性权利还做出了贡献，值得敬佩。多少个“第一”又有什么关系。我们普通人追求的也不过如此，过自己想过的生活，同时能给周边人带来些好处吧。

Olivia Ren：何苦活到世人皆知，但求无愧三尺之躯。

小狗熊：看到馒头大师点评的那段话，有所触动。主角的结局往往并不像艺术作品表现的那样以圆满结局或悲剧收尾。大多人终将走向平庸，光辉不在，被人遗忘。这大概才是真实的生活吧。

上海1937：一寸山河一寸血

CptLee岩飞：抗战时期，记者采访一位中国士兵：你觉得中国会赢吗？士兵回答：一定会的！记者问：战争胜利以后，你打算做什么事情？士兵冷静地说：那时候，我应该已经死了，在这场战争中，中国军人大概都是要死的。

高大头：原来一直觉着淞沪会战是我们的耻辱，但是现在我有了不一样的态度。一寸山河一寸血，十万青年十万军。人可以被毁灭，但不可以被打败……他们是好样的。

程明：从军二十年，在上海脱去白色戎装，自主择业。深知先烈不易，愿朝阳长照吾土，愿山河不再染血，丹心不复成灰。

康文华：再用一段文字纪念“八一三”淞沪抗战：“我八千健儿已经牺牲殆尽，敌攻势未衰，前途难卜。若阵地存在，我当生还晋见钧座。如阵地失守，我就死在疆场，身膏野革。他日抗战胜利，你作为抗日名将，乘舰过吴淞口时，如有波涛如山，那就是我来见你了。”——郭汝瑰

David：全面抗战伊始，中国政府就发布战时征用商船，用于自沉大江，以阻止日寇之进攻的命令。先祖父陈顺通先生，在1937年8月12日，自沉“源长”轮（3360吨）于江阴要塞。江阴沉船拉开了淞沪会战的序幕。回想抗战时期，中国航运界的各大轮船公司纷纷响应政府之号召，为阻日寇，自沉货轮。中国航运界为抗战做出的贡献与牺牲是无法用金钱衡量的。随着战争的扩大，即使有再多的钱也无法从欧洲订购船舶，而整个航运市场异常繁荣，运费与租金节节攀升。中国航运界在抗战中的牺牲与贡献，是整个中华民族奋力抗战的一个缩影。

1937，南京城里的纳粹旗

锦瑟：一次从珠江路地铁站出来，看到拉贝故居里满满的人，他们穿着黑色的衣服，正在悼念这位南京的恩人。

Ivan J.L. Zhang：几乎同样的故事，《辛德勒名单》早已为世人所铭记，而《拉贝日记》现在却很少有人知晓，很惭愧我就是那个不知晓的人之一。很多时候我都想问：为什么会是这个样子？别人到现在依然能够拍出像《血战钢锯岭》这样注定会成为经典的抗战片，可我们呢？究竟欠缺在哪里？

新颖小丸子：作为一个地道的南京人，祖祖辈辈都生活在这里。在那段时期，有亲戚最后走散了，直到几年前才相认。也有亲戚至今没有联系上……每一年的这一天，无论我在哪儿，我都会告诉我周围的人这一天的故事。大学期间我告诉了我的舍友，后来在台湾上学时，在那一天我也把这些事情讲给了身边的台湾同胞们。今天的我，站在一个以黑人为主要人

口的国家，我还是会用简单的语言告诉他们这一天的故事……我们不会遗忘，我们会告诉更多的人，让他们知道曾经发生过这些事。因为那是我的家乡，我们的城市，我们的同胞……

猎杀山本五十六

蝎子：对于两千多年间一直仅存在于一个岛上的日本而言，他们根本不懂在一个具有巨大纵深的国土上到底该如何作战。他们不明白，以当时的战略战术水平，广袤的国土对战争的影响有多大——称雄世界的蒙古骑兵远征欧洲也只能是劫掠一番。所以，如果日本当时真的如某些人所言，只占据东北而不扩大战争，一步一步稳扎稳打，对于我们来说才是最致命的，我们恐将永远失去东三省。（作者回复：日本人奇怪地相信，通过一场决战，对方就会屈服谈判。）

逍遥王：打仗最终打的还是国力，日本和美国根本就不是一个级别的对手。虽然初期可以依靠偷袭获取一点战果，但是日本并没有直接进攻美国本土的实力，更何况美国人向来讲究睚眦必报。只能说当时的日本，举国上下已经彻底疯狂了。

大海："对于当时已经被美国的'禁运'紧紧掐住咽喉痛苦万分的日本而言，如果要'南进'，那么除了山本五十六的办法之外，似乎也没有太多的选择。"请问，"南进"为什么要对付美国？（作者回复："南进"就是占领东南亚，那边几乎全是英美的殖民地。英国那时候已经被打残了，主要对手就是和英国穿一条裤子的美国。）

丘吉尔的另一面

BillyChou：看历史人物不能脱离历史环境，丘吉尔是维多利亚时代成长起来的，就像鸦片战争时的天朝人接受不了"蛮夷"远胜于己的事实，更何况是视荣誉超过生命的英国贵族。所以丘吉尔的局限也是时代的局限。然而很早就看到了希特勒的狼子野心，又能不拘泥于成见，准确、快速地辨明谁是敌人，谁是朋友；最艰难的时候也从不放弃，最失意的时候也不曾抱怨，直到生命最后仍然为了自己的理想奋斗。所以他的伟大真的是伟人的伟大。

碧海晴天：读过一篇和丘吉尔有关的文章——《我的早年生活》，对其中一句话印象挺深，“每个人都是昆虫，但我确信，我是一只萤火虫”。对他的一生来讲，也多少是有所反映。

Sherry：以前读过彼得·德鲁克的《经济人的末日》，出版于黑暗的1939年。书中的说法是如此的惊世骇俗，他说法西斯必将失败，他预测德国和苏联一定会结盟。当时尚未执政的丘吉尔为本书写下第一篇评论，那是一篇热情洋溢的评论，称它是“唯一一本了解并解释两次大战间世界形势的书”。1940年，在敦刻尔克大撤退及法国沦陷之后，上台不久的丘吉尔曾下令每位英国军官都放一本《经济人的末日》在背包里。之前对丘吉尔的印象就是这样一些片段，直到看了这篇文章，他的形象丰满了。

“偷袭珍珠港”之后……

逍遥王：偷袭珍珠港之后，更可怕的事情是，美国迅速打捞并修复了绝大多数被日军炸沉的军舰，然后动员国内海量的热血青年参军，在最短的时间内恢复了战斗力。山本五十六苦心计划的战役，在南云一忠那个马鹿的指挥下，从一个战略上的胜利降格为一场局部地区的战术胜利。当然，南云那个马鹿的表演还没有结束，中途岛一役，在占据优势的情况下被斯特鲁恩斯吊打，几乎葬送了整个日本海军。日本跟美帝根本就不是一个级别的对手，即便是日本能取得短暂的战术上的胜利，长期来看绝对还是会被美帝吊打。

程方兴：山本五十六是位冷静的职业军人。“我们只是唤醒了一个巨人而已。”这句说得非常客观。但是当时的日本，这只被狂热的军国主义分子驾驭的怪兽，已经被血色和暴力蒙住了双眼，只会更加疯狂地冲向战争的深渊。所以说，上帝要让一个人灭亡必先让其疯狂！

明达：就在偷袭珍珠港事件发生的同一天，日军进入上海英美租界，从此上海结束了孤岛时期；当天早上，正在香港读大学的张爱玲被炮声惊醒，在这一天日军袭击了香港，香港不再是一块飞地，香港保卫战就此展开。张爱玲在《烬余录》里写道：“房子可以毁掉，钱转眼可以成废纸，人可以死，自己更是朝不保暮。像唐诗上的‘凄凄去亲爱，泛泛入烟幕’，可是那到底不像这里的无牵无挂的虚空与绝望。人们受不了这个，急于攀住一点踏实的东西，因而结婚了。”

1944，刺杀希特勒

Altman 林泓釗：关于施陶芬伯格行动的细节和国民对他的看法，还有“二战”中德国普通军人鲜为人知的故事，推荐大家看一下《德意志的另一行泪》一书。

Faner.Poon：很多事冥冥中自有安排，要说希特勒是大魔头，没错，但只不过他也就是当时德国集体意志的具象化而已，英国脱欧、特朗普得选也是同样的道理，其实是人民意志的体现。换成了另一个人，在那个时间点上，可能也会成为希特勒。

张怡娜：中学时曾经有一套书叫“五角丛书”，其中有一本好像就叫《刺杀希特勒》，书中详细讲了这个故事，印象挺深，其中讲到主角施陶芬伯格尽管已经开始反对希特勒的侵略，但是在战场上依然勇敢作战。最后是斯大林格勒战役，希特勒始终拒绝军队突围的请求，葬送了几十万德国精锐，这让他们最终下定决心刺杀。（作者回复：施陶芬伯格的观点是：作为军人，职责是为国家赢得战争；但作为国人，必须铲除“瘟疫”希特勒。）

烟小火：乱世中，有人沉默，有人爆发。不能说沉默的人都没有担当，也不能说站出来的人就一定是英雄。只是我们都会钦佩他们的孤勇。毕竟不是每个人，都能把想做的事情付诸实践的。

纳粹德国其实“投降了两次”，你知道吗?

宇：推荐一部电影《狂怒》，它讲述了攻占柏林的故事，讲述了真实的战争与人性。

诗敏：准确地说，如果没有苏联人的牺牲，“二战”的进程与走向，完全无法预知。道理非常简单，看看德国在苏联损失的部队总数，占据了德国最早装备的最精锐的摩步师和装甲集群的绝大部分。经常看到网上有些很搞笑的论调，说打败德国的是严寒，不是苏联红军。说这话的人大概想象不出当年苏联红军 T–34 坦克集群冲锋时碾轧一切的威势吧。

阿基拉头：被洋洋洒洒的文字一笔带过的是无数场惨烈的战斗和永远不能醒来的人们，面对一个个数字，我感到的是无比的沉重和震撼。愿战争永不再临。

日本为什么会挨第二颗原子弹?

ZOE：唉，很难说原子弹的研发对全人类到底是不是一种威胁，面对爱因斯坦的后悔、投弹者的不后悔，以及日本民众的死伤，只能说每个国家都有自己的考量。

大黎：读过日本的很多小说，基本上所有的文章都流露出浓浓的哀伤和阴郁。从心理的角度讲，我觉得日本是个追求极致的国家，包括对于文化、艺术、生活，也包括战争和死亡。他们这种对极端的追求，可能源于一种深层次的不安。这种不安和日本的地理环境息息相关，也再次印证了生物进化论。

刺杀汪精卫

认真的雪：如何辩驳陈璧君说的，“汪先生没有一寸土地，何来卖国之说？”（作者回复：此乃偷换概念，卖国不仅是指出卖国土，出卖国家利益、国家气节、国家人民，都是。）

海上生明月：怎么没人为华克之点赞呢？也许他那 21 年牢狱之灾是因为牺牲的战友而熬下来的。那时候的人，真的是一腔热血，年纪轻轻就不惜丢生命做大事。其实青年汪精卫又何尝不是如此，却不能一以贯之，终从英雄变汉奸，遗臭万年。

栋栋：历史总是这样阴差阳错，感觉好多历史中的 1 秒，可以决定未来的 100 年。特别是那些不为人知的细节。这太有意思了。

料得年年断肠处，不敢忆，长津湖

并蒂莲花：我的爷爷奶奶今年都 90 多岁了，爷爷是云南的，奶奶是河南的，当年他俩一起参加了抗美援朝。战争结束安置在丹东，奶奶耳聋，因为打仗的时候炮弹在身边爆炸震聋了。他俩基本不提那会儿的事，看到战争片就换台，爷爷说：“电视里放的都是假的，打仗惨得很。”只有《新闻联播》他俩每天必须看，看完才睡得着觉。国庆阅兵，老两口在电视前哭得稀里哗啦，奶奶前年患上脑萎缩，已经记不太清我们了，希望那段她不愿意提起的往事也能忘记。

若依：爷爷当年隶属五十八师，第一批入朝参战。他说，小战士把枪握在手里一夜，结果手指就粘在枪把上整根断掉了。爷爷抚摸着小战士残疾的手号啕大哭。那个场景他一辈子也忘不掉。 60 年后，我成了一名外交官，踏足爷爷曾经战斗过的地方。每当工作遇到挫折，半岛局势紧张，我就在心里坚定地告诉自己：只要有我在，半岛绝不能生战！

昱：外公的腿就是在朝鲜战场冻伤的，那时他十八九岁吧。当时要截肢，他死活不肯，最后把腿保留下来了。平时走路没问题，一到10月开始降温的天气，我们还穿着短袖，他的脚已经冷得没知觉了。现在老人患有严重的抑郁症，还在想念和寻找以前的战友。

程方兴：我的外公是当年第三批入朝志愿军战士，那时他隶属于坦克部队，说明条件已经是相当不错了。唉，第一批入朝志愿军战士打得太惨烈太悲壮！愿每一位志愿军战士的在天之灵，都能安息。

Asia：在老家有位二爷爷，是抗战老兵。他参加过解放战争和抗美援朝战争，至今仍孤身一人。记忆最深的是，小时候我和小伙伴们围到他身边缠着让他讲打仗的事，他只给我们讲打老蒋。一提抗美援朝，就摆摆手，说：没法子说，没法子说。接着眼里就是泪了。现在他还健在，五年前我们当地民生院建好后，就被接走了，由政府养老了。

一个传奇女间谍的“七重面纱”

Heidi：玛塔犹如古典壁画里的人物，这个样子跳异国风情的舞蹈的确要迷倒众生。

ZZ猪大王ZZ：感觉玛塔好像我国历史上的陈圆圆，虽然陈圆圆不是间谍。

雪婆婆：神湿婆舞不会和印度教三大神之一的湿婆神有渊源吧？联想到吴哥的精美石雕，被神秘文化和信仰的力量深深地吸引着。

川岛芳子：从格格到间谍

Snowflying：一个亡国了的公主，被寄养在一个激进的日本家庭，还有一个变态的养父，从小寄人篱下，本应保护自己的父兄却懦弱无能。有能力翻云覆雨有何用？只能抱着一个虚幻的梦。可能川岛芳子到死也不知自己为什么活着，死亡对她似乎是种解脱。哀叹她可悲的一生。

Yuan · W：川岛芳子被送回日本软禁期间到底发生了什么一直是个谜，从她在伪满洲国的所作所为和回到国内开始搞情报工作体现了完全相反的价值观和人生观……难道说日本给她许诺等侵华战争结束给她划个独立的“满洲国”？（作者回复：吸引她的应该还有权力和金钱。）

浮生若梦：充分说明童年时期的经历对一个人的一生的影响之大。川岛芳子的遭遇固然可悲，但是因为她而受害的国人岂不是更无辜？她充当卖国贼的行径需要受到惩罚。要怪就怪她生在末代的帝王家，还有个一心靠卖女复国的爹。

402zhuren：她从内心里应该是把自己当成日本人的吧，或者她寄希望于借日本人的势力达到自己的目的，但最终发现自己只是被遗弃的棋子。

达·芬奇真的是从现代穿越回去的吗？

于思：有一年去欧洲旅行，目的地就是法国的卢瓦尔河谷，达·芬奇曾在这里度过晚年。当时去看了他最后设计修建的两座城堡，一座就是有为了解决国王情妇争风吃醋问题的平行旋转楼梯的那座，另一座是昂布瓦斯城堡。昂布瓦斯城堡有个密道通向达·芬奇故居，据说他和国王每晚都秉烛夜谈，两人惺惺相惜。还有曾放过他骨灰的教堂，也是他自己选址和设计的。之前我去意大利时也看过许多他设计的建筑。对我来说，达·芬奇更惊人的地方是建筑和军事才能，因为能比较直观地看出哪里精巧。他是个神人，无可替代。

姜岩：很久以前玩过一款游戏，主角在佛罗伦萨遇到一个人叫列奥纳多，他一直给主角提供各种武器装备，甚至滑翔机。我当时就在想这是谁啊？怎么跟达·芬奇一样厉害？然后查了下发现达·芬奇就叫列奥纳多。另：游戏中的列奥纳多是个美男子。

切·格瓦拉：一个符号化偶像背后的真实故事

ZURE：五月天的阿信写过一首歌叫《摩托车日记》。一开始觉得这歌名字好奇怪，歌词里还有好多“切切切”，现在终于懂了。他是在唱：“谁露宿在街头，谁却住在皇宫，日记里写满了梦想，我决定要用这一生背诵……”

Michael（J. X）Wang：他是一个理想主义者，也是一个摄影师。他的儿子曾经举办过格瓦拉的摄影作品展。尽管他的照片大多是黑白的，但我想在他的眼中，这个世界也许是红色的吧。

Liou：医生很容易看透生和死，看穿躯体与灵魂，没有鲜活、饱满的灵魂，便如行尸走肉般没有意义。同样作为一名医生，现在的我依然这么认为。

人神之间吴清源

大叔吉他：大神没有亲眼看见机器狗的横空出世，或许就是因为两种神不能并存于宇宙。

景珂：对于吴清源“三改国籍”，我觉得倒很像《三体》里面的数学天才魏成，其他人视若珍宝的国籍对于他来说，都没有围棋重要。半个世纪过去了，何必再去纠结他的国籍，棋力才是传奇本身。

王忠浩：我是一名基层的监狱警察，我所在的监狱积极开展服刑人员学习围棋的活动，之前聂老还来我们监狱指导服刑人员下棋。我亲眼见证了围棋给这些曾经犯过错的服刑人员带来的改变，它真的能帮助人们修身养性。

逍遥：十分赞同本篇的题目。于围棋，吴清源是神；于人，吴清源是普通人。有时替吴清源激动，横扫日本呀！有时替吴清源悲哀，如浮萍漂荡在异国，其间所受之苦也是我等不可想象的。所以，人神先是人，再是神。所以，又更加感慨今日中国之强大。何其庆幸！

陈建泽：在那个百废待兴的年代，中国与日本围棋水平相差悬殊。从陈祖德被让先战胜日本九段开始，到后来聂卫平力挽狂澜赢了前三届中日擂台赛，再到常昊终结了中日擂台赛，前后用了仅仅30年。聂卫平赢了擂台赛却输了应氏杯，曹熏铉赢了应氏杯后韩国围棋异军突起，后来李昌镐横空出世……关于围棋的故事太多了。

梵高之死

Green："在世人看来，我是什么样的人，是无名小卒，一个无足轻重，又讨人厌的样子。这样的人在现在，以及将来，在社会上都难有容身之处。总而言之，我就是最为低贱的下等人。可是，就算这已成为无可争辩的事实，总有一天，我会用我的作品昭示世人，我这个无名小卒，这个区区贱民，心有瑰宝，绚丽璀璨。"（电影《至爱梵高·星空之谜》）

Wyj：在《三体》中，刘慈欣描写被二向箔二维化后的太阳系时，想到了梵高的名作《星空》，他写道："天哪，难道当年神经错乱的梵高，穿越几百年的时光看到了太阳系和人类命运的结局？抑或是他看到这结局才神经错乱的？"

Clover王云皓：推荐另外一本独特的传记《亲爱的提奥》。其中收录了梵高写给弟弟和其他人的几乎所有信件，相比于别人笔下的传记，可以通过更直接的方式来理解梵高。"牺牲所有的私欲来成全伟大的事情，使精神变得崇高，超越几乎存在于所有人身上的庸俗。"这是梵高写给弟弟的话。他本人是否做到不重要，他身上有多少光环也不重要，就和《月亮与六便士》中的主人公斯特里克兰一样，我相信在画画和创造艺术的某个瞬间，梵高享有了极致的快乐。作为一个普通人，我很高兴梵高拥有了艺术，这就够了。

晴耕雨读："寂寞身后事，千秋万岁名。"杜甫形容李白的句子，我想也可以用在真正伟大的艺术家身上。

能称“时尚女王”的人不多，她算一个

铭铭：遗憾的是，很多女性只愿意做金丝雀，很多女孩子的家长也希望自己的女儿成为金丝雀。可怕的是，到后来全都变成了黄脸婆。经济独立和思想独立，从来都是要相辅相成的。

王少博：读完有点意犹未尽的感觉，隐约间感受到一条时尚和政治变迁的线：香奈儿从平民融入贵族圈层，在第一次世界大战前夕崛起，由穷奢极欲的帽子设计中剥离出简洁、耐用的时尚风潮，在第一次世界大战中逐步由青涩变得成熟，女性也从社会附庸变成了社会劳动力的补充，裤装应运而生；“一战”结束了，自己的男友逝去，而时代所处无数个家庭结构变化，黑色的葬礼装，在日复一日的频繁的葬礼中被人们潜移默化接受，逐渐成为香奈儿眼中新女性风尚的主打；第二次世界大战之后，政治、金融秩序重新建立，没落的伦敦、巴黎逐步被美国取代，时代前沿的变化让香奈儿在大洋彼岸获得青睐。香奈儿从帽子—服装—香水—手袋的品牌形象中，反映了女性逐步独立的步伐。

奶油小贵：命运很公平，你受到多少磨难，当你勇敢地走过去，你就会获得相应的回报。

一位女明星的神秘死亡

芥子小姐：一看标题就知道是梦露。这个以性感闻名生前和死后 50 年的女星很聪明，有独辟蹊径的政见和敏感的政治思想……女人真正的性感来自她的灵魂，而不仅仅是她的肉体。致世界上最性感的女人。

Heidi：看过一部 HBO（美国有线电视网）播放的关于梦露的电影，影片中她的心理状态很不稳定，巨大的光环下是更为巨大的阴影。出道早

期的梦露其实是个有点土气但清纯的姑娘。

Jennifer Cheng：她的原名是诺玛简贝克，据说为了保持盈盈一握的纤腰还抽掉了几根肋骨。美剧《肯尼迪家族》也拍出了梦露和肯尼迪总统的私情，而且暗示梦露就是这两兄弟安排人干掉的。

中国人最熟悉的那个欧洲公主，真的幸福吗？

一维：约瑟夫是深爱着茜茜的。维也纳茜茜公主博物馆和美泉宫的陈列说明了一切，应有尽有的马车，豪华前卫的浴室，约瑟夫尽全力维护茜茜的娇贵和浪漫。但茜茜并不怎么领情，甚至除生育子嗣之外都不肯与约瑟夫同房。她一生都在反抗宫廷礼节的束缚，却也逃避了很多作为妻子和母亲的责任。很难说对错，只恨生在帝王家。

明明：约瑟夫的一生也好可怜。我觉得其实两个人之间是有爱情的，但因为缺乏内心的交流，结果各自困在各自的世界里孤独终老了。

萝卜：小时候和妈妈一起看电影频道播放的《茜茜公主》，当时觉得她和奥匈帝国的皇帝之间的爱情故事真的好令人羡慕，然后妈妈就给我讲，真实的故事远没有那般美好，茜茜公主结婚以后生活十分压抑。后来慢慢了解欧洲历史，了解哈布斯堡家族的历史，才逐渐明白王子和公主的生活远不如自己想象的那般美好……感觉茜茜公主的不幸福其实是因为这场阴差阳错的婚姻，或许皇帝是真的非常爱她，但是公主从小并没有被作为一个皇后来培养，所以她并不是一个合适的人选。而且她婆婆说得其实也没错，茜茜自己就是个孩子。想想看日本的天皇、皇后及太子妃，感觉和茜茜公主的某些经历还挺相似的。

诸葛：看完想到戴安娜王妃。她们是一样的美丽、倔强、坚强、独立……她们都有轰动的婚礼和一生的抑郁。她们都对身处弱势和绝境的人们，表现出了最大的善意并施以救助。因为这份善良，她们在多年以后仍然被人们怀念和爱戴。

李泰航：推荐德语音乐剧《伊丽莎白》。它讲述了茜茜公主传奇的一生。语言不是问题，了解了这段历史的人都能看懂。这是最受欢迎的德语音乐剧之一，首演于1992年，2014年我在德国看的时候还是坐满了人。

戴安娜之死

查戎：我一直非常喜欢戴安娜王妃，她对爱的过高依赖、需求贯穿终生，甚至一度失去自我。这种对爱的敏感最终转化成了她对他人的关怀、同理、同情，这是她最宝贵的品质，也是造成她悲剧的根源，她是为爱而生的。

ZPY：在1987年，一个许多人还相信艾滋病可以通过轻微接触传染的年代，戴安娜王妃坐到了一个艾滋病患者的病床上，握住了他的手。她告诉了全世界，艾滋病患者需要的不是隔离，而是热心和关爱。

破碎的记忆：戴安娜王妃可能是英国皇室里最著名的王妃了吧，人称"英伦玫瑰"。堪称当代灰姑娘的她，热心公益，呼吁和平，可是却逃脱不了皇室王妃的复杂光环。

俄罗斯方块：一款小游戏背后的隐秘故事

一寸进步一寸喜：如果游戏的虚拟世界，不能让你加深或者改变对现实世界的认知，那么就应该与它保持距离，因为那时候游戏就是逃避真实世界的一个蜗牛壳！

Spensersheng：天正从雅达利拿到版权并不是偶然，它是雅达利的关联公司，从名字里就能看出，这两个词来自围棋的日语，Atari是叫吃，"Tengen"是天元。当年天正将这款游戏做了远远超过任天堂自己的亲儿子版，当天正被任天堂告知侵权后，之前流出的卡带成了收藏界的抢手货。大部分老玩家应该只见识过天正版本的。

还月楼主：有意思。游戏见证着人类成长，俄罗斯方块伴随着人类进入信息化时代，更成了一个独特的文化现象。无游戏不人生！

到底是谁发明了电话？

Paulina：梅乌奇逝世113年之后，美国众议院通过了269号决议——我觉得美国的这种“翻旧账”的精神很值得肯定，总是会有一帮人自发、自觉地走在探索真相、寻求正义的路上。

彭义：专利申请，从先发明改到先申请，这个制度变更很有意思。先发明是正义层面的，先申请是利益层面的。从正义优先趋向利益优先，用利益带动正义，看起来有失公允，但这也许是市场经济下的必然趋势吧！

Monica_小猫掉一地：对于听众来说，是对于“谁发明了电话”的讨论，对于当事人来说，则不是“先发明还是先申请”这么一条规定能决定的。不过，如果发明者都心系天下，那到底是谁发明的，就又显得不那么重要了……天下如此多的发明，又有几个发明者被铭记？向时代前列的发明者致敬！

Joserosales：从模型到付诸应用还是有不少的路要走的，而且贝尔在发财后也间接成立了贝尔实验室，为人类科技的发展起到了巨大的推动作用。

你知道当年在报纸上登广告有多难吗？

徐侠客：很佩服那些敢为天下先的人，很多事情今日只道是寻常，回首时惊涛骇浪。

terry1717：补充一下，1979年前，上海共有3家广告代理公司：上海广告公司、上海美术设计公司、上海广告装潢公司。雷达表广告的代理方是上海广告公司。

柯旭波：尽管报纸的市场占有率越来越低，但我始终认为报纸不会被完全取代，那种打开报纸扑面而来的墨香，远不是手机阅读能够带来的！

老祖宗考试作弊的那点儿事

Tin, Tin：看了科举防作弊的种种方式，就知道影视剧中常出现的女扮男装去赶考的桥段纯属虚构啊。

鱼丸粗面：明弘治十二年（1499）的会试舞弊案，改变了唐寅和徐经的人生轨迹。假如没有此事，唐寅的才华有可能会大放异彩，但中国历史上应该要少一部《徐霞客游记》了。

哈得孙河上的奇迹

Michelle：我先生是一名民航“空客A320”机长。2009年这个事情之后，他们公司给他们每人发了一本萨伦伯格写的《最高职责》。电影上映了之后，我陪他去看了，出来之后他说：“看得想哭。这个机长太厉害了，迫降真的是奇迹。”作为他的妻子，除了体谅他工作的辛苦，我也知道起落安妥对于他和整个航班乘客的重要性以及他承受的压力。希望他一生飞行平安。

Grace：《萨利机长》太震撼了，汤姆·汉克斯演得太好了。看完专门去查了这个事件和机长的资料，了解到机长是空军出身，后来他又飞了几年直到退休。这就是现实中真的英雄。

妮妮：民航发展到现在虽然安全系数已经高了很多，但是安全培训还是至关重要的一点。负责整架飞机安全的机长更是责任重大，对突发事件的应急处理真的很考验机长的能力。我以前一位同事在斐济就遇到过飞机起飞后遇上鸟撞击然后立马返航的事。

海上生明月：从安全的角度讲，飞机的事故率是所有交通工具里最低的，大约超过百万次航空飞行有一次事故，也就是一个人每天坐飞机的话，概率是3000多年遇一次空难。但一旦发生事故，一般影响极大，往往会有数十甚至数百人丧生，这也是空难新闻总能上头条的原因。萨伦伯格无疑是英雄，能在那么短的时间内做出最正确的选择，令所有人都安然无恙，说是奇迹一点不为过。

巨轮沉没的那一刻……

想躲起来的废废：当年电影《"泰坦尼克"号》上映的时候，我还是个小学五年级的学生，因为种种原因，我没能看到大屏幕上的电影，但记得同学们讨论露丝和杰克画画的事。一年后，我在父母朋友的家里看到了一本幸存者回忆录。我依然清晰地记得里面的话，"救生艇上的妻儿们眼睁睁地看着自己的爱人沉入海里""绅士的背后，不乏伪装成妇女逃命的男人混迹在妇女儿童的群体中"，整本书和浪漫的爱情邂逅完全无关，讲的只有人间悲剧和亲人间的生离死别。少年是天性，青年讲血性，人到中年想得更多的是人性。人性可以最丑陋，也可以最伟大，有多黑暗就有多光明。求生是生物本性，赴死是因为有爱。仿佛听到主题曲响起，愿仁心永恒。

月落子规啼：当初看电影的时候，我印象最深刻的就是最后船即将沉没，一对年老的夫妇静静地躺在床上的镜头。真的说不出来感觉。不知道这对夫妇是不是就是以施特劳斯夫妇为原型的？（作者回复：是的。）

夏惠芳：再次重温了电影，除了这些或感人或令人气愤的故事，我想到的是古人说的"满招损，谦受益"。如果不是当时的邮轮公司、船长，包括舆论热推的所谓"最大、最快、最强、永不沉没"等，也许悲剧就可以避免。再次为1522位遇难者祈祷，尤其是那些真绅士！（作者回复：是的，当时的炼钢技术条件下炼出的钢，其实不足以支撑那么大的船。那是英国的造船大跃进时代。）

逃离德黑兰

蓝琳：电影《我在伊朗长大》可以帮助我们理解那段历史，让我们看到政权更替对一个家庭原本很开明的伊朗女孩的成长带来了什么变化。

程方兴：美国政府就是在给自己挖坑：扶持伊朗巴列维政权，从石油上获取巨大利润，最终伊朗人自己起来推翻独裁者，美国和伊朗从此交恶。

＋X ÷ ：推荐大家去看一部韩国的电影《铁雨》。

锦莉：国与国之间没有永恒的朋友或敌人，只有永恒的利益。最终受损失的还是伊朗的人民。曾经的伊朗，开放、富有、文明（相对于当时的世界），而如今却是封闭、贫困、愚昧，虽然政府现在做了一些改革和调整，但过去的时光不可追。相信美国在检讨对伊政策时，也会有后悔。当年如果不是各方面利益都要占全，也不会孕育出一个极端反美、抗美的伊朗政权。